KRYSTEN RITTER

BONFIRE

W0279729

KRYSTEN RITTER

BONFIRE

SIE
GEHÖRTE
NIE DAZU

Thriller

Aus dem Amerikanischen von
Charlotte Breuer und Norbert Möllemann

DIANA

Sollte diese Publikation Links auf Webseiten Dritter enthalten, so übernehmen wir für deren Inhalte keine Haftung, da wir uns diese nicht zu eigen machen, sondern lediglich auf deren Stand zum Zeitpunkt der Erstveröffentlichung verweisen.

MIX
Papier aus verantwortungsvollen Quellen
FSC® C083411

Verlagsgruppe Random House FSC®-N001967

Copyright © 2017 by Krysten Ritter
Die Originalausgabe erschien 2017 unter dem Titel Bonfire
bei Crown Archetype, an imprint of The Crown Publishing Group,
a division of Penguin Random House LLC, New York
Copyright der deutschsprachigen Ausgabe © 2018
by Diana Verlag, München,
in der Verlagsgruppe Random House GmbH,
Neumarkter Straße 28, 81673 München
Redaktion: Heiko Arntz
Umschlaggestaltung: t. mutzenbach design, München
Umschlagmotiv: © Kamonluck_S, Ihnatovich Maryia / Shutterstock
Autorenfoto: © Bailey Taylor
Satz: Buch-Werkstatt GmbH, Bad Aibling
Druck und Bindung: CPI books GmbH, Leck
Printed in the Czech Republic
Alle Rechte vorbehalten
ISBN 978-3-453-29213-0

www.diana-verlag.de
Besuchen Sie uns auch auf www.herzenszeilen.de
Dieses Buch ist auch als E-Book lieferbar.

PROLOG

Als Kaycee Mitchell und ihre Freundinnen während meines letzten High-School-Jahrs krank wurden, hatte mein Vater seine eigenen Theorien parat.

»Diese Mädchen sind schlechter Umgang für dich«, sagte er. »Die machen nichts als Ärger.« Er war davon überzeugt, dass sie jetzt einfach ihre Strafe erhielten und dass sie es verdient hatten.

Kaycee war die Erste. Das war nicht weiter verwunderlich. Sie hatte schon immer alles als Erste gemacht: ihre Jungfräulichkeit verloren, eine Zigarette geraucht, eine Party geschmissen.

Kaycee ging immer vor ihren Freundinnen her wie eine Wölfin, die ihr Rudel anführt. In der Cafeteria suchte sie den Tisch für alle aus. Wenn sie zu Mittag aß, taten die anderen es auch. Wenn sie lustlos in ihrem Essen rumstocherte oder auch nur eine Tüte Gummibärchen aß, taten die anderen es ihr nach.

Misha war die Frechste und Lauteste.

Aber Kaycee war die Anführerin.

Und als sie krank wurde, waren wir Mädchen aus der zwölften Klasse der Barrens High School nicht besorgt oder überrascht.

Wir waren eifersüchtig.

Das erste Mal passierte es im Debattierunterricht. Wir führten gespielte Wahlen durch, an denen sich alle beteiligen mussten. Kaycee schlug sich gut während der ersten drei Runden der Vorwahlen. Die Rolle der Politikerin kaufte man ihr leicht ab, sie war überzeugend und schlagfertig, eine talentierte Lügnerin. Ich bin mir nicht mal sicher, ob Kaycee selbst wusste, wann sie die Wahrheit sagte und wann nicht.

Sie stand vorne und hielt eine eingeübte Wahlrede, und plötzlich war es, als wären ihre Stimmbänder gekappt worden. Ihre Lippen bewegten sich weiter, aber der Ton war abgeschaltet. Kein Wort kam mehr raus.

Einen Moment lang dachte ich, dass mit *mir* was nicht stimmte.

Dann umklammerte sie das Rednerpult, und ihr Mund blieb offen stehen wie in einem stummen Schrei. Ich saß in der ersten Reihe – wo nie jemand sitzen wollte –, und sie war nur gut einen Meter von mir entfernt. Ich werde nie den Ausdruck in ihren Augen vergessen – sie hatten sich in dunkle Tunnel verwandelt.

Derrick Ellis rief irgendwas, doch Kaycee reagierte nicht darauf. Ich konnte ihre Zunge hinter ihren Zähnen sehen, auf der ein weißes Kaugummiklümpchen lag. Ein paar Leute lachten – sie hielten das Ganze offenbar für einen Witz –, aber ich habe nicht gelacht.

Als Kinder waren Kaycee und ich beste Freundinnen gewesen, und ich hatte erst ein einziges Mal erlebt, dass sie Angst hatte.

Ihre Hände begannen zu zittern, und da hörte das Lachen auf. Alle schwiegen. Eine ganze Weile war kein einziges Geräusch im Raum zu hören außer dem leisen Klackern ihres silbernen Rings gegen das Pult.

Dann wanderte das Zittern ihre Arme hinauf, die Augen verdrehten sich, sie stürzte und riss das Pult mit zu Boden.

Ich erinnere mich, dass ich aufsprang. Ich erinnere mich, dass Leute schrien. Ich erinnere mich, dass Mrs. Cunningham auf die Knie sank und Kaycees Kopf auf dem Schoß hielt und dass jemand rief, man solle aufpassen, dass sie nicht ihre Zunge verschluckte. Jemand rannte los, um die Krankenschwester zu holen. Irgendwer weinte, keine Ahnung, wer, ich erinnere mich nur noch an ein verzweifeltes Wimmern. Seltsamerweise war das Einzige, was mir zu tun einfiel, die Blätter einzusammeln, die runtergefallen waren, die Seiten zu ordnen und den Stapel sauber auf Kante zu klopfen.

Dann, ganz plötzlich, war es vorbei. Der Krampf löste sich wie eine zurückweichende Flut. Ihre Augen öffneten sich. Sie blinzelte und setzte sich auf. Sie wirkte leicht verwirrt, aber es schien ihr zu gefallen, uns alle um sich versammelt zu sehen. Als die Krankenschwester kam, war Kaycee schon wieder ganz normal. Sie meinte, es sei nur ein kleiner Schwächeanfall gewesen, sie habe noch nichts gegessen. Als die Schwester sie aus dem Raum führte, blickte sie die ganze Zeit über die Schulter zurück, wie um sich zu vergewissern, dass wir ihr alle nachschauten. Und das taten wir – natürlich taten wir das. Sie war jemand, dem man unwillkürlich nachschaute.

Wir vergaßen den Vorfall. Oder taten zumindest so.

Und dann, drei Tage später, passierte es erneut.

1

Zwei Meilen hinter der Ausfahrt nach Barrens wird der State Highway 59 zur Plantation Road. Das alte Holzschild ist leicht zu übersehen, selbst in dieser farblosen Umgebung. Ich schaffe es jetzt schon seit Jahren, auf Fahrten von Chicago nach New York ohne Angst daran vorbeizufahren. Ich halte dann den Atem an, zähle bis fünf, atme aus – lasse Barrens hinter mir, ohne dass der Schatten der Vergangenheit aus dem Gebüsch kriecht und über mich herfällt.

Es ist ein Spiel, das ich als Kind gespielt habe. Wenn mir etwas Angst machte oder wenn ich im Dunkeln in den alten Schuppen im Garten gehen musste, habe ich den Atem angehalten. Und solange ich das tat, konnte mir niemand etwas anhaben, kein Axtmörder und kein Monster aus einem Horrorfilm. Ich hielt den Atem an und rannte so schnell ich konnte, bis ich mich im Haus in Sicherheit gebracht und die Tür hinter mir zugeschlagen hatte. Ich habe sogar Kaycee das Spiel beigebracht, als wir noch Kinder waren und uns noch nicht gehasst haben.

Es ist vielleicht etwas peinlich, aber ich mache das immer noch. Und das Verrückte ist, dass es funktioniert.

Meistens jedenfalls.

Allein, eingeschlossen auf der Toilette einer Tankstelle,

schrubbe ich mir die Hände, bis die Haut rissig wird und Blut ins Waschbecken tropft. Es ist das dritte Mal, dass ich mir die Hände wasche, seit ich über die Grenze nach Indiana gefahren bin. In dem angelaufenen Spiegel über dem Becken sieht mein Gesicht bleich und angespannt aus. Die Erinnerungen, sie sind wieder da.

Das war keine gute Idee.

Ich öffne die Toilettentür und blinzle in die frühe Morgensonne, als ich in meinen Wagen steige.

An der Ausfahrt fahre ich an einem Hirschkadaver vorbei, über dem Fliegen summen. Der Kopf des Tiers ist noch erstaunlich intakt und sieht beinahe schön aus, das Maul zu einem letzten Seufzer geöffnet. Ich frage mich, ob der Hirsch von einem Auto angefahren oder von einer Kugel getroffen wurde. Normalerweise werden überfahrene Tiere ziemlich schnell fortgeschafft, in einen Räucherofen gehängt und zu Dörrfleisch verarbeitet. Mit siebzehn habe ich mal mit meinem alten Ford Echo einen Hirsch überfahren. Der war schneller weg, als ich abgeschleppt wurde. Aber diesen Hirsch hat aus irgendeinem Grund niemand angerührt.

Die Jagd ist eine beliebte Freizeitaktivität in Barrens – oder vielmehr *die* Freizeitaktivität schlechthin. Sie ist Teil der hiesigen Kultur – wenn man es denn so nennen kann. Die Jagdsaison beginnt offiziell erst im Winter, aber jedes Jahr schleichen Jugendliche schon im Herbst mit einem Sixpack, einem Scheinwerfer und dem Jagdgewehr ihres Vaters durch den Wald, um einen Bock zu schießen oder den Hirschkühen mit ihren Kälbern beim Äsen zuzusehen. Und nach ein paar Bieren feuern sie auf alles, was sich bewegt.

Mein Vater hat mich früher mit auf die Jagd genommen. Zur Festigung der Vater-Tochter-Bindung gehörte auch der regelmäßige Besuch beim Tierpräparator. Die Köpfe von Hirschen, Koyoten und Bären zieren als Trophäen die Wände meines Elternhauses. Die Fasane, die er aus der Luft holte, musste ich immer mit einem Fuß auf den Boden drücken, während er ihnen den Hals umdrehte. Ich erinnere mich noch gut daran, wie er sich aufgeregt hat, als ich bitterlich um den ersten Hirsch geweint habe, den ich ihn hatte schießen sehen, wie er mich gezwungen hat, meine Hand auf den noch warmen Körper zu legen und zuzusehen, wie das Blut aus der Schusswunde drang. »Der Tod ist schön«, sagte er.

Meine Mutter war auch schön, bis der Knochenkrebs sein Werk verrichtete. Er fraß ihr das Haar vom Kopf und höhlte ihren Körper aus, bis er nur noch Haut und Knochen war. Als sie starb, sagte mein Vater zu mir, es sei ein Segen und wir sollten dankbar sein, dass der Herrgott sie zu sich genommen habe.

Ich biege von der Plantation Road auf die Route 205 ab, die irgendwann in die Main Street übergeht. Der Geruch von Kuhmist schlägt mir entgegen. Es ist Mitte Juni, das Schuljahr ist gerade zu Ende, aber es fühlt sich an wie Hochsommer. Die Felder liegen braun unter der Sonne. Nach einer weiteren Meile fahre ich an einem nagelneuen Schild vorbei: *Willkommen in Barrens – 5027 Einwohner.* Als ich das letzte Mal hier war, vor zehn Jahren, betrug die Einwohnerzahl gerade mal die Hälfte. Die Main Street ist zwar die Hauptstraße, aber wenn einem auf knapp fünfzehn Kilometern drei Autos entgegenkommen, ist das schon dichter Verkehr.

Ich zähle die Telefonmasten. Ich zähle die Krähen, die auf den Drähten hocken. Ich zähle die Silos am Horizont, die wie Finger aufragen. Ich verwandle alles in meinem Leben in Zahlen, in Buchhaltung. Seit zehn Jahren wohne ich jetzt in Chicago. Seit drei Jahren bin ich Rechtsanwältin. Nach einem halben Jahr selbstständiger Arbeit habe ich eine Stelle bei der Umweltschutzorganisation CEAW bekommen, dem Center for Environmental Advocacy Work.

Ich habe eine Zukunft, ein Leben, ich besitze eine helle Eigentumswohnung im Stadtteil Lincoln Park mit Bücherregalen bis an die Decke, in denen sich keine einzige Bibel findet. Ich treffe mich mit Freunden in Bars und Clubs und Kneipen in Downtown Chicago, wo die Cocktails Zutaten haben wie Flieder oder Eiweiß. Ich habe jetzt Freunde – und Liebhaber, wenn man sie so nennen will. So viele ich möchte, namenlos und ununterscheidbar. Sie gehen ein und aus in meinem Leben und teilen mit mir das Bett, wenn ich das will.

In den meisten Nächten werde ich inzwischen sogar nicht mehr von Albträumen heimgesucht.

Ich habe mir oft geschworen, nie wieder nach Hause zu fahren. Jetzt weiß ich es besser. Jedes Selbsthilfebuch der Welt sagt einem, dass man vor seiner Vergangenheit nicht davonlaufen kann.

Ich habe meine Wurzeln in Barrens. Wenn diese Wurzeln ein für alle Mal gekappt werden sollen, muss ich das selber tun.

Main Street. Das Haus, das einmal die Kirche beherbergt hat – ein einstöckiger, fensterloser Betonbau, wo wir jeden

Sonntag hingingen, bis mein Vater zu dem Schluss kam, dass der Pfarrer die Heilige Schrift zu lax auslegte und vor allem den Schwulen gegenüber zu tolerant war –, ist jetzt eine »White Castle«-Burgerbude. An dem Gebäude, in dem sich früher die Bibliothek befand, wohin meine Mutter mit mir gern zur Märchenstunde ging, prangt jetzt ein Schild mit der Aufschrift *Johnny Chow's Oriental Buffet.* In meiner Jugendzeit gab es im ganzen Ort kein einziges Restaurant.

Aber vieles ist auch unverändert: Das Neonschild des Veteranenvereins VFW flackert immer noch, und Mel's Pizza, wo ich manchmal nach der Schule mit dem Rad hingefahren bin, um mir ein Stück Pizza zu holen, liefert immer noch Teigwaren aus. Der »Jiffy Lube Pit Stop« ist noch da, auch »Jimmy's Autoteile« und der runtergekommene Pornoladen, der früher Kaycee Mitchells Vater gehörte. Und ihm vielleicht immer noch gehört, was weiß ich. Aber das »Temptations« hat ein neues Dach und eine neue Leuchtreklame. Der Laden scheint also zu brummen.

Ich entdecke eine Krähe auf einem Telefonkabel über mir, eine zweite etwas weiter entfernt. *Eine für Leid, zwei für Freud' …*

Abseits der Main Street sieht nichts mehr so aus wie früher: nagelneue Reihenhäuser, ein Möbelhaus, ein italienisches Restaurant, das im Schaufenster eine Salatbar anpreist. Nichts wirkt vertraut, bis auf den Schrotthändler und das Drive-in-Kino gleich dahinter. Das Kino war der Schauplatz unzähliger Geburtstagspartys mit den Kindern aus der Sonntagsschule und auch eines deprimierenden Thanksgiving, kurz nach der Beerdigung meiner Mutter. Es war die Hauptattraktion im Ort, bis »Optimal Plastics« nach Barrens kam.

Noch mehr Krähen auf den Telefonkabeln. *Drei, vier, fünf, sechs … sieben, eine Hex' kocht Rüben.* So viele Krähen.

Wieder hier zu sein schnürt mir die Brust und die Kehle zu. Ich umfasse das Lenkrad fester. An der ersten roten Ampel – an der *einzigen* Ampel von Barrens – hole ich tief Luft und schließe die Augen. *Diesmal hab ich die Situation im Griff.*

Der Typ hinter mir hupt ungeduldig. Die Ampel ist auf Grün gesprungen. Ich gebe ein bisschen zu viel Gas und schieße auf die Kreuzung. Als ich aus dem Augenwinkel ein vertrautes orangefarbenes Schild bemerke, setze ich, ohne nachzudenken, den Blinker und biege auf den Parkplatz des Donut Hole ein – das ebenso wie das Drive-in-Kino unverändert ist.

Ich schalte den Motor ab. Bleibe sitzen. Nach wenigen Sekunden ohne Klimaanlage wird es entsetzlich heiß im Auto. Draußen ist es bereits um diese frühe Zeit über fünfundzwanzig Grad warm, viel wärmer als in Chicago. Und furchtbar schwül. Ich kämpfe mich aus meiner Lederjacke und nehme meine Handtasche vom Beifahrersitz. Ich brauche einen Schluck Wasser.

Als ich gerade die Tür öffne, fährt ein blauer Subaru in die Parklücke neben mir. Er bremst so plötzlich, dass ich zusammenzucke. Der Fahrer hupt zweimal.

Ich steige aus, genervt darüber, wie dicht der Subaru neben mir geparkt hat, und in dem Moment sehe ich, dass die

Fahrerin mich anlächelt und mir mit beiden Händen zuwinkt. Sie zeigt fragend auf das Donut Hole, und ich habe den Bruchteil einer Sekunde Zeit, um mich zu entscheiden, ob ich wieder in mein Auto steigen, nach Chicago zurückfahren und die ganze Sache vergessen soll oder nicht. Aber plötzlich bin ich wie gelähmt. Irgendwann im Lauf meines Lebens hat mein Kampf-oder-Flucht-Instinkt sich in etwas verwandelt, das mir befiehlt: *Halt still, mach dich unsichtbar, und warte, bis es vorbei ist.*

Misha Dale. Blonder, dicker, immer noch schön auf ihre provinzielle Art. *Sie lächelt.* Früher hat mich ihr Lächeln bis in meine Träume verfolgt – etwa so, wie gründelnde Fische vom tiefen, dunklen Rachen eines Hais träumen.

Mit zwölf hat Misha ihre Freunde dazu angestachelt, mich mit Brötchen zu bewerfen, wenn ich durch die Cafeteria ging. Mit vierzehn hat sie den Oberschenkelknochen eines Tiers in meinen Spind gelegt und gesagt, es sei ein Knochen meiner Mutter, außerdem behauptete sie, ich würde Leichenteile in unserer Tiefkühltruhe aufbewahren, ein Gerücht, das sich unaufhaltsam verbreitete, sodass schließlich sogar Sheriff Kahn zu uns nach Hause kam, um die Sache zu überprüfen. Mit fünfzehn hat sie Geld gesammelt für die Behandlung meiner angeblichen Akne. Mit sechzehn hat sie eine Online-Petition gestartet, in der gefordert wurde, mich von der Schule zu werfen.

Eine Sadistin mit einem charmanten Lächeln. Misha, Cora Allen, Annie Baum und Kaycee Mitchell haben mich jahrelang gequält, sich an meinem Elend gelabt und frohlockt, als ich in der achten Klasse ein Röhrchen Ibuprofen geschluckt habe und eine Woche in der Psychiatrie verbringen musste – was mein Vater nie zur Kenntnis genommen hat und worüber wir nie gesprochen haben.

Nächstes Mal helf ich dir, hat Misha geflüstert, als ich schließlich wieder in die Schule kam.

Schreckliche Mädchen. Wahre Teufel.

Und doch habe ich sie beneidet.

»Also, ich *glaub's* ja nicht. Ich habe gehört, dass du kommen wolltest.« Ihr Blick ist weicher geworden, aber das Lächeln ist dasselbe – durchtrieben und ein bisschen schief. »Und dein Auto! Du hast es zu was gebracht!« Sie umarmt mich kurz mit einem Arm. Sie riecht nach Zigaretten – Menthol – und nach dem schweren Parfüm, das sie früher schon immer benutzt hat, um den Geruch von Rauch zu überdecken. »Erkennst du mich denn nicht? Misha Jennings! Dale«, korrigiert sie sich kopfschüttelnd. »Früher Dale. Gott, ist das lange her.«

»Natürlich erkenne ich dich«, sage ich. Ich habe ganz weiche Knie. Sie hat gehört, dass ich kommen würde. Aber von wem?

»Kommst du mit rein?« Sie zeigt auf das Donut Hole. »Die haben seit letztem Jahr jede Menge neue Sorten. Alles dank Optimal, nehm ich an. Wir hatten hier 'ne kleine Bevölkerungsexplosion, zumindest für Indiana-Verhältnisse.«

Dass sie Optimal erwähnt, ist ein Köder – muss es sein. Aber ich gehe nicht darauf ein.

»Klar«, sage ich. »Ich komm mit.«

»Ich esse immer noch am liebsten die Gefüllten.« Auch

ihre Stimme ist weicher geworden. Sie scheint sich ehrlich zu freuen, mich zu sehen. »Stehst du noch mit irgendjemandem von der alten Gruppe in Kontakt?«

Ich zögere, vermute eine Falle. Doch sie scheint meine Verwirrung nicht zu bemerken. Es gibt keine »alte Gruppe«. Zumindest keine, zu der ich mal gehört hätte. Ich schüttle nur den Kopf und folge ihr in den Laden. Sie reißt die Tür auf und geht vor mir rein.

Im Donut Hole gibt es, wie der Name schon sagt, Donuts, außerdem fungiert es als eine Art Drogerie und beherbergt unser »Tourismusbüro«, bestehend aus einem Eckregal, gefüllt mit Prospekten zum Mitnehmen. Es gibt sogar eine kleine, inoffizielle Bücherei im Donut Hole: Wer ein Buch dalässt, darf sich eins mitnehmen. Der ganz spezielle Geruch von Lufterfrischer, verstaubten Reiseführern und frischen Backwaren katapultiert mich augenblicklich zurück in die Vergangenheit.

»Ist bestimmt toll, nach so langer Zeit wieder hier zu sein.« Misha geht an der Donut-Theke vorbei und steuert auf ein Regal mit Arzneimitteln zu, über dem ein handgeschriebenes Schild verkündet: *Keine Apotheke – Kein Verkauf von verschreibungspflichtigen Medikamenten.*

Misha schnappt sich einen Korb und legt ein Mittel gegen Sodbrennen, eine Flasche Babyshampoo, Körperlotion mit Fliederduft und eine Schachtel Kleenex hinein, lauter normale, harmlose Sachen, die so gar nicht zu dem boshaften Mädchen passen wollen, das mich jahrelang gepeinigt hat.

»Na ja, als *toll* würde ich es nicht unbedingt bezeichnen.«

Es war ein Fehler würde es wohl eher treffen, vor allem jetzt, wo ich im Donut Hole vor Misha stehe. »Ich bin beruflich hier.«

Als sie nicht nachfragt, was ich mache, bin ich mir sicher, dass sie es weiß.

»Also, *ich* finde es toll, dass du wieder da bist«, sagt sie. Ihr Ton ist warm, aber ich werde mein ungutes Gefühl nicht los. Misha fand immer nur toll, womit sie andere piesacken konnte. »Dein Dad freut sich bestimmt wie ein Schneekönig. Er hat letzten Sommer unseren Zaun repariert, nachdem der Tornado hier durchgefegt ist. Der Zaun ist jetzt wieder tipptopp.«

Ich will nicht über meinen Vater reden. Erst recht nicht mit Misha. Ich räuspere mich. »Du hast also Jonah Jennings geheiratet?«, frage ich in einem höflichen Ton, von dem ich hoffe, dass sie ihn – zu Recht – als geheuchelt interpretiert.

Misha lacht nur. »Nein, seinen Bruder Peter.«

Die neue Misha ist unberechenbar. Es ist, als wären die Regeln der Vergangenheit neu geschrieben worden, als spielten wir ein Spiel, das ich noch nicht kenne. Alles, was ich über Peter Jennings weiß, habe ich während meiner College-Zeit in der *Tribune* gelesen – dass er verhaftet wurde, weil er mit Heroin gedealt hatte.

Misha sieht die Zeitschriften auf dem Ständer durch. »Ich war lange Zeit standhaft, aber er hat sich einfach nicht abwimmeln lassen.« Sie zögert für den Bruchteil einer Sekunde. »Wir haben eine Tochter, Kayla. Sie ist im Auto. Ich stelle sie dir vor, wenn wir rausgehen.«

Obwohl die Klimaanlage läuft, ist es im Donut Hole heiß wie in einem Brutkasten. Misha interessiert mich nicht.

Mishas Tochter interessiert mich nicht. Trotzdem kann ich mir die Frage nicht verkneifen. »Macht das der Kleinen nichts aus, allein im heißen Auto?«

»Die schläft. Wenn ich sie wecke, schreit sie nur wie am Spieß. Eins sag ich dir. Zehn Jahre vergehen wie im Handumdrehen, und plötzlich ist nichts mehr, wie es einmal war.« Sie sieht mich mit schmalen Augen an, als hätte sie mir gerade ein Geheimnis anvertraut. »Ich arbeite übrigens jetzt an der High School, wusstest du das? Seit ein paar Jahren bin ich stellvertretende Direktorin.«

Das schockiert mich. Misha hat die Schule mindestens so sehr gehasst wie ich, wenn auch aus anderen Gründen. Im Unterricht war sie unaufmerksam, und die Hausaufgaben waren ihr lästig, weil sie sie davon abhielten, mit den Jungs vom Football-Team rumzumachen.

»Nein, das wusste ich nicht«, sage ich, obwohl ich sie viel lieber fragen würde: *Wie hast du das denn geschafft?* Andererseits ist die Barrens High eine winzige Schule mit einem Abschlussjahrgang von gerade mal sechzig Schülern und vermutlich keine Schule, die besonders begabte und engagierte Lehrer anzieht. »Glückwunsch.«

Sie macht eine wegwerfende Handbewegung, wirkt jedoch geschmeichelt – geschmeichelt und stolz. »Der Mensch denkt, und Gott lenkt. So sagt man doch, oder?«

Ich weiß nicht, ob sie scherzt. »Ich dachte, du hast es nicht so mit dem lieben Gott. In der High School hast du dich immer über die Jesus-Freaks lustig gemacht.«

Was natürlich nicht stimmt: Sie hat sich nur über mich lustig gemacht.

Mishas Lächeln verschwindet. »Da war ich auch noch jung. Wie wir alle.« Sie senkt das Kinn und beäugt mich durch ihre dick getuschten Wimpern. »Das ist alles Schnee von gestern. Übrigens bist du hier der große Star. Weil du es rausgeschafft hast.«

Das ist natürlich Blödsinn. Kann es nur sein. Sie hat mich gequält, sie hat meine Familie gequält, sie hat es genossen, mich zum Weinen zu bringen. Das habe ich mir nicht nur im Nachhinein eingebildet. Unmöglich. Einmal hat sie mir eine Rasierklinge ans Pult geklebt und einen Zettel dazugelegt: *»Tu's endlich.«* Für mich ist das kein Schnee von gestern. Sie hat Gerüchte über mich verbreitet, mich gedemütigt, und warum? Ich hatte sowieso keine Freunde. Ich war für sie keine Bedrohung. Damals war ich eigentlich überhaupt niemand.

Und doch, als sie meinen Arm nimmt und mich zum Kühlschrank mit den Kaltgetränken führt, lasse ich es geschehen. »Ich könnte einen Eiskaffee gebrauchen. Du auch?«

»Nein«, sage ich. Ich öffne den Kühlschrank und halte mich am Griff fest, während ich die säuberlich aufgereihten Flaschen betrachte. Sechs Flaschen nebeneinander, drei Reihen tief. In der letzten Reihe steht nur eine. Die nehme ich. »Nur Wasser.«

In Wirklichkeit möchte ich sagen: *Fass mich nicht an. Ich konnte dich noch nie ausstehen.* Aber vielleicht ist das die Macht, die Misha über einen hat, wie die Hexe in *Die kleine Meerjungfrau:* Sie raubt einem die Stimme.

Ich sehe ihr zu, wie sie einen Becher mit Eiskaffee füllt. Während ich krampfhaft nach einem Vorwand suche, um mich zu verdrücken – *Tschüss, ich wünsche dir ein langweiliges Leben und hoffe, dass wir uns nie wiedersehen* –, sagt sie plötzlich: »Brent fragt übrigens manchmal nach dir, weißt du das?«

Ich erstarre. »Brent O'Connell?«

»Wer sonst? Er ist jetzt ein hohes Tier bei Optimal. Regionalleiter Vertrieb. Ist in die Fußstapfen seines Vaters getreten und hat sich hochgearbeitet.«

Brent stammt aus einer der wohlhabendsten Familien der Stadt, was in Barrens bedeutet: Basketballkorb über dem Garagentor, Swimmingpool im Garten, ein eigenes Zimmer für jedes Kind. Brents Vater trug eine Krawatte zur Arbeit, und seine Mutter sah aus wie Carol Brady: blond, breites Lächeln, immer wie aus dem Ei gepellt. Brent hat gleich nach der High School eine Stelle bei Optimal bekommen. Während die anderen Jungs sich ihr Taschengeld verdienten, indem sie nach der Schule in der Tankstelle oder im Supermarkt jobbten oder auf einer Farm den Stall ausmisteten, machte Brent ein Praktikum bei Optimal.

»Er ist immer noch Single. Eine Schande, oder?« Sie rührt ihren Kaffee ganz langsam um, als würde sie ein chemisches Experiment durchführen und als könnte die falsche Mischung aus Kaffee und Sahne den ganzen Laden in die Luft jagen. Ein Zuckerwürfel. Rühren. Zwei Zuckerwürfel. Rühren. Drei. Dann, unvermittelt: »Er war immer in dich verknallt, wusstest du das?«

»Brent ist mit Kaycee zusammen«, sage ich hastig. Keine Ahnung, wo das Präsens herkommt. Kaum fünf Minuten in der Stadt, und schon hat mich die Vergangenheit eingeholt. »Ich meine, war.«

»Er war mit Kaycee *zusammen,* aber in dich *verknallt.* Das wussten alle.«

Brent O'Connell war einer der beliebtesten Jungs an der Schule. Was sie sagt, ergibt keinen Sinn.

Das heißt …

Da war dieser Kuss, am Abend nach der Abschlussfeier. Ein erster Kuss, der fast genauso war, wie ich es mir immer erträumt hatte. Es war ein ungewöhnlich warmer Junitag gewesen. Man hätte fast baden gehen können. Der Geruch von Rauch lag in der Luft. Brent trat aus dem Schatten der Bäume und hob eine Hand zum Schutz gegen den Strahl meiner Taschenlampe. Wie oft war ich abends durch den Wald hinter unserem Haus zum Stausee gegangen in der Hoffnung, ihm über den Weg zu laufen, in der Hoffnung, er würde Notiz von mir nehmen?

Es war so perfekt, dass ich mich später oft fragte, ob ich mir das nicht alles nur ausgedacht hatte. So wie ich mir als kleines Kind Sonya ausgedacht hatte, ein dunkelhaariges, langbeiniges Mädchen, das in unserem Haus auf dem Dachboden wohnte und mit mir Spiele spielte im Austausch gegen Blätter, Zweige und Äste, die ich ihr von draußen mitbrachte. Sonya sei einmal eine Fee gewesen, erklärte ich meiner Mutter, als sie haufenweise modriges Laub und tote Insekten auf dem Dachboden fand. So wie die Spiele, die ich mir nach dem Tod meiner Mutter ausdachte. Nicht auf die Ritzen zwischen den Gehwegplatten treten, natürlich, aber auch andere Spiele. Wenn ich die Luft anhalten konnte, bis fünf Autos vorbeigefahren waren … Wenn ich bis zum Grund des Stausees tauchen und einen Finger in den Schlamm stecken konnte … Wenn eine gerade Anzahl an Krähen auf dem Telefonmast saß, egal wie viele, außer zehn.

Misha verschließt ihren Eiskaffeebecher mit einem Deckel, dessen Rand sie mit dem Daumen sorgfältig rundherum andrückt. »Wieso eigentlich?«, fragt sie – so beiläufig, so zuckersüß, dass ich es beinahe gar nicht mitkriege.

»Wie bitte?« Einen Moment lang verstehe ich es tatsächlich nicht.

Sie blickt auf. Ihre Augen sind so blau wie der Sommerhimmel. »Wieso war Brent so von dir angetan, was meinst du?«

Ich umklammere meine Wasserflasche so fest, dass das Plastik unter meinen Fingern nachgibt. »Ich … Ich weiß nicht«, stammle ich. Dann: »Das war er doch gar nicht.«

Sie lächelt immer noch. »Vielleicht wegen der langen, langen Haare.«

Unvermittelt streckt sie eine Hand aus und berührt meinen Pferdeschwanz. Als ich unwillkürlich zurückweiche, lacht sie, als wäre sie plötzlich verlegen.

»Vielleicht war das der Grund für all die Gemeinheiten, vielleicht wollte Kaycee deswegen immer, dass wir dich ärgern«, sagt Misha. »Die war echt durchgeknallt.«

»Sie war deine beste Freundin«, erinnere ich sie. Ich habe Mühe, dem Gespräch zu folgen, mich aus dem Sumpf der Erinnerung zu ziehen.

»Deine auch, zumindest eine Zeit lang«, erwidert sie. »Du weißt doch, wie es war. Sie hat mir eine Heidenangst eingejagt.«

Kann das stimmen? Wenn ich an die Zeit damals denke, sehe ich immer als Erstes Mishas Gesicht vor mir, ihre schiefen Zähne und diese großen blauen Augen, den genüsslichen Blick, wenn sie mich weinen sah. Misha war die Gemeine, der Pitbull, sie traf die Entscheidungen. Cora und Annie waren Mitläuferinnen: Sie sind hinter Misha und Kaycee hergedackelt wie kleine Mädchen, die ihre großen Schwestern anhimmelten.

Kaycee war die Hübsche, die von allen bewundert wurde. Niemand konnte Kaycee jemals etwas abschlagen. Kaycee war die Sonne. Es blieb einem gar nichts anderes übrig, als sich in den Orbit um das Zentralgestirn einzufügen.

Jetzt, zehn Jahre älter und seit zehn Jahren ohne ihre beste Freundin, scheint Misha recht entspannt zu sein.

»Brent wird sich freuen, dass du wieder da bist, auch wenn ihr jetzt auf entgegengesetzten Seiten steht«, sagt Misha. »Na ja«, fügt sie hinzu, als sie mein Gesicht sieht, »stimmt doch, oder? Ihr seid hier, um Optimal dichtzumachen.«

»Wir sind hier, um uns zu vergewissern, dass das Wasser sauber ist«, sage ich. »Nicht mehr und nicht weniger. Wir sind nicht gegen Optimal.« Für die Einwohner von Barrens wird das allerdings keinen Unterschied machen.

»Aber du gehörst zu dieser Umweltorganisation.«

»Ich arbeite für CEAW, allerdings«, sage ich. »Das hat sich ja schnell rumgesprochen.«

Misha beugt sich ein bisschen vor. »Gallagher behauptet, die stellen uns das Wasser ab.«

Ich schüttle den Kopf. »Gallagher bringt da ein bisschen was durcheinander. Von Wasserabstellen kann zum jetzigen Zeitpunkt überhaupt nicht die Rede sein. Im Moment sind wir nur hier, um das Abwassersystem zu überprüfen.« Im

Jurastudium lernt man vor allem eins: zu reden, ohne viel zu sagen.

Misha lacht. »Und ich dachte schon, du wärst eine knallharte Anwältin. Dabei bist du offensichtlich bloß Klempnerin!« Sie schüttelt den Kopf. »Aber ich bin froh, das zu hören. Du ahnst ja gar nicht, was für ein Segen Optimal für unsere Stadt ist. Eine Zeit lang sah es so aus, als würde Barrens vom Erdboden verschwinden.«

»Daran kann ich mich erinnern«, sage ich. »Glaub's mir.«

Plötzlich wirkt sie gequält, sie runzelt die Stirn und presst die Lippen zusammen. Einen Moment lang hat es den Anschein, als suche sie verzweifelt nach Worten.

Dann nimmt sie meine Hand. Sie kommt näher, so nah, dass ich die Poren in ihrem Gesicht sehen kann.

»Du weißt doch, dass das alles nur Spaß war damals, oder? Was wir mit dir gemacht haben. Was wir gesagt haben.«

Vermutlich deutet sie mein Schweigen als ein Ja. Sie drückt meine Hand. »Eine Zeit lang hatte ich Angst davor, dass du zurückkommen könntest. Ich dachte, du würdest zurückkommen wegen …« Sie bricht ab, und ich spüre einen kalten Hauch im Nacken, so als hätte sich jemand vorgebeugt, um mir etwas zuzuflüstern.

Kaycee. Ich bin mir sicher, dass sie Kaycee sagen wollte.

»Weswegen?«, frage ich betont beiläufig, während ich einen Ständer mit billigen Sonnenbrillen drehe und zusehe, wie das Sonnenlicht in den polarisierten Gläsern gedämpft wird.

Sie lächelt schmallippig. »Um dich zu rächen«, sagt sie einfach. Sie hält die Tür auf, und diesmal lässt sie mich vorausgehen.

Mishas Tochter strampelt in ihrem Kindersitz. Kaum erblickt sie Misha, fängt sie an zu schreien. Erst jetzt merke ich, dass ich die Luft angehalten habe, und ich atme tief aus, während Misha die Kleine losschnallt.

»Das ist Kayla«, sagt sie, das schreiende Kind auf dem Arm.

»Sie ist süß«, sage ich, und es stimmt. Sie hat Mishas Augen. Ihr auffallend dichtes Haar ist so blond, dass es fast weiß ist.

»Ja, nicht wahr? Gott sei Dank hat sie nicht Peters Gesichtsfarbe geerbt. Rothaut nennen sie ihn auf der Arbeit.« Misha wippt Kayla auf der Hüfte, um sie zu beruhigen. Irgendwie kann ich mir nicht vorstellen, dass Peter Jennings – kräftiger Unterkiefer, dämlicher Blick – Kaylas Vater ist. Aber so ist das meistens mit kleinen Kindern: Die hässlichen Seiten ihrer Eltern kommen erst später bei ihnen durch. »Durch dich und deinen wichtigen Job in Chicago wird Barrens im ganzen Land bekannt.« Es ist halb Kompliment und halb Warnung. Subtext: *Komm uns nicht in die Quere.*

»Du musst mal zum Abendessen vorbeikommen. *Bitte.* Wohnst du bei deinem Vater? Ich hab immer noch eure Telefonnummer.« Sie dreht sich um und schnallt Kayla wieder in ihrem Kindersitz an. »Und sag Bescheid, falls du irgendwas brauchst. Egal was.«

Sie steigt ins Auto, ehe ich sagen kann, *danke, mach dir keine Umstände.* Außerdem würde ich um nichts in der Welt wieder bei meinem Vater einziehen. Kaum ist sie weg, ist es, als hätte eine Hand meine Stimmbänder losgelassen.

Ich werde nie etwas von dir brauchen.
Ich werde dich nie um etwas bitten.
Ich konnte dich noch nie ausstehen.

Aber es ist zu spät. Sie ist fort, und zurück bleibt nichts als ein dünner Abgasschleier in der Luft, der alles leicht verzerrt, bis auch er verschwunden ist.

2

In der zwölften Klasse wurden Misha und Kaycee krank. Ihre Hände zitterten – es war eins der ersten Symptome. Als Nächstes ging es bei Cora Allen und Annie Baum los. Sie verloren ständig das Gleichgewicht, sogar dann, wenn sie einfach still dastanden. Sie vergaßen, wo unser Klassenzimmer war oder wo es zur Turnhalle ging. Irgendwann war es, als würden alle in Barrens krank, als würde die ganze Stadt gemeinsam den Verstand verlieren.

Und was steckte dahinter? Ein Scherz. Ein alberner Streich. Einfach, weil es ihnen Spaß machte. Weil sie nach Aufmerksamkeit gierten.

Ein paar Monate lang waren sie berühmt, zumindest im südlichen Indiana. *Arme, vernachlässigte Mädchen aus der Provinz.* Die Mütter von Misha und Cora kamen im örtlichen Fernsehen, und kurz bevor Kaycee abgehauen ist, war sogar die Rede von Interviews mit den großen Medien. Jemand von der *Chicago Tribune* versuchte, die rätselhafte Krankheit mit anderen Fällen von Umweltverschmutzung durch Fabriken in Verbindung zu bringen. Aber als rauskam, dass die Mädchen das alles nur inszeniert hatten, war die Geschichte ziemlich schnell vergessen, und niemand schien ihnen irgendwas übel zu nehmen, jedenfalls nicht lange. *Sie wollten nur ein bisschen Aufmerksamkeit,* hieß es in den Zeitungen.

Aber ich hatte ihnen geglaubt. Und irgendwie hab ich nie aufgehört zu glauben, dass die Krankheit echt war – was dazu führte, dass mir das Thema Umweltschutz zur Herzensangelegenheit wurde und ich unsere Organisation auf die ursprüngliche Beschwerde aufmerksam machte, die mich beschäftigte wie ein lästiger Nietnagel.

Als ich nach Chicago gezogen bin, habe ich, sobald ich es mir leisten konnte, alle meine alten Kleider weggeworfen und mich nach der Mode gerichtet, die die Schaufensterpuppen auf der Magnificent Mile trugen. Ich habe den Akzent des Mittleren Westens abgelegt und allen erzählt, ich stammte aus einem Vorort von New York. Sonntags vormittags schlief ich meinen Rausch aus, und gebetet hab ich nur noch für freie Fahrt, wenn ich mal im Stau steckte. Und irgendwann hab ich aufgehört, zu Hause anzurufen.

Ich habe mein Bestes getan, um Barrens hinter mir zu lassen.

Doch je mehr ich es versuchte, desto mehr zerrten halbtote Erinnerungen an mir, desto stärker wurde das Gefühl, irgendetwas nicht getan oder erledigt zu haben. Etwas nicht verstanden zu haben.

Manchmal, wenn ich nach einem feuchtfröhlichen Abend nach Hause kam, gab ich mich Erinnerungen an Kaycee hin, an die Nachmittage, als wir mit Steinen nach den riesigen Pilzen im Wald warfen, die uns als Zielscheiben dienten, an meinen Hund Chestnut und an die rätselhafte Krankheit, die unsere Kleinstadt heimgesucht hatte.

Vielleicht wollte ich glauben, dass es eine Erklärung gab, einen Grund für das, was Kaycee getan hatte.

Oder vielleicht wollte ich ihr einfach glauben, weil ich nach all den Jahren immer noch nicht verstehen konnte, warum sie mich derart reingelegt hatte.

Egal, wie oft ich mir schwor, damit aufzuhören, zerbrach ich mir immer und immer wieder den Kopf über dieselben Fragen. *Warum?* Fast alles andere konnte ich abschütteln, aber diese Frage verfolgte mich. *Warum?* Kaycee, Misha, der Streich. *Warum?* Manchmal vergingen ein, zwei Monate. Manchmal nur ein paar Wochen. Dann verbrachte ich Stunden damit, über Optimal zu recherchieren, die mageren Meldungen zu durchforsten, die in Barrens als Nachrichten durchgingen. Das meiste davon war Eigenwerbung von Optimal, Berichte über die Segnungen, die die Firma der Stadt bescherte – neue Häuser, ein neues Gemeindezentrum, ein neuer Fonds für Stipendien. Jahre der Recherche, in denen ich nicht das Geringste zu Tage förderte.

Bis ich vor einem halben Jahr schließlich auf etwas stieß.

Die hundertzwanzig Hektar Land, die Wyatt Gallagher sein Eigen nennt, sind gänzlich von einem windschiefen Lattenzaun eingefasst. Die Dürre hat ihre Spuren hinterlassen. Was grün war, ist jetzt braun, und eine feine Staubschicht trübt meine Windschutzscheibe. Als ich in die Einfahrt einbiege, schlagen in einiger Entfernung mehrere angekettete Jagdhunde an. Ich wusste, dass unsere Organisation für uns Anwälte Räumlichkeiten angemietet hat, aber ich hatte keine Ahnung, dass wir auf Gallaghers Farm untergebracht werden würden. Andererseits ist es auch nicht verwunderlich, schließlich war Gallagher einer der Ersten, die sich über den Stausee beschwert haben.

Wenn man bedenkt, dass Gallagher kein Handy besitzt und seine Internetverbindung mehr als wackelig ist, ist es ein Wunder, dass seine Beschwerde es jemals über die Stadtgrenzen hinaus geschafft hat.

Als ich seinen Text im Internet gelesen hatte, rief ich sofort das Protokoll der letzten Gemeinderatssitzung auf, um nachzulesen, was Gallagher genau ins Feld geführt hatte. Nicht nur er hatte eine Beschwerde vorgebracht, sondern mehrere andere Familien hatten sich seiner Klage angeschlossen. Während ich über dem Protokoll brütete, kam ich mir vor wie Alice, die in das Kaninchenloch purzelt: Plötzlich stolperte ich über jede Menge alte Beschwerden, vergessene Berichte von Dutzenden Bürgern von Barrens, all die alten Fälle, die Gallagher gesammelt und zu einem wütenden Pamphlet gebündelt hatte. Allein nach dem Durcharbeiten des Protokolls hatte ich vier Seiten handgeschriebener Notizen.

Und zum ersten Mal seit zehn Jahren, vielleicht sogar zum ersten Mal in meinem Leben hatte ich das Gefühl, dass die ganze Welt zur Ruhe gekommen war. So als wäre alles ganz still geworden, weil plötzlich die Verheißung einer Antwort in der Luft lag.

Ich verschaffte Gallagher einen Kontakt mit der für Indiana zuständigen Abteilung von CEAW. Aber die Kollegen in Indiana waren vollauf beschäftigt mit Verhandlungen über einen Gesetzesentwurf zur Produktion von sauberer Energie, der eigentlich schon zwei Jahre zuvor hätte verabschiedet werden sollen. Sie brauchten personelle Unterstützung.

Und jetzt bin ich also hier.

Ich parke auf dem Rasen neben der frisch gestrichenen Scheune, die nur daran als unser Hauptquartier zu erkennen ist, dass Joseph Carters zerbeulter Camaro mit dem typischen *CoeXisT*-Aufkleber davorsteht. Es stehen noch ein paar weitere Wagen da, die mir bekannt sind, und aucheinige, die ich nicht kenne – Estelle Barry, eine der Seniorpartnerinnen, hatte angekündigt, dass wir ein paar Praktikanten der Loyola-Universität in Chicago bekommen würden.

Ich stopfe die leere Wasserflasche in zwei alte Tankstellen-Pappbecher und werfe alles zusammen in den Fußraum des Beifahrersitzes.

»Williams. Du bist spät dran«, begrüßt mich Joe, als ich die riesige, luftige Scheune betrete, wo meine Kollegen bereits Klapptische, Aktenschränke und jede Menge Computer aufgebaut haben, die alle an einem einzigen Stromkabel hängen. Der Boden der Scheune aus verzogenen Holzdielen ist mit billigem Teppich ausgelegt und mit einem Gewirr von Kabeln bedeckt.

»Es ist zwei nach neun, Mann.«

Joe und ich wurden zur selben Zeit im Illinois-Büro der Organisation eingestellt. Er ist so ziemlich mein bester Freund, auch wenn ich mir eher die Hand abhacken würde, als das ihm gegenüber zuzugeben. Wir waren beide Neulinge. Wir haben zahllose lange Abende im Büro verbracht, in scheußlichem Neonlicht Nasi-Goreng aus dem China-Imbiss gegessen, blass vor Erschöpfung. Wir haben unsere ersten drei Weihnachtsfeste als Anwälte zusammen gefeiert. Ich hatte immer das Gefühl, dass Joe ebenso wie ich kein besonders enges Verhältnis zu seiner Familie hat, und ich weiß noch, wie verblüfft und sogar ein bisschen eifersüchtig ich war, als er letztes Jahr verkündete, dass er sich ein paar Tage freinehmen würde, um mit seiner Familie Urlaub in Florida zu machen.

»Du siehst aus, als wärst du grade aus dem Bett gefallen. Steht dir gut«, sagt Joe. Er führt mich zu einem langen Klapptisch im hinteren Teil der Scheune. »Erinnert mich an Studentenzeiten.«

»Es erinnert dich ans letzte Wochenende«, erwidere ich, und er sieht mich an, als wüsste er nicht, wovon ich rede. Er wechselt die Liebhaber wie die Unterhemden. Einfach so. »Du bist ja gut drauf.«

»Die Landluft scheint mir zu bekommen«, sagt er und breitet die Arme aus, als hätte er noch nie ein so weites Land gesehen. Er ist erstaunlich munter so früh am Morgen, und das nach der langen Fahrt von Indianapolis hierher. Joe weigert sich, in einem der wenigen Motels oder einer Pension in Barrens zu übernachten, mit dem Argument, dass ein schwuler Schwarzer in etwa so gut nach Barrens passt wie ein Dildo auf einen Abendbrottisch. Stattdessen hat er sich entschieden, jeden Tag zwischen Barrens und Indianapolis hin- und herzufahren.

»Oder das Wasser in Barrens«, sage ich, worüber er lachen muss. Er ist nicht der Einzige, der aufgekratzt wirkt. Es ist die neue Aufgabe, das neue Team. Alle sind voller Energie. Auch wenn die pickeligen Jurastudenten immer etwas arg blauäugig sind. Sie glauben noch, wir könnten die Welt von jeder Ölpest, jedem verseuchten Stausee und jedem Gasleck befreien.

»Hallo Leute«, sagt Joe in die Runde, »vor euch steht Abby Williams. Die Frau, die euch seit Wochen mit E-Mails zumüllt.«

Unser Team ist ziemlich bescheiden: ein frischgebackener Anwalt und ein paar erwartungsvoll dreinblickende Jura-Studenten. Eine der jungen Frauen sieht aus, als ginge sie noch zur Schule. So ist CEAW – gearbeitet wird immer mit einem Minimalbudget. Für eine gute Sache zu kämpfen macht sich selten bezahlt.

»Ich glaube, die korrekte Bezeichnung lautet *briefen*«, sage ich zu Joe.

Er übergeht meine Bemerkung. »Abby«, sagt er zu den anderen, »leitet mit mir zusammen das Team, wie ihr alle wisst. Aber eigentlich ist sie der Grund, warum wir überhaupt hier sind. Wenn euch das hier also in ein paar Tagen alles zum Hals raushängt, beschwert euch bei ihr.« Er klimpert mit den Wimpern, als ich die Augen verdrehe.

Ich kenne die einzelnen Team-Mitglieder nur von den briefmarkengroßen Porträtfotos, die Estelle Barry uns gegeben hat. Der frischgebackene Anwalt heißt Raj und hat seinen Abschluss in Harvard gemacht. Den jungen Praktikanten verpasse ich insgeheim sofort Spitznamen: Die kesse junge Kalifornierin in dem geblümten T-Shirt wird zu Flora, der bärtige Hipster in einem Flanellhemd, das allzu maßgeschneidert wirkt, um authentisch zu sein, zu Portland. Praktikanten sind wie One-Night-Stands: Man kann versuchen, sich ihre Namen zu merken, aber der Aufwand lohnt sich selten.

Flora springt auf. Sie will beweisen, dass sie ihre Hausaufgaben gemacht hat. »Bisher haben wir die Protokolle sämtlicher Bürgerversammlungen der letzten fünf Jahre durchgesehen, also aus der Zeit, bevor sie digitalisiert wurden«, sagt sie. »Mehrere Familien haben sich, ...«, sie sieht in ihre Notizen, und ihre Miene verfinstert sich, »... schon vor drei Jahren beschwert.« Sie schiebt sich die Haare hinter die Ohren. »Wir werden uns diese Beschwerden eine nach der anderen vornehmen«, fügt sie hinzu und setzt sich wieder.

»Und heute? Wen haben wir außer Gallagher?« Gallagher ist einer der größten Grundbesitzer in und um Barrens, seine Farm gab es schon, bevor ich geboren wurde, und er benutzt das Wasser aus dem Stausee für die Bewässerung seiner Felder. Den Aufzeichnungen zufolge, die Joe geschickt hat, ist er seit der Dürre, die jetzt schon zwei Jahre anhält, mehr denn je auf den Stausee angewiesen. Als er ganze Soja- und Maisfelder verlor, regte sich in ihm der Verdacht, dass mit dem Wasser etwas nicht stimmt – ein Verdacht, der von mehreren Nachbarn bestätigt wurde, die über eigenartigen Geruch, Hautausschlag und Kopfschmerzen klagen.

»Ein halbes Dutzend Leute hat die Beschwerde unterschrieben, die er dem Stadtrat vorgelegt hat. Von einer Familie namens Dawes und einem gewissen Stephen Iocco können wir wahrscheinlich am ehesten erwarten, dass sie mit uns zusammenarbeiten.«

»Ein halbes Dutzend Unterschriften? Die Richter lachen uns aus«, sagt Joe. Er untertreibt. Die Richter werfen uns raus.

Flora zuckte verlegen die Schultern. »Optimal ist der größte Arbeitgeber in Barrens«, sagt sie. »Es wird nicht leicht werden, Leute auf unsere Seite zu bekommen.«

»Barrens ist eine Firmenstadt«, sage ich und muss an Mishas Worte denken: *Ihr steht jetzt auf entgegengesetzten Seiten.* Ich fürchte, die meisten Einwohner des Städtchens stehen auf der anderen Seite. »Das wird unser größtes Problem werden.«

Alle nicken, aber sie sind ahnungslose Großstädter.

Während meiner Jugend lag morgens immer eine Art Plastikasche in der Luft. Jedes Mal, wenn wir Luft holten, atmeten wir Chemikalien von Optimal ein, und abends zauberte der chemische Smog die herrlichsten pink- und orangefarbenen Sonnenuntergänge an den Himmel. Unsere Ohren dröhnten vom permanenten Baulärm, den Optimal verursachte. Gebäude wurden eingerüstet, neue Lagerhallen wurden errichtet, neue Produktionsgebäude, neue Schornsteine. Ich aß zu Mittag in einer von Optimal gestifteten Cafeteria, fuhr nach der Schule in einem von Optimal bezahlten Bus nach Hause und nahm an von Optimal gesponsorten Tanzbällen, Kuchenbasaren und Grillpartys teil. Mein Vater hatte recht: Es gab etwas, das größer war als wir, jemanden, der uns beobachtete, der sogar die Farbe des Himmels und die Konsistenz der Luft bestimmte, die wir atmeten. Die erste Produktionsstätte wurde errichtet, als ich noch ein Kind war, aber ich erinnere mich gut daran. Ich bin immer wieder am Stausee herumgeschlichen, um auf der Baustelle zu spielen. Ich habe meinen Namen in den rostigen Schlamm um die Abwasserrohre geschrieben, wenn es bei uns zu Hause so übel stank, dass ich kaum noch Luft bekam.

»Eine Firmenstadt«, wiederholt Joe. »Wie putzig.«

»Wann kommen denn die Techniker von ETL?«, will Raj wissen. Er klingt etwas genervt. Die Firma Environmental Testing Laboratories ist darauf spezialisiert, Trinkwasser zu testen, mit besonderem Augenmerk auf Kontaminierung durch Schwermetalle. Leider ist es eines der wenigen vertrauenswürdigen Labors im Mittelwesten und kann sich vor Arbeit kaum retten.

»Nächste Woche«, sagt Joe. »Aber die Resultate von den Wasserproben werden wir wohl erst im Juli bekommen.«

»Wenn wir Glück haben«, sage ich. »Wo können wir noch ansetzen? Gibt es eine Zunahme von Krebsfällen?«

»In den letzten Jahren? Nein.« Nur Leute mit unserem Job können enttäuscht darüber sein, dass Krebs sich nicht schneller ausbreitet.

»Optimal ist vor zwanzig Jahren nach Barrens gekommen«, bemerke ich.

»So weit sollen wir zurückgehen? Dafür haben wir nicht genug Leute. Und du weißt doch, wie die Krankenhäuser sind. Man läuft ständig gegen Wände. Die Hälfte der Unterlagen unterliegt der ärztlichen Schweigepflicht.«

»Es geht um Daten. Selbst wenn sie später nicht gerichtsverwertbar sind, lohnt sich die Mühe. Wir sollten zumindest mit den hier ansässigen Ärzten reden.« So ist unsere Arbeit – ein einziges Geduldspiel. Als ich Joe kennenlernte, war sein erster Kommentar, dass die Plastikflasche, aus der ich gerade trank, eine einzige Umweltsauerei sei, woraufhin ich ihn als Arsch bezeichnete. Seitdem sind wir Freunde.

Ich hake nach. »Was ist mit den alten Fällen, die ich euch geschickt hab? Gibt es da was zu holen?«

»Meinen Sie den Fall Mitchell?«, fragt Flora. Gut gelaunt natürlich.

»Die Mitchells, die Dales, die Baums und die Allens waren die Ersten, die geklagt haben«, meldet sich Portland zu Wort. Er will sich erste Fleißkärtchen verdienen. »Die hatten alle Töchter, die im Teenageralter richtig krank geworden sind. Zuckungen, Sehstörungen, Ohnmachtsanfälle. Die haben eine Zivilklage angestrengt, als es schlimmer wurde.«

»Genau. Und dann haben sie die Klage fallenlassen.« Joe wirft den Stapel Papiere wieder auf seinen Schreibtisch. »Es war ein einziger Schwindel. Ein paar junge Mädchen, die dachten, sie könnten durch Schmerzensgeldzahlungen der Firma reich werden.« Er sieht mich an: »Stimmt's, Abby?«

Ein kleiner Seitenhieb in meine Richtung.

»So hieß es damals jedenfalls.« Ich muss daran denken, wie Kaycee im Kunstunterricht vergeblich versuchte, ihren Bleistift aufzuheben. Ich denke an ihre Freundinnen, die in den Fluren zuckten wie Insekten. »Die vier haben viel Aufmerksamkeit auf sich gezogen. Eine von ihnen ist hinterher aus der Stadt weggegangen. Die Familien der anderen haben ihre Klagen zurückgezogen. Ich stamme ursprünglich aus Barrens«, erkläre ich denjenigen, die mich mit großen Augen ansehen, und betone das *ursprünglich,* als wäre ich anschließend nach Paris oder Rio oder Santa Monica gegangen. »Ich bin mit den Mädchen, die damals erkrankt sind, zur Schule gegangen.«

»Aber es gab eine Überprüfung«, sagt Raj. So distanziert und höflich, wie er und Joe miteinander umgehen, vermute ich, dass sie es nach der Arbeit miteinander treiben. »Jemand von der Umweltschutzbehörde ist gekommen und hat einen Monat lang Tests durchgeführt. Dabei sind keine Auffälligkeiten festgestellt worden. Bei allen weiteren seitdem durchgeführten Untersuchungen auch nicht.«

»Trotzdem ist es ein ziemlich großer Zufall, oder?«, bemerke ich beiläufig, als würde mir das jetzt zum ersten Mal auffallen.

»Es war überhaupt kein Zufall«, wirft Flora ein. »Bevor Optimal sich in Barrens niedergelassen hat, war die Firma zehn Jahre lang in Tennessee. Damals hieß sie noch Associated Polymer. Ich glaube, die Dachgesellschaft heißt immer noch so. Anfang der Nullerjahre haben mehrere Leute gegen Associated Polymer Klage eingereicht wegen illegaler Müllentsorgung. Die Firma hat Schadensersatz gezahlt und so den Prozess vermieden, aber jedes Fehlverhalten strikt abgestritten.«

»Aber wenn die Firma sich nichts hat zuschulden kommen lassen, warum haben sie dann gezahlt?«, fragt Portland.

»In den letzten zehn Jahren ist Optimal mehrmals haarscharf an einem Prozess vorbeigeschrammt«, sagt Joe, während er demonstrativ einen Stapel Unterlagen durchblättert. Ich bin sicher, es ist nur Show. Er hat ein fotografisches Gedächtnis. »Verstöße gegen die Arbeitssicherheit, Steuerprüfungen, ein Fall von Diskriminierung. Aber letztlich konnte ihnen nichts nachgewiesen werden. Niemand ist daran interessiert, die Firma wirklich unter Druck zu setzen, solange sie der Stadt so viel Geld einbringt.«

»Typisch Kleinstadtpolitik«, sage ich.

Flora nimmt ihren Faden wieder auf. »Also, deswegen sind die Mädchen ja überhaupt auf die Idee gekommen, der Firma einen Denkzettel zu verpassen. Das hat eine von ihnen jedenfalls gesagt, Misha Dole.«

»Misha Dale«, korrigiere ich sie.

»Das hilft uns jetzt auch nicht weiter«, sagt Joe. »Wenn wir uns einen tieferen Einblick in die Machenschaften von Optimal verschaffen wollen, müssen wir die Menschen davon überzeugen, dass wir einen guten Grund für unsere Nachforschungen haben. Das heißt, wir brauchen eidliche Aussagen von Leuten, die *jetzt* Symptome haben. Und das heißt außerdem, dass wir andere Ursachen für diese Symptome ausschließen müssen. Ich habe keine Lust, meine Karriere aufs Spiel zu setzen nur für einen alten Knacker, der einen Rachefeldzug führt.«

»Eins müssen wir uns klarmachen.« Meine Stimme hallt von dem alten Scheunendach wider, und ein Vogel schreckt auf. »Wir sind hier nicht die Helden. Wir sind der Feind.«

»Großartig.« Joe grinst. »Die Bösen kriegen immer die besseren Kostüme. Also schön, machen wir uns an die Arbeit.« Als er in die Hände klatscht, fliegt der Vogel los und gleitet über unsere Köpfe hinweg durch das offene Tor. Flora schreit auf.

»Das war nur eine Krähe«, sage ich, und ich kann mir nicht verkneifen hinzuzufügen: »Krähen haben ein erstaunliches Gedächtnis. Sie können sogar menschliche Gesichter unterscheiden. Sie sind wie Elefanten. Sie vergessen nichts.«

»Kein Wunder, dass sie immer so mürrisch wirken«, sagt Joe, und als ich mich zu ihm umdrehe, sehe ich, wie er Raj zuzwinkert. Ja, die treiben es miteinander.

Ich setze mich an den leeren Schreibtisch und gehe die Unterlagen durch, die Gallagher uns dagelassen hat: ausführliche, schwer leserliche Aufzeichnungen über Veränderungen des pH-Werts im Erdreich, ungewöhnliche Fälle von bakterieller Braunfäule, unerklärliche Missernten.

Etwas fällt mir sofort auf: Gallagher hat die Aussage einer Frau namens Dawes festgehalten, die behauptet, ihr Kind würde an Hautausschlag leiden. Aber wenn diese Leute einen eigenen Brunnen haben, wie die meisten Familien hier in Barrens, dann haben wir schlechte Karten. Wenn das Grundwasser kontaminiert ist, wird es viel schwieriger werden, das auf eine einzelne Quelle zurückzuführen. Und es besteht immer noch die Möglichkeit, dass der ganze Fall sich in Luft auflöst, dass wir es nur mit ein paar Leuten zu tun haben, die auf fette Kohle aus sind, genau wie Kaycee und ihre Freundinnen vor all den Jahren.

Für die anderen im Team ist das hier bloß ein weiterer Fall. Für mich ist es die Chance, es endlich mit meinen Dämonen aufzunehmen. Die hässlichen Geheimnisse auszugraben. Ich wünschte, ich könnte behaupten, dass ich hier bin, weil ich Gerechtigkeit will für die, die keine Stimme haben, für diejenigen, die keine Lobby haben, so wie ich damals. Ich wünschte, ich könnte wenigstens behaupten, dass ich dafür sorgen will, dass die Bösen bestraft werden.

Aber ich will einfach nur Gewissheit. Endgültige Gewissheit. Seit zehn Jahren gehen mir dieselben Fragen durch den Kopf, immer und immer wieder. Nur die Wahrheit kann sie zum Schweigen bringen.

3

Um sechs Uhr mache ich Feierabend. Die Buchstaben verschwimmen vor meinen Augen. Auch Joe macht Schluss, und während ich ihm dabei zusehe, wie er seine Unterlagen in seinen ledernen Rucksack stopft, frage ich mich, was er wohl von diesem Ort hier hält. Ich habe schon früher versucht, ihm zu erklären, woher ich stamme, habe versucht, ihm einen Eindruck zu vermitteln von der ländlichen Gegend, dem gottverlassenen Kaff, dem weiten Himmel, davon, dass man zwanzig Minuten fahren muss, um ein Brot zu kaufen … Ich frage mich, ob er mich jetzt anders sieht, wo uns der Geruch von Dung in die Nasen drang, um uns herum kilometerweit unbewohntes Land.

Gallaghers Hunde sind immer im Dienst und schlagen wieder an, kaum dass Joe und ich nach draußen gehen und die Tür zur Scheune abschließen. In einigen Hundert Metern Entfernung bläst der Holzofen hinter dem Farmhaus den Geruch von Holzkohle in die Abendluft. Gallagher ist offenbar zu Hause.

»Ich könnte einen Drink gebrauchen. Gibt's hier in der Gegend eine Karaokebude?« Joe knufft mich in die Rippen, ein Friedensangebot, nachdem er mich vorhin dazu genötigt hat, mich als Einheimische zu outen. Das ist eine sympathische Seite an Joe: Nach Feierabend hat er immer ein schlechtes Gewissen, weil er so gut ist in seinem Job. »Du könntest mir doch mal zeigen, wo du dich früher immer so rumgetrieben hast.«

»Ich bin völlig erledigt«, sage ich, was sogar halbwegs stimmt, aber vor allem muss ich zu meinem Vater, und darüber will ich auf keinen Fall mit Joe reden. »Außerdem – musst du nicht zurück nach Indianapolis?«

»Spaßbremse.« Sogar seine Stimme verändert sich nach der Arbeit, aber als ich ihn mal drauf aufmerksam gemacht habe, meinte er, das sei bei mir auch nicht anders.

»Das Carrigan's ist garantiert nicht deine Szene, glaub's mir.«

Joe winkt mir zu und steigt in seinen Wagen. Ich wende mich von der Staubwolke ab, die er beim Losfahren aufwirbelt.

Mir schwirrt der Kopf vom stundenlangen Brüten über alten und neuen Unterlagen. Muster sind wie die Wahrheit. Sie wirken beruhigend, aber sie zu erkennen beschert einem regelmäßig verdammte Kopfschmerzen.

Der Himmel kann sich nicht entscheiden zwischen Tag und Nacht und wirft zum Gesang der Zikaden ein Feuerwerk aus Rot-, Pink- und Orangetönen an den Horizont. Um diese Stunde sieht Barrens schön aus. Über den Feldern liegt ein zarter Dunstschleier. So ist das in Barrens: Die Schönheit schleicht sich an, wenn man am wenigsten mit ihr rechnet.

Instinktiv habe ich den Weg zum Damm eingeschlagen. Am Stausee habe ich in meiner Kindheit und Jugend viel

Zeit verbracht, vor allem im Sommer, wenn der Wasserstand niedrig war und das Wasser sanft meine Füße umspülte. Das Wasser war eiskalt, aber das spielte keine Rolle. Bei schönem Wetter war hier immer was los. Kinder, die auf der Jagd nach Süßwasserkrebsen waren, die an einem Seil schwangen oder auf alten Reifen auf dem Wasser paddelten, Angler in Watstiefeln, die ihr Glück bei den im Frühjahr ausgesetzten Forellen versuchten.

Heute ist keine Menschenseele in Sicht. Das Wasser steht hoch und ist unruhig und würde mich garantiert von den Füßen reißen. Ich schließe die Augen und stelle mir vor, dass ich trotzdem hineinwate. Ich stelle mir den Kälteschock vor, das Gewicht des vielen Wassers, den Druck der Strömung, die mit tausend Händen versucht, mich nach unten zu ziehen. Ich stolpere und falle um ein Haar hin.

Dann höre ich Gelächter und drehe mich um. Zwei Mädchen, eine dunkelhaarig, die andere flachsblond, rennen Hand in Hand auf den Wald zu und wirbeln mit jedem Schritt Staub und Kies auf.

Die Zeit macht einen Sprung, und plötzlich sind die beiden Mädchen Kaycee und ich, ausgelassene Kinder mit verschorften Knien.

Das dunkelhaarige Mädchen verliert eine Sandale und lässt die Hand seiner Freundin los, um sie zu holen. Als sie mich entdeckt, verdüstert Argwohn ihr Gesicht. Es sieht aus, als wolle sie etwas sagen, doch ihre Freundin packt sie an der Hand, und schon sind sie zwischen den Bäumen verschwunden. Ich atme tief aus und merke erst jetzt, dass ich die Luft angehalten habe.

Früher hab ich sie überall gesehen. Erst letztes Jahr habe ich mich in Chicago in einer überfüllten U-Bahn in einem Waggon voller mit Weihnachtsgeschenken beladener Menschen bis zu einer jungen Frau vorgekämpft und gerade noch ihre Handtasche zu fassen bekommen, bevor sie ausstieg.

»Kaycee«, keuchte ich, bis sie sich umdrehte und ich sah, dass sie viel zu jung war – so jung wie Kaycee damals, als sie verschwand.

Einmal, während unseres letzten Jahrs in der High School, hab ich sie auf allen vieren in der Schultoilette vorgefunden, der Boden um sie herum war voller Blut. Sie hat immer wieder dasselbe gesagt, während ich dort stand und versuchte, Genugtuung zu empfinden, aber nur Panik und Angst verspürte: Wenn es Kaycee erwischt hatte, dann würde keine von uns verschont bleiben.

Sie streckte eine Hand aus, aber nicht, als wollte sie, dass ich sie ergriff, eher so, als tastete sie im Dunkeln nach etwas, woran sie sich festhalten konnte. *Was passiert mit mir?* Dann wurde sie von einem Krampf geschüttelt und übergab sich.

Ich weiß noch, dass ich dachte, das Blut sei viel zu rot.

Ich weiß noch, wie ich später dachte: Wie kann man so was vortäuschen?

4

Ich weiß natürlich, wo ich hinmuss, aber ich vertreibe mir noch ein bisschen die Zeit und fahre mit dem Auto herum. Ich lande schließlich auf dem Parkplatz von Sunny Jay's, dem zwielichtigen Getränkeladen, wo wir früher als Schüler Alkohol einkauften, weil wir dort unseren Ausweis nicht vorzeigen mussten. Das leere Grundstück auf der gegenüberliegenden Straßenseite, das früher als inoffizieller Müllabladeplatz benutzt wurde, ist inzwischen saniert und bepflanzt worden, und in seiner Mitte befindet sich jetzt ein Spielplatz. Mehrere Kinder laufen herum, klettern die knallrote Rutschbahn hoch und schaukeln auf der nagelneuen Schaukel, während ihre Eltern auf Bänken im Schatten sitzen. Ein großes Schild am Maschendrahtzaun verkündet: *Optimal kümmert sich!*

Ich parke und gehe mit schnellen Schritten zur Tür. Drinnen steuere ich die mickrige Weinabteilung an und lasse meinen Blick über die rosafarbenen Weinschläuche von Zinfandel und Yellow Tail und die bauchigen Zwei-Liter-Flaschen Carlo Rossi wandern. Als ich gerade eine verstaubte Flasche Malbec aus dem Regal nehmen will – da kann man nichts falsch machen –, spricht mich von hinten jemand an.

»Kann ich helfen?«

»Nein, danke ...« Als ich mich umdrehe, fällt mir um ein Haar die Flasche aus der Hand.

Es gibt eine Menge Dinge über Barrens, die ich nicht vergessen habe – die ich nicht vergessen kann: den Geruch der Hühnerfarmen im Sommer, das Gefühl, am falschen Ort gefangen zu sein oder im falschen Körper oder beides, die pechschwarzen Nächte, die Stille.

Aber das hatte ich vergessen: In dieser Stadt kann man nirgendwohin gehen, ohne von irgendwem angesprochen zu werden. Es ist so ziemlich das Erste, was man in einer Großstadt vergisst: das Gefühl, gesehen, beobachtet, wahrgenommen zu werden, das Gefühl, wie eine Flipperkugel zwischen vertrauten Menschen und Orten hin und her gestoßen zu werden und den Ausgang nicht zu finden. Erst Misha und jetzt ...

»Falls Sie Hilfe brauchen, sagen Sie einfach Bescheid.« Dave Condor – den wir immer nur beim Nachnamen gerufen haben – geht zurück an die Kasse. Sein Haar verbirgt die Hälfte seines Gesichts. Schon in der Schule hat mich irgendwas an ihm immer nervös gemacht. Vielleicht lag das daran, dass er so still und schattenhaft war, so als wäre er eben erst zum Leben erwacht.

Ich stelle die Flasche zurück ins Regal und bewege mich Richtung Ausgang, während ich innerlich darüber fluche, dass ich den Abstecher hierher gemacht hab. Mein Vater würde wahrscheinlich sagen, das ist die Strafe dafür, dass ich Alkohol trinken wollte.

Als ich gerade die Tür aufdrücken will, blickt er auf. »Der Wein ist ziemlich alt. Aber nicht im guten Sinne. Unsere

Kunden stehen mehr auf Bier und Schnaps«, sagt er. »Sie sind wohl nicht von hier?«

Er erkennt mich nicht. Es fühlt sich an wie ein Erfolg. Ich lächle. »Wie kommen Sie darauf?«, frage ich ehrlich neugierig. Vielleicht ist es mir ja tatsächlich gelungen, den Kleinstadtmakel abzustreifen.

Aber er zuckt nur grinsend die Schultern. »Ich kenne alle jungen Frauen in Barrens. Vor allem die hübschen.«

»Das kann ich mir vorstellen«, sage ich. Er mustert mich mit zusammengekniffenen Augen, als versuchte er, mich durch eine Rauchwolke hindurch zu erkennen.

Ich muss an all die Geschichten denken, die an der Schule über Condor kursierten. Er bekam Ärger, weil er mit Marihuana gedealt hatte, und er ist ein paar Monate vor den Abschlussprüfungen von der Schule abgegangen. Damals war ich in der elften Klasse. Ich weiß noch, wie Annie Baum sich über ihn lustig gemacht hat, nachdem seine Freundin Stephanie von ihm schwanger geworden war: *Hey, Condor,* hat sie durch die ganze Klasse gerufen, *ich hab gehört, du stehst auf* putas? Stephanies Vater stammte aus Ecuador. Condor ist einfach aufgestanden, hat sich wortlos seine Tasche geschnappt und ist rausgegangen.

Puta war wahrscheinlich das einzige spanische Wort, das Annie Baum kannte.

Aber da war noch was – irgendwas, das mit dem *Spiel* zu tun hatte. Genaueres habe ich nie rausgekriegt. Condor war schwer zu durchschauen, er entglitt einem immer, kurz bevor man ihn festnageln konnte. Er war nicht beliebt, aber er war auch nicht unbeliebt. Er bewegte sich außerhalb des Systems. Sogar die Geschichten über ihn wurden immer neu erzählt und variiert, hatten sich schon wieder geändert, bevor man wusste, ob was daran war. Angeblich sind Brent O'Connell und ein paar Kumpels einmal zu Condor nach Hause gegangen und haben ihn grün und blau geprügelt. Vielleicht wegen irgendwas, das er Kaycee angetan hatte? Oder antun wollte? Keine Ahnung, aber es war nach Becky Sarinellis Tod, das weiß ich. Und ich weiß auch noch, dass Becky und Condor miteinander befreundet waren.

Auf jeden Fall weiß ich noch, dass Condor immer in irgendwelchen Schwierigkeiten steckte. Er zog Probleme förmlich an.

Jetzt steht er wieder auf. »Wollen Sie was Trinkbares?«

Er kommt hinter dem Tresen hervor und durchquert den Raum mit wenigen Schritten. Er hat immer noch diese seltsame Geschmeidigkeit, obwohl er gebaut ist wie ein Bauer, breitschultrig und mit großen Händen.

»Der hier ist okay.« Als er eine Flasche vom obersten Regal nimmt, rutscht sein T-Shirt hoch, und ich sehe ein Tattoo: zwei Flügel, die seinen unteren Rücken umschlingen. »Mögen Sie Bordeaux?«

»Ich mag Wein«, sage ich. »Ich nehme ihn.« Ich folge ihm zur Kasse. Da ich kein Bargeld dabeihabe, gebe ich ihm meine Kreditkarte. Als er verdutzt meinen Namen betrachtet, platzt es aus mir heraus: »Wir kennen uns. Ich bin Abby Williams. Ich war in der Klasse unter dir. Wir waren zusammen im Spanischkurs.«

Überraschenderweise lacht Condor. »Ja, jetzt erkenne ich dich!«, sagt er. »Du bist also doch von hier.«

»Ursprünglich.«

»Na ja, ich wundere mich, dass du dich an mich erinnerst. Ich hab ja damals fast nur geschwänzt und im Wald hinter dem Footballfeld gekifft. Und jetzt ist das hier mein Reich.« Er breitet die Arme aus und lässt den Blick durch den Laden schweifen, dessen Regale voll sind mit Spirituosen, eins davon mit Minifläschchen für die armen Schlucker, die sich nicht mehr leisten können. Aber er wirkt nicht verbittert. »Was führt dich zurück in unser charmantes Städtchen?«

»Ich arbeite an einem Fall. Ich bin Anwältin. Umweltrecht.«

»Wow. Schön für dich.« Ich weiß nicht, ob er das ernst meint oder nicht.

»Ich bin bisher nur Juniorpartnerin«, sage ich. Nicht, um es herunterzuspielen, nur um es klarzustellen.

»Trotzdem, du hast es hier rausgeschafft. Immerhin. Das ist schon eine ganze Menge.« Diesmal bin ich mir sicher, dass er es ernst meint. »Hier.« Er gibt mir die Flasche, ohne den Preis in die Kasse einzugeben. »Die geht auf mich. Ein Willkommensgeschenk.«

»Aber nicht doch.« Ich nehme die Flasche entgegen, und als meine Hand die seine berührt, knistert es zwischen uns.

Das ist das Problem mit Instinkten: Sie trügen einen jedes Mal.

»Doch, ist mir ein Bedürfnis.«

»Danke. Das ist sehr – nett von dir«, sage ich und beeile mich, zum Ausgang zu gelangen.

»Und, Abby«, ruft er mir nach, als ich schon fast draußen bin. »Spiel nicht die Fremde. Zweimal vergesse ich ein hübsches Gesicht nicht.« Condors Lächeln ist breit und vielleicht sogar echt.

Und in dem Moment weiß ich, dass ich in Schwierigkeiten stecke.

5

Ungefähr einen Kilometer vor dem Haus meines Vaters wird die Straße zu einem schmalen Schotterweg, der mir so vertraut ist, dass sich zehn Jahre in Luft auflösen. Winzige Steinchen schlagen gegen den Wagen, während am Wegrand Aasvögel – diesmal sind es Truthahngeier – an einem Tierkadaver fressen. Ich hupe, und sie schauen mit ihren trüben Augen in meine Richtung, bevor sie auffliegen.

Es ist nur ein Abendessen, sage ich mir. Ganz zwanglos. Ein kurzer Besuch. Mein Vater hat keine Macht mehr über mich. Er ist auch nur ein Mensch, wenn auch ein schrecklicher. Es gibt nun einmal böse Menschen auf der Welt, und wenn man Pech hat, hat man einen davon zum Vater. Aber er kann nicht meine Gedanken lesen. Er kennt nicht meine Sünden, wie ich früher gedacht habe.

Jedenfalls kann ich ihm nicht aus dem Weg gehen.

Wie die meisten Häuser hier in der Gegend ist mein Elternhaus ein bescheidener Bungalow mit halbem Obergeschoss auf einem Grundstück mitten im Niemandsland. Es gibt eine Veranda und einen kleinen Vorgarten, dessen Rasen in der Sonne verdorrt ist. Es hat beileibe nichts Unheimliches an sich, und trotzdem kommt es mir so vor, als würde das Haus auf mich zukommen anstatt umgekehrt. Als wollte es mich aufsaugen. Als habe es schon auf mich gewartet.

Zum ersten Mal seit fast zehn Jahren bin ich wieder zu Hause.

Ich schalte den Motor ab und stecke mein Haar zu einem Dutt hoch, um Zeit zu gewinnen, wenigstens ein paar Minuten. Ich trage mein Haar fast nie offen, dabei reicht es mir inzwischen fast bis zur Taille. Es ist dunkel wie das meiner Mutter, kräftig und von Natur gewellt. Alle paar Wochen schnappe ich mir eine Schere und schneide die Spitzen. Eigentlich wollte ich es immer kurz tragen, und ich hab mir schon tausend Mal geschworen, dass ich es mir schneiden lasse. Schon mehrmals hab ich in einem Frisörsessel gesessen, bin aber jedes Mal beim Anblick der Schere in Panik geraten. Mein Vater hat mir immer gesagt, meine Haare seien das einzig Gute an mir, und irgendwie habe ich diese Vorstellung verinnerlicht – und die Erinnerung daran, wie meine Mutter mir mit den Fingern durch die Haare fuhr, wenn sie sie in dünne Zöpfe flocht, damit sie sich wellten. Irgendwie habe ich Angst, dass ich ohne meine langen Haare hässlich wäre. Schlimmer noch, ich habe Angst, dass ich, wenn ich es schneiden lasse, diese Erinnerung verliere, eine meiner wenigen schönen Erinnerungen. Dass ich meine Mutter noch mal verliere. Und diesmal wäre es meine Schuld.

Ich steige aus, bleibe einen Moment stehen und sehe zum Waldrand. Von hier aus erstrecken sich mehrere Hektar Wald bis zum Stausee. Er ist immer meine Oase gewesen.

Als ich mich zu erinnern versuche, wann ich meinen Vater das letzte Mal gesehen habe, stürmen alle möglichen Bilder auf mich ein: Seine Hände um meinen Hals. Der Stringtanga, den er in meiner Kommode gefunden hatte und den ich eine Woche lang jeden Tag zum Abendessen um den Hals tragen musste. Die liebevollen Momente, seltsam und überraschend, die Erinnerung fast so schmerzvoll wie die an die Misshandlungen. Auf der Wiese gepflückte Blumen in einer Tasse auf meinem Nachttisch. Der Ausflug zu einem Jahrmarkt in Indianapolis – eine Geburtstagsüberraschung. Der Tag, als er mir half, Chestnut zu begraben, nachdem ich ihn kalt und steif im Wald gefunden hatte, das Maul verkrustet von Erbrochenem.

Als ich die Stadt verlassen habe, vier Tage nach meinem achtzehnten Geburtstag und zwei Tage nach dem Schulabschluss, mit klopfendem Herzen und zwei Koffern im Kofferraum, auf dem Weg nach Chicago, war ich davon überzeugt, dass Gott mich jeden Augenblick mit dem Tod bestrafen würde. *Nur in Barrens bist du in Sicherheit.* Mein halbes Leben lang hatte ich geglaubt, dass ich in die Hölle kommen würde, wenn ich das Schiff verließ. Als wäre das Weggehen eine Todsünde. Bis mir klar wurde, dass die Hölle genau hier war, in Barrens, und dass jeder Fluchtversuch das Risiko wert war.

Kies knirscht unter meinen Schuhen, als ich auf das Haus zugehe. Da ist das Vogelhäuschen, das ich mit acht gebaut habe. Da ist die braune Stelle im Rasen, wo das Gras sich nie davon erholt hat, dass dort jahrelang jeden Sommer ein Planschbecken stand. Über der Veranda klimpert leise das alte Windspiel meiner Mutter, das sie aus Blech und Holz gebastelt hat – der Anblick versetzt mir einen Stich.

Die Luft riecht nach verbranntem Holz, nach Sommer.

Aber in den vertrauten Geruch von Gras und Erde und Holzkohle, den ich immer geliebt habe, mischt sich ein ganz eigener Geruch – der Geruch von verfaultem Schilf. Es ist der Geruch der Dürre. Der Stausee liegt ungefähr einen halben Kilometer von hier entfernt hinter den Bäumen.

Ich gehe ins Haus und finde meinen Vater in dem kleinen Wohnzimmer, das nur vom bläulichen Licht des Fernsehers erhellt wird. Alles sieht aus wie unter Wasser.

Mein Vater wirkt schmächtig. Und alt. Ihn zu sehen ist so schockierend, dass ich beinahe stolpere. Er war immer kräftig gebaut, nicht groß, aber ein Mann, der ein Zimmer ausfüllte, allein indem er es betrat, muskelbepackt von jahrelanger Arbeit im Freien: als Dachdecker, Zimmerer, Bauarbeiter und Farmhelfer. Wenn wir miteinander telefonieren, was zwei-, dreimal im Jahr vorkommt, sehe ich diesen Mann vor mir.

Seine Muskeln scheinen dahingeschmolzen zu sein, und übrig geblieben ist faltige Haut, grau und dünn wie ein Laken, das über seine Knochen geworfen wurde. Er sieht aus wie eine gepuderte Leiche, und als er sich nach mir umdreht, brauchen seine Augen einen Moment, um mich in den Blick zu nehmen.

Zuerst bin ich erschrocken: Er erkennt mich auch nicht wieder.

Dann stützt er sich auf den Sessellehnen ab, um sich mühsam zu erheben.

»Lass nur, Dad, bleib sitzen«, sage ich. Ich beuge mich hinunter und lasse mich von ihm umarmen. Ich kann mich nicht erinnern, wann wir uns das letzte Mal umarmt haben.

»Hallo Liebes.« Er klopft mir auf die Schulter und haucht mir mit seinen trockenen Lippen einen Kuss auf die Wange. Seine Stimme ist schwach, und *Liebes* hat er nicht mehr zu mir gesagt, seit ich ein Kind war. »Ich hatte gehofft, dass du kommen würdest.«

»Natürlich, Dad. Ich habe es dir doch versprochen«, sage ich.

»Es ist so lange her …« Er setzt sich wieder, lehnt sich zurück und schließt die Augen, als hätte das Aufstehen ihn völlig erschöpft.

Ich widerstehe dem Impuls, mich zu entschuldigen. Er weiß, warum ich nicht eher hergekommen bin. Alle wissen Bescheid – über seinen Jähzorn, seine Tobsuchtsanfälle, seine düsteren Stimmungen. In den Wochen nach dem Tod meiner Mutter hat er auf alles, was ich tat, mit Wutanfällen reagiert. Anschließend hat er sich genauso schnell wieder in sich zurückgezogen und nur noch geschwiegen und so getan, als würde ich nicht existieren. Aber er musste seine Handlungen ja nicht rechtfertigen, was er tat, war in Ordnung, denn er hatte »zu Gott gefunden«. In der Stadt trug er seine Gottesfurcht wie einen Schild vor sich her, und irgendwie machte ihn das unangreifbar. Zu Hause benutzte er seinen Glauben als Waffe.

Alle wussten Bescheid, aber niemand schaute hin. Niemand sagte ein Wort. In der Großstadt herrscht Anonymität, aber in einer Kleinstadt, wo jeder jeden kennt, erfordert es großes Geschick wegzusehen, wenn man einem vertrauten Gesicht begegnet.

Nichts hat sich im Haus verändert, bis auf ein neues Foto – eins von meiner Abschlussfeier am College, das ich ihm mal geschickt habe –, das mit Heftzwecken über dem Kamin befestigt ist. Das Porzellan meiner Mutter in der Vitrine. Das gerahmte Bild mit der Kreuzigung Jesu in der Ecke im Esszimmer. Der alte Fernseher samt Videorecorder gegenüber dem Fernsehsessel. Eine dünne Staubschicht auf allem. Und die Pantoffeln meines Vaters – dieselben, die er schon vor zehn Jahren hatte – inzwischen löchrig. Es ist, als wäre die Zeit in dem Moment stehen geblieben, als ich von zu Hause weggegangen bin.

Ich weiß nicht, was ich erwartet habe. Meine Tante Jen – die Schwester meines Vaters, vier Jahre älter als er – hat mir letzte Weihnachten geschrieben, nachdem sie kurz hier war. Sie hat mir vom schlechten Gesundheitszustand meines Vaters berichtet. Sie sagt, er habe Alzheimer, aber natürlich weigert er sich, zum Arzt zu gehen.

Es sind Kleinigkeiten, meinte Tante Jen. *Er verlegt seine Schlüssel. Stimmungsschwankungen. Er fällt oft hin. Aber er erkennt uns noch.*

»Wie war die Fahrt?« Seine Stimme klingt alt und zittrig, und ganz unerwartet habe ich plötzlich Mitleid mit ihm.

»Gut. Auf der 83 gab's einen Stau, aber nur eine halbe Stunde oder so.« Wir sehen uns nach zehn Jahren wieder und reden über den Straßenverkehr. Es entsteht ein verlegenes Schweigen, und ich überlege krampfhaft, was ich sagen soll. Worüber haben wir früher geredet? Haben wir überhaupt geredet?

Instinktiv zähle ich im Kopf die Schritte bis zur Haustür: dreiundzwanzig. Dreizehn bis zur Tür, die aus der Küche in den Garten führt. Siebzehn bis zur Treppe, falls ich in mein Zimmer flüchten muss.

Mein *altes* Zimmer. Das hier ist nicht mehr mein Haus. Das hier ist nicht mein Leben.

»Ich hab Abendessen gemacht«, sagt er beinahe stolz und hievt sich aus dem Sessel. Er stützt sich mit einer Hand schwer auf der Sessellehne ab und angelt nach seinem Stock. »Den brauch ich jetzt«, erklärt er mir.

Ich weiß nicht, was ich darauf antworten soll, also lächle ich nur schmallippig und folge ihm in die Küche. Er bewegt sich langsam, sein Rücken ist krumm. Ihn so zu sehen ist mehr als verwirrend. Wieder machen sich ungebetene Gefühle bemerkbar – Traurigkeit, Mitleid, der Wunsch zu helfen. Ich habe mich auf alle möglichen Situationen vorbereitet, aber nicht darauf. Und plötzlich überkommt mich eine ganz neue Angst – die Angst, dass ich noch einmal ganz von vorne werde lernen müssen, in Gegenwart dieses Mannes zu leben, mich selbst zu finden. Dass er mich dazu bringt, ihn zu lieben, nur um mich noch einmal zu enttäuschen, und ich am Ende noch einmal werde lernen müssen, ihn nicht mehr zu lieben.

Es gibt Lasagne. »Selbst gemacht«, sagt mein Vater, »keine Tiefkühlkost.« Und es versetzt mir erneut einen Stich, als ich mir vorstelle, wie mein Vater auf seinen Stock gestützt in der Küche herumschlurft, einhändig Zwiebeln hackt und Tomatensoße und Käse in die Form schichtet. Die Lasagne ist sogar vegetarisch. Er mag an Alzheimer erkrankt sein – er weiß nicht mehr, wie »Topflappen« heißen, und einmal spricht er von meiner Mutter im Präsens –, aber er hat nicht vergessen, dass ich kein Fleisch esse.

Ob er sich wohl daran erinnert, denke ich plötzlich, wie wir eines Abends am Tisch saßen und ich ihn gefragt habe, ob er wisse, was mit Little Bubsy passiert sei, meinem Kaninchen. Da war ich fünf. Meine Mutter starrte auf ihren Teller, die Augen trüb von den starken Medikamenten, die sie nahm.

»Den hast du gerade gegessen«, sagte mein Vater. Seitdem habe ich nie wieder Fleisch angerührt.

Ich wasche mir vor dem Essen die Hände mit so heißem Wasser, dass der Dampf an die Decke steigt.

Bei Tisch herrscht Schweigen. Erst als ich nach dem Essen das Geschirr spüle, fällt mir auf, dass wir kein Tischgebet gesprochen haben.

Hat er es vergessen?

Ich schwitze unter den Achseln.

Während ich die Küche saubermache, schläft Vater vor dem Fernseher ein. Ich decke ihn mit einer Decke zu, einer Steppdecke, die meine Mutter genäht hat. Er wacht auf und packt mich so unerwartet am Arm, dass ich erschrecke.

»Ich bin so froh, dass du wieder da bist«, sagt er.

Plötzlich ist mir nach Weinen zumute. Das ist der gemeinste Trick.

»Ich bin nur zu Besuch, Dad.« Um ein Haar versagt mir die Stimme. Nach all den Jahren. Wie kann er es wagen! Wut war das Einzige, was ich hatte, das Einzige, worauf ich mich immer verlassen konnte.

Wie kann er es wagen, mir auch das noch zu nehmen?

6

Es ist gerade einmal der zweite Tag, und schon drohen sich die Chancen für eine Zivilklage in Wohlgefallen aufzulösen: Am Morgen erfahre ich, dass die Dawes' und die Ioccos, zwei der sechs Beschwerdeführer, ihre Anzeige zurückgezogen haben. Rich Iocco ist der Trainer der Kinder-Baseballmannschaft, und nachdem Optimal erfahren hatte, dass er mit uns reden wollte, war plötzlich kein Geld mehr da für Trikots und einen Bus für Auswärtsspiele.

Was entweder bedeutet, dass wir auf der richtigen Fährte sind oder dass wir kurz davorstehen, uns eine blutige Nase zu holen.

Leider schließt das eine das andere nicht aus.

Ich habe Portland losgeschickt mit dem Auftrag, sich mit den ortsansässigen praktischen Ärzten zu unterhalten und in die Krankenhäuser zu gehen und seinen Charme bei den Krankenschwestern spielen zu lassen – eine undankbare und oft unergiebige Arbeit, aber er sieht gut aus, und sein Bart lässt ihn gutmütig erscheinen. Portland und Flora werden außerdem von Tür zu Tür gehen, um potentielle Befürworter unserer Sache auszukundschaften. Als Erstes sollen sie sich die Farmen vornehmen, die das meiste Wasser pro Hektar verbrauchen. Wenn jemand sich Sorgen macht wegen der Wasserqualität, dann diejenigen, deren Existenz davon abhängt. Da Farmer ihre Subventionen nicht von Optimal beziehen, sind sie vielleicht leichter zu gewinnen. Ich werde Carolina Dawes aufsuchen, deren Sohn über Ausschlag klagt. Joe und Raj werden Daten auswerten: Vor zwei Jahren hat Optimal eine Firma namens »IBC Waste« als Subunternehmer unter Vertrag genommen, ein Unternehmen, das sich um die Beseitigung des giftigen Chemiemülls und die Einhaltung der gesetzlichen Umweltstandards kümmern soll. Anders ausgedrückt: Optimal hat den Schwarzen Peter weitergereicht.

»Selbst wenn wir beweisen könnten, dass Optimal Uran in die Schwimmbäder pumpt, würden die einfach mit dem Finger auf IBC zeigen«, sagt Joe.

Es ist noch nicht mal halb zehn, und mit meiner Laune geht's schon bergab. Ich hole tief Luft. »Dann müssen wir eben beweisen, dass Optimal im Bilde ist. Wir müssen beweisen, dass Optimal die Fäden zieht.«

Joe seufzt. »Hurra. Zwei Fälle zum Preis von einem. Ich steh auf Sonderangebote.«

Carolina Dawes wohnt in einer umgebauten Jagdhütte auf einem Gelände, das vermutlich nicht als Wohngebiet gilt. Direkt dahinter erstreckt sich eine ehemalige Müllkippe bis ans Ufer des Stausees. Das einzige Auto in der Einfahrt ist auf Ziegelsteinen aufgebockt.

Ich parke hinter einem rostigen Geländewagen, der so verdreckt ist, dass man die Lackfarbe nicht mehr ausmachen kann. Jemand hat mit dem Finger *Wasch mich* auf die Heckscheibe geschrieben. Sehr originell.

Als ich die Veranda betrete, dreht ein Chihuahua hinter der Fliegengittertür durch. Eine Frau bringt ihn mit strengem Ton zum Schweigen.

»Chucky! Aus!« Dann fliegt die Tür so ruckartig auf, dass ich einen Satz nach hinten mache. »Sorry. Die verdammte Tür klemmt.« Die Frau ist fett. Sie trägt blaugrüne Leggins mit weißen Pünktchen und ein riesiges T-Shirt mit Carhartt-Logo auf der Brust. Zigarettenqualm umwabert sie wie Nebelschwaden.

»Miss Dawes?«, frage ich.

»Was wollen Sie?« Es klingt nicht unhöflich, eher neugierig.

»Ich bin Abby Williams. Ich arbeite für das Center for Environmental Advocacy.« Offensichtlich sagt ihr das nichts. »Vor ein paar Tagen hat einer unserer Mitarbeiter im Ort eine Befragung durchgeführt, und Sie sagten, Sie hätten Probleme mit dem Wasser …«

»Das hab ich nicht gesagt.« Ich sehe sie überrascht an, doch dann fährt sie fort: »Ich hab gesagt, dass mein Sohn Coop Ausschlag hat. Anfangs dachte ich, es wär Ringelflechte, die er sich von anderen Kindern geholt hat, aber im Krankenhaus hat der Arzt gesagt, das ist es nicht. Er wollte wissen, was für ein Waschmittel ich benutze und woher wir unser Wasser kriegen, und da hab ich zwei und zwei zusammengezählt.«

»Schwimmt Ihr Sohn manchmal im See?«, frage ich, und sie hustet sich beinahe die Lunge aus dem Leib.

»Der kann nicht schwimmen.« Sie klopft sich auf die Brust, um zu lösen, was auch immer darin rasselt. »Sorry.

Ich hab fünfzehn Jahre bei Optimal gearbeitet. Davon hab ich den Husten.« Sie zündet sich eine Zigarette an.

»Haben Sie deswegen gekündigt?«, frage ich.

»Ich hab nicht gekündigt. Die haben mich gefeuert.«

Mir schwindet der Mut. Jeder gute Anwalt wird ihre Geschichte in der Luft zerreißen und behaupten, sie sei nur auf Rache und Geld aus. Trotzdem lasse ich nicht locker. Irgendwie ist mir Carolina Dawes in ihrer Pünktchenleggins sympathisch.

»Ihr Wasser kommt aus einem eigenen Brunnen, nicht wahr?«, frage ich. Sie zieht so heftig an ihrer Zigarette, als wäre es ihre letzte.

»Sollte es eigentlich«, sagt sie. »Aber wie's aussieht ... Die Dürre zieht sich jetzt schon drei Jahre hin ...« Ungehalten schnippt sie die Asche auf die Veranda. »Also hab ich mir gesagt, nehm ich mir ein bisschen was gratis.«

Und da fällt bei mir der Groschen. Die Plastikrohre, die Schläuche, die wie Wäscheleinen im Garten hängen: Sie versorgt sich mit Wasser aus dem Stausee.

»Aber seit wir den Brunnen nicht mehr benutzen, hat Coop die Probleme ...«

»Haben Sie Fotos von seinem Hautausschlag?«, frage ich. Sie drückt ihre Zigarette auf dem Geländer aus und stößt eine lange Rauchwolke aus.

»Ich hab noch was Besseres«, sagt sie, dreht sich um und brüllt: »Coop! Coop! Ich weiß genau, dass du mich hörst, also schaff deinen Hintern hier runter! Er ist ein bisschen schüchtern«, sagt sie zu mir. In der Dunkelheit hinter der Fliegengittertür bewegt sich etwas. »Und das ganze Jucken und Kratzen macht es nicht besser, das sag ich Ihnen. Los, komm raus, Coop. Dir passiert nichts. Die Frau hier will uns helfen.«

Ein kleiner Junge, vielleicht fünf oder sechs Jahre alt, schiebt sich vorsichtig ins Licht. Er ist überraschend hübsch: große blaue Augen, blondes Haar, ebenmäßige Züge. Engelhaft. Die eine Hälfte seines Gesichts ist noch im Schatten, die andere Hälfte in der Sonne.

Er legt eine Hand ans Fliegengitter. Dann dreht er das Gesicht und hält eine Wange ans Gitter. Das Sonnenlicht fällt auf die schuppigen, geröteten Stellen an seiner Wange und seinem Hals, die er sich zum Teil blutig gekratzt hat.

»Es juckt«, sagt er nur.

7

Woran erinnere ich mich?

Kaycee Mitchell, ein langer, dunkler, immer dünner werdender Schatten, der sich die Straße hinunterbewegt und mit einem Stock auf die Maispflanzen einschlägt, damit die Ratten rauskommen, die quer über die Straße flüchten.

Misha Dale, die breit grinsend an den Waschbecken in der Schultoilette steht, als ich aus einer Kabine komme. Wie ich mich am liebsten sofort wieder dahin zurückzogen hätte. *Heutzutage kann man sich operieren lassen, wenn man hässlich ist,* sagt sie, den Kopf schief gelegt. *Wir könnten ja mal einen Spendenaufruf machen.* Kaycee ist gerade dabei, ihre Lippen mit einem Stift nachzuziehen, dick und satt. Ganz unerwartet dreht sie sich um. *Blödheit kann man übrigens auch operativ entfernen lassen,* sagt sie zu Misha. Dann wirft sie mir einen warnenden Blick zu, nur ein subtiles Zucken des Kinns: *Hau ab.*

Kaycee, rauchend an einen Zaun gelehnt, im grellen Flutlicht des Football-Stadions nur als dunkle Silhouette erkennbar. Der Rauch ihrer Zigarette kringelt sich in der Luft wie ein langes Fragezeichen.

Es gibt keinen Gott, die Menschen haben sich Gott nur ausgedacht. Das kommt während des letzten Schuljahrs aus

Kaycees Mund. Im Geschichtsunterricht. Ihre Fingernägel sind zu Krallen gefeilt und mit Tipp-Ex angemalt. Als ich mich zu ihr umdrehe, erkenne ich sie kaum.

Kaycee allein im Kunstraum nach dem letzten Pausenklingeln. Sie arbeitet an einem großformatigen Bild, wirft breite rote und schwarze Striche auf die Leinwand, als wollte sie sie aufschlitzen, als würde die Farbe herausbluten.

Und schließlich: Kaycee in der Schultoilette im vierten Stock über eine Kloschüssel gebeugt. Die Kabinentür sperrangelweit offen. Ein saurer Geruch in der Luft. *Hau ab,* sagt sie, als ich ihr eine Hand auf die Schulter lege. Sie dreht sich um. Ihre Lippen sind blutverschmiert. Dann sehe ich es: Blut an ihren Fingern, Blut in der Kloschüssel. Erbrochenes in ihren Haaren. *Lass mich in Ruhe, du Freak!* Aber ich stehe da wie angewurzelt. Sie übergibt sich erneut, verfehlt um ein Haar das Klo. Als sie sich wieder zu mir umdreht, sind ihre Augen geweitet und ihr Blick verzweifelt. *Was passiert mit mir?,* flüstert sie. *Bitte! Was passiert mit mir?*

8

Falls das Wasser jetzt mit Chemikalien verseucht ist – und für die schuppige Haut in Coopers Gesicht und den Gestank in der Wasserleitung der Dawes' verantwortlich ist –, dann war es vielleicht auch schon vor zehn Jahren verseucht, als Kaycee Mitchell die ersten Schwächeanfälle in der Schule erlitt. Ich komme wieder auf meine Theorie zurück, dass Kaycee Mitchell damals vielleicht tatsächlich krank war. Dass die Lügen einen wahren Kern hatten.

Und falls dem so war, wäre mir eine Aussage von Kaycee sehr nützlich, vor allem jetzt, wo die Dawes' und die Ioccos einen Rückzieher gemacht haben. Es ist ein aufregender Gedanke, endlich einen Vorwand zu haben, mich bei ihr zu melden. Das Problem ist nur, dass ich keinen blassen Schimmer hab, wo sie steckt.

Und wieder einmal stellt sich mir die große Frage: Warum ist sie damals spurlos verschwunden? Misha ist geblieben. Auch die anderen Mädchen. War Kaycee einfach froh, einen Vorwand zu haben, um abzutauchen?

Ich habe schon ein paarmal versucht rauszufinden, wo sie ist. Ich konnte nicht widerstehen. Bei Facebook gab es Hunderte Kaycee Mitchells, aber die richtige war nicht darunter. Einmal, im College, kam meine damalige Mitbewohnerin im Studentenheim spätabends betrunken ins Zimmer gestolpert, als ich mir gerade im Internet Fotos von blonden jungen Frauen ansah. *Stehst du neuerdings auf Blondinen?*, fragte sie. Ich habe den Laptop abrupt zugeklappt und ihr fast die Finger eingeklemmt. Von da an hat sie sich nie mehr vor mir umgezogen, sondern hat ihre Klamotten immer mit ins Bad genommen.

Wie hätte ich ihr die Sache erklären sollen? Ich konnte sie mir ja nicht mal selbst erklären. Ich wusste nur, dass Barrens etwas in mir für immer verändert hatte. Mein innerer Kompass war durcheinandergeraten. Irgendetwas hatte den Süden zum Norden gemacht, hatte Lügen in Wahrheit verwandelt und umgekehrt. Auf die Kompassnadel war kein Verlass mehr. Die Störung des Magnetfelds hatte im letzten Schuljahr stattgefunden, als Kaycee und ihre Freundinnen ständig über ihre eigenen Füße stolperten, in Ohnmacht fielen und alles vergaßen. Wenn ich auf den richtigen Weg zurückkommen will, muss ich rausfinden, in welche Richtung die Wahrheit ursprünglich ausgeschlagen hat.

Wohin bist du verschwunden, Kaycee Mitchell?

Es gibt vier Pornoläden und sechs Striptease-Schuppen namens »Temptations« in Indiana, drei davon allein in Gary. Zum Glück gibt es nur einen in Barrens.

Kaycees Mutter ist abgehauen, noch ehe ich mich in der ersten Klasse mit ihrer Tochter angefreundet habe. Damals hatte der Konsum von Crystal Meth in Indiana gerade einen Höhepunkt erreicht, und Kaycees Mutter war süchtig. Ihrem Vater, einem notorischen Säufer, gehörte der 99-Cent-

Store. Ich war nie gern bei Kaycee, wenn ihr Vater zu Hause war, und ich hatte das Gefühl, dass es ihr nicht anders erging. Deswegen waren wir als Kinder so dicke Freundinnen: Wir waren dauernd im Wald, wir haben praktisch im Wald gewohnt, haben am Ufer des Stausees gespielt, die Füße ins Wasser gesteckt und so getan, als wäre das Wasser ein Spiegel, durch den man in eine andere Welt gelangte.

Als wir in der Mittelschule waren, machte Frank Mitchell einen Pornoladen auf. Alle wussten, dass er dort auch Bier verkaufte, das er in einer Kühltruhe hinter einem Regal mit Playboy-Heften lagerte, und man vermutete, dass er außerdem mit Gras dealte.

Ich will schon auflegen, da meldet er sich.

»Mitchell's.« Auf der Website wird der Laden unter dem Namen »Temptations« geführt, aber wir haben ihn damals einfach nur »Mitchell's« genannt. Wahrscheinlich hat Frank sich mit der Zeit daran gewöhnt.

»Hallo, Mr. Mitchell.« Ein beklemmendes Gefühl befällt mich. Frank Mitchell gehört zu den Männern, deren Gesicht wie ein Warnschild ist, immer am Rand der schlechten Laune, die jeden Augenblick in einen Wutanfall umschlagen kann.

Seine Stimme klingt rau am Telefon, als hätte er gerade eine Handvoll Kies verschluckt. Trotzdem bemühe ich mich um einen beschwingten Ton. »Mein Name ist Abby, ich bin eine alte Freundin von Kaycee.« Als ich ihren Namen erwähne, hält er kurz die Luft an, dann atmet er weiter. »Ich bin zu Besuch in der Stadt und dachte, ich frag mal, ob Sie mir vielleicht sagen können, wie ich sie erreichen kann. Ich würde mich gern bei ihr melden.«

»Nein.« Das Wort ist wie ein Geschoss. Dann herrscht so lange Stille in der Leitung, dass ich schon glaube, er hat aufgelegt. »Keine Ahnung, wo Kaycee steckt. Hab sie seit fast zehn Jahren nicht gesehen.«

»Sie haben keine Telefonnummer von ihr? Oder eine E-Mail-Adresse?«

»Sie ist abgehauen, weil sie ihre Ruhe haben wollte, also lass ich sie in Ruhe«, sagt er mit einem scharfen Unterton, als wollte er mich warnen, ihm nicht mit Vorwürfen zu kommen. »Wenn Sie so gut mit Kaycee befreundet waren, warum haben Sie dann nicht ihre Nummer?«

»Mr. Mitchell, hören Sie …«, sage ich, damit er nicht auflegt. Ich blinzle in die untergehende Sonne. »Erinnern Sie sich noch daran, dass Kaycee im letzten Jahr in der High School krank geworden ist? Könnten Sie mir über die Zeit vielleicht ein bisschen was sagen?«

Wieder eine lange Pause. Mein Puls geht schneller. Keine Reaktion am anderen Ende der Leitung.

»Wer sind Sie«, fragt er schließlich. »Sind Sie Journalistin?«

»Nein«, sage ich. »Nur eine Freundin.«

»Wie war noch mal der Name?«

»Abigail.« Meinen Nachnamen nenne ich nicht. »Ich bin aus Barrens, wie gesagt. Ich würde Kaycee gern ein paar Fragen stellen. Ich hatte gehofft, sie würde sich mit mir unterhalten.«

Wieder Schweigen.

»Mr. Mitchell?«, frage ich. »Sind Sie noch dran?«

»Ja.« Er räuspert sich. »Meinetwegen können Sie sich in der Hölle mit Kaycee unterhalten. *Abigail.*«

9

Das Haus, das ich gemietet habe, steht hinter einem Frisörladen, nicht weit entfernt von einem Haus, in dem ich mir als junges Mädchen ein bisschen Taschengeld als Babysitterin verdient hab. In meiner Jugend bestand die Stadt mehr oder weniger aus der Main Street, oder auch Route 205, und drei Querstraßen: die First Street, die Second Street und die Maple Street. Alles andere waren namenlose Landstraßen und Feldwege, die nach den Leuten oder den Firmen benannt wurden, zu denen sie führten: Simmon's Farm Road zum Beispiel oder Dump Road. Seit Optimal seinen Sitz in Barrens hat, wächst die Stadt kontinuierlich, überall entstehen neue Siedlungen, neue Angelgeschäfte, neue Stop-Schilder. Die einzige Immobilienmaklerin, die ich finden konnte, erklärte mir lapidar, Barrens erlebe gerade einen Bauboom, weshalb sie mir nur zwei Mietobjekte anbieten könne, dieses hier und einen umgebauten Schuppen hinter einem Schlachthof.

Als ich aus dem Auto steige, höre ich über den Lärm der Zikaden hinweg ein Kinderlachen. Es wird bereits dunkel, aber auf der anderen Straßenseite, vor einem beinahe identischen kleinen Haus, lässt ein Mädchen einen Hula-Hoop-Reifen kreisen. Langes Haar, hübsches Gesicht, strahlendes Lächeln.

Im Zischeln des Winds meine ich, ein Flüstern zu hören. Ich drehe mich um. Ein blondes junges Mädchen betrachtet das Schaufenster des Frisörladens, und einen Moment lang ist es, als wäre Kaycee Mitchell zurückgekommen oder als wäre sie nie fort gewesen. Die junge Frau spürt offenbar meinen Blick, denn sie wendet sich um, betrachtet mich skeptisch und presst ihre Umhängetasche dichter an sich.

Kaycee ist überall präsent – dafür hat sie durch ihr spurloses Verschwinden gesorgt, wie mir einmal mehr klar wird. Ich sehe sie, wenn ich die Telefonmasten betrachte, an denen einst Zettel geheftet waren, auf denen um Hinweise zu ihrem Verbleib gebeten wurde. Sie ist präsent auf den Tribünen des Footballfelds, wo sie rauchend gesessen hat, um Brent spielen zu sehen, während Misha und Cora in ihren Cheerleader-Kostümen am Spielfeldrand herumsprangen. Sie ist noch immer am Stausee, und sie schlendert durch die Flure der High School, schwarze Streifen verlaufene Wimperntusche auf den Wangen, in der Hand ein blutiges Papiertaschentuch.

Kaycee war die Einzige, die mir gegenüber jemals Mitleid gezeigt hat. Manchmal war sie sogar nett zu mir. So als wären kurze Erinnerungen an die Vergangenheit, an unsere Kinderfreundschaft wieder in ihr erwacht.

Aber im nächsten Moment war sie wieder gemein. Ich weiß noch, wie sie mir, als sie in der Schule von ihrem Stuhl gefallen war, beinahe die Hand abgebissen hätte, als ich versuchte, ihr aufzuhelfen. Und zwar buchstäblich: Sie hat nach meiner Hand geschnappt wie ein Hund.

Und dann die Sache mit Chestnuts Halsband, das sie mir ins Spind gelegt hat. Eine ihrer letzten Aktionen. Gemein und unerträglich grausam.

Fast genauso grausam, wie ihn zu töten.

Der Hula-Hoop-Reifen rutscht dem kleinen Mädchen von den Hüften, fällt mit einem leisen Klappern auf den Boden. Das Geräusch holt mich zurück in die Gegenwart. Die Kleine hebt den Reifen auf und lässt ihn um den Ellbogen kreisen.

Als ich mich ins Auto beuge, um meine Tasche vom Beifahrersitz zu holen, höre ich einen Mann rufen: »Hannah! Schlafenszeit!«

Ich richte mich auf und traue meinen Augen nicht. Es ist Condor. Seine Silhouette hebt sich gegen das Licht der Straßenlaterne ab.

»Abby?« Er kneift die Augen zusammen, und das kleine Mädchen reckt den Hals. Ein Lächeln breitet sich auf seinem Gesicht aus. »Verfolgst du mich etwa?«

»Kommt mir eher so vor, als wäre es umgekehrt.« Ich schlage die Autotür zu und hänge mir die Tasche über die Schulter.

»Ich weiß nicht«, er zeigt auf das Mädchen, »aber Hannah und ich wohnen hier schon ziemlich lange.« Er legt Hannah eine Hand auf den Kopf, als sie versucht, sich hinter ihm zu verstecken. »Kleinstadt.« Ich bin mir nicht sicher, ob er das positiv oder negativ meint. »Das ist meine Tochter Hannah. Na, hör mal«, sagt er zu ihr, als sie mich nicht grüßt. »Sie ist schüchtern.«

»Schon in Ordnung«, sage ich. »Das sah richtig gut aus eben mit dem Reifen. Ich bin beeindruckt!«

Das Kompliment wird mit einem vorsichtigen Lächeln belohnt. »Danke«, sagt sie.

»Hannah nimmt nächste Woche an einem großen Wettbewerb teil«, sagt Condor, woraufhin sie ihn böse anfunkelt und *»Dad!«* zischt.

»Das ist kein *Wettbewerb*, das ist ein *Turnier*«, sagt sie augenrollend, und Condor sieht mich mit hochgezogenen Brauen an und zuckt die Schultern. »Es gibt einen Pokal und alles«, fährt Hannah fort. »Ich kann's Ihnen beibringen, wenn Sie wollen.«

»Schluss jetzt, ich kenne deine Tricks«, sagt Condor, fasst Hannah an den Schultern und dreht sie zum Haus hin. »Geh schon mal nach oben, ich komme gleich.«

»Hat mich gefreut, dich kennenzulernen, Hannah«, rufe ich ihr nach, als sie im Haus verschwindet und die Fliegengittertür hinter sich zuschlägt. »Nette Kleine«, sage ich.

Condor holt theatralisch Luft. »Sie kann ganz schön anstrengend sein, aber ich werde sie wohl behalten.« Sein T-Shirt bringt seine Tattoos gut zur Geltung, er ist barfuß und hat die Jeans bis unter die Knie hochgerollt. Er sieht aus, als würde er gut riechen und sich gut anfühlen, und unwillkürlich stelle ich mir vor, wie es wäre, wenn er mich anfasst.

Gefährlich.

»Wir sind also Nachbarn?«, sagt Condor.

»Nur für kurz«, erwidere ich schnell. Bevor ich meinen Ton bereuen kann, drehe ich mich um und gehe in Richtung meiner Haustür. Ich werde Hannahs Beispiel folgen. »Gute Nacht.«

»Ich hätte dich eher für eine Nachteule gehalten«, bemerkt Condor, ehe ich die Tür erreiche.

Es ärgert mich, wenn man mich durchschaut. Ich drehe mich zu ihm um. »Es war ein langer Tag.«

»Ich hab recht, oder?«

»Du bist indiskret«, sage ich.

»Wie war übrigens der Wein?«, ruft er mir nach, als ich weiter in Richtung Haus marschiere. »Hat er dir geschmeckt?«

»Ich hab ihn noch nicht probiert«, sage ich. »Wollen wir's gemeinsam rausfinden?« Die Frage ist mir unwillkürlich rausgerutscht.

In dem Moment streckt Hannah den Kopf aus einem Fenster im ersten Stock und ruft: »Ich bin fertig, Dad!«

»Eine Minute, Kleines!«, ruft Condor. Er lächelt mich an. »Ich komme rüber, wenn ich sie ins Bett gebracht hab. Man kann eine Dame doch nicht allein trinken lassen.«

Als ich das Wohnzimmer betrete, stoße ich gegen das niedrige karierte Sofa und beschimpfe es wütend, als wäre es der Idiot, der gerade Condor auf einen Drink eingeladen hat. Ich bin enge Räume gewohnt, Zimmer, die ineinander übergehen, Wohnungen, die so klein sind, dass sie nicht mal einen Flur haben, aber dieses Haus macht mich trotzdem nervös, weil es nicht *meins* ist. Es ist nicht mein Zuhause. Und der wild zusammengewürfelte Krempel, mit dem die Besitzer das Haus ausgestattet haben, macht es noch schlimmer. Die Einrichtungsgegenstände sollten ein Bild von den vorherigen Bewohnern zeichnen, aber das Zeug hier erzählt keine Geschichte, es ist nur Schrott.

Hastig ziehe ich mir ein weites T-Shirt über, das mir ein bisschen von der Schulter rutscht, sodass mein BH-Träger zum Vorschein kommt. Ich putze mir die Zähne und wasche mir die Hände. Und wasche sie noch einmal.

Dann gehe ich in die Küche, um zwei Gläser zu holen, aber auch dort herrscht Chaos. In einem Schrank entdecke ich Mäusedreck.

Condor klopft so leise an, dass ich es beinahe überhöre. Er hat eine Packung Cracker und ein Stück Cheddar dabei.

»Hannahs Lieblingscracker«, sagt er.

»Wassergläser okay? Ich konnte keine Weingläser finden.«

Im Wohnzimmer setzt Condor sich aufs Sofa. Ich schnappe mir einen wackligen Stuhl und nehme ihm gegenüber Platz. Er schenkt uns beiden Wein ein und erzählt mir, dass man eine Weinflasche mithilfe eines Schuhs öffnen kann. Er erzählt mir von seinem Laden, von seinen Lieblingsweinen, von dem Mist, den Hannah sich im Fernsehen ansieht, von seiner Leidenschaft für die Jagd, der er an Wochenenden frönt. Das Übliche eben. Er prahlt ein bisschen mit seiner großen Zielsicherheit, dann lacht er.

Das erste Glas wärmt mich, das zweite entspannt mich, und das dritte, als die Flasche fast leer ist, lässt mich ihn deutlicher wahrnehmen: sein kräftiges Kinn, seine Lachfältchen, seine Hände. Seine Unterlippe ist perfekt, um hineinzubeißen.

»Was ist?«, fragt er, und ich merke, dass ich ihn anstarre. »Wieso siehst du mich so an?«

»Mach ich gar nicht.« Hastig stehe ich auf, damit er nicht sieht, wie ich erröte, und gehe in die Küche. Unter der Spüle hab ich vorhin eine Flasche Johnnie Walker entdeckt. »Ich hab mich eben nur gefragt, wie es wohl ist, in Barrens zu wohnen«, sage ich, als ich zurück ins Wohnzimmer komme. »Das ist alles.«

»Du hast doch früher hier gewohnt«, erwidert Condor. Er zuckt nicht mal mit der Wimper, als er den Whiskey sieht.

»Ich meinte, wie es jetzt ist«, sage ich. Ich bin beschwipst, und morgen hab ich garantiert einen Kater. Aber jetzt ist es zu spät, daran etwas zu ändern. »Ich meinte, wie ist es, heutzutage hier zu wohnen.«

Condor beugt sich vor und schüttet die letzten Tropfen Wein in mein Glas. Er dreht die leere Flasche zwischen den Händen hin und her. »Ich hab zwischendurch eine Zeit lang woanders gewohnt«, sagt er. Sein Ton ist verändert. »Ich bin mit Hannah nach Florida gezogen, als ihre Mutter und ich …« Er bricht ab, und ein Schatten huscht über sein Gesicht und nimmt sein Lächeln mit.

Er öffnet die Whiskeyflasche und schenkt uns ein. Als er aufblickt, ist sein Gesichtsausdruck unergründlich.

Dann erinnere ich mich an die Gerüchte, die damals kursierten … Er hatte Ärger in der High School, er hatte irgendwas verbrochen.

»Was soll's?«, sagt er schulterzuckend. »Irgendwie bin ich immer noch sauer. Hannah ist das tollste Mädchen auf der Welt, aber ihre Mutter will nichts mit ihr zu tun haben. Drogen«, fügt er hinzu, als Antwort auf die Frage, die ich mir verkniffen hab. »Sie hatte einen Unfall, und danach wurde sie tablettensüchtig. Sie lebt in Indianapolis. Zumindest hat sie da gelebt. Vor ein paar Jahren hat sie einen Entzug gemacht. Sie hat Besuchsrecht.« Condor schaut stirnrunzelnd in sein Glas.

»Tut mir leid, das geht mich natürlich alles nichts an.« Schon wieder hab ich das Gefühl, was Falsches gesagt zu haben.

»Natürlich nicht.« Er lächelt, aber es wirkt verbittert.

Ich würde ihm gern sagen, dass ich das so nicht gemeint habe, aber ich kann nicht – und was sollte es auch bringen?

»Jetzt, wo Hannah groß genug ist, um es zu verstehen, ist es ein bisschen besser. Ich gehe ganz offen damit um. Sie weiß, dass ihre Mutter tablettensüchtig ist, dass sie krank ist. Und sie weiß, dass das alles nicht ihre Schuld ist.« Er schaut weg. »Na ja. Jugendsünden. Die wird man sein Lebtag nicht los.«

»Ich hoffe doch!«, sage ich, und er muss lachen.

»Und du?«, fragt er und lehnt sich auf dem Sofa zurück. »Wie fühlt es sich an, nach so langer Zeit wieder nach Hause zu kommen?«

»Ich komme nicht nach Hause«, entgegne ich, als hätte er mir einen Vorwurf gemacht. »Ich bin nur beruflich hier.«

»Trotzdem. Muss seltsam sein zu sehen. Was sich alles verändert hat …«

»Und was sich nicht verändert hat«, sage ich. Er hebt die Brauen. Inzwischen bin ich mehr als nur ein bisschen betrunken, und es fühlt sich großartig an. Alle Zweifel und Ungewissheiten gehen im Alkohol unter. Condor ist hier, und wir wissen beide, wie es läuft, also machen wir einfach weiter.

Condor stellt sein Glas ab. Schweigend befingert er eine Narbe an seiner Lippe.

»Was ist passiert?«, frage ich.

Er zuckt mit den Schultern. »Noch eine Jugendsünde.«

Ich hebe mein Glas. »Auf die Jugendsünden.«

Langsam verzieht er den Mund zu einem Lächeln. »Und auf die Sünden der Erwachsenen«, sagt er.

»Prost«, sage ich.

Er schmeckt nach Whiskey, als er mich küsst, und noch lange, nachdem er gegangen ist, glüht meine Haut.

10

Ich schlafe unruhig, werde von Albträumen geplagt, wilde Erinnerungen, die auf mich einstürmen. Als ich am Morgen schweißnass erwache, ist mir einen Moment lang, als läge ein Duft meiner Mutter in der Luft, der Duft ihrer Handcreme.

Im Bad betaste ich meine Unterlippe, als könnte Condor dort einen Abdruck hinterlassen haben, sehe aber nur einen dunklen Fleck, der vom Bordeaux herrührt. *Schwachstelle.* Das Wort kommt mir ganz plötzlich in den Sinn. Er küsst genau so, wie ich es mir vorgestellt hatte, so als würde er es brauchen.

Und doch ist es nicht weitergegangen. Wir haben uns nur geküsst. Als ich den Gürtel seiner Hose öffnen wollte, hat er mich aufgehalten.

Nicht, hat er gesagt. *Ich geh besser nach Hause.*

Ich dusche und ziehe mich an – der Himmel ist grau –, und während ich versuche, meine Haare zu bändigen, denke ich über Schwachstellen nach. Anwalt zu sein ist in etwa das Gegenteil davon, Arzt zu sein: Man sucht nach der Schwachstelle und versucht, sie zu vergrößern, in sie vorzustoßen, die Eiterherde zu öffnen, so wie ich früher im Wald nach Stellen gesucht habe, wo die Erde so weich war, dass ich dort ganz leicht meine wertvollen Besitztümer vergraben konnte – Sachen, die mein Vater nicht finden sollte, wie der Stummel der Zigarette, die Kaycee und ich in der fünften Klasse heimlich geraucht hatten (das einzige Mal, dass ich zu rauchen versucht habe), oder das pfirsichfarbene Rouge und das glänzende Lidschattendöschen mit Spiegel, das Kaycee mir zum Geburtstag geschenkt hatte (und das zweifellos geklaut war).

Carolina Dawes hat uns bestätigt, dass wir mit unseren Vermutungen in Bezug auf das Wasser richtigliegen, aber das reicht nicht. Sie ist nicht glaubwürdig. Optimal wird garantiert nachweisen, dass Coop in Kontakt mit allen möglichen Substanzen kommt, die seinen Hautausschlag verursacht haben können. Optimals Image in der Öffentlichkeit ist so glatt wie das Plastik, das sie herstellen. Aber es muss irgendwo eine Schwachstelle geben, einen Riss, den ich mit ein bisschen Druck vergrößern kann.

Zum Glück gibt es in Barrens nur einen Brent O'Connell, und es sieht so aus, als wäre er ein Frühaufsteher.

Als ich eine Stunde später vor dem Woody's parke, hat man dort den ersten Ansturm zum Frühstück bereits hinter sich. Ich werfe kurz einen prüfenden Blick in den Rückspiegel. Ich wirke wach und konzentriert und erstaunlicherweise kein bisschen verkatert. Ich bin vielleicht keine große Schönheit, aber auch nicht mehr so unscheinbar wie das junge Mädchen, das Brent einmal gekannt hat. Ich öffne die Tür und steige aus.

Der Himmel hat sich verdüstert. Es sieht nach Regen aus.

Ehe ich dazu komme, die Tür zu öffnen, wird sie von innen aufgestoßen, und vor mir steht Brent O'Connell, der mich lächelnd hineinkomplimentiert.

Ich hatte gehofft, er wäre vielleicht fett geworden oder hätte wenigstens Geheimratsecken. Aber er sieht noch genauso gut aus wie in der High School – blaue Augen, blondes Haar, wie der Junge von nebenan, nur erwachsen geworden. Das Einzige, was sich verändert hat, ist seine Kleidung. Statt löchriger Jeans und T-Shirt mit V-Ausschnitt trägt er eine Khakihose und ein frisch gebügeltes Hemd.

Und obwohl ich nur modische Jeans und einen Blazer anhabe, gerate ich kurz in Panik. Mein Outfit ist übertrieben, und er wird es merken. Er wird mich sofort durchschauen.

Ich erinnere mich an seine Haut, die sich warm anfühlte, trotz des kalten Seewassers, das ihm aus den Haaren tropfte. Ich erinnere mich an Stimmen in der Ferne, an den Geruch von Wandfarbe und brennendem Holz. Wie er mir ins Haar gefasst hat, wie er, als er wortlos gegangen ist, einen Finger an die Lippen gehoben hat. *Schsch.*

»Abby Williams«, sagt er. »Du siehst fantastisch aus!«

»Alter Charmeur«, erwidere ich. »Aber danke.« Ich verkneife es mir, ihm zu sagen, dass er auch gut aussieht – nicht, weil es gelogen wäre, sondern weil es stimmt. Aus der Nähe sehe ich, dass Brent sich doch verändert hat. Er sieht genauso gut aus wie früher, aber auf eine weichere, sanftere Art. Er wirkt so *echt,* so unverfälscht.

Er schüttelt den Kopf. »Wenn ich in der Schule schlauer gewesen wäre …« Echt, unecht, aufgesetzt. Vielleicht weiß in Barrens keiner, was der Unterschied ist. »Komm rein, bevor es anfängt zu schütten.«

Als ich mich an ihm vorbeizwänge, rieche ich sein Shampoo, und ich muss an den Abend im Wald denken, an das Wasser aus seinen Haaren auf meiner Haut, nachdem er mich geküsst hat.

Ich folge ihm zu einer Nische in der Ecke, rutsche auf die Bank und schnappe mir die Speisekarte, als wäre sie ein Rettungsring. Damals, als wir Schüler waren, war mir das Woody's immer riesig vorgekommen. Wenn gerade keine Party stieg oder wenn wir uns langweilten oder wenn wir kein Geld für Bier hatten, gingen wir ins Woody's, wo man sich immer umsonst Kaffee nachgießen konnte. Wir setzten uns zu den Stammgästen, die dort wie jeden Abend Karten spielten, und den kichernden Mädchen, die zusammenlegten für eine Portion Curly Fries zum Teilen. Ich bin oft allein hergekommen, nachdem alle schon weg waren, nur um nicht nach Hause gehen zu müssen. Es riecht nach Frittierfett und Ahornsirup, genau wie damals.

»Und?« Brent beugt sich vor, als könnte er es nicht ertragen, durch den Tisch von mir getrennt zu sein. »Wie fühlt es sich an, nach all den Jahren wieder zurück zu sein? Ist alles noch so, wie du es in Erinnerung hast?«

»Schwer zu sagen, da ich mein halbes Leben lang versucht hab, meine Erinnerung zu löschen«, sage ich, und Brent lacht. Er kann natürlich nicht wissen, wie sehr ich mich bemüht habe, Barrens hinter mir zu lassen. Und wie kläglich ich gescheitert bin.

Die Kellnerin kommt, und an ihrem koketten Lachen erkenne ich, dass Brent immer noch ein Schürzenjäger ist. Ich ziehe den Kopf ein und tue so, als wäre ich mit der Speisekarte beschäftigt.

»Magst du Omelett? Die machen hier die besten in der Stadt. Zwei Western Omeletts, bitte«, sagt Brent. »Und zwei Kaffee. Es ist doch okay, dass ich für dich bestelle, oder?« Sein Ton ist neckend, freundlich, glücklich.

Ich klappe die Speisekarte zu. »Ich nehme Rührei. Keinen Kaffee. Lieber Tee.« Als die Kellnerin gegangen ist, frage ich mich, warum ich das getan hab. Aber ich will nicht, dass Brent sich wer weiß was erhofft.

Oder vielleicht will ich es doch, aber das darf ich genauso wenig zulassen.

Falls er meine Reaktion als Zurückweisung empfindet, lässt er es sich jedenfalls nicht anmerken. »Gute Wahl«, sagt er. »Das hab ich immer an dir gemocht. Dass du immer deinen eigenen Kopf hattest. Du hast nie mit den Wölfen geheult.«

Weil ich ständig vor ihnen auf der Flucht war, denke ich, behalte es aber für mich. Er will nur nett sein. Er ist eben Brent.

»Wahrscheinlich fragst du dich, warum ich mich mit dir treffen wollte«, sage ich.

»Na, *so* lange warst du auch wieder nicht weg. Du weißt doch, wie das hier läuft. Fünf Minuten nachdem du hier angekommen bist, hat Misha die Neuigkeit verbreitet.«

Die Vorstellung weckt alte Ängste, Ängste, die entstehen, wenn man jahrelang als lebende Zielscheibe rumläuft. »Du bist also immer noch mit Misha befreundet?«

»Wir haben uns angefreundet, nachdem …« Er dreht seine Kaffeetasse hin und her. »Ich schätze, so was schweißt halt zusammen. Du weißt, dass Misha jetzt stellvertretende Direktorin der High School ist, oder?«

Die Tatsache will mir immer noch nicht in den Kopf, aber ich nicke. »Ja, sie hat's mir erzählt.«

»Sie macht ihre Sache gut.« Dann räuspert er sich und wirkt plötzlich verlegen. »Also, ich weiß, dass du nicht zurückgekommen bist, um mit mir in Erinnerungen zu schwelgen. Ich weiß, warum ihr hier seid, und ich bin bereit, euch zu helfen, so gut ich kann. Ich denke, das bin ich dir schuldig, oder?«

»Das bist du mir schuldig?« Mein Puls geht schneller. »Wie meinst du das?«

Er zögert. Als er seine Sitzposition ändert, quietscht der Kunststoffbezug der Bank wie die Sohlen neuer Schuhe. »Teenager können grausam sein. Ich weiß, dass wir es waren. Dass *ich* es war. Und Misha und Kaycee und die anderen. Ehrlich gesagt hab ich keine Ahnung, warum wir uns damals so benommen haben.« Er fährt sich mit den Händen durchs Haar, das anschließend wieder perfekt sitzt. »Was ich sagen will …«, er mustert mich, als würde er mich zum ersten Mal sehen, »es tut mir wirklich sehr leid.«

Die Entschuldigung ist so simpel, so direkt, dass sie mich sprachlos macht.

Er war mit Kaycee zusammen, aber in dich verknallt, hat Misha im Donut Hole gesagt. *Vielleicht wegen deiner langen, langen Haare …*

»Du brauchst dich nicht zu entschuldigen«, sage ich, und plötzlich packt mich die Wut: auf Misha, auf meinen Vater, auf Brent. Sie verdrehen meine Erinnerungen, bringen mich dazu, Dinge anzuzweifeln, die ich immer für wahr gehalten habe.

»Ich weiß. Aber ich *möchte* es tun.«

Er möchte, dass ich ihm sage, es ist alles gut, aber das werde ich nicht tun. Ich *weigere* mich. Ich entschließe mich, zur Sache zu kommen. »Du arbeitest also bei Optimal, seit du mit der Schule fertig bist?« Er soll nur ja nicht denken, ich wäre hergekommen, um meine Vergangenheit aufzuarbeiten – oder die Rolle, die er darin gespielt hat.

»Du weißt ja, dass mein Vater jahrelang bei der Firma war. Während des letzten Schuljahrs hab ich da schon mehrere Praktika gemacht. Dann hab ich angefangen, Laster zu beladen. Das ist anspruchsvoller, als es klingt. Mein Cousin Byron hatte einen Kumpel in der Abteilung, der hat mich ein bisschen unter seine Fittiche genommen. Und seitdem hab ich mich da hochgearbeitet.« Er rührt eine Weile seinen Kaffee um, bis er fortfährt. »Optimal hat meinen Vater gerettet, als er damals aus dem Tischlerverband ausgetreten ist. Ich weiß nicht, was er gemacht hätte, wenn Optimal nicht gewesen wäre. Das hab ich denen nie vergessen. Die haben ihm das Leben gerettet. Ein Mann braucht eine ordentliche Arbeit.«

»Eine Frau auch«, sage ich, ohne zu zögern.

»Ja, natürlich, eine Frau auch.«

Es fällt schwer, böse auf ihn zu sein, wenn er so lächelt. »Optimal hat viel für die Stadt getan«, sage ich vorsichtig. »Wir sind nur hier, um uns zu vergewissern, dass das auch alles zum Guten dient.«

Er schnaubt. »Gallagher ist voll in seinem Element, hab

ich gehört.« Als die Kellnerin das Essen bringt, tut er so, als merkte er nicht, wie sie ihn anschmachtet. »Erinnerst du dich noch, wie er auf Grant Haimes geschossen hat? Er hat ihn am Knie erwischt. Damit war's für Grant mit dem Sport vorbei.« Er schüttelt den Kopf. *»Verdammte Koyoten!«*, äfft er den alten Gallagher nach.

»Ich dachte, er hätte ihm ein Stück vom Ohr abgesäbelt«, sage ich. »Grant, meine ich.«

Brent zuckt die Schultern, als wäre das eine Lappalie. »Hör zu. Ich erzähl dir das, weil es mir wichtig ist. Mein Großvater war Farmer, und mein Vater hat seine 44er und seine Angel über alles geliebt. Hier findest du keinen, dem Barrens so sehr am Herzen liegt wie mir.« Er schüttelt den Kopf und stochert in seinem Omelett rum. »Gallagher ist ein Unruhestifter, der Ärger sucht. Der wittert überall Verschwörungen. Der schießt auf alles, was ihm in die Quere kommt. Aber diesmal hat er danebengezielt. Optimal ist sauber. Wir hatten jede Menge Überprüfungen und haben sie alle bestanden. Mit wehenden Fahnen.«

»Aber in einem Fall hat Optimal gezahlt«, wende ich ein.

»Das war in Tennessee.«

Ich lasse mich nicht beirren. »Optimal hatte eine ziemlich schlechte Presse. Es gab Gerüchte über Vergehen auf allen Ebenen – Bestechung, Absprachen …«

»Schlechte Presse besitzt keine Rechtskraft«, sagt Brent. »Und Gerüchte sind keine Beweise. *Jede* große Firma bekommt früher oder später schlechte Presse, Abby, das weißt du genau.« Das ist ein geschicktes Ablenkungsmanöver, aber es könnte auch sein, dass er das alles tatsächlich glaubt.

Ich gehe aufs Ganze. Wenn wir das Unkraut ausreißen wollen, dann am besten mit Stumpf und Stiel. »Ich hab mir den Fall Mitchell noch mal angesehen.« Ich beobachte ihn genau, aber er zeigt keine Reaktion. »Du warst damals mit Kaycee zusammen. Du musst doch eine Meinung dazu haben.«

»Meinung.« Er wiederholt das Wort, als hätte ich ihn gerade um Geld angepumpt. »Ich habe keine *Meinung.* Die haben sich das ausgedacht. Das war typisch Kaycee. Erst handeln und auch hinterher nicht nachdenken. Sie gierte nach Aufmerksamkeit. Mir hat sie damals leidgetan.«

Es gefällt mir nicht, wie leicht es für Kaycee war zu verschwinden und wie bereitwillig alle in Barrens sie haben gehen lassen – obwohl sie womöglich gelogen hatte. *Vor allem,* wenn sie gelogen hatte.

»Hast du seitdem noch mal mit ihr gesprochen?«, frage ich.

»Nein. Sie hat mir noch nicht mal gesagt, dass sie fort wollte. Ich hatte keine Ahnung.«

»Du hast also, seitdem sie weggegangen ist, nie wieder ein Wort mit ihr gewechselt?« Brent und Kaycee waren fast zwei Jahre zusammen, was in der High School eine Ewigkeit war. Aber als sie fortgegangen ist, war es, als wäre sie einfach aus ihrem alten Leben verschwunden, als hätte sie es abgestreift wie einen alten Mantel.

»Misha hat ein- oder zweimal mit ihr telefoniert«, sagt er. Diesmal ist sein Lächeln ziemlich dünn. »Sie hat klargestellt, dass sie mit keinem von uns anderen reden wollte.«

»Hat sie nicht gesagt, warum?«, frage ich. »Ich hab nie kapiert, was sie eigentlich wollte. Warum hat sie so getan, als wäre sie krank?«

Er schüttelt den Kopf, und plötzlich klingt seine Stimme hart. »Ich dachte, du wärst hier wegen Optimal. Erzähl mir jetzt nicht, du bist auch noch unter die Detektive gegangen.«

»Sie war offizielle Schulkönigin. Für den Abschlussball hat sie sich das Gesicht und sogar die Arme in den Schulfarben bemalt.« Ich weiß noch, wie ich am letzten Tag an einer Wand einen roten Farbstreifen wie einen Kometenschweif gesehen hab, wo sie sich abgestützt hat, als sie beinahe hingefallen wäre. Selbst so krank wollte sie sich anmalen und verehrt werden. »Sie hat überhaupt nicht den Eindruck gemacht, als hätte sie vor abzuhauen.«

Er faltet sorgfältig seine Serviette. Als er aufblickt, wirkt er erschöpft. »Sie hat immer nur Theater gespielt, bei allem, was sie tat. Nicht nur, als es um diese Krankheit ging, auch sonst … Für sie war alles nur Theater.« Er schaut ins Leere. »Und jedes Wort, das ihr über die Lippen kam, war gelogen.«

Ich muss daran denken, wie sie mich angesehen hat, an dem Tag, als ich Chestnut im Wald gefunden hatte und sofort wusste, was Kaycee mit ihm gemacht hatte. *Das ist doch krank,* hat sie zu mir gesagt und das Kinn vorgereckt, als wäre *ich* krank. *Wie kommst du nur auf so was Krankes?*

Ich muss wieder daran denken, wie ich sie ein paar Jahre später in der Toilette vorgefunden hatte, Blut im Gesicht und an den Händen. *Was passiert mit mir?* Da hatte sie Angst, und die war echt. Ich hätte es schwören können.

Brent räuspert sich und lehnt sich zurück. »Du willst dir einen Überblick über die Umweltverstöße hier verschaffen. Vielleicht wirfst du zuerst mal einen Blick auf die alten Gebäude. Weißt du, dass die High School total asbestverseucht war, bevor Optimal sich hier niedergelassen hat? Optimal wollte eine neue Turnhalle stiften und die alte zu einer Aula umbauen, aber das hätte nur eine halbe Million Dollar weniger gekostet als ein Neubau. Es erschien sinnvoller, stattdessen das neue Gemeindezentrum zu bauen.«

»Wir suchen nicht nach Asbest«, sage ich.

»Damit will ich nur sagen, dass es das *alte* Barrens ist, das auf den Hund gekommen ist.« Brent hebt die Hände wie zum Zeichen der Kapitulation. »Optimal hat diese Stadt wieder in Schuss gebracht. Gallagher ist bloß sauer, weil er den Anschluss verpasst hat. Er sucht nach jemanden, dem er die Schuld daran geben kann.«

Brent O'Connell ist zweifellos der geborene Verkäufer.

»Vielleicht hast du recht«, sage ich, um einen beiläufigen Ton bemüht. »Oder auch nicht. Deswegen bin ich hier. Um festzustellen, was stimmt.«

»Und ich dachte, du wärst nur gekommen, um mich zu sehen«, scherzt er. »Aber tu mir den Gefallen, und pass auf, dass Gallagher dir kein Ohr abschneidet. Es wäre schade um dein hübsches Gesicht.«

Vor zehn Jahren wäre ich im Erdboden versunken, wenn er mir ein Kompliment gemacht hätte, jetzt wundere ich mich, dass es mich ärgert.

»Ich bin auch von hier, vergiss das nicht«, sage ich. »Ich kann zur Not zurückschießen.«

Die Rechnung kommt. Brent zückt seine Kreditkarte, aber ich bin schneller. »Das geht auf mich. Weil du mir deine Zeit geopfert hast.«

»Dann musst du mir aber eine Chance geben, mich zu revanchieren«, sagt Brent, als der erste Regen gegen die Fenster prasselt. »Versprochen?«

Ich brauche einen Moment, bis ich begreife, dass er sich mit mir verabreden will. »Ich weiß nicht, ob …«

»Bitte, Abby«, fällt er mir ins Wort. »Es freut mich wirklich, dich wiederzusehen.« Er klingt, als meine er das ernst. Ich war darauf eingestellt, auf Ablehnung zu stoßen. Sogar auf seinen Charme war ich gefasst. Aber die Entschuldigung, die Komplimente, das Flirten und jetzt das …

Erinnerungen an letzte Nacht gehen mir durch den Kopf: Condors Lächeln, die Art, wie er sich auf den Oberschenkel klopft, wenn er nachdenkt, seine sonnengebräunten Hände, mit denen er mich an sich zieht. Brents Hände sind blass und gepflegt. Mir wird der Unterschied zwischen Condor und Brent bewusst. Condor ist es, vor dem ich mich in Acht nehmen muss – vor dem ich mich vor mir selbst in Acht nehmen muss.

»Also gut«, sage ich schließlich. Brent O'Connell, der Goldjunge, der Football-Quarterback, der Lokalmatador, will mich zu einem Date einladen. »Warum nicht.«

Brent lächelt. »Willkommen zu Hause, Abby Williams.«

11

Die Barrens High School ist kleiner, als ich sie in Erinnerung habe – ein gedrungenes Gebäude aus Backstein und Beton –, und ich bin überrascht über die Ruhe, die hier herrscht. Wahrscheinlich hatte ich erwartet, dass das ganze Gemäuer von der Energie und dem Lärm hyperaktiver Teenager vibrieren würde, dass auf dem Parkplatz Halbstarke auf den Kühlerhauben ihrer Autos hocken und Gras rauchen und sich gegenseitig in die Müllcontainer schubsen würden. Aber es regnet immer noch, und alle sind drinnen.

Freak!, meine ich jemanden von Weitem rufen zu hören. Aber es ist niemand zu sehen. Meine Scheibenwischer quietschen und klappern, quietschen und klappern. Ich schalte den Motor ab und frage mich, ob ich es fertigbringe auszusteigen. Aber irgendwas hat mich hierher geführt, ein Instinkt. Eine Ahnung.

Ich halte mir meine Handtasche über den Kopf und renne zum Haupteingang. Das Kreischen der Eingangstür zerrt an meinen Nerven, als würde eine alte Wunde aufgerissen.

Der Überlebensinstinkt – dieser Ur-Instinkt, der mich durch die High School getragen hat – pumpt Adrenalin in meine Venen.

Aber drinnen ist ebenfalls alles still. Ich spähe den langen, leeren Flur hinunter. Die erste Stunde ist noch nicht zu Ende. Auch hier im Gebäude kommt mir alles kleiner vor, als ich es in Erinnerung habe. Warum ist das bloß immer so? Die Decken wirken niedriger. Aber ich bin seit der achten Klasse eins zweiundsiebzig groß, an meiner damaligen Körpergröße kann es also nicht liegen. Die Wände sind immer noch beigefarben, aber es riecht auch nach frischer Farbe. Anscheinend wurden vor Kurzem Malerarbeiten durchgeführt.

Ich ärgere mich. Das Ganze ist reine Zeitverschwendung. Der Würgegriff der Erinnerungen lässt ein bisschen nach, als der Klang meiner Absätze laut durch den Gang hallt. Aber ich bin auf der Hut, halte mich dicht bei den metallenen Spinden. Falls im nächsten Moment die Horden durch den Korridor stürmen, würde ich mich mithilfe des alten Zaubertricks unsichtbar machen.

Nur zwei Tage, nachdem ich mir geschworen habe, Misha niemals um Hilfe zu bitten, bin ich jetzt hier, um genau das zu tun.

Im Sekretariat erklärt man mir, dass die stellvertretende Direktorin Jennings gerade im Gespräch mit der Mutter eines Schülers sei. Irgendwie bringe ich die Misha, die Wodka in Wasserflaschen mit in die Schule gebracht hat, immer noch nicht mit der Frau zusammen, die persönlich für die Bildung der Schüler verantwortlich ist. Und ich frage mich, was Kaycee dazu sagen würde.

Ich muss an den Tag denken, als Chestnuts Halsband in meinem Spind lag, die Wut, die mich in dem Moment gepackt hat, die Wucht, mit der Misha mich gegen die Spinde geschleudert hat, nachdem ich auf dem Flur auf sie losgegangen war.

Weißt du, was sie getan hat? Meine Wut raubte mir fast den Atem. *Hast du es die ganze Zeit gewusst? Findest du es lustig, mich daran zu erinnern?*

Ich werde nie vergessen, wie sie mich angesehen hat: ängstlich. Sie hatte tatsächlich Angst, vielleicht zum ersten Mal in ihrem Leben.

Ich hab überhaupt keine Ahnung, wovon du redest, hat sie geflüstert.

Kann es sein, dass Misha auch ein Opfer war?

Die gelangweilt dreinblickende Sekretärin bietet mir einen Stuhl an und reicht mir eine Broschüre mit den Schulregeln. Ich blättere darin – Hauptsache, meine Hände sind beschäftigt. Nichts scheint sich geändert zu haben: Es ist verboten, in der Schule und auf dem Schulgelände Alkohol zu trinken, zu rauchen und so weiter. Eine Nulltoleranzpolitik, die nicht durchgesetzt wird und nie durchgesetzt wurde.

Schließlich verlässt eine zerknirscht wirkende Mutter das Zimmer der stellvertretenden Direktorin, ihre Handtasche an die Brust gedrückt, und die Sekretärin bedeutet mir, ich könne jetzt eintreten. In einem kleinen Büro, hinter einem Schreibtisch, auf dem sich Hefter und Mappen stapeln, sitzt Misha.

»Danke, dass du dir so kurzfristig Zeit nehmen konntest«, sage ich.

Als sie aufsteht, um mich flüchtig zu umarmen, fällt mir auf, dass ihr Kostüm eine Nummer zu eng ist. Ich konzentriere mich auf diesen kleinen sichtbaren Makel, um einen Anflug von Panik zu unterdrücken.

»Ich bitte dich. Du tust *mir* einen Gefallen. Du verschaffst mir eine Atempause von diesen unerträglichen Elterngesprächen. Die Leute verstehen einfach nicht, warum ihr geliebter Sprössling von der Schule fliegt, wenn er maximal einmal pro Woche geruht, zum Unterricht zu erscheinen.«

Ich setze mich auf den Besucherstuhl. Vielleicht ist er für Schüler gedacht, jedenfalls ist er merklich niedriger als Mishas Sessel, und plötzlich komme ich mir vor wie eine Bittstellerin.

»Die Schule ist vergrößert worden«, sage ich ohne Umschweife.

»Allerdings. Nach der Eingemeindung mussten wir die Schüler aus Basher Falls aufnehmen.«

»Das war bestimmt nicht einfach für die Lehrer.« Die Technik habe ich bei Joe abgeguckt: Man fängt mit unverfänglichen Themen an, das beruhigt. Und wenn der Gesprächspartner sich entspannt hat, schlägt man zu.

Misha lächelt. Das Sonnenlicht, das durch das Fenster fällt, umgibt ihren Kopf wie ein Heiligenschein. »Zum Glück konnten wir ein paar neue Kollegen einstellen. Und wir bemühen uns mit lokalen Geldgebern um die Einrichtung eines Stipendienfonds für außerlehrplanmäßige Angebote.«

Obwohl ich sie sprechen sehe, kommt es mir vor, als kämen die Worte aus dem Mund einer anderen Person. Als wären sie einstudiert. »Lass mich raten. Einer dieser lokalen Geldgeber ist Optimal?«

»Der größte.« Sie breitet die Hände aus. Sie wirkt nicht so, als würde sie irgendetwas bedauern. »Wie gesagt, die Firma ist ein großzügiger Sponsor. Optimal hat großen Anteil am

Aufschwung der Stadt. Wie war denn eigentlich das Treffen mit Brent? Du weißt ja, hier in Barrens steckt man gern seine Nase in die Angelegenheiten anderer Leute«, fügt sie scherzhaft hinzu.

Zeit, zum entscheidenden Schlag auszuholen. »Das Treffen war sehr nett«, sage ich, »aber auch Brent konnte mir leider nicht sagen, was damals mit Kaycee Mitchell passiert ist.«

Es ist, als hätte ich ihr eine Ohrfeige verpasst. Ihr Lächeln ist wie weggeblasen. Nach einer Weile ringt sie sich ein Lachen ab. »Also, wenn es darum geht – die Mühe hättest du dir sparen können«, sagt sie. »Ich hab zuletzt drei Wochen nach ihrem Verschwinden von ihr gehört.«

»Wo war sie da?«, frage ich.

»Wieso interessiert dich das so brennend? Ich dachte, ihr seid hier wegen des Wassers.«

»Sind wir auch. Aber ich dachte, Kaycees Blickwinkel könnte uns eine wertvolle Hilfe sein.«

»Geht das schon wieder los. Ich dachte, die ganze Sache wäre längst vergessen.« Misha hat offenbar gelernt, sich zu beherrschen. »Es war alles erstunken und erlogen. Wie gesagt, für mich ist das alles Schnee von gestern.«

»Aber irgendwas muss euch doch auf die Idee gebracht haben, dieses Theater zu veranstalten«, sage ich. »In Tennessee hat es einen ähnlichen Fall gegeben, da hatte Optimal noch einen anderen Namen und …«

»Es war Kaycees Idee. Du weißt genauso gut wie ich, dass Kaycee nie einen Grund für irgendwas brauchte.« Mishas Stimme klingt hart. Sie ist wieder die alte Misha, die immer sofort zum Angriff überging. »Sie war auf dem Weg nach

New York. Ehrlich gesagt, ich war froh, dass sie weg war. Das mag schlimm klingen, aber ich hatte ihre Spielchen gehörig satt. Ich war es leid, ihr immer nach dem Mund reden zu müssen. Du weißt ja, wie es war.«

Ja, das weiß ich. Aber ich nehme es Misha übel, dass sie mich daran erinnert. »Ist es möglich, dass sie ausnahmsweise vielleicht doch einen Grund hatte, als sie von hier abgehauen ist?«, frage ich, und Misha seufzt, als sie merkt, dass ich mich nicht so leicht abwimmeln lasse.

»Nein«, sagt sie. »Sie wusste, dass es vorbei war. Ich hatte mich entschlossen zuzugeben, dass die ganze Sache nur inszeniert gewesen war. Cora und Annie auch. Wir hatten nicht damit gerechnet, dass das alles dermaßen außer Kontrolle geraten würde. Ich meine, Coras Mutter war sogar in den Fernsehnachrichten ...« Sie schüttelt den Kopf. »Kaycee ist abgehauen, bevor man sie als Lügnerin an den Pranger stellen konnte. Das war der beste Tag meines Lebens, das schwör ich dir.«

Einen Moment lang bin ich sprachlos. Hat überhaupt irgendjemand Kaycee Mitchell gemocht? War *irgendjemand* traurig, als sie verschwunden ist? Aber ehe ich dazu komme, Misha noch etwas zu fragen, streckt die Sekretärin den Kopf zur Tür herein.

»Mrs. Danning hat noch ein Handy abgeliefert. Jessica Moore mal wieder. Sie geht dann gleich zum Nachsitzen.«

Misha springt so schnell auf, dass sie sich die Hüfte am Schreibtisch stößt und mehrere Stifte zu Boden kullern. »Ich kümmere mich darum«, sagt sie. An mich gewandt, fügt sie hinzu: »Wir haben hier absolutes Handyverbot. Die Schüler kriegen ihre Handys natürlich zurück, aber während des Unterrichts lenken die Dinger nur ab. Außerdem unterbinden wir so das Internet-Mobbing, auch wenn manche Schüler so viele Stunden nachsitzen müssen, dass sie kaum noch an die frische Luft kommen.«

Zum ersten Mal kann ich mir vorstellen, was den Job der stellvertretenden Direktorin für eine Frau wie Misha attraktiv macht. Strafen und Belohnungen austeilen zu können verleiht zweifellos ein Gefühl der Macht. Die Rolle ist ihr auf den Leib geschrieben.

Ein ohrenbetäubendes Schrillen verkündet das Ende der ersten Stunde, der gleiche Ton, der jahrelang meine Tage in fünfundvierzigminütige Abschnitte zerhackt hat.

Als Misha stehen bleibt, wird mir klar, dass die Audienz beendet ist.

»Hat mich echt gefreut, dich wiederzusehen, Abby«, sagt sie und umarmt mich. Die Lippen ganz dicht an meinem Ohr, flüstert sie: »Ganz wie in alten Zeiten, oder?«

Fast rechne ich damit, dass sie mir als Nächstes die Zähne in den Hals schlägt.

Doch dann lässt sie mich los und sagt lachend: »Das nächste Mal treffen wir uns auf einen Drink!«

Als ich mich durch das Gewusel der Schüler schiebe, die aus den Klassenzimmern strömen, drängt sich eine Erinnerung von ganz weit hinten in mein Bewusstsein. In den Anfangszeiten von Facebook – noch vor Snapchat, Instagram und den heutigen Internet-Trollen – hatten wir eine eigene Möglichkeit erfunden, andere zu schikanieren. Ich habe schon seit Jahren nicht mehr an das Spiel gedacht und auch nicht an die Gerüchte, die sich wie giftiger Rauch verbreiteten, an die betroffenen Mädchen, die kreidebleich durch die Flure schlichen, gedemütigt und verfolgt von einem leisen Zischeln. *Flittchen. Flittchen. Flittchen.*

Kelsey Waters im bläulichen Licht eines Kellers, die Unterhose um die Knie und die Augen mit Lidschatten verschmiert. Riley Simmons, volltrunken auf dem Fußboden eines Badezimmers. Jonathan Elders hatte ihr den BH ausgezogen und sie fotografiert. Am nächsten Tag drängten sich alle Jungs um die Fotos und lachten sich halbtot. Er sagte allen, sie sei ihm zu hässlich gewesen, um mit ihr zu schlafen, und sie hat in der Cafeteria geweint, als sie davon gehört hat.

Aber was sie mit Becky Sarinelli gemacht haben, war noch viel schlimmer.

12

Es fing an bei einem Schulsportfest, zu Anfang der zwölften Klasse, kurz vor Ausbruch der Krankheit, der Hysterie, der Beschuldigungen, der Geständnisse – zumindest habe ich da zum ersten Mal etwas davon mitbekommen, von dem Spiel.

Diese Sportveranstaltungen waren an der High School Pflicht. Ganz egal, ob man zu einer Gruppe gehörte oder nicht. Auch wenn man sich überhaupt nicht für dieses ganze Sporttheater interessierte – oder für das anschließende Lagerfeuer –, man musste auf den Tribünen des Footballstadions sitzen, den Sportlern zujubeln und den Cheerleadern in ihren kurzen Röckchen bei ihren Verrenkungen zusehen, während die Jungs lauthals grölten und die Konkurrenz verunglimpften.

Bradley Roberts, der stellvertretende Jahrgangssprecher, stand am Mikro und leierte irgendwas runter von wegen, dass wir stolz sein sollten auf unsere Schule, dass es darauf ankam zusammenzuhalten, ein Hoch auf die Barrens Tigers, hurra, hurra, hurra!

Und dann: ein Schrei, schrill, panisch. Alle blickten sich um, und einen Moment lang sah ich schon Flammen an den Tribünen hochzüngeln und uns alle verzehren. Ein verfrühtes Lagerfeuer, das außer Kontrolle geraten war.

Ein paar Leute um mich herum standen auf. Es empörte mich, ihre sensationslüsternen Mienen zu sehen, aber auch ich habe mich umgedreht.

Becky Sarinelli irrte durch die Sitzreihen, stolperte verzweifelt über Taschen und Stufen und sammelte Zettel ein, die aussahen wie Flyer. In sichtlicher Panik hob sie auf, was sie zu fassen bekam, sie konnte die Zettel gar nicht schnell genug in ihren Besitz bringen. Aber es waren zu viele: Sie flogen von Hand zu Hand, wie von einer unsichtbaren Strömung getrieben. Viele Schüler lachten, andere wirkten angewidert.

Bradley räusperte sich mehrmals, aber niemand interessierte sich mehr dafür, was er über den Gemeinschaftsgeist der Schule zu sagen hatte. Mr. Davis trat ans Mikro.

»Ruhe!«, sagte er. »Alle hinsetzen!« Aber niemand hörte auf ihn.

Die Flyer wurden in meine Richtung geweht. Einer segelte neben der Tribüne ins Gras. Erst da sah ich, dass es sich gar nicht um Flyer handelte.

Es waren Kopien eines Fotos, stark vergrößert und pixelig. Trotzdem konnte man deutlich erkennen, was es darstellte.

Becky.

Mir blieb fast das Herz stehen.

Sie lag auf einem Bett. Ihre Augen waren halb geschlossen, ihre Schminke verschmiert. Ihr Rock war bis über die Hüften hochgeschoben, und ihre dicken weißen Schenkel leuchteten im Blitzlicht so hell, dass sie aussah wie eine Plastikpuppe. Ihre Bluse war aufgeknöpft, und sie hatte keinen BH an. Ihre Unterhose hing aufgedreht um die Knie … Das Gemurmel schwoll an, wurde immer lauter, es klang wie beim Anstimmen unserer Schulhymne, wenn alles richtig gelaufen wäre.

Flittchen, Flittchen, Flittchen, riefen die Stimmen.

Aufhören!, hätte ich am liebsten geschrien. *Aufhören! Es war nicht ihre Schuld!* Aber ich bekam den Mund nicht auf, ich bekam kein Wort heraus.

Flittchen, Flittchen, Flittchen.

Acht Tage später hat ihr Vater sie im Geräteschuppen gefunden.

Sie hat keinen Abschiedsbrief hinterlassen. Das war nicht nötig.

13

Den Rest der Woche gehe ich sowohl Brent als auch Condor aus dem Weg. Brent, weil ich mir nicht sicher bin, ob ich ihn wirklich wiedersehen möchte, und Condor, weil ich nichts lieber möchte, als ihn wiederzusehen.

Schon als Kind habe ich mich zu Tieren hingezogen gefühlt, die beißen. Einmal habe ich versucht, einen Waschbären zu retten, der es irgendwie in unseren Keller geschafft hatte, und er hätte mir um ein Haar den kleinen Finger abgebissen – die Narbe sieht man immer noch. Aber ich habe nicht geweint, weil es geblutet hat oder weil ich hinterher zum Arzt musste, der mir eine Tetanusspritze verpasst hat, sondern weil mein Vater, als er mich schreien hörte, mit einem Gewehr in den Keller gerannt kam und den Waschbären erschossen hat.

Ich wünsche mir immer das, was am meisten wehtut.

Aber anstatt meinen Wünschen nachzuhängen, stürze ich mich voll und ganz in die Arbeit. Was wir dringend brauchen, sind die Unterlagen von Optimal. Hinter allem steckt letztlich immer das liebe Geld: Pfusch am Bau aus Kostengründen, Rohrleitungen, die nicht ordentlich gewartet werden, verfälschte Tests, weil sie unerwünschte Ergebnisse zeitigen, Schmiergelder, um Leute gefügig zu machen. Da

Optimal vom Staat Indiana steuerliche Anreize kassiert, damit der Firmensitz nicht verlegt wird, sind die Quartalsberichte öffentlich zugänglich. Aber wir müssen tiefer graben, wir brauchen die Hauptbücher der Firma, wir müssen wissen, wo, wann wie viel Geld geflossen ist.

Die einen zahlen. Die anderen halten die Hand auf.

Ich mache, was ich am besten kann: Papierkram. Ich überprüfe Zahlen, suche nach Mustern und Auffälligkeiten, die alles oder auch gar nichts bedeuten können. In Barrens wird das Trinkwasser einmal jährlich getestet und für gut befunden. Angesichts der Tatsache, dass ein Großteil der Infrastruktur fünfundsiebzig Jahre alt ist, wundert mich das.

Man ist offensichtlich um ein sauberes Image bemüht. Allzu sehr, will mir scheinen.

Freitag, Indiana, Abenddämmerung. Der Himmel leuchtet blau und rosa. Nach dem Regen, der Anfang der Woche gefallen ist, sehen die Felder frisch und saftig aus. Die Krähen, die auf den Telefondrähten hocken, sind zu zahlreich, um sie zu zählen.

Bis zu meinem Haus hinter dem Frisörladen ist es noch knapp ein Kilometer, als mein Handy klingelt: Vorwahl von Indiana, aber die Nummer kenne ich nicht. Ich will den Anruf schon wegdrücken, entschließe mich jedoch im letzten Moment, ihn anzunehmen.

»Ja?«

»Spreche ich mit Abigail Williams?« Eine Männerstimme.

»Ja«, sage ich, während ich rechts ranfahre und nach Stift und Notizheft greife. »Wer ist da?«

»Sheriff Kahn. Wir haben Ihren Vater hier auf dem Revier …«

Mein Magen verkrampft sich.

»Wir haben ihn auf der Main Street aufgegriffen. Er war verwirrt, sagte immer wieder, er wolle in eine bestimmte Kneipe. Er hatte Ihre Telefonnummer in der Brieftasche. Ich habe gehört, Sie sind in der Stadt?«

Ich schließe die Augen und sehe das alte Dusty Chap vor mir, höre die laute Country-Musik, rieche den Geruch von Bier und Frittierfett, während meine Mutter in ihren Cowboystiefeln neben mir zur Musik von Wynonna Judd oder Travis Tritt ihre Tanzschritte vollführt, die Haare mit einem Gummiband oben auf dem Kopf zusammengebunden. Es gehörte zum Schönsten, was ich mit meiner Mutter gemacht habe, bis sie gestorben ist. Der Laden hat zugemacht, als ich in der Mittelschule war.

»Ja, ich bin in der Stadt. Ich komme«, sage ich und wende.

Bis ich auf dem Revier eintreffe, hat mein Vater sich beruhigt. Aber er versteht überhaupt nicht, wie er ins Büro des Sheriffs gekommen ist.

»Sie sollten sich was schämen«, sagt er zu Sheriff Kahn, als ich versuche, ihn auf den Beifahrersitz zu bugsieren. Irgendwie hat er seinen Stock verloren. »Mit einem alten Mann so umzuspringen. Und dieser Unsinn mit dem Tanzlokal …«

»Der Laden ist geschlossen, Dad«, sage ich, während ich Sheriff Kahn einen entschuldigenden Blick zuwerfe.

»Das weiß ich, Abigail«, faucht mein Vater, einen Moment lang wieder ganz der Vater, den ich in Erinnerung habe. Gib

Erwachsenen keine Widerworte. Hüte deine Zunge. Ich bin dein Vater, und du tust, was ich dir sage. »Der Laden hat dichtgemacht, kurz nachdem deine Mutter gestorben ist.«

Zu Hause finde ich seinen Stock. Er lehnt an der Wand neben der Haustür. Weiß der Kuckuck, wie er es ohne ihn in die Stadt geschafft hat. Vermutlich hat ein Nachbar ihn im Auto mitgenommen, der nicht wusste, wie schlimm es mittlerweile um ihn steht. Er schlägt meine Hände weg, als ich versuche, ihm seine Medikamente zu geben, lässt es dann aber doch zu, dass ich ihm die Tabletten auf die Zunge lege. Dann sitzt er ganz brav da, mit wässrigen Augen, so als befände sich unter der dünnen, von Altersflecken übersäten Haut ein hilfsbedürftiges Kind.

Seine Bedürftigkeit macht mich fertig, und auch mein Bedürfnis, mit ihm abzurechnen. Eigentlich sollte ich erleichtert sein. So ein Häufchen Elend kann man doch nicht hassen. In Wirklichkeit hatte ich nie vor, ihn zur Rede zu stellen. Ich habe nie damit gerechnet, diese ganzen Widersprüche irgendwann zu durchschauen. Wenn ich ihn jetzt in diesem Zustand sehe, weiß ich und spüre ich, dass es auch nie dazu kommen wird. Es ist einfach zu viel.

Ich gehe ins Bad und wasche mir die Hände, spritze mir Wasser ins Gesicht und wasche mir die Hände noch mal. Ich reiße den Spiegelschrank auf und klaube ein paar Valium aus einem Pillenröhrchen. Ich bin immer noch zu aufgewühlt, um Auto zu fahren. Als ich aus dem Haus trete, weckt der Geruch von Feuer, der vom See herüberweht, alte Erinnerungen: Partys am Seeufer, zu denen ich nie eingeladen wurde. Kids, die Kühlboxen und Strandtücher durch den Wald schleppen. Mein Vater, der mir eine schallende Ohrfeige verpasst, als er mich bei dem Versuch erwischt, mich aus dem Haus zu schleichen.

In der Ferne höre ich ausgelassenes Lachen und wummernde Musik. Diese Geräusche kenne ich. Da hocken Leute um ein Lagerfeuer.

Erinnerungen sind wie Feuer, sie brauchen nur ein bisschen Sauerstoff, um sich auszubreiten. Ich erinnere mich jetzt wieder, wie ich von unserer Veranda aus den Schein von Lagerfeuern sehen konnte. Ich erinnere mich wieder, dass mein Vater im Wald hinter unserem Geräteschuppen manchmal zerdrückte Bierdosen fand, dass ein paar von den Jungs manchmal sogar unser Haus mit leeren Bierdosen bewarfen, bis mein Vater sich sein Gewehr schnappte und blind in die Dunkelheit schoss.

Ich wurde nie eingeladen. Die Lagerfeuer waren für die Partyclique – für die *Clique*, Punkt, aus. Trotzdem saß ich manchmal draußen, wenn gefeiert wurde, und hätte schwören können, dass ich vom Rauch ein Kratzen im Hals spürte, selbst auf die Entfernung.

Ich wickle meinen Pullover fest um mich und gehe querfeldein zum Wald und von dort weiter bis zum Stausee – mit dem alles angefangen hat –, während ich mich nach Chicago sehne, nach der vertrauten Anonymität des Hochhauses, in dem ich wohne. Ich sehne mich danach, Hunderte von Kilometern weit weg zu sein von meinem Vater, von alldem hier.

Im Wald ist es kalt und dunkel, und ich bereue es, keine Taschenlampe mitgenommen zu haben. Gleich geht die Sonne unter. Doch schon bald kann ich das Flackern des Lagerfeuers und das silbrige Schimmern des Sees sehen. Hier in diesem Wald hat Brent mich geküsst.

Erzähl es keinem, hat er damals geflüstert und seinen Daumen auf meine Unterlippe gelegt. Ich erinnere mich an den Geruch von Farbe und an das Zirpen der Zikaden.

Und dann, als ich mich dem Ufer nähere, gehen Vergangenheit und Gegenwart ineinander über. Wie Figuren eines Schattenspiels im Licht des Feuers, die sich trennen und wieder miteinander verschmelzen, wird der Brent aus meiner Erinnerung zu dem wirklichen Brent, der mir zuwinkt.

»Abby!« Er löst sich aus einer Gruppe von Freunden. Ich entdecke Misha, kurz bevor auch sie ein Lächeln aufsetzt. Im nächsten Moment umarmt mich Brent, und ich verliere Misha aus dem Blick. »Dich schickt der Himmel!«

»Du bist betrunken«, sage ich und befreie mich aus seiner Umarmung.

Er lacht. »Nur ein bisschen.« Dann: »Im Ernst, ich hab gerade an dich gedacht.«

Als die Leute am Feuer sich zu uns umdrehen, erkenne ich mehrere Mitschüler aus der High School, von denen ich gehofft hatte, sie nie wiederzusehen. Schon jetzt bereue ich es, hergekommen zu sein. Aber nun gibt es kein Zurück mehr.

»Ist das hier ein Geheimbund?«, frage ich.

»Daran ist nichts Geheimes«, sagt Brent lächelnd. Heute trägt er ein Polohemd, eine Khakihose und Halbschuhe. Er sieht aus wie eine fleischgewordene Ralph-Lauren-Werbung. »Ich wollte dich einladen«, sagt er, »aber du gehst ja nicht ans Telefon.«

»Sorry«, sage ich, »war eine volle Woche.«

Brent zuckt die Schultern, als wüsste er, dass es eine Ausrede ist. »Egal. Jetzt bist du ja hier. Das ist ein Zeichen.« Er legt mir einen Arm um die Schultern. Er ist wirklich betrunken.

»Du riechst nach Strand«, sage ich, obwohl ich eigentlich sagen möchte, dass er stinkt wie eine Schnapsfabrik.

»Ich rieche großartig. Ich war gerade schwimmen.«

»Im See? Ganz schön mutig.«

»Der ist hundertpro in Ordnung. Du wirst schon sehen. So sauber wie in Island.« Er dreht mich zum Feuer um und schiebt mich durch die Menge. »Komm, du Stadtpflanze, wir besorgen dir was zu trinken. Immer nur arbeiten ist noch keinem gut bekommen.«

Wenn die Halbglatzen und die Bierbäuche nicht wären, könnte ich denken, dass ich auf einer Zeitreise in die Vergangenheit bin: Ich erkenne sie alle, Footballspieler und Basketballer, Cheerleader und die Mädchen aus der Tanzgruppe, und alle beäugen mich mit einer Mischung aus Neugier und Argwohn. Ich habe sie alle seit dem Schulabschluss nicht mehr gesehen.

Ich muss daran denken, wie Kaycee, bemalt in den Schulfarben, zitternd dastand und in die Sonne blinzelte, während die Mädchen eines nach der anderen umkippten.

Sie muss sehr einsam gewesen sein, auch wenn das eine merkwürdige Vorstellung ist. Sie schien immer alles zu haben, obwohl mir heute klar ist, dass dies ein Trugschluss war. Sie hatte keine Mutter, hatte kein Geld und einen Vater, der während der Woche in seinem Pornoladen und am Wochenende in der Kneipe hockte.

Kaycee war die Einzige, die von etwas anderem geträumt hat, als zu heiraten und Kinder zu kriegen. Sie wollte Kunst studieren. Schon als kleines Mädchen hat sie immer von fremden Orten und Ländern erzählt – die Hälfte davon erfunden –, wohin sie eines Tages reisen wollte. Eigentlich ist es nicht verwunderlich, dass sie abgehauen ist, sondern nur, dass sie damit so lange gewartet hat.

»Das glaub ich jetzt nicht.« Eine Frau löst sich aus der Gruppe, unsicher auf hohen Absätzen, mit denen sie auch wanken würde, wenn sie nüchtern wäre. »Abby Williams. Ich werd verrückt. Ich wollte es nicht glauben, als Misha gesagt hat, du wärst zurückgekommen.«

Sie steht schwankend vor mir und schüttelt den Kopf, als hoffte sie, das würde ihr helfen, klarer zu sehen. Aber ihr Blick gleitet immer wieder ab, als befände sich die eigentliche Attraktion hinter mir. Ich hab keine Ahnung, wer sie ist. »Du erkennst mich nicht«, lallt sie, dann lacht sie schallend. Sie dreht sich so schwungvoll zu Brent um, dass ihr Pappbecher überschwappt und Brent zurückspringen muss, um nichts abzubekommen. »Sie erkennt mich nicht, weil ich fett geworden bin.« Dann wendet sie sich mir wieder zu. »Stimmt doch, oder? Es ist, weil ich fett geworden bin.«

»Natürlich erkenne ich dich«, antworte ich schnell.

»Ach, und wie heiß ich?« Sie torkelt ein bisschen, findet ihr Gleichgewicht wieder und grinst mich breit an.

Brent rettet mich. »Komm, Annie, ich besorg dir einen Schluck Wasser.«

Endlich fällt der Groschen. Annie Baum. Die ehemalige Cheerleaderin, früher klein und muskulös, ist jetzt mehr breit als hoch und vom Alkohol gezeichnet. Sie wirkt zehn Jahre älter, als sie ist.

Sie reißt sich los, als Brent sie am Arm packt. »Fass mich nicht an«, faucht sie. Als Brent die Hände hebt, um sich zu entschuldigen, ist sie wieder gut gelaunt. »Das hier ist doch 'ne Party, oder? Also lasst uns feiern.«

Sie schenkt sich ihren Becher so voll, dass er überläuft, und ehe ich sie daran hindern kann, drückt sie auch mir einen Becher mit Whiskey in die Hand. Der Becher, so ein dünner von der Sorte, wie man sie beim Zahnarzt bekommt, ist schon fast durchgeweicht.

»Und du, Brent? Ein Drink auf alte Zeiten?« Annie lacht sich kaputt und fügt hinzu: »Alte Freunde, alte Erinnerungen, alte Zeiten. Wir sind echt alt geworden, Leute.«

Als sie gerade ihren Becher hebt, taucht wie aus dem Nichts Misha auf. »Mach mal halblang«, sagt sie leichthin. Einen Moment lang sieht es so aus, als wolle Annie sich mit ihr anlegen.

Doch dann zuckt sie nur die Schultern und wendet sich wieder mir zu. »Sie hat mir schon immer gesagt, was ich zu tun hab«, mault sie. »Alle beide.« Ich nehme an, mit alle beide meint sie Misha und Kaycee. Abrupt wendet sie sich ab und mischt sich unter die Leute.

»Schon das dritte Mal in einer Woche! Ich kann mein Glück gar nicht fassen.« Misha gelingt es, einen Ton anzuschlagen, der genau zwischen aufrichtig und sarkastisch liegt. Sie berührt meinen Becher mit ihrem. »Prost. Trink. Du hast es verdient.«

Verdient. Wer weiß. Auf jeden Fall habe ich's nötig. Ich

trinke fast nie Hochprozentiges, und ich bin froh, dass Annie mir Whiskey eingeschenkt hat und keinen Rum. Aber es ist billiger Whiskey, und er brennt in der Kehle.

Anscheinend hat Brent gesehen, wie ich das Gesicht verziehe, denn er lacht.

»Komm, ich mach dir 'n Cocktail. Nein, sag nichts!« Er tut so, als versuche er, mich einzuschätzen. »Mal sehen. Wodka mit Cranberrysaft? Nein, zu süß. Und auf keinen Fall Gin. Zu provinziell.«

»Du glaubst, du kannst es erraten?«

»Ich *glaub* es nicht, ich *weiß* es.« Er hält meinem Blick ein bisschen länger stand als notwendig, ehe er sich wieder Misha zuwendet. »Du auch 'n Cocktail? Gin Tonic?«

Ihr Lächeln gefriert. »Gin mit Soda«, korrigiert sie ihn.

»Gleich fertig. Versuch nicht, mit ihr mitzuhalten«, sagt er zu mir mit einer Kopfbewegung in Mishas Richtung. »Die trinkt dich locker unter den Tisch. Oder in den See, je nachdem.«

Er sagt das unbekümmert, aber aus irgendeinem Grund zuckt Misha zusammen. Als ich klein war, habe ich mal zu meiner Mutter gesagt, ich wäre gern eine Meerjungfrau, woraufhin sie mir erklärte, Meerjungfrauen seien die ertrunkenen Seelen von Frauen, denen das Herz gebrochen wurde. Ich weiß auch nicht, warum mir das jetzt plötzlich einfällt. Ich blinzle, als könnte das helfen, die Erinnerung zu verscheuchen.

Brent wendet sich ab und arbeitet sich bis zu der improvisierten Bar vor, einer Picknickdecke, auf der eine ganze Batterie von Flaschen mit Alkoholika und mehrere Cocktailshaker stehen. Der Whiskey beginnt bereits zu wirken, Wärme breitet sich in meiner Brust aus und lässt den Feuerschein weicher wirken. Heute Abend, in Jeans und einem T-Shirt der Barrens Tigers, sieht Misha wieder so aus wie die Misha aus meiner Erinnerung.

»Brent war richtig geknickt, weil du nicht kommen würdest«, bemerkt Misha unvermittelt. »Aber ich hab ihm gesagt, du würdest dir die Chance nicht entgehen lassen, die guten alten Zeiten noch mal aufleben zu lassen. Deswegen kommt man doch nach Hause, oder?«

Ich spüre, wie sie auf eine Reaktion von mir lauert, aber ich weiß nicht, was sie erwartet. Plötzlich erinnere ich mich, dass Misha in der Schule nie einen Freund hatte. Sie hatte jede Menge Verehrer, aber nie einen festen Freund. Ich frage mich, ob sie Kaycee um das beneidet hat, was sie hatte. Noch eine Frage, die ich Misha nie stellen werde.

»Kommt auf die alten Zeiten an. In *meinen* guten alten Zeiten wär ich nie zu so einer Party eingeladen worden. Und auch sonst waren das für mich keine besonders guten Zeiten. Aber daran wirst du dich ja sicher erinnern.«

Das ging ein bisschen unter die Gürtellinie, aber zumindest sind wir jetzt quitt.

Doch Misha sagt: »Das hab ich verdient.« Und ich wünschte, ich hätte den Mund gehalten.

Als ich mich umsehe, fällt mir auf, dass Cora Allen nicht da ist. Früher hing sie an Misha wie eine Klette. »Hast du noch Kontakt zu Cora?«, frage ich, um das Thema zu wechseln.

Misha versucht, besorgt dreinzublicken. Aber irgendwie gelingt es ihr nicht richtig. »Die lässt sich kaum noch blicken«, sagt sie schließlich. Dann: »Sie ist ziemlich fertig mit der Welt, ehrlich gesagt. Drogen.«

Ehe ich sie noch etwas fragen kann, kommt Brent mit drei Bechern. Einen davon gibt er Misha, und einen überreicht er mit theatralischer Geste mir. »Prost.«

Ich rieche an meinem Getränk. »Wodka mit Soda?«

»Richtig geraten?«

»Das ist eine Fangfrage.« Ich muss unwillkürlich grinsen. Er wirkt so verdammt selbstzufrieden. »Ich trinke alles.«

»Umso besser. Dann kann ich ja nichts falsch machen.« Er berührt meinen Becher mit seinem und sieht mir in die Augen, während wir trinken. Als ich mit Misha anstoßen will, ist sie verschwunden.

Alles wird unschärfer, mein Körper ist warm und entspannt, weil ich auch meine Gedanken allmählich loslassen kann.

»Vorsicht!«, sagt Brent und fasst mich am Arm, als ich über einen im Gras verborgenen Ast stolpere.

»Ich bin nicht betrunken«, sage ich.

»Hab ich auch nicht behauptet«, sagt er und zieht mich an sich. Ich spüre seinen Gürtel an meinem Bauch. Ich schiebe ihn weg, denn plötzlich dreht sich alles.

»Erinnerst du dich noch an Dave Condor?« Die Frage ist mir so rausgerutscht.

»Klar«, sagt Brent und schaut weg. »Der ist immer noch da. Arbeitet im Getränkeladen. Einmal Junkie, immer Junkie.« Er zupft an seinem Hemdkragen. »Warum fragst du?«

»Reine Neugier«, sage ich. »Ich bin ihm neulich über den Weg gelaufen.«

»Halt dich von ihm fern.« Brents Stimme klingt, als käme sie aus weiter Entfernung. »Mit dem will niemand was zu tun haben.«

»Was war mit ihm damals in der High School?«, frage ich. »Warum habt ihr Jungs ihn geschnitten?«

Sein Blick bohrt sich wieder in meinen, ist aber in der Dunkelheit schwer zu deuten. »Erinnerst du dich an Becky Sarinelli?«, fragt er. »Deswegen.«

Mit dieser Antwort habe ich am allerwenigsten gerechnet. »Condor hat das Foto von ihr verteilt?«

Brent schüttelt den Kopf. »Er hat es aufgenommen.«

Die Zeit zerreißt in Stücke. Aus Stunden werden Momentaufnahmen.

Ich sitze auf dem Boden, Brent hat einen Arm um meine Schultern gelegt, und ich lache, ohne zu wissen, warum.

»Du gehst aufs Ganze heute Abend, was?« Brents Stimme mäandert durch den Nebel, der mich umgibt. »Das gefällt mir.«

»Das gefällt mir«, wiederhole ich und lache. Ich bin betrunken. So sehr, dass es sich nicht mehr verbergen lässt. Brent ist fest und warm. Er ist gemütlich. Er hebt mein Kinn an, um mich was zu fragen. Und dann schmiegen wir uns aneinander. Und küssen uns. Aber ich bin so betrunken, dass ich nicht weiß, ob mir das gefällt oder nicht.

Ich löse mich von ihm. In Brents Augen liegt ein Ausdruck, den ich nicht deuten kann.

»Ist das nicht lustig?«, sage ich. »Wir küssen uns. Ich dachte, wir hätten uns in der High School geküsst, war mir aber die ganzen Jahre nicht sicher, und jetzt küssen wir uns, und ich weiß schon wieder nicht, ob ich mir das bloß einbilde.«

»Ich wollte es. In der High School wollte ich dich immer küssen«, flüstert Brent. Heißt das nun, er hat mich geküsst, oder nicht?

Ich muss an Dave Condor denken. Seine Lippen auf meiner Haut …

Dunkel. Hell. Dunkel. Hell.

Becky Sarinellis Schenkel, leuchtend weiß im grellen Blitzlicht.

Das Gelächter der Menge auf den Tribünen. Die Fotos, die in meine Richtung geweht werden.

Dann:

Die Gesichter rund um das Feuer sind mir nicht länger vertraut. Sie sind riesig, aufgeblasen wie Ballons. Brents Stimme irgendwo im Hintergrund, die unablässig plappert. Er hört einfach nicht auf.

Ich schlafe. Es ist ein Traum. Ich lege mich hin, aber der Boden bewegt sich. Es fühlt sich an, als wäre ich auf einem Boot. Ich versuche, die Augen zu öffnen.

»Alles gut«, sagt Brents Stimme. »Alles gut.« Seine Stimme ist von ihm losgelöst. Ihr zuzuhören macht mich müde. So müde.

Nein. Moment. Irgendwas stimmt nicht.

Ich versuche, mich aufzusetzen. Die Zeit ist zäh, fließt langsam dahin wie Honig. Ich frage mich, ob mir jemand was in den Drink getan hat, aber allein die Vorstellung fühlt sich unwirklich an, wie etwas, was ich nur geträumt habe. Dann fällt es mir wieder ein: das Valium, und dann mehr

Drinks, als ich zählen kann. Ich habe noch nicht mal nachgesehen, wie stark die Tabletten waren.

Der Strand ist leer. Das Feuer ist verschwunden. Nicht runtergebrannt – verschwunden. Keine Spur von dem Feuer am Strand, keine verkohlten Scheite, kein Rauch.

Und dann: ein Schrei. Ich schaue mich um. Auf dem Wasser sehe ich dunkle Umrisse. Ein Ruderboot. Ich kenne diese Stimme.

Kaycee.

Ich rapple mich auf die Füße. Mein Kopf fühlt sich an wie eine Bowlingkugel, die jeden Moment von meinem Hals zu fallen droht.

Sie ist untergegangen. Sie ist untergegangen.

Sie bleibt nicht unten.

Lichtkegel aus Taschenlampen schwenken über den See, und ich sehe Kaycee, ihr schönes Haar auf dem Wasser ausgebreitet, ihr Mund zu einem Schrei verzerrt.

Nein. Moment. Das ist nicht Kaycee. Kaycee ist abgehauen.

Aber jemand ist da im Wasser. Eine Frau. Nein – mehr als eine Frau. Eine ruft um Hilfe …

Ich versuche zu rufen, aber es geht nicht. Was ich vor mir sehe, zerfällt in kleine Splitter und setzt sich wieder zusammen, wie in einem Kaleidoskop.

Wir müssen sichergehen …

Sie atmet nicht …

Wir müssen sichergehen, dass sie nicht mehr atmet …

Verwirrung und Entsetzen liefern sich einen erbitterten Kampf in mir. Ich torkele. Meine Arme und Beine fühlen sich an, als wären sie aus Blei. Ich versuche zu schreien, aber meine Stimme zerbirst in meinem Schädel. Ich sinke auf die Knie.

Die Schreie der Frau hallen über dem See wider. Sie wird ertrinken.

Sie werden sie ertränken.

Dunkelheit erfasst mich wie eine schwappende Woge, und als ich noch einmal den Mund öffne, um zu schreien, schießt mir nasses Entsetzen in die Lunge wie Wasser und zieht mich in die Tiefe.

14

Der Schlaf ist eine schwere Decke, unter der ich nur mühsam hervorkrieche. Ich weiß nicht, wo ich bin. Ich blinzle. Ich befinde mich in einem mir fremden Raum. Ich sehe einen Koffer, aus dem der Inhalt quillt.

Als ich mich aufsetze, überfallen mich rasende Kopfschmerzen. Meine Glieder sind steif, mein Herz pocht, mein Mund fühlt sich an wie Watte, und mir ist speiübel. Ich schließe die Augen und warte darauf, dass das Zimmer aufhört zu schwanken. Das ist nicht mein erster Kater, aber dieser ist anders. Ich spüre ihn im ganzen Körper, selbst in der Haut.

Schließlich wage ich es, die Augen wieder zu öffnen. Der Koffer gehört mir, der schmuddelige Teppichboden und die wackligen Möbel gehören zu dem Haus, das ich gemietet habe. Grelles Sonnenlicht fällt durchs Fenster – es muss mitten am Tag sein. Meine Füße bringen mich um. Sie bluten. Ich muss mich an irgendwas geschnitten haben, vielleicht an spitzen Ufersteinen oder Glasscherben.

Ich versuche, die Stunden zurückzuverfolgen, mich zu erinnern, was ich getan habe, aber mich überkommt nichts als Panik. Was ist passiert?

Nachdenken.

Meine Bluse ist zerknittert und feucht und riecht nach

Schweiß. Meine Jeans, die ich immer noch anhabe, engt mich ein und ist mit Schlamm und Sand verdreckt. Meine Schuhe von gestern sind weg. Neben dem Bett steht ein Paar verdreckte pinkfarbene Ballerinas, die ich nicht kenne.

Nachdenken. Atmen. Versuch, dich zu erinnern.

Ich schließe die Augen. Ich sehe Brent. Er hält meinen Fuß auf dem Schoß, fragt, ob es wehtut, Scherben von zerbrochenen Bierflaschen leuchten grün im Schein eines erlöschenden Feuers.

Der Strand. Das Lagerfeuer. Hat Brent mich gestern Abend nach Hause gebracht?

Ein neuer Anflug von Übelkeit. Ich humple ins Bad. Schaffe es gerade rechtzeitig zur Kloschüssel. Es kommt fast nur Galle. Ich fühle mich etwas besser, aber nur ein bisschen, und es hält nicht lange. Es muss am Valium liegen, und dann hab ich viel zu schnell getrunken und selbst dann noch weitergemacht, als mir längst alles vor Augen schwamm.

Warum habe ich das getan? Ich nehme fast nie Tabletten, vor allem, seit ich in meinem ersten Jahr bei CEAW eine Weile Aufputschmittel geschluckt habe, mit dem Ergebnis, dass ich eine Therapie machen musste und beinahe meinen Job verloren hätte. Ich habe schon manchmal Valium genommen, aber so wie gestern Abend hat es noch nie gewirkt – wie ein Radiergummi hat es alles Wichtige aus meinem Hirn entfernt.

Wieso kann ich mich nicht erinnern?

Nachdenken!

Aus der Dusche kommt eiskaltes Wasser, während ich mich ausziehe und meine schmutzigen Sachen auf den Boden werfe. Ich schnappe nach Luft, als mich das kalte Wasser trifft, aber der Schock löst eine weitere Erinnerung aus: Brents kalte Lippen, die nach Moos schmecken, nach Moos und nach Seewasser. Geschrei.

Halt sie unten! Halt sie unten! Ich halt ihre Handgelenke fest …

Nein. Das kann nicht stimmen. Das ist eine alte Erinnerung – eine Erinnerung daran, wie mein Vater versucht hat, meine Mutter dazu zu bringen, die Tabletten zu schlucken, die sie nicht nehmen wollte. *Halt sie fest!*, hat er zu mir gesagt. *Halt sie unten!* Ich habe sie an den Handgelenken gepackt und bis in die Knochen gespürt, wie er ihr gewaltsam den Mund geöffnet und die Finger so tief in den Hals gestoßen hat, dass ihr nichts anderes übrig blieb als zu schlucken.

Ich seife mich überall ein – zwischen den Zehen, unter den Fingernägeln, zwischen den Beinen. Ich wasche mir die Haare mit Shampoo, spüle sie aus, wasche sie noch einmal.

Aber die Angst und die Panik bleiben.

Ich stelle das Wasser so kalt, wie es geht, schließe die Augen und bleibe zitternd unter der Dusche stehen, bis ich es nicht mehr aushalte. Bilder steigen an die Oberfläche wie Eiswürfel. Das sanfte Schaukeln des Boots auf dem Wasser, eine Stimme, die sagt: »Du hättest nicht herkommen sollen«, Bierflaschen, die im hohen Bogen in den See fliegen, geworfen von Händen, die ich nicht sehen kann.

Nein! Jemand schreit. Kein Zweifel. *Nein! Aufhören! Nein!*

Samstag, ein Uhr mittags.

Ohne meine Kollegen gleicht unser behelfsmäßiges Hauptquartier wieder mehr einer Scheune. Es riecht nach

Heu, Mais und altem Holz, das hundertmal nass geworden und wieder getrocknet ist. Draußen krächzen Krähen auf den Feldern, und irgendwo wird ein Traktor angelassen.

Ich hatte gehofft, dass die Arbeit mir helfen würde, mich zu konzentrieren und mich an alles zu erinnern, was ich vergessen habe – an Kaycee, an das, was gestern Abend passiert ist, an den See. Aber Erinnerungen an Brent, der mich an sich zieht, während der Rauch des Lagerfeuers uns umwabert, funken dazwischen. Brents Lippen auf meinen. Im Hintergrund lachende und scherzende Stimmen und das leise Plätschern des Sees.

Nach drei Tassen Kaffee und sieben Ibuprofen haben die Kopfschmerzen endlich nachgelassen, und mein Kater hat sich zurück in die Hölle verzogen – oder wo auch immer er hergekommen ist.

Die Arbeit hat mich schon immer geerdet, vor allem im Anfangsstadium eines Falls – das Lesen, das Recherchieren, das Notizenmachen. Es ist wie das Entwirren eines Zopfs, der aus tausend Strähnen geflochten ist.

Als Optimal noch Associated Polymer hieß, mit Hauptsitz in Tennessee, hat das Unternehmen die Klage einer Gruppe von zweihundert Leuten abgewehrt, die behaupteten, Abwässer der Anlage verursachten Gestank, Hautausschlag und Kopfschmerzen. Leider gibt es kaum öffentlich zugängliche Informationen darüber, weil der Fall nie vor Gericht kam. Aber es ist naheliegend, dass die Firma Schweigegeld gezahlt hat, weil klar war, dass die Klage Aussicht auf Erfolg haben würde. Welchen anderen Grund sollte es dafür geben?

Selbst wenn Kaycee, Misha, Cora und Annie damals so

getan haben, als wären sie vergiftet worden, als hätten sie die gleichen Symptome wie die Beschwerdeführer in Tennessee, weil sie hofften, Schmerzensgeld zu bekommen, ist es naheliegend, dass sie unwissentlich auf die Wahrheit gestoßen sind. Wenn man einen Pfeil oft genug wirft, trifft man irgendwann ins Schwarze.

Fünf Jahre lang wurden Sicherheitsüberprüfungen durchgeführt, wurden die Firmenbilanzen kontrolliert, und es ist nichts dabei rausgekommen. Optimal wurde nie auch nur mit einer Beanstandung konfrontiert. Von Anfang an haben der Bürgermeister und der achtköpfige Stadtrat sich voll hinter Optimal gestellt.

Bevor Optimal Plastics sich hier ansiedelte, drohte Barrens über kurz oder lang zur Geisterstadt zu werden. Die Mehrheit der Einwohner bestand aus über siebzig-Jährigen, aus Arbeitslosen und Frührentnern. Optimal hat Arbeitsplätze geschaffen und junge Leute nach Barrens zurückgeholt. Die Firma hat die Renovierungsarbeiten an der High School finanziert, nachdem das Gebäude durch einen Sturm stark beschädigt worden war. Sie hat Geld in den Straßenbau und in die Infrastruktur gepumpt. Sie hat neue Kleinunternehmen angelockt. Neue Siedlungen sind entstanden.

Aber möglicherweise hat die Firma all das auf Kosten der Ärmsten getan, auf Kosten derjenigen, die es immer am härtesten trifft: die Menschen, die in der Nähe des Stausees leben, oder Farmer wie Gallagher, deren Existenz von der öffentlichen Wasserversorgung abhängt.

Doch selbst wenn wir Optimal Gesetzesverstöße nachweisen können – ein Prozess würde ein Albtraum werden.

Es wäre, als wenn man den beliebtesten Jungen der Schule bestrafen wollte, weil er den Opferstock in der Kirche geleert hat. Optimal wird nicht müde, die hiesigen Politiker zu umwerben. Die Spenden werden, wenn auch nicht mit konkreten Zahlen, stolz auf den Spendenseiten der Firma aufgeführt, wo man nachlesen kann, dass das Geld der Jugendabteilung des Sportvereins von Barrens und dem Gesundheitsfonds für Kriegsveteranen zugutekommt.

Ich stoße auf ein altes Interview mit einem gewissen Aaron Pulaski, dem ehemaligen Staatsanwalt von Monroe County. In dem Interview – veröffentlicht in einem Lokalblatt mit einer Auflage von ein paar tausend Exemplaren, wenn's hochkommt – geht es um die Entschlossenheit des Staatsanwalts, gegen Korruption im County vorzugehen, um sicherzustellen, dass in Indiana gezahlte Steuergelder einheimischen Einrichtungen zukommen.

Pulaski erwähnt Optimal – aber nicht wegen irgendwelcher Umweltsünden, sondern weil die Firma Gewerkschaftsgesetze umgangen und ausländische Arbeiter in ihren Verteilzentren im Nordosten beschäftigt hat.

Immerhin etwas.

Aber falls das Büro des Staatsanwalts eine Untersuchung eingeleitet hat, dann haben sich die Informationen darüber inzwischen in Luft aufgelöst. Das ärgert mich. Das Standardverfahren des Büros des Staatsanwalts verlangt, dass strafrechtliche Ermittlungen gegen wichtige Personen des öffentlichen Lebens – oder gegen Firmen – publik gemacht werden. Das wurde offensichtlich nicht getan.

Eine Idee nimmt Gestalt an.

Schwachstellen.

Ich grabe ein bisschen tiefer und finde heraus, dass Aaron Pulaski seit knapp einem halben Jahr Kongressabgeordneter von Indiana ist. Im Wahlkampf hat er versprochen, die Korruption im Staat zu bekämpfen, was ihm einen leichten Sieg einbrachte. Und auch wenn Pulaski nicht auf der Liste derjenigen erscheint, die eine Spende von Optimal erhalten haben, bestätigt ein kurzer Blick in die Unterlagen der Aufsichtsbehörde für Parteifinanzierungen in Indiana meinen Verdacht.

Nur wenige Monate, nachdem eine Zeitung Pulaski mit den Worten zitiert hat, er werde gegen Optimal wegen Verstößen gegen die Arbeitssicherheit ermitteln, und kurz bevor er den Kongresssitz gewann, hat Associated Polymer, die Dachgesellschaft von Optimal, 100 000 Dollar zur Unterstützung seines Wahlkampfs gespendet.

Bestechungsgeld.

Eine Schwachstelle.

Wir werden Unterstützung brauchen und Glück und ein wohlwollendes Gericht. Aber vielleicht wird Optimal uns seine Bilanzen offenlegen, bevor wir Klage einreichen, wenn die Alternative lautet, diese in einem Strafprozess dem Gericht aushändigen zu müssen.

Es ist vage, aber immerhin einen Versuch wert. Endlich. *Etwas.*

Als Joe die Tür mit der Schulter aufdrückt, bin ich geradezu in Hochstimmung, weil ich das Gefühl habe, etwas Wichtiges entdeckt zu haben. Meine gedrückte Stimmung vom Vormittag ist fast vergessen.

»Es ist Samstag.« Joe strahlt mich an.

»Genau. Was machst du also hier? Willst du sehen, was in Barrens so am Wochenende los ist?«, sage ich. Ist als Witz gemeint – bis sein anzügliches Grinsen mir verrät, dass er den ganzen Vormittag mit Raj verbracht hat. Joe steht nicht auf One-Night-Stands. Bei ihm gehört zum Sex ein Brunch dazu oder ein Ausflug auf den Wochenmarkt. Oder ein gemütlicher Samstagabend auf dem Sofa vor der Glotze. Ihm macht es nichts aus, ständig jemanden um sich zu haben. Er braucht nicht wie ich, die Einsamkeit, um sich wieder zu regenerieren. Er ist entspannt und anpassungsfähig und fühlt sich überall zu Hause. Während viele von uns sich gerade zu Hause fehl am Platz fühlen.

»Ich hatte eigentlich gedacht, dass es ganz sinnvoll ist, die Haustürbefragung an einem Samstag durchzuführen.« Er schüttelt den Kopf. »Aber es sieht so aus, als hätten wir die Gastfreundschaft dieses Orts bereits überstrapaziert.«

»Was meinst du damit?«

»Die meisten Leute haben mir noch nicht mal aufgemacht. Sind es anscheinend nicht gewohnt, dass samstagmorgens ein schwuler Schwarzer bei ihnen anklopft. Irgend so ein Arschloch – Paul Jennings, glaub ich, oder Peter – ist mit einer Knarre an die Tür gekommen. Kein Witz. Er hat sich entschuldigt und meinte, er sei nervös, weil seine Frau gestern Abend nicht nach Hause gekommen ist. Ich wäre auch nicht nach Hause gekommen, wenn ich mit dem verheiratet wär. Und eine Frau namens Joanne Farley wollte mir weismachen, dass …«

»Moment.« Während seines Redeschwalls haben meine Alarmglocken zu läuten angefangen. Misha. »Was hast du eben gesagt?« Mir rauscht laut das Blut in den Ohren. Doch Joe hört mir gar nicht zu.

»Dazu kommt noch«, fährt er fort, »dass der Typ mir die Tür so abrupt vor der Nase zugeknallt hat, dass um ein Haar meine Krawatte eingeklemmt worden wäre. Von wegen Gastfreundschaft auf dem Land.« Er hält inne, als er mein Gesicht sieht. »Was ist los?«

Verdammter Mist.

Angst schnürt mir die Kehle zu.

Misha Jennings ist gestern Abend nicht nach Hause gekommen.

Aber ich.

In ihren pinkfarbenen Schuhen.

15

Brent wohnt am anderen Ende der Stadt, vorbei an »Westlink Fertilizer & Feed« und dem neuen Gemeindezentrum, das noch im Bau ist, und an den neuen Siedlungen, die entstanden sind als Reaktion auf die sogenannte Bevölkerungsexplosion in Barrens. Vor zehn Jahren war das hier noch freies Feld, und jetzt ist alles plattgewalzt und neu bebaut. Allerdings sind die Häuser ziemlich groß und luxuriös für hiesige Verhältnisse – zweistöckig mit großzügigen Rasenflächen und U-förmigen Auffahrten.

Brent öffnet fast augenblicklich. Selbst in Hausschuhen und Jeans wirkt er gut gekleidet, ausgeruht, keine Spur von einem Kater.

»Hallo, Abby. Du hast ja überlebt.« Er grinst mich an, aber nicht schnell genug – ich habe sein Zusammenzucken noch bemerkt. Ich muss wieder an die Tote im Wasser denken … Ein Albtraum. Es kann nicht anders sein. Wenn irgendwas Schlimmes passiert wäre, wenn irgendwas auf der Party schiefgelaufen wäre, dann würde es Anzeichen dafür geben – Anspannung, Nervosität, vielleicht sogar Polizei.

Es sei denn, ich bin die Einzige, die Bescheid weiß.

»Was ist gestern Abend passiert?«, frage ich Brent. Meine Stimme klingt fremd, als käme sie von jemand anders.

»Was ist *nicht* passiert, meinst du?«, entgegnet Brent und macht die Tür ein bisschen weiter auf. »Ich glaub, ich hab für den Rest meines Lebens genug Wodka getrunken. Komm rein.«

Seine Ungezwungenheit, die Art, wie er mit mir flirtet, wie seine Augen funkeln – das alles irritiert mich.

Seine Diele ist lichtdurchflutet. Laufschuhe ordentlich aufgereiht neben der Tür, ein Schlüsselbund an einem Haken an der Wand, unter gerahmten Bildern, die Brent in verschiedenen Lebensphasen zeigen: Brent beim Forellenfischen mit seinem Vater, Brent im Footballtrikot, den Daumen für die Kamera hochgereckt, Brent vor einem Hintergrund aus Maisfeldern, neben ihm ein Lockenkopf in einem protzigen Anzug, der ihm freundschaftlich eine Kopfnuss verpasst.

»Ich weiß nicht, wie ich nach Hause gekommen bin«, sage ich. Eigentlich wollte ich ihn direkt auf Misha ansprechen, aber die Angst schnürt mir die Kehle zu.

»Echt nicht? Du bist doch nicht mal getorkelt«, sagt Brent, bevor ich weiterreden kann. Er dreht sich lächelnd zu mir um – ein Killerlächeln, das er schon auf der High School draufhatte, das aber nie mir galt. »Erickson hat uns beide nach Hause gefahren. Er trinkt keinen Alkohol. Ich hab dich gefragt, ob ich dich reinbegleiten soll, aber du hast dankend abgelehnt.«

Es ist eine kleine Erleichterung. Die Vorstellung, Brent könnte meinen überquellenden Koffer, das Chaos in der Küche, das ungemachte Bett gesehen haben, wäre mir ein Graus. Das wäre mir einfach zu intim.

»Hier entlang.« Brent bedeutet mir, ihm zu folgen. Alles ist in erdigen Farben gehalten, modern, schnörkellos. Ich nehme den leicht aseptischen Geruch wahr, den die Klimaanlage verbreitet. Hier wohnt ein Erwachsener, hier ist es noch ordentlicher als in meiner Wohnung in Chicago, die eigentlich nur deshalb so sauber wirkt, weil fast nichts drinsteht. »Misha ist hinten.«

»Misha …?«

»Ja. Es war eine lange Nacht. Wir haben uns bis um vier Uhr um Annie gekümmert. Dann hat Misha hier gepennt.« Als er meinen verdutzten Blick sieht, fügt er hinzu: »Annie wäre letzte Nacht beinahe ertrunken, weißt du das etwa nicht mehr?«

»Ich habe nicht alles so genau mitbekommen.« Eine Untertreibung.

Brents Miene verfinstert sich. So ernst hab ich ihn noch nie erlebt, und einen Moment lang wirkt er wie ein anderer Mensch. »Sie hatte es sich in den Kopf gesetzt, schwimmen zu gehen. Aber sie war so betrunken, dass sie es nicht zurück ans Ufer geschafft hat. Misha war eine wahre Heldin. Sie ist in ihren Klamotten ins Wasser gesprungen.«

Annie. Misha. Die Hilferufe. Was für eine Erleichterung. Es war ganz anders – Misha wollte Annie nichts Böses, sie wollte sie retten.

»Annie muss unbedingt aufhören zu trinken. Aber das haben wir ihr schon tausendmal gesagt.«

Wir treten auf die ringsum von Fliegengittern geschützte Veranda hinaus. Auf dem Sofa sitzt Misha, in einem Morgenmantel, der ihr von einer Schulter gerutscht ist.

»Hallo, Abby.« Sie wirkt müde und genervt, mich zu sehen, bekommt ihre Züge jedoch schnell in den Griff. »Wie geht's dir?«

»Besser als Annie, nehm ich an«, erwidere ich.

Sie seufzt. »Brent hat sie eben nach Hause gebracht.« Obwohl es fast sechs Uhr ist, sitzt sie im Bademantel da, mit einem Handtuch um den Kopf. Offenbar ist ihr klar, was ich denke – Misha und Brent hier auf der Veranda, beide mit nassem Haar –, denn sie zieht unbewusst den Bademantel fester um sich. »Ich hab eben geduscht. Jetzt fühl ich mich wieder wie ein Mensch.«

»Setz dich«, sagt Brent, bleibt selbst aber stehen. Ich hocke unbeholfen auf der Kante eines Sessels und wünschte, ich wäre stehen geblieben. »Möchtest du ein Glas Wasser oder irgendwas anderes? Ich würde dir ja einen Drink anbieten, aber ich hab mir geschworen, nie wieder Alkohol anzurühren.«

»Eine Beruhigungspille, falls du eine hast«, sage ich. Brent lacht zuerst, dann fällt Misha ein. Hastig füge ich hinzu: »War ein Scherz.«

»Ich hoffe, wir haben dich nicht verschreckt.« Misha beugt sich vor und legt mir eine Hand aufs Knie. Ich sehe, dass zwei ihrer Fingernägel abgebrochen sind. »Ich find es toll, dass du gestern Abend gekommen bist. Hast du dich amüsiert?«

»Soweit ich mich erinnern kann, ja«, antworte ich vorsichtig. Ich weiß selbst nicht, warum mir immer noch unbehaglich zumute ist. »Ich hab gehört, dein Mann macht sich Sorgen, weil du gestern Abend nicht nach Hause gekommen bist.«

Mishas Blick schießt zu Brent hinüber. Ein wortloser Austausch. Zu meiner eigenen Verwunderung bin ich ein bisschen eifersüchtig. Nicht auf die beiden, aber auf ihre Vertrautheit, auf die Art, wie sie einen auf Familie machen. Wie Joe und Raj, die einen faulen Samstagvormittag miteinander verbringen. Es ist, als könnten alle außer mir ganz problemlos entspannte Beziehungen eingehen.

Zum ersten Mal kommt mir der Gedanke, dass in Barrens vielleicht gar nicht alles faul ist. Vielleicht bin ich ja das Problem. Vielleicht bin ich von Anfang an das Problem gewesen.

»Peter und ich haben uns gestritten und … na ja, ich war nicht grade nüchtern. Brent hat mir netterweise sein Sofa angeboten«, sagt Misha vorsichtig, wobei sie das Wort »Sofa« kaum merklich betont. »Peter und ich zanken uns manchmal wie Hund und Katze. Ist wahrscheinlich meine Schuld.«

»Es ist nicht deine Schuld«, sagt Brent ruhig. Er setzt sich und legt ihr eine Hand aufs Knie. Das nervt mich. Gleichzeitig schäme ich mich dafür, dass ich so wenig Mitgefühl für Misha empfinde. Sie wirkt aufgebracht – und viel jünger, so ungeschminkt –, trotzdem kommt mir alles aufgesetzt vor.

Brent wendet sich mir wieder zu. »Ich hab ihr davon abgeraten, Peter zu heiraten«, sagt er. Die Hand bleibt auf dem Knie liegen. »Aber sie hört ja nicht auf mich.«

Misha unterdrückt ein Lachen. Als ich sie anschaue, wischt sie sich gerade mit dem Handrücken eine Träne fort. »Unsinn«, sagt sie, halb lachend, halb weinend. »Ich hör doch immer auf dich.«

Plötzlich weiß ich, was mich an der Show der beiden so stört: Ich hab sie schon mal genau so erlebt. Im letzten Schuljahr bin ich zufällig in dem Waldstück hinter dem Verwaltungsgebäude der Schule über Misha und Brent gestolpert, wohin ich mich manchmal in der Mittagspause verzog, um die Cafeteria zu meiden. Es gab dort eine kleine Lichtung, wo sich gewöhnlich die Raucher trafen. Jemand hatte sogar einen alten Tisch zwischen ein paar gefällte Baumstämme gestellt. Aber mittags hatte ich die Lichtung meistens für mich allein.

Diesmal nicht. Als ich unter den Bäumen hervorkam, saßen Brent und Misha ganz genauso da wie jetzt. Seine Hand lag auf ihrem Knie, und sie sah aus, als würde sie gleich in Tränen ausbrechen. Aber als sie mich sah, lag blanker Hass in ihrem Blick.

Spionierst du uns etwa nach? Spannerin!, zischte sie.

Lass sie in Ruhe, Misha, sagte Brent. Und: *Sie hat nichts gehört.*

Erst jetzt wird mir klar, wie merkwürdig seine Bemerkung war.

»Tut mir leid«, sagt Misha jetzt. Wieder hat sich irgendwas verändert – eine unsichtbare Strömung, etwas ist zwischen den beiden hin und her gegangen, das ich nicht mitbekommen habe. »Gott, was du von uns denken musst. Wahrscheinlich kannst du es gar nicht erwarten, nach Chicago zurückzukommen.«

»Ich bin nur froh, dass es allen gut geht. Gestern Abend dachte ich …« Ich spreche den Satz nicht zu Ende. Ich verstehe überhaupt nicht, warum ich solche Angst gehabt habe. Dann merke ich, dass Brent und Misha mich aufmerksam ansehen, dass sie darauf warten, dass ich weiterrede. »Es ist nur – normalerweise trinke ich nicht so viel. Das ist sonst überhaupt nicht meine Art. Als ich aufgewacht bin und gesehen hab, dass ich deine Schuhe geklaut hab …«

Das entlockt ihr endlich ein Lächeln. »Ach du je«, sagt sie. »Wahrscheinlich haben wir die Schuhe getauscht. Ich dachte schon, ich hätte sie verloren, als ich ins Wasser gesprungen bin, um Annie zu retten.«

»Geht es dir eigentlich gut?« Brent mustert mich mit schmalen Augen. »Willst du ein Glas Wasser oder irgendwas?«

»Nein, danke.« Dann stehe ich zu schnell auf, und einen Moment lang sehe ich nur Sternchen. »Ich glaub, ein Glas Wasser würde ich doch nehmen. Bleib sitzen«, sage ich, als er Anstalten macht aufzustehen. »Ich hol mir eins.«

In der Küche wasche ich mir die Hände, wobei ich Brents Handseife aufbrauche. Ich zähle meine Atemzüge, während ich auf das leise Murmeln auf der Veranda lausche. Aber ich kann kein Wort verstehen.

Auch die Küche ist blitzblank sauber, alles wirkt wie unbenutzt. Neugierig mache ich den Kühlschrank auf: Die oberen beiden Fächer sind vollgestopft mit Wasserflaschen.

»Das sind die Reste von einem Firmenpicknick letzte Woche. Du müsstest mal die Kisten mit Limo sehen, die in meiner Garage stehen.«

Ich fahre herum und schlage die Kühlschranktür zu. Ich habe gar nicht gemerkt, dass er mir in die Küche gefolgt ist. Aber falls er meine Verlegenheit bemerkt, lässt er es sich nicht anmerken.

»Falls du Eis suchst, der Eisspender ist in der Tür«, sagt er freundlich.

»Danke, Wasser reicht«, sage ich.

Er nimmt zwei Gläser aus einem Hängeschrank und füllt sie mit Leitungswasser. Dann leert er sein Glas in einem Zug und beobachtet mich beim Trinken, als würde von meiner Reaktion das Wohl und Wehe von Optimal Plastics und der ganzen Stadt abhängen. Das Wasser schmeckt gut.

Brents Kühlschranktür ist vollgepflastert mit Magneten. Mir fällt auf, dass auf einem Aaron Pulaskis Name steht. Brent bemerkt meinen Blick.

»Der Mann ist hier aus der Gegend«, sagt er. »Er kommt aus Hanover. Ich hab seinen Wahlkampf unterstützt.« Er sagt es beiläufig, aber ich bin mir sicher, dass ich mir seine plötzliche Anspannung nicht einbilde. »Ich dachte, er wäre ein guter Mann. Aber der Typ ist genauso inkompetent wie alle anderen auch.« Er zuckt die Schultern. »Na ja. Jeder macht mal einen Fehler, stimmt's?«

»Stimmt«, sage ich. Als er mir den Rücken zuwendet, klaube ich den Magneten vom Kühlschrank und lasse ihn in meiner Tasche verschwinden. *Schwachstellen.*

16

Am Montagmorgen legen Joe und ich uns eine Strategie zurecht. Die Chancen stehen eins zu tausend, dass ein Bundesgericht unsere bisherigen Ermittlungsergebnisse als Beweise anerkennt, aber eigentlich brauchen wir nur einen Prozess anzustrengen und zu hoffen, dass Optimal sich davon so einschüchtern lässt, dass man uns echte Beweise liefert.

Wir bekommen für Mittwochnachmittag einen Termin bei Gericht, was mir ein paar Tage Zeit lässt, einen schlüssigen Sachverhalt zu formulieren und einen Staatsanwalt zu finden, der bereit ist zu prüfen, ob unsere Erkenntnisse einen Anfangsverdacht begründen, der strafrechtliche Ermittlungen zur Folge hätte.

Flora und Portland machen sich auf den Weg, um die Techniker von ETL in Empfang zu nehmen. Es sollen Proben aus dem Stausee entnommen werden und auch aus der Filtrationsanlage, durch die die Abwässer von Optimal eingeleitet werden, und ich will sicherstellen, dass niemand die Leute bei ihrer Arbeit stört. Vielleicht bin ich ja paranoid, aber in Anbetracht der Tatsache, dass Optimal einen verdammt langen Arm und Barrens fest im Griff hat, würde ich nicht ausschließen, dass ein paar Einheimische aufkreuzen und versuchen, sie mit Mistgabeln zu vertreiben – oder womöglich mit Schusswaffen.

Ich schicke eine Nachricht an das Büro des Bezirksstaatsanwalts, wo Aaron Pulaski bis vor Kurzem gearbeitet hat, und vertreibe mir ein paar Stunden mit der Sichtung von Untersuchungen zur Anreicherung der verschiedenen Schwermetalle in den Pflanzen der Stauseeumgebung. Zumindest steht fest, dass das Grünzeug kein Schweigegeld kassiert.

Kurz vor zwölf Uhr klingelt mein Handy. Eine Frau mit einer Stimme so quietschvergnügt, dass es sich nur um eine Hosenanzugträgerin handeln kann, stellt sich als Dani Briggs, stellvertretende Staatsanwältin, vor. »Ich habe Ihre Nachricht erhalten«, flötet sie. »Aber ich fürchte, wir können Ihnen nicht weiterhelfen. Nachdem Mr. Pulaski uns verlassen hat, wurde das gesamte Personal ausgetauscht.«

Eines habe ich als Anwältin gelernt: wie man selbst einem Nein noch etwas abgewinnen kann. »Warum der Aufwand?«

Sie zögert ganz kurz. »Als Mr. Agerwal« – der neue Bezirksstaatsanwalt und Vorstandsmitglied der Staatsanwaltsvereinigung des Staates Indiana – »übernommen hat, hat er angekündigt, stärker als bisher die politische Einflussnahme von wirtschaftlichen Interessengruppen zu unterbinden.«

»Politische Einflussnahme? Sie meinen Bestechung, Korruption?«

Ihr Lachen ist überraschend – tief und herzhaft, und sie unterdrückt es genauso schnell, wie es ihr rausgerutscht ist. »Ich meine politischen Einfluss im weitesten Sinne.«

»Er hat also ausgemistet.«

»So würde ich es nicht ausdrücken«, gab sie zurück. »In

Anbetracht der Überprüfungen, die neuerdings bei der Polizei und der Staatsanwaltschaft durchgeführt werden, war er der Meinung, ein Neuanfang würde dem Büro der Staatsanwaltschaft in Marian County guttun.«

Das ist ein typisches Anwaltsgeständnis: Man gibt gerade so viel preis, dass der andere von selbst auf die Wahrheit kommt. »Mein Problem ist folgendes: Ich interessiere mich für eine Wahlkampfspende, die Pulaski von einer Firma erhalten hat, der er angedroht hatte, sie wegen Verstößen gegen die Arbeitssicherheit zu belangen. Ist das die Art von Einflussnahme, von der Sie sprachen?«

Wieder ein kurzes Zögern. Inzwischen verstehe ich, dass ihre Schweigesekunden jeweils als Ja zu deuten sind. »Dazu kann ich wirklich nichts sagen«, erwidert sie. »Was unsere Vorgänger tun, ist bedauerlicherweise eine Art Black Box für uns …« Vielleicht spürt sie meine Verblüffung durchs Telefon, denn sie fügt hinzu: »Wissen Sie was, ich notiere mir mal Ihre Kontaktdaten. Ich werde mit Mr. Agerwal sprechen, wenn er zurückkommt …«

Als das Gespräch beendet ist, lege ich meine Stirn auf den Schreibtisch, spüre das kühle Holz und bete, dass all die Informationen endlich ein Muster ergeben. Wird irgendwas von dem, was wir zusammengetragen haben, mir helfen zu verstehen, was mit Kaycee passiert ist? Wird es mir helfen, die Frage zu beantworten, die mich damals von Barrens nach Chicago getrieben hat? Ich dachte, wenn ich beweisen kann, dass Optimal die Leute in Barrens krank macht, könnte ich die Stadt von dem Gift befreien, und dann würde Barrens mich endlich loslassen.

Aber jetzt bin ich mir da nicht mehr so sicher.

»Miss Williams?«

Ich falle vor Schreck fast vom Stuhl. Portland ist zurückgekommen. Geräuschlos.

»Verflixt noch mal! Ich sollte Ihnen eine Glocke um den Hals hängen.« Dann sehe ich seinen merkwürdigen Gesichtsausdruck.

»Sie haben doch gesagt, die Mädchen hätten es vorgetäuscht«, sagt er.

Er schiebt ein Foto über den Schreibtisch. Ich erkenne Kaycee, das Gesicht und die Arme in den Schulfarben bemalt. Am Tag der Schulabschlussfeier. Als Erstes fallen mir ihre Arme auf. Sie sind dünn – so dünn wie Kinderarme. Es könnte an den Farben liegen oder am Kamerawinkel, aber ihre Wangenknochen stehen spitz hervor. Ihre Schlüsselbeine zeichnen sich deutlich unter ihrer Haut ab. Sie sieht – krank aus. *Richtig* krank.

Es ist wahrscheinlich das erste Mal, dass Kaycee Mitchell mir wirklich leidtut. Ich will gerade ihr Gesicht mit den Fingern berühren, als mir einfällt, dass Portland neben mir steht.

»Wo haben Sie das her?«, frage ich.

»Ich war in der High School«, sagt er. Ich weiß auch nicht, warum, aber mich irritiert die Vorstellung, dass Portland durch diese mir so vertrauten Flure geht. »Ich dachte, in so einer Kleinstadt arbeitet vielleicht immer noch dieselbe Krankenschwester in der Schule wie vor zwanzig Jahren. Und ich hatte recht.«

Sehr gut! Krankenschwestern in staatlichen Schulen unterliegen keiner Schweigepflicht.

»Gute Arbeit«, sage ich. »Warum zum Teufel bin ich da nicht selbst draufgekommen?«

»Kaycee hat nicht gelogen«, sagt er einfach.

»Aber die Mädchen haben es doch alle zugegeben«, entgegne ich.

»Die *anderen* Mädchen haben es zugegeben«, sagt Portland leise, als wüsste er, dass er mir etwas erzählt, was ich nicht hören will. »Aber Kaycee war wirklich krank. Das sieht man deutlich. Und die Schwester hat es auch gesehen.«

Seine Worte rauben mir einen Moment lang den Atem. Ich weiß jetzt, dass dieses Foto der Grund ist, warum ich zurückgekommen bin. Warum ich das alles nie hinter mir lassen konnte.

Eine andere Kaycee taucht vor meinem geistigen Auge auf: ihre glatte, weiche Haut, ihre geschwungenen Lippen, die sich zu einem wölfischen Grinsen verziehen. Perfekt. Plötzlich wird mir klar, dass ich nicht will, dass es stimmt. Denn wenn es stimmt, bedeutet das, dass ich auch Kaycee falsch gedeutet habe. Dass sie kein Täter war – sondern ein Opfer.

Frank Mitchell hat das Wohnmobil verkauft, in dem Kaycee aufgewachsen ist, und wohnt jetzt nur einen knappen Kilometer von seinem Laden entfernt. Weiß der Himmel, warum ich Portland mitgenommen hab – es ist ziemlich unwahrscheinlich, dass sich Mitchell von dem Anblick eines Mannes, der aussieht wie der Sänger einer Indie-Band, besonders beeindrucken lässt, aber ihn um mich zu haben, beruhigt mich trotzdem.

Die Garagentür von Nummer 217 steht halb offen. Ich wette, dass Frank einer von diesen Typen ist, die von fünf bis Mitternacht durchsaufen. Es ist weit nach Mittag, er könnte also nüchtern genug sein, um zu reden, oder verkatert genug, um sich aufzuregen.

Wir finden ihn in der Garage über ein Motorrad gebeugt, sein knochiger Rücken zeichnet sich unter einem schmuddeligen weißen T-Shirt ab.

»Mr. Mitchell?« Als er sich umdreht, sehe ich, dass er stark gealtert ist. Gelbliche Haut, tiefe Falten, grauer Bart. Sein T-Shirt ist mit der Abbildung eines Jagdgewehrs bedruckt und dem Spruch: *Nicht Gewehre töten, sondern ich.*

»Ich hoffe, wir stören nicht. Ich bin Abby Williams. Wir haben kurz telefoniert …«

»Ja, ich weiß. Ich erinnere mich an Sie von damals.« Er mustert erst mich, dann Portland, dann wendet er sich wieder seinem Motorrad zu. »Ich dachte, ich hätte mich klar ausgedrückt. Ich habe Ihnen nichts zu sagen.«

Die Jahre haben seinen Charakter nicht sanfter gemacht. Aber noch hat er uns nicht rausgeworfen. Immerhin.

»Ich kann Kaycee immer noch nicht finden«, sage ich. »Ich glaube, es wäre wirklich sehr nützlich, mit ihr zu reden.«

»Sie sind auf der falschen Fährte, das hab ich Ihnen ja schon am Telefon gesagt. Ich hab nicht mehr mit ihr geredet, seit sie abgehauen ist – mit fünfhundert Dollar, die sie mir geklaut hat«, sagt er, während er das Motorrad weiter mit seinem Lappen bearbeitet.

»Sie stehen auf Harleys, Mr. Mitchell?«, fragt Portland und greift nach dem mattschwarzen Helm, der auf der Werkbank neben einem Haufen Schrauben liegt.

»Jep«, sagt Mitchell. »Kennen Sie sich mit Motorrädern aus?« Er fragt das, als würde er das stark bezweifeln.

Selbst ich bin überrascht, als Portland die Schultern zuckt. »Ein bisschen. Mein Vater hat mir das Fahren beigebracht, als ich ein Teenager war. Ich hatte mal eine 2009 Custom Ultra Classic. Ich hab sie verkauft, als ich Geld fürs Studium brauchte.«

Frank Mitchell wirkt auf einmal fast wie ein normaler Mensch. »'ne Ultra Classic?« Er schaut mich an. »Die sind für lange Fahrten gemacht. Neun, zehn Stunden am Stück. Wahrscheinlich wollte er damit irgendwann mal quer durch die Staaten fahren.«

Zu meinem Entsetzen nickt Portland und betrachtet verlegen seine Füße. Frank Mitchell lacht. »Ich hab 'ne Fat Boy in Arbeit. Steht hinterm Haus. Ich zeig sie Ihnen, wenn Sie wollen.«

Ich nehme mir vor, Portland bei nächster Gelegenheit einen Kuss zu geben.

»Darf ich mal kurz Ihre Toilette benutzen?«, frage ich und tue so, als sei es dringend. »Zu viel Kaffee ...«

Mitchell sieht mich nicht mal an. »Hinter der Küche links.«

Die hintere Veranda ist vollgestellt mit alten Maschinenteilen. Im Erdgeschoss gibt es drei Zimmer. Aus dem Schlafzimmer dringt ein Geruch von Schweiß und Alkohol. In der Küche summen Fliegen. Das Bad ist seit Ewigkeiten nicht geputzt worden. Der Klodeckel hat einen rosafarbenen Plüschbezug, der zur Badematte passt. Ich frage mich, wer die beiden Accessoires ausgesucht hat und wann. Ich höre Mr. Mitchells Stimme durch ein Fenster, das einen Spaltbreit offen steht – leise und abgehackt, wie die Stimme eines Amateurfunkers. Portland hält ihn immer noch am Reden.

Das dritte Zimmer ist eine Art Büro, oder vielleicht wäre Rumpelkammer die passendere Bezeichnung. Es gibt einen Schreibtisch und einen ziemlich neuen PC, ansonsten ist das Zimmer vollgestopft mit alten Möbeln, Knäueln von Lichterketten, alten Elektrogeräten, einem noch originalverpackten Toaster und stapelweise alten Jagdzeitschriften. Von Kaycee ist hier keine Spur zu finden.

Ich gehe einen Riesenberg Post durch, die Frank in einem Weidenkorb aufbewahrt, in der Hoffnung, dass Kaycee vielleicht noch zu denjenigen gehört, die tatsächlich Briefe schreiben. Jede Menge Werbung für Angelzeitschriften, Zeitungsbeilagen, aus Angelzeitschriften ausgerissene Seiten mit Hochglanzfotos von Ködern und sonstigem Angelbedarf, Rechnungen, verblasste Kontoauszüge. Sogar eine Grußkarte ist darunter, anscheinend von einem Verwandten – der Name »Mitchell« steht im Absender. Auf der Karte steht: *Herzlichen Glückwünsch zum Geburtstag.* Keine Unterschrift. Warum hebt er dieses ganze Zeug auf? Jahrealte Werbung, unbezahlte Rechnungen, längst abgelaufene Coupons.

Vielleicht kann er sich von nichts mehr trennen, seit er seine Tochter verloren hat.

Vielleicht hasst er Kaycee deswegen. Weil er sie nicht festhalten konnte.

Ich stoße auf einen ungeöffneten Umschlag. Der Absender ist ein Anbieter von Lagerräumen, U-Pack. Ich reiße den Umschlag auf und entnehme ihm ein zweimal gefaltetes Blatt Papier. Der Reiz des Verbotenen verursacht mir ein wohliges Schaudern. Draußen kracht etwas Metallenes auf Beton – vielleicht absichtlich, denke ich, vielleicht eine Warnung von Portland.

Schritte quietschen auf der Veranda. Die Fliegengittertür geht auf. Meine Hände fangen an zu schwitzen. Ich finde das Rechnungsdatum, und meine Brust schnürt sich zusammen: Das Konto besteht seit genau zehn Jahren.

Was bedeutet, dass Frank Mitchell nur wenige Wochen nach Kaycees Verschwinden einen Lagerraum gemietet hat.

Ich merke mir die Kundennummer und schaffe es gerade noch, das Blatt wieder in den Umschlag zu stecken, bevor Mr. Mitchell die Tür öffnet.

»Was zum Teufel machen Sie da?« Er scheint zu wachsen. Oder vielleicht schrumpfe ich auch wieder zu dem kleinen Mädchen, das allein bei seinem Anblick die Straßenseite gewechselt hat.

»Ich hab die falsche Tür genommen.« Mein Lächeln fühlt sich verkrampft an.

»Raus hier.« Seine Stimme klingt wie ein Knurren. Sein T-Shirt wirkt auf einmal wie eine reale Drohung. *Nicht Gewehre töten, sondern ich.* »Sofort.«

Als ich mich an ihm vorbeischieben will, versperrt er mir eine Sekunde lang den Weg, und mich packt die Panik, er könnte mich nicht gehen lassen, doch dann macht er mir Platz.

Ich renne regelrecht zur Tür, und erst als ich keuchend auf der Veranda stehe, merke ich, dass ich die ganze Zeit die Luft angehalten habe. Als wäre ein Ungeheuer hinter mir her. Als wäre das Haus ein Friedhof.

Als hätte ich Angst, die Toten aufzuwecken.

17

Der Bezirksstaatsanwalt Dev Agerwal hat sich immer noch nicht gemeldet, also hinterlasse ich erneut eine Nachricht in seinem Büro und schreibe ihm auch noch eine E-Mail über ein Kontaktformular, das ich auf seiner Website finde. Aber ich mache mir keine großen Hoffnungen. Agerwal hat allen Grund, sich schützend vor sein Büro zu stellen, trotz des Großreinemachens bei seinem Amtsantritt.

Ich mache heute früher Feierabend und passe einen Moment ab, als Joe gerade telefoniert, um ihm keinen detaillierten Bericht von unserem Besuch bei Frank Mitchell geben zu müssen. Seiner Meinung nach sollten wir uns darauf konzentrieren, Leute ausfindig zu machen, die Probleme mit dem Wasser haben und bereit sind, das auszusagen.

Am Tag ist es bewölkt gewesen, doch jetzt ist der Abendhimmel klar und von goldenen und glutroten Streifen überzogen. Anstatt nach rechts in die County Route 12 einzubiegen, die am Sunny Jay's vorbeiführt, wo Condor arbeitet, dann am Elks Club vorbei und zu dem Frisörsalon, hinter dem sich mein Haus befindet, biege ich links ab. Ich muss rausfinden, was Frank Mitchell – ein Messi, wie er im Buche steht – in einem Lagerraum aufbewahrt, den er eine Woche nach Kaycees Verschwinden angemietet hat.

U-Pack ist eine triste Ansammlung von Gebäuden, die nur notdürftig durch einen ramponierten Maschendrahtzaun geschützt ist. Mein privates Motto lautet: Etwas, das man zwei Jahre lang nicht angefasst hat, braucht man nicht. Mit Krempel vollgestopfte Schränke und Zimmer waren mir schon immer zuwider. Ich kann es nicht ausstehen, von *Sachen* belastet zu werden. Ich würde niemals einen Lagerraum brauchen. Es kommt vor, dass Leute, die mich in meiner Wohnung in Chicago besuchen, fragen, ob ich gerade erst eingezogen bin.

Ein Glöckchen bimmelt, als ich die Tür öffne. Ein Mann von vielleicht Mitte sechzig, der hinter einem Tresen sitzt, blickt von seiner Zeitschrift auf.

Seine Fingerkuppen sind vom Rauchen gelb verfärbt. Und sein Atem riecht nach Rauch. »Was kann ich für Sie tun?«, fragt er in einem Ton, als hoffe er inständig, dass er nichts für mich tun kann.

Ich setze ein Lächeln auf. »Hallo, ich komme im Auftrag eines Freundes, Frank Mitchell.« Keine Reaktion, als er den Namen hört. »Er erstickt in Krempel. Ziemlich schlimm. Der reinste Hamster, kann sich von nichts trennen.«

»Deswegen gibt's uns ja«, sagt er. Ich kann nicht einschätzen, ob das ein Scherz sein soll oder nicht.

»In dem ganzen Chaos hat er jetzt auch noch den Schlüssel zu seinem Lagerraum verloren.« Ich quatsche zu viel. Weniger ist mehr. »Also hab ich mich angeboten, herzukommen und ihm einen Ersatzschlüssel zu besorgen. Will ihm ein bisschen unter die Arme greifen.«

Er schüttelt den Kopf. »Ich darf hier nur die Mieter persönlich reinlassen. Wenn er einen Ersatzschlüssel haben will, muss er selber herkommen, seinen Ausweis vorlegen und die Kundennummer angeben.«

»Genau das hab ich ihm auch gesagt!« Ich breite die Arme aus und mache ein Gesicht, als wären wir gerade gemeinsam auf die Lösung eines großen physikalischen Problems gestoßen. »Aber er hat mir seine Kundennummer gegeben und gemeint, ich soll's einfach versuchen. Ich hab seine Telefonnummer. Sie können ihn ja kurz anrufen, wenn Sie wollen.«

Er betrachtet das Telefon auf seinem Schreibtisch, als wäre es eine tote Maus, die er noch nicht entsorgt hat. Ich halte den Atem an. Schließlich schüttelt er den Kopf. »Sie haben die Kundennummer?«

Ich nenne sie ihm. Er wendet sich dem uralten Computer auf seinem Schreibtisch zu und verbringt ein paar Minuten mit Tastendrücken und Warten. Schließlich erhebt er sich mit einem tiefen Seufzer, verschwindet in einem Hinterzimmer und kommt kurz darauf mit einem Schlüssel zurück. Doch ehe ich den Schlüssel an mich nehmen kann, schiebt er ein schweres, in Leder gebundenes Buch in meine Richtung.

»Datum, Unterschrift und Ihren Namen in Druckbuchstaben«, sagt er. »Und den Namen des Kunden.«

Erst in dem Moment fallen mir die Kameras in den Ecken unter der Decke auf. Einen Moment lang ist mir, als würde ich aus einem Traum aufwachen und mich in der wirklichen Welt wiederfinden.

Mir wird bewusst, dass ich im Begriff bin, mich strafbar zu machen. Ich bin mit dem Strafgesetz nicht so vertraut, dass ich sagen könnte, welches Verbrechen ich gerade begehe – Vortäuschen falscher Tatsachen vielleicht oder Betrug –, aber was es auch sein mag, es könnte mich um meine Anwaltslizenz bringen.

Ich bin drauf und dran, den Schlüssel zu lassen, wo er ist, eine Ausrede zu murmeln und zu meinem Auto zu eilen.

Doch dann gebe ich mir einen Ruck und kritzle einen falschen Namen in das Buch. Der Schlüssel – nagelneu – ist sehr klein und leicht. Billige Schlüssel für billige Schlösser für ein billiges Lagerhaus, vollgestopft mit billigem Krempel. Ein Niemandsland der Habseligkeiten – unwichtig genug, um in Kisten verstaut zu werden, aber dem Besitzer zu lieb und zu wichtig oder zumindest zu vertraut, um sich davon zu trennen. Ich frage mich, wie viele Lagerräume gefüllt sind mit den Trümmern zerbrochener Beziehungen, den Erinnerungen an verstorbene Eltern, Geschwister, Ehepartner. Und ich frage mich, in wie vielen davon Crystal Meth gekocht wird.

Als ich vor der Nummer 34 stehe, könnte ich schwören, dass ich ein dumpfes Brummen am Ende der Gänge höre. Und ich frage mich, ob diese Schlösser und Schlüssel tatsächlich dazu gedacht sind, Erinnerungen und Gegenstände sicher aufzubewahren, oder ob es eher darum geht, sie sicher wegzusperren.

Der Lagerraum ist gefüllt mit Bildern – mit Bildern, Leinwänden, Künstlerbedarf …

Der Raum ist etwa drei mal sechs Meter groß und so voll gestopft, dass ich Mühe habe, ihn zu betreten. Viele Bilder sind mit Planen oder Müllsäcken umwickelt und mit Klebeband gesichert, nur wenige stehen unverpackt da. Nicht alle

Bilder sind fertig gemalt. Ich finde ein Gemälde von einer Frau, deren Gesicht zu explodieren scheint, während ihre Kleidung sehr detailreich dargestellt ist. Ich erkenne in der Frau Kaycee.

Einige Bilder sind besser als andere. Aber sie sind alle gut. Das sehe ich, obwohl ich nicht viel vom Malen verstehe. Ich bewege mich so vorsichtig wie möglich durch den schmalen Gang, der in der Mitte des Raumes geblieben ist, darauf bedacht, nichts zu berühren oder zu verrücken. Ich spähe durch die durchsichtigen Mülltüten, um zu erkennen, was sie gemalt hat: Maisfelder, das Football-Stadion, sogar das Donut Hole. Lauter vertraute und ganz alltägliche Dinge, und doch erstrahlen alle durch die wilden Pinselstriche und die krassen Farben in eigenartiger, erschreckender Schönheit. Das Footballfeld öffnet sich wie das Maul eines Hais, als wolle es den Himmel verschlingen. Das Donut Hole leuchtet in der Abenddämmerung, seine Neonreklame wirft einen fluoreszierenden Heiligenschein auf die Wolken, aber auf dem Parkplatz liegt eine Gestalt auf dem Boden, zusammengekrümmt in Embryonalstellung.

Es gibt auch Porträts. Eins von der jungen Misha, das Gesicht halb im Schatten. Das nächste Bild, durch die Plastikfolie leicht verzerrt, sieht zuerst aus wie eine zufällige Anordnung geometrischer Formen. Doch dann entdecke ich ein Augenpaar in der dick aufgetragenen Farbe und dann noch eins und noch eins. Es erinnert mich an ein Vexierbild, wo im Haar einer Frau eine Vase verborgen ist – und dann verwandeln sich die abstrakten Formen in lauter Gesichter, die mich anschauen.

Einige blicken zornig drein, andere scheinen zu weinen. Aber alle gehören Kaycee. Es ist ein Selbstporträt, ein Feuerwerk aus ihren Gesichtern. Eins hat blutrote Haare. In allen Gesichtern sind ihre Züge halb verborgen, zerschnitten oder ausgelöscht, einige als Negativ dargestellt.

Schon als kleines Kind hatte sie dieses Talent. Ich habe mich im Zeichenunterricht immer nur gequält, während sie Blumen auf dem Papier erblühen ließ. Einmal hat sie Stunden damit zugebracht, immer und immer wieder denselben Pilz zu zeichnen, bis sie endlich mit dem Ergebnis zufrieden war. Als sie mich fragte, ob mir das Bild gefiel, habe ich sie gebeten, mir den Pilz zu zeigen. Aber da war überhaupt kein Pilz, nur ein Haufen leere Bierdosen auf der Wiese.

Ich fand es bewundernswert und zugleich beängstigend, dass ihre unsichtbare Welt dynamischer und lebendiger wirken konnte als die wirkliche Welt. Es gab eine Zeit, da hat mich ihre Fantasie derart fasziniert, dass ich ihr überallhin gefolgt wäre. Aber schon damals hat es mich auch geärgert, dass sie mich dazu bringen konnte, Dinge anzuzweifeln, bei denen es sich um offensichtliche Tatsachen handelte, Dinge, die sich direkt vor meinen Augen befanden.

Plötzlich fühle ich mich unwohl. Ich sollte nicht hier sein. Was auch immer Mr. Mitchell heute über Kaycee sagt, er hat sie damals geliebt, und er liebt sie immer noch. Aus welchem Grund würde er sonst ihre Bilder aufbewahren? Kaycees Gemälde kommen mir vor wie Lebewesen aus Fleisch und Blut, die unter ihren Schutzhüllen gefangen sind, in denen aber immer noch Leben steckt.

Selbst im Auto, auf dem Heimweg, habe ich noch den Geruch von Farbe in der Nase und schaue immer wieder an meinen Fingern und meiner Kleidung nach, ob irgendwo Farbreste kleben. Die Kaycee in Ölfarbe sieht anders aus als die Kaycee, die ich in Erinnerung habe: einsamer, tiefgründiger, beinahe verzweifelt. Ich weiß noch, was Kaycee an dem Tag zu mir gesagt hat, als sie aus den Bierdosen einen Pilz zauberte, der aus dem Papier zu wachsen schien. *Das Problem ist nicht, dass du nicht zeichnen kannst, Abby,* hat sie aus heiterem Himmel gesagt. *Das Problem ist, dass du nicht sehen kannst.*

Allmählich fange ich an zu glauben, dass sie recht hatte.

18

Am Dienstagmorgen sitze ich kaum auf meinem Stuhl, da klingelt auch schon das Telefon. Eine gut gelaunte Sekretärin verkündet mir, dass Bezirksstaatsanwalt Dev Agerwal jetzt zu sprechen sei.

Ich erzähle ihm dasselbe Märchen, das ich seiner jungen Stellvertreterin Dani Briggs vor ein paar Tagen aufgetischt habe, und er hört mir geduldig zu, ohne mich zu unterbrechen, nur um mir anschließend höflich zu erklären, dass Miss Briggs ihn bereits ins Bild gesetzt habe. Das gefällt mir. Er scheint jemand zu sein, der sich eine Geschichte gern aus zwei Perspektiven anhört, mehr Journalist als Jurist.

»Aber ich weiß nicht, inwiefern ich Ihnen behilflich sein kann«, sagt er vorsichtig, und obwohl ich mit nichts anderem gerechnet habe, verliere ich augenblicklich allen Mut. »Mein Vorgänger hat nie eine offizielle Untersuchung der Geschäftspraktiken von Optimal eingeleitet.«

»Aber er hat in Interviews davon gesprochen«, wende ich ein.

»Die Sache war im Gespräch, ja.« Er seufzt. »Hören Sie, Miss Williams, ich habe es mir zum Ziel gesetzt, den Einfluss von Wirtschaftsinteressen auf die örtliche Politik zu minimieren. Wie Sie wissen, geht es hier juristisch gesehen um eine Grauzone. Optimal Plastics versteht es sehr gut, sich in dieser Grauzone zu bewegen. Nicht jede Einflussnahme ist illegal, und Korruption muss nachweisbar sein.«

»Nur wenn Sie vorhaben, Anklage zu erheben«, entgegne ich. »Wir brauchen nur einen Grund, Einsicht in die Bücher verlangen zu können. Und solange es nicht zu einer Zwangsvorladung kommt, sind Sie für uns die einzige Hoffnung.«

Agerwal schweigt eine Weile. Dann: »Haben Sie schon mal in Erwägung gezogen, sich mit Lilian McMann zu unterhalten?«

»Nie von ihr gehört.«

»Sie könnte Ihnen womöglich einiges über Optimal erzählen und auch über das Verhältnis der Firma zu … zur Politik. Sie hat lange bei der Umweltbehörde von Indiana gearbeitet. Und zwar in der Abteilung Sicherung der Wasserqualität.«

Von dieser Behörde habe ich allerdings gehört: Sie arbeitet direkt mit Kontrolleuren vor Ort und mit den Bundesbehörden zusammen.

Wir beenden das Gespräch, nachdem Dev Agerwal sich meine E-Mail-Adresse notiert und mir versprochen hat, mir die Kontaktdaten von Lilian McMann zu schicken. Wenige Minuten später kommt die E-Mail von ihm.

Agerwal hat seine private Adresse benutzt. Die Mail hat mehrere Anhänge. Dazu hat er notiert: *Hoffe, das hilft Ihnen weiter.*

Als ich die Anhänge öffne, komme ich aus dem Staunen kaum heraus. Er hat mir ein PDF mit dem Foto des Schecks geschickt, den Associated Polymer für Pulaskis Wahlkampfkasse ausgestellt hat, außerdem den E-Mail-Verkehr zwischen einem Angestellten von Optimal und einem Wahlkampfhelfer. Die E-Mails sind sehr zurückhaltend formuliert, aber das Gemeinte ist klar.

Die wichtigste E-Mail, geschickt von jemandem aus der Abteilung Spenden, enthält den Passus: »Wir sind zuversichtlich, dass unsere Unterstützung den Beginn einer neuen Ära der Kooperation einläuten wird zwischen dem Kandidaten für das Amt des Kongressabgeordneten und einem von Indianas wichtigsten Unternehmen.«

Am Mittwoch lässt Joe, unser Schlangenbeschwörer, seinen Charme beim örtlichen Gericht spielen. Entgegen unseren Erwartungen wird unserem Antrag stattgegeben, und nachdem wir gegenüber den Anwälten von Optimal angedeutet haben, dass noch viel größere Probleme auf das Unternehmen warten könnten, reichen wir eine inoffizielle Liste der Dokumente ein, die wir einsehen wollen. Nachdem wir jetzt Klage eingereicht haben, werden wir bald Zeugen vernehmen können. Nach einigem Herumgedruckse lässt Optimal durch seinen Anwalt, der am Telefon so alt wie Methusalem klingt, erklären, man werde bis zum Ende der Woche Unterlagen der letzten fünf Jahre bereitstellen, die sich auf Zahlungen an Dritte beziehen.

Ideal ist das nicht. Ich hatte gehofft, tiefer eintauchen zu können, und zwar anhand der zehn Jahre zurückliegenden Klage der Mitchells, Allens, Baums und Dales, die fallen gelassen wurde, und einen Blick auf das Gesamtbild zu bekommen: Beteiligungen, Tochtergesellschaften, die ganze Mischpoke. Das behalte ich lieber für mich. Aber Joe liest meine Gedanken.

»Du müsstest mir eigentlich die Füße küssen«, sagt er.

»Das überlasse ich Raj«, entgegne ich, woraufhin er sich ein glückliches Grinsen nicht verkneifen kann. Es versetzt mir einen Stich, und im selben Moment ärgere ich mich über mich selbst. Seit wann empfinde ich das Glück anderer Leute wie einen Angriff auf mich?

Die Antwort kommt schnell und verursacht mir einen üblen Geschmack im Mund. Wie immer. Ich habe nie aufgehört, mich ausgeschlossen zu fühlen. Ich habe nur irgendwann angefangen, so zu tun, als wäre es meine freie Entscheidung. Vielleicht kommt daher mein Interesse an vergiftetem Wasser und kranken Menschen und verseuchten Böden. Vielleicht ist mein Verhältnis zu den Menschen vergiftet.

Dann habe ich wieder Glück: Am selben Nachmittag, weniger als vierundzwanzig Stunden, nachdem Agerwal mir ihre Adresse hat zukommen lassen, ruft Lilian McMann an. Ich will mich gerade in aller Ausführlichkeit vorstellen, als sie mich unterbricht und vorschlägt, dass wir uns persönlich treffen.

Ihr Büro befindet sich etwa fünfundvierzig Autominuten außerhalb der Stadt in einem Gewerbegebiet. In meiner Kindheit kamen wir hierher, um im größten Supermarkt der Region einen Großeinkauf zu machen. Die Fassaden wurden renoviert, aber sonst ist alles noch wie früher.

Nachdem ich auf der Suche nach der Adresse, die sie mir

gegeben hat, eine Weile vergeblich herumgefahren bin, gebe ich auf und rufe sie an.

»Hier sind nur ein Sportgeschäft und ein chinesisches Restaurant«, sage ich. »Ich muss mir die Adresse falsch notiert haben …«

»Nein, nein, haben Sie nicht. Wir sind hinter dem Restaurant. Wenn Sie hintenherum fahren, sehen Sie gleich das Schild.«

Sie hat sich alle Mühe gegeben, in dem schlichten kleinen Büroraum eine elegante und professionelle Atmosphäre zu schaffen, was ihr annähernd gelungen ist.

Sie begrüßt mich persönlich. Eine Sekretärin scheint sie nicht zu haben. Es gibt nur ein Wort, das Lilian beschreibt: *gepflegt.* Sie trägt einen engen Rock, Blazer und Pumps mit kleinem Absatz, alles in gedeckten Farben. Ihr Make-up ist makellos. Ihre Finger sind manikürt, die Nägel lackiert, und ihre Frisur sitzt tadellos, trotz der schwülen Luft im Raum, in dem eine ins Fenster eingebaute Klimaanlage vor sich hin jault.

Sie setzt sich hinter ihren Schreibtisch, und ich nehme ihr gegenüber auf dem Besucherstuhl Platz. Ich sehe mich um, auf der Suche nach etwas, das Anlass für ein bisschen Smalltalk bietet – ein Foto von einem Kind, einem Ehemann, einem Hund –, doch es sind keinerlei persönliche Dinge zu entdecken.

»Danke, dass Sie mich empfangen«, sage ich. »Sie sind bestimmt sehr beschäftigt.« Das trifft offensichtlich weder auf sie noch auf mich zu, und es ist mir peinlich, dass ich es gesagt habe.

»Sie fühlen Optimal auf den Zahn?«, fragt sie unumwunden. Ich verstehe sofort, dass sie mir mit diesen Worten mindestens eine halbe Stunde nerviges Herumdrucksen erspart.

Ich könnte *ihr* die Füße küssen.

»Ich arbeite für das Center for Environmental Advocacy Work in Illinois«, sage ich und erkläre ihr, was uns nach Barrens geführt hat. »Bevor Optimal sich in Indiana niedergelassen hat, musste das Unternehmen eine Klage abwehren, bei der es um den Austritt von Chemikalien ging. Wir haben den Eindruck, dass das Unternehmen sich bereits mehrmals aus Schwierigkeiten rausgekauft hat, und das nicht nur, um Umweltauflagen zu umgehen.« Ihr Gesicht zeigt keine Reaktion. »Die Bezirksstaatsanwaltschaft hat eine geplante Ermittlung fallen gelassen – wegen Verstößen gegen die Arbeitssicherheit –, nachdem Optimal einen Scheck ausgestellt hat. Das Muster gefällt mir nicht.«

Sie sagt immer noch nichts. Aber sie wirkt auch nicht überrascht. Keine Ahnung, wie viel sie von dem, was ich ihr sage, bereits weiß.

Ich räuspere mich. »Sie waren Leiterin der Revisionsabteilung bei IDEM, ist das richtig?«

»Stellvertretende Leiterin«, korrigiert sie mich. Dann lächelt sie. Selbst ihr Lächeln ist wohlüberlegt. »Wir waren zu zweit. Colin Danner war mein Partner.«

Ich merke ihr an, dass sie mehr zu sagen hat. Aber wieder sitzt sie nur da. Ich versuche es mit einem anderen Ansatz. »Was führte Sie in die Selbstständigkeit?«, frage ich. »Das ist doch eine ziemliche Veränderung, aus dem öffentlichen Sektor in den privaten zu wechseln.«

»Sie meinen ein ziemlicher Abstieg«, sagt sie ruhig, obwohl ich genau das gemeint habe. Sofort sind mir meine Worte peinlich, und man sieht es mir an. »Es ist in Ordnung«, sagt sie. »Ich bin zufrieden.« Sie schlägt die Beine übereinander und lehnt sich zurück, und dann sprudelt es nur so aus ihr heraus. »Ganz recht, ich bin nicht freiwillig gegangen. Man hat mich rausgedrängt. Meine ehemaligen Vorgesetzten würden das natürlich anders ausdrücken. An einem Tag war ich noch stellvertretende Leiterin, und am nächsten Tag konnte ich keinen Schritt mehr machen, ohne dass mir irgendein Regelverstoß gegen die Behördengrundsätze vorgeworfen wurde. Die haben mich unter einer internen Ermittlung begraben. Ich musste Kopien von allen meinen Rechnungen während meiner zehnjährigen Tätigkeit bei IDEM vorlegen. Stichprobenüberprüfung, hieß es von offizieller Stelle. Pech.« Sie schüttelt den Kopf, und einen Moment lang blitzt Wut in ihren Augen auf, doch sie hat sich sofort wieder im Griff. »Ich wurde von allen großen Projekten ausgeschlossen. Dann, als ich mehrere Termine verpasst habe – Termine, von deren Existenz ich gar nichts wusste –, hat man mir mit Kündigung gedroht. Woraufhin ich selbst gekündigt habe.«

»Was war passiert?«, frage ich.

»Colin hat mich verraten«, sagt sie nüchtern. »Ich weiß nicht genau, was er gesagt oder welche Beschwerde er vorgebracht hat, aber ich bin mir sicher, dass er die interne Untersuchung veranlasst hat.«

»Aber warum hätte er das tun sollen?«

Jetzt sieht sie mich an, als wäre die Antwort so offensichtlich, dass es ihr widerstrebt, es mir erklären zu müssen. »Optimal«, sagt sie.

Mein Puls beschleunigt sich.

»Wir waren uns von Anfang an uneinig darüber, wie und wann die Umweltgutachten erstellt werden sollten. Ich dachte, es wäre einfach seine übliche Besserwisserei. Es gefiel ihm nicht, dass man ihm einen Stellvertreter zugeteilt hatte. Und es gefiel ihm noch weniger, dass dafür eine Frau ausgewählt worden war.« Sie sagt das in einem neutralen Tonfall, keine Spur von Ärger in ihrer Stimme, so als hätte das alles überhaupt nichts mit ihr zu tun. Sie ist ein echter Profi.

»Er hat Sie also lahm gelegt?«

»Das habe ich zunächst gedacht. Er hat meine Empfehlungen grundsätzlich in Frage gestellt, hat meine Berichte beanstandet. Diesmal war es allerdings anders. Es war, als würde er einfach die Augen verschließen. Aber das ergab keinen Sinn. Die Behörde für die Sicherung der Wasserqualität hatte bereits einige Jahre zuvor, also vor meiner Zeit, eine Inspektion durchgeführt. Eine Inspektion alle zwei Jahre ist Standard, es sei denn, dass erweiterte Betriebsgenehmigungen oder Standorterweiterungen zusätzliche Untersuchungen erfordern. Er war also nicht grundsätzlich dagegen. Aber als ich mir den Bericht angesehen habe, war mir sofort klar, dass irgendetwas nicht stimmte. Zur Herstellung von Plastik werden einige der giftigsten Chemikalien der Welt verwendet, und das in großen Mengen. Es gab jedoch keinerlei Beanstandung. Keine einzige Notiz, keine Sicherheitsbedenken. Absolut keinen Verstoß. So etwas kommt *nie* vor.« Ihre Stimme klingt zunehmend erregt. »Irgendetwas ist *immer.* Ich habe in meiner gesamten beruflichen Laufbahn noch nie einen derart sauberen Bericht gesehen. Das ist unmöglich.«

Innerlich jubele ich. Laut sage ich: »Sie glauben also, dass Colin einfach ignoriert hat, was bei der Inspektion rausgekommen war? Die Ergebnisse lediglich *einer* Untersuchung wurden von Ihrem Büro in die Datenbank eingegeben«, sage ich. Ich habe die Gerichtsakten so oft gelesen, dass ich ihr wahrscheinlich die genauen Daten zitieren könnte. »Die beiden anderen Untersuchungen wurden nach außen vergeben, richtig?«

Sie nickt. »Richtig. Aber wir brauchen eine dritte Partei, die Ergebnisse in das System eingibt. Eine Zusammenarbeit, durch die die Informationen auf Staatsebene in die Bundesdatenbank eingegeben werden.«

»Wollen Sie damit sagen, dass die Berichte, selbst wenn sie ursprünglich echt waren, eventuell später geändert wurden?«

»Vielleicht, vielleicht auch nicht. Beide Berichte wurden von derselben Person eingegeben. Einem Fachmann für Innenrevision und Koordinator der verschiedenen beteiligten Stellen namens Michael Phillips. Der wohnt inzwischen in Indianapolis.« Etwas flackert in ihrem Blick auf. »Aber er stammt ursprünglich aus der Gegend von Barrens. Ich habe mich über ihn informiert. Phillips und Colin haben zusammen an der Universität Indiana studiert.«

Klick. Noch ein Puzzlestück, das an seinen Platz fällt. Aber es reicht nicht. Noch lange nicht. Ich ahne, dass wir noch ganz am Anfang stehen – es ist, als würde ich aus einem Graben klettern, nur um festzustellen, dass ich mich am Grund des Grand Canyon befinde. »Ich verstehe nicht, warum Sie ihn nicht angezeigt haben.«

»Die Tatsache, dass die beiden zur selben Zeit dieselbe Uni besucht haben, beweist gar nichts«, sagt sie. »Die Universität ist sehr groß. Außerdem war es kein Geheimnis, wo die beiden studiert haben. Es hat nie jemanden misstrauisch gemacht.«

»Okay. Aber in Kombination mit den Inspektionen wirkt es doch verdächtig. Es *ist* verdächtig. Wenn die Bestimmungen so streng sind, wie Sie sagen, hätten Sie mehr als genug in der Hand gehabt, um zumindest eine Befragung zu veranlassen.«

Sie sieht vor sich auf den Tisch. Sie schweigt so lange, dass ich nervös werde. Und dann, als ich mich gerade bedanken will, dass sie mir ihre Zeit geschenkt hat, schüttelt sie den Kopf und fängt an zu lachen. Kleine Lacher, wie Schluckauf – als würde sie an ihrem Lachen ersticken.

»Manchmal habe ich das Gefühl, dass ich verrückt geworden bin«, sagt sie, und als sie mir endlich wieder ins Gesicht blickt, sehe ich, dass sie weint, und ich bin so schockiert, dass ich kein Wort herausbringe. »Haben Sie Kinder, Miss Williams?«

Ich schüttle den Kopf. Sie steht auf, nimmt ihr Handy vom Schreibtisch und reicht es mir. Auf dem Display sieht man das Foto eines hübschen jungen Mädchens – so dunkelhaarig wie ihre Mutter, mit den gleichen großen Augen und den gleichen hohen Wangenknochen.

»Das ist Amy«, sagt sie. »Sie ist in der elften Klasse.«

»Sie ist sehr hübsch«, sage ich nach einem kurzen Blick und gebe Lilian das Handy zurück. Seltsamerweise macht es mich gereizt, dass sie sich vor mir hat gehen lassen. Unter Fremden besteht die unausgesprochene Übereinkunft, dass jeder so tut, als laufe alles bestens, damit wir ohne Schuldgefühle wieder auseinandergehen können.

»Jetzt geht es ihr gut.« Sie lässt das Handy in ihre Blazertasche gleiten. »Während der Überprüfung von Optimal war ich furchtbar gestresst. Hab die ganze Zeit gearbeitet. Versucht, mich irgendwie über Wasser zu halten. Da war sie oft auf sich allein gestellt. Bei ihrem Vater ist sie nur an den Wochenenden.« Lilian schließt die Augen und öffnet sie wieder.

»Verstehe«, sage ich, obwohl ich gar nichts verstehe.

»Sie war in der neunten Klasse«, fährt Lilian fort. »Hat sich herumgetrieben. Getrunken. Nicht extrem, aber sie brauchte Aufmerksamkeit, und ich war nicht für sie da. Sie hat stundenlang vor dem Computer gehockt und mit Leuten gechattet, die sie noch nie gesehen hatte. Von alldem wusste ich natürlich nichts. Das habe ich erst – hinterher erfahren.«

»Hinterher?«

»Einer ihrer Internet*freunde* …« Ihre Stimme versagt, und sie holt tief Luft. »Er hat sie gebeten, ihm Fotos zu schicken. Das hat sie getan. Wie gesagt, sie suchte nach Aufmerksamkeit.«

Unwillkürlich sehe ich wieder die Frau vor mir, die im Wasser strampelt und um Hilfe ruft, deren Stimme jedoch im Gelächter der Leute am Strand untergeht.

»Am nächsten Tag kursierten die Fotos in der ganzen Schule. Verschickt über einen E-Mail-Verteiler. Selbst die Lehrer haben sie bekommen. Sogar der Schuldirektor. Ich …« Sie kann nicht weitersprechen.

»Das tut mir leid«, sage ich, und ich meine es ernst. »Das ist schrecklich. Teenager können grausam sein. Glauben Sie mir.« Ich versuche, alles, was ich weiß, was ich selbst mit mir herumschleppe, in diese drei Wörter zu legen. »Aber Sie dürfen sich deswegen keine Vorwürfe machen. Es war nicht Ihre Schuld.«

Sie blickt mich abrupt an. »Das weiß ich«, sagt sie. »Es war Colins Schuld.«

»Das ist nicht Ihr Ernst.«

»Colins Sohn geht in Crossville zur Schule. Crossville spielt immer gegen Barrens. Die Jugendlichen haben gemeinsame Freunde auf Facebook.«

»Aber das beweist doch nicht …« Ich beende den Satz nicht, denn ich bin mir nicht sicher, was sie vermutet. Dass Colin seinen Sohn gedrängt hat, sich Fotos von Lilians Tochter zu besorgen? Bloß um sie daran zu hindern, dass sie seine Verbindungen zu Optimal ans Licht bringt? »Was Sie da andeuten … Das wäre eine Straftat. Wie alt war Ihre Tochter? Fünfzehn?«

»Vierzehn. Ich weiß, es klingt verrückt. Und das ist es auch. Ich wäre nie darauf gekommen, den Zusammenhang herzustellen. Aber dann …« Sie geht zurück hinter ihren Schreibtisch. Öffnet eine Schublade und kramt darin herum.

»Auf den Fotos hat Amy Socken an. Sonst nichts. Kariert. Rosa und grün. Ich schenke ihr immer mindestens ein Paar Socken zu Weihnachten.«

Sie richtet sich auf. Kommt um den Schreibtisch herum. Plötzlich will ich es nicht mehr so genau wissen, bereue, dass ich gefragt habe, dass ich hergekommen bin, wünsche, ich hätte nie von Lilian McMann gehört.

Wortlos hält sie ein Paar Socken am ausgestreckten Arm hoch wie ein totes Tier, das wieder zum Leben erwachen könnte. Kariert. Rosa und grün. Ungetragen. Noch mit Preisschild.

»Die hat er mir gegeben, als ich gegangen bin«, sagt sie. »Er hat sie zusammen mit einem Zettel auf meinen Schreibtisch gelegt. *Schöne Socken machen schöne Füße. Hoffe, die halten dich warm in den kalten Nächten, die vor dir liegen.*«

Ihre Worte wecken eine lange vergessene Erinnerung: Jake Erickson, einer von Brents Freunden, drängt sich an meinen Platz im Chemielabor. Es war während des letzten Jahrs auf der High School. Jake machte sich immer an meinem Platz zu schaffen, vertauschte meine Chemikalien, kippte meine Teströhrchen um, schaltete meinen Bunsenbrenner aus, so dass ich nicht rechtzeitig fertig wurde, aber an dem Tag hat er nur damit angegeben, wie er in der Pause ein Mädchen aus der zehnten Klasse befummelt hatte.

Die ist total abgedreht, sagte er, und er wusste genau, dass ich ihn hören konnte. *Die Durchgeknallten sind immer am leichtesten rumzukriegen. Die braucht man nur anzusehen, da machen die schon die Beine breit.*

»Er wollte, dass ich es wusste«, sagt Lilian aufgebracht. »Und zwar nicht nur, dass er die Fotos gesehen hatte. Sondern dass er derjenige war, dem sie sie geschickt hatte.«

Mit denen hat man leichtes Spiel. Jake Ericksons Stimme dröhnt in meinem Kopf. *Die lassen alles mit sich machen. Und das Gute daran ist, dass sie sich hinterher nicht einmal beschweren.*

Ich stehe auf, mir ist plötzlich leicht schwindlig. »Tut mir leid«, sage ich, ohne zu wissen, was genau mir eigentlich leidtut.

Irgendwie tut mir alles leid. Das mit Lilians Tochter, das mit ihrem Job, das mit dem Mädchen aus der zehnten Klasse, Männer, die mit einem Mädchen machen können, was sie wollen, Leute, die ausgenutzt werden. Denn läuft unser Fall nicht letztlich genau darauf hinaus?

19

Ich fahre auf direktem Weg in die allernächste Kneipe. Ray's Tavern – eine Kaschemme, die sich einen Parkplatz mit einem Laden für Feuerwerkskörper teilt – ist um vier Uhr bereits gut gefüllt. Einige der Anwesenden sehen aus, als wären sie seit Anbeginn der Zeit wie Seepocken mit ihren Barhockern verwachsen. Ich kann gar nicht aufhören, mir die Hände mit einer Serviette abzureiben, es ist, als hätte sich Lilian McManns Geschichte in meine Haut eingefressen.

Ich weiß nicht, ob ich ihr glauben soll. Nicht, weil ich ihr unterstelle, dass sie lügt, sondern weil ich es für möglich halte, dass sie sich ganz einfach irrt. Wenn man sein Leben lang nach Zeichen sucht, sieht man sie am Ende überall. Aber es gibt auch Zufälle. Colin Danner kann zufällig durch seinen Sohn von den Fotos erfahren und sein Wissen dann benutzt haben, um Lilian noch mal eines reinzuwürgen, bevor sie ging. Das halte ich zumindest für wahrscheinlich.

Trotzdem hinterlässt ihre Geschichte bei mir ein unangenehmes Gefühl, so als wäre ich gerade durch ölverpestetes Wasser geschwommen, und dazu ist das Waschbecken auf dem Klo so verdreckt, dass meine Hände sich nach dem Waschen noch schmutziger anfühlen. Mein erster Whiskey-Soda hilft nicht viel, und der zweite macht mich traurig. Ich muss immer wieder an Becky Sarinelli denken und an die Flugblätter auf der Tribüne, die das schreckliche Foto von ihr zeigten. Ihre Haut so weiß, ihr Körper so schutzlos.

Der Gedanke an Becky Sarinelli bringt mich zurück zu Condor und der Frage, warum er ihr das angetan hat.

Jugendsünden, hat er gesagt, in Bezug auf Hannahs Mutter. Aber was heißt schon Jugendsünden? Es gibt Fehler, die macht man immer wieder. Man wiederholt sie zwanghaft, in der Hoffnung, dass es diesmal besser ausgeht.

Ich möchte nicht, dass Condor ein Fehler ist.

Oder vielleicht möchte ich auch einfach nicht allein sein. Jetzt, wo ich wieder in Barrens bin, wird mir bewusst, wie einsam ich früher hier gewesen bin. Es erinnert mich daran, dass ich nie aufgehört habe, einsam zu sein.

Das war es, was Kaycee und mich als Kinder zueinander hingezogen hat: Wir waren die einsamsten besten Freundinnen aller Zeiten. Mein Vater war seiner Religion anheimgefallen, ihrer dem Alkohol, seinen Wutanfällen, seinem Schwarzhandel und seinen Kunden. Meine Mutter war todkrank, ihre hätte genauso gut tot sein können.

Aber auch als Kaycees beste Freundin war ich manchmal genauso einsam, als wenn ich überhaupt keine Freunde gehabt hätte. Sie war so unberechenbar, schon damals. Sie konnte grausam und distanziert sein, unbeherrscht. Sie konnte einen schlagen und dann hoch und heilig versprechen, alles wiedergutzumachen. Trotz allem war ich dankbar für ihre Zuwendung. Ich weiß noch, wie wir im Wald Hütten gebaut haben und wie ich so getan habe, als wären die Baumstümpfe meine Freunde und Geschwister, die mich trösteten und mir Mut machten. Aber Kaycee erfand keine Freunde, sondern Untertanen. Solange sie befehlen konnte, war sie nicht einsam.

Manchmal denke ich, Chestnut – ein Streuner, mager und ängstlich, bis es mir gelang, ihn anzulocken mit ein paar Stücken Hähnchenfleisch – war der einzige Freund, den ich je hatte.

Auf grausame Weise war es logisch, dass Kaycee ihn töten musste.

Als ich meinen dritten Whiskey-Soda bestelle, ist mir klar, dass ein Anruf eine schlechte Idee ist, aber nachdem ich mein Glas ausgetrunken habe, ist mir das egal.

Geh ran, denke ich. Und: *Geh nicht ran.*

Nach dem zweiten Läuten geht er ran.

»Abby«, sagt Brent, und ich versuche den Eindruck zu erwecken, als hätte ich ihn schon die ganze Zeit anrufen wollen. »Ist ja ein Ding. Ich hab gerade an dich gedacht. Was gibt's?«

Ich zerpflücke die Serviette unter meinem Whiskeyglas und werfe einen Blick auf die Uhr hinterm Tresen. Zehn vor fünf. »Ich mach gerade Feierabend«, sage ich. »Lust auf einen Drink?«

»Wie hast du denn diesen Laden gefunden?«, fragt Brent, als er sich auf den Barhocker neben mir setzt. In Hemd und Jackett wirkt er hier irgendwie fehl am Platz.

»Empfehlung von einem Freund«, sage ich. Niemand, der noch ganz bei Trost ist, würde jemandem diese Spelunke empfehlen.

»Nett.« Er versucht, überzeugend zu klingen. Aber anstatt mich zu beruhigen, löst es einen Anflug von Beklemmung aus. Brent ist ein guter Lügner.

Er bestellt sich einen Tequila, und ich bestelle mir noch einen Whiskey-Soda und tue so, als wäre er mein erster, was der Barmann, wenn man ihn denn so nennen will, nicht kommentiert.

»Ich wollte dich sowieso anrufen«, sagt Brent. »Du hast ja gesehen, dass Misha bei mir war, und … na ja … ich wollte nicht, dass du die falschen Schlüsse ziehst.«

»Und welche wären das?«

»Misha hat schon immer was für mich übrig gehabt«, erwidert er ganz offen. Irgendwie ist es eine Erleichterung, die Worte ausgesprochen zu hören. Denn wenn ich's mir recht überlege, ist mir klar, dass er recht hat: Es ist nie zu übersehen gewesen.

»Und eine Zeit lang, nachdem Kaycee verschwunden war, hat sie es geschafft, dass wir …« Er schüttelt den Kopf. »Aber das hat nie auf Gegenseitigkeit beruht.« Dann fügt er etwas leiser hinzu: »Ich mag dich.«

»Ich dich auch«, sage ich. Doch kaum habe ich es ausgesprochen, weiß ich, dass es nicht stimmt. In der High School hätte ich gesagt, ich sei in ihn verliebt. Ich habe mir dauernd Geschichten ausgedacht, in denen wir unter dramatischen Umständen zueinanderfanden – ein plötzliches Feuer in der Schule, das uns zwang, in einem Zimmer auszuharren, bis die Feuerwehr uns fand, oder ich hatte eine Autopanne auf der Landstraße, und irgendwann kam zufällig Brent vorbei. Aber jetzt wird mir zum ersten Mal klar, dass meine Gefühle einzig der Tatsache geschuldet waren, dass Brent Kaycee gehörte. Vielleicht habe ich ja immer davon geträumt, mich zu rächen. Vielleicht wollte ich ihr nur mit gleicher Münze heimzahlen, was sie mir antat.

Oder vielleicht habe ich auch geglaubt, wenn Brent mich liebte, würde Kaycee mich auch lieben.

»Warum hast du mich damals im Wald geküsst?«, rutscht es mir heraus.

»Es war der letzte Schultag«, sagt er. Ich sehe ihm an, dass ich ihn überrascht habe. »Als du da im Wald vor mir gestanden hast – wie eine Erscheinung …« Er lächelt. »Das war wie ein Zeichen.«

Das hat er auch neulich abends am Lagerfeuer gesagt: Es sei ein Zeichen, dass ich gekommen war. »Es war mein erster Kuss.« Gott, ich könnte mir die Zunge dafür abbeißen, dass ich ihm das gesagt habe. Ich rede zu viel. Ich stelle mein Glas ab.

Brent grinst übers ganze Gesicht. Dieses Lächeln hat mich in der Schulcafeteria regelmäßig umgehauen. »Damals hat es sich so angefühlt, als würde etwas zu Ende gehen. Die Mädchen, die reihenweise krank wurden, und keiner hatte eine Erklärung dafür. Es war, als hätte Kaycee eine Lüge in eine echte Krankheit verwandelt. Als könnten wir uns am Ende alle damit anstecken.« Er legt mir eine Hand an die Wange, genau wie an dem Abend am Lagerfeuer. »Aber für dich galt das nicht. Ich wusste immer, dass du gerade erst am Anfang warst.«

Ich rücke von ihm weg. Glaubt er das tatsächlich? Meint er allen Ernstes, dass *ich* ihm das glaube? »Hast du eigentlich nie versucht, sie zu finden, nachdem sie verschwunden ist?«

Er seufzt, als hätte ich ihn enttäuscht. »Ich hab natürlich versucht, sie anzurufen, ist doch klar«, sagt er. »Aber sie ist nie rangegangen. Misha meinte, sie wolle mit niemandem reden.« Das macht mich hellhörig. Vielleicht wusste Misha besser über ihre beste Freundin Bescheid, als sie behauptet hat. Brent schaut vor sich auf den Tresen und fummelt an einer Serviette herum. »Das Komische ist, dass Misha und ich kaum was miteinander zu tun hatten, bis Kaycee abgehauen ist.« Er trinkt einen großen Schluck. »Aber so was passiert. Tragödien schweißen die Leute zusammen. Ich glaube, sie hat gehofft, dass mehr draus werden würde.«

Ich muss daran denken, wie ich Brent und Misha damals zusammen in dem Wäldchen erwischt habe. Brent versuchte entweder gerade, sie zu trösten, oder sie zu etwas zu überreden – das war nicht ganz eindeutig. Aber sie wirkten so, als würden sie sich ziemlich nahestehen. Trotzdem hatte ich in dem Moment das Gefühl, dass Kaycee irgendwie unter ihnen war wie ein Geist. Dass die beiden gerade über sie gesprochen hatten.

»War es das? War es eine Tragödie, dass Kaycee verschwunden ist? Neulich im Woody's klangst du, als wärst du frohgewesen, dass sie weg war.«

»Du bist wohl rund um die Uhr Anwältin, was?« Er sagt das in einem scherzhaften Ton, und doch höre ich den Vorwurf heraus. »Kann nicht beides stimmen? Ich war froh – sie los zu sein. Aber es war tragisch, dass es so weit gekommen war. Sie – hat viel kaputt gemacht. Verstehst du, was ich meine?«

Einen Moment lang sehe ich Kaycee vor mir, wie sie Chestnut mit Leckerchen zu sich lockt. Sehe, wie wütend sie wird, als Chestnut anfängt, zu knurren und nach ihr zu schnappen. *Mit dem Hund stimmt was nicht. Der hat bestimmt die Tollwut. Jemand sollte ihn erschießen.*

»Ja«, sage ich einfach. Dann füge ich, ohne nachzudenken, hinzu: »Hast du sie geliebt?«

Brent antwortet nicht gleich. Er rührt in seinem Whiskey, dann trinkt er ihn mit einem Schluck aus. Schließlich schaut er mich an.

»Was weiß ich? Ich war jung.« Sein Lächeln ist verschwunden. Er wirkt nur noch erschöpft. »Kann man jemanden lieben, der selbst unfähig ist zu lieben?«

Seltsamerweise fällt mir mein Vater ein. *Kommen Hunde in den Himmel?,* habe ich ihn mal gefragt, als mir der Hals wehtat vom vielen Weinen um Chestnut.

Nein, lautete seine knappe Antwort. Doch später hat er einen Plastikmüllsack aus dem Geräteschuppen geholt, Chestnut darin eingewickelt und mir gesagt, ich solle den Spaten holen. Dann sind wir zum See runtergegangen, wo er Chestnut schweigend beerdigt hat. Nach Stunden des Schweigens sagte er schließlich: *Der Himmel ist für reuige Sünder. Hunde brauchen so was nicht. Die leben ihr ganzes Leben im Himmel.*

In dem Moment habe ich ihn geliebt wie nie vorher und auch danach nicht wieder.

»Ich glaub schon«, sage ich zu Brent. Mein Whiskey schmeckt wie Haarspray. Ich hab ihn zu lange stehen lassen. »Das ist wahrscheinlich die einzig wahre Liebe.«

Die Sonne geht gerade unter und überzieht die Autos auf dem Parkplatz mit einem goldenen Schimmer.

»Hör zu, Abby.« Brent greift nach meiner Hand, nachdem wir uns bereits verabschiedet haben – plötzlich bin ich ganz verlegen hier draußen im Licht, weil ich so viel geredet habe, weil ich ihn überhaupt angerufen habe. Er kommt noch näher, und einen Moment lang fürchte ich schon, dass er mich küssen will. »Ich weiß, du bist auf Kampf aus. Aber du wirst nichts finden.«

»Ich bin nicht auf Kampf aus, Brent.« Wir stehen so dicht voreinander, dass ich die Farbsprenkel in seiner Iris sehen kann. »Ich bin auf der Suche nach der Wahrheit.«

Er runzelt die Stirn, als glaube er mir nicht. »Ich weiß, das klingt verrückt, aber diese Stadt steht voll hinter Optimal. *Ich* tue es ebenfalls.« Er mustert mein Gesicht, als suche er nach Anzeichen dafür, dass ich ihm glaube. »Das Unternehmen hat der Stadt viel Gutes getan. Du müsstest mal das neue Gemeindezentrum sehen oder das neue Theater oder den neuen Kunstsaal in der High School. Das Unternehmen hat *Leben* in die Stadt gebracht.«

Er redet wie ein Bekehrter über seinen Glauben.

Ich entziehe ihm meine Hand. »Wenn die Firma nichts Schlimmes verbrochen hat, dann hat sie auch nichts zu befürchten.«

Er schüttelt den Kopf. »Ich mach mir doch keine Sorgen wegen der Firma. Ich mach mir Sorgen um *dich*. Ich möchte nur nicht, dass – sich zwischen uns was ändert, okay?«, sagt er schließlich, allerdings bin ich mir ziemlich sicher, dass er ursprünglich etwas anderes sagen wollte. »Nach all den Jahren …« Er holt tief Luft. »Ich wollte mich schon immer mal mit dir treffen. Ich hab immer gehofft, dass das eines Tages passieren würde.«

Dann küsst er mich doch noch. Seine Lippen sind kalt und schmecken nach billigem Tequila. Und ein bisschen metallisch.

20

In meinem Haus ist es dunkel. Die Klimaanlage summt. Ich schalte sie aus und öffne ein Fenster in der Küche und eins im Schlafzimmer, auch wenn ich jetzt schon weiß, dass ich es bereuen werde, wenn ich schwitzend aufwache. Aber die Stille, die hier herrscht – unterbrochen nur vom Grillenzirpen und dem gelegentlichen Ruf einer Eule –, beruhigt mich sofort. Achtzehn Sommer lang bin ich zu diesen Geräuschen eingeschlafen.

Sie transportieren mich zurück in die Vergangenheit und erinnern mich daran, wie ich mit dem Fahrrad – ein klappriges Ding, das mein Vater hinter einem Schuppen gefunden und für mich wieder flottgemacht hatte – über den steinigen Weg zum See gefahren bin, daran, wie Kaycee und ich uns bis auf die Unterwäsche ausgezogen haben und im See geschwommen sind; wie wir Wettkämpfe veranstaltet haben, wer von uns am längsten unter Wasser bleiben konnte; wie Kaycee sich bäuchlings im Wasser treiben ließ und so tat, als wäre sie tot.

Es war in den Sommerferien nach Ende der sechsten Klasse, als ich Chestnut gefunden habe. Das heißt, eigentlich hat er mich gefunden. Kaycee hatte die Grippe, und wir hatten uns eine ganze Woche nicht gesehen. Ich bin stundenlang allein im Wald umhergestrolcht. Einmal lag ich auf dem Boden und zählte die Wolken am Himmel, als ich hinter mir ein Jaulen hörte. Ich bin erschrocken hochgefahren, dachte, es wäre ein Luchs oder ein Bär oder irgendein anderes wildes Tier. Stattdessen stand da ein magerer, halb verhungerter Hund, der mich durch das Gestrüpp hindurch beäugte. Er winselte und kniff verängstigt den Schwanz ein.

Eins der wenigen Dinge, die ich in meiner gegenwärtigen Bleibe ausgepackt habe, ist ein altes hölzernes Schmuckkästchen, das einmal meiner Mutter gehört hat und immer noch ein bisschen nach ihr riecht – zumindest bilde ich mir das ein.

Es ist mit Samt ausgeschlagen, und darauf liegt ein rotes, inzwischen etwas verblasstes Lederhalsband.

Chestnut Williams steht darauf und daneben die Telefonnummer, die mein Vater heute noch hat.

Ich habe damals meinen Vater angebettelt, mit mir zur Zoohandlung zu gehen, um das Halsband zu kaufen. Er sagte, es sei Quatsch, einen Streuner an die Leine nehmen zu wollen, der sei nur darauf aus, was zu fressen zu kriegen, und würde sich bei nächster Gelegenheit wieder verziehen, es sei reine Geldverschwendung, ihm Spielzeug und ein Halsband zu kaufen. Aber als ich es ihm angelegt habe, hat er mit dem Schwanz gewedelt. Als wäre er stolz darauf, endlich zu jemandem zu gehören. Mein Vater dachte, Chestnut würde uns nur zur Last fallen. Aber nach ein paar Wochen hat er seine Meinung geändert und mir sogar erlaubt, Chestnut am Fußende meines Betts schlafen zu lassen.

Kaycee war fassungslos, als sie erfuhr, was sie verpasst hatte. Sie hatte sieben Tage lang mit Grippe im Bett gelegen, und schon hatte ich sie durch einen räudigen Köter ersetzt. Sie hat richtig geschmollt, aber ich dachte, das sei ein Spiel, ein Scherz. Ich versicherte ihr, sie würde Chestnut mögen, wenn sie ihn erst einmal kennenlernte. Ich erzählte ihr, wie er mir aus der Hand fraß und wie er mit den Beinen strampelte, wenn man ihm den Bauch an einer bestimmten Stelle kraulte. Ich schlug ihr vor, er könnte *unser* Hund sein.

Ich wollte schon immer einen Hund haben, hat sie mir ins Ohr geflüstert.

Ich weiß nicht, was eigentlich schiefgelaufen ist. Vielleicht war er krank. Vielleicht haben wir ihn erschreckt. Vielleicht hat er Kaycee gerochen und sofort Bescheid gewusst. Jedenfalls hat Chestnut sie nur angeknurrt, also richtig geknurrt, mit gefletschten Zähnen und gesträubtem Fell. So hatte ich ihn noch gar nicht erlebt. Ich habe immer wieder seinen Namen gerufen, habe versucht, ihn zu beruhigen, während Kaycee vor Angst wie gelähmt vor ihm stand.

»Er hasst mich.« Es war das erste Mal, dass ich sie hab weinen sehen. Zwei Tränen liefen ihr über die Wangen.

»Nein, er hasst dich nicht. Er hat nur Angst, weil er dich nicht kennt«, habe ich gesagt, obwohl ich wusste, dass das nicht stimmte. Im nächsten Augenblick hat Chestnut nach ihr geschnappt und hätte sie beinahe am Finger erwischt.

»Er hat versucht, mich zu beißen!« Sie war vollkommen außer sich.

So hatte ich sie noch nie erlebt. Solche Wut kannte ich bis dahin nur von meinem Vater.

»Was ist denn los mit dem bescheuerten Köter?«

»Nichts.«

Sie sah mich an. »Ach ja? Du findest es also normal, dass er versucht, Leuten die Hand abzubeißen?«

Und dann, weil ich jetzt auch wütend war, habe ich gesagt: »Vielleicht stimmt ja mit *dir* was nicht.«

Sofort wünschte ich, ich hätte es nicht gesagt. Kaycee erstarrte. Eine normale Zwölfjährige hätte vielleicht geweint, mich angeschrien, mich beschimpft.

Aber nicht Kaycee. Sie stand einfach nur da.

»Vielleicht«, hat sie schließlich gesagt. Dann hat sie sich abgewendet und gemurmelt: »Solche Hunde sollten eingeschläfert werden.«

Ich knäule das Halsband in meiner Hand zusammen. Ich ziele auf den Mülleimer, wohl wissend, dass ich es natürlich nicht tun werde. Seit Jahren rede ich mir ein, dass ich das Halsband nur als Andenken an Chestnut aufhebe. Aber in Wirklichkeit hebe ich es auf als Erinnerung an *sie,* als Erinnerung daran, was sie getan hat.

Sie hat Chestnut nicht sofort vergiftet. Ich weiß eigentlich nicht, warum nicht. Vielleicht dachte sie, so würde kein Verdacht auf sie fallen.

Als ich sie zur Rede gestellt habe, hat sie mit keiner Wimper gezuckt.

Der hat wahrscheinlich irgendwo Rattengift gefunden und es gefressen, war alles, was sie zu sagen hatte.

Nur dass sie sein Halsband gestohlen hatte. Um mich wissen zu lassen, dass es kein Unfall war. Schon damals hat sie gern die Wahrheit so hingedreht, dass sie wie eine Lüge wirkte und umgekehrt, bis man überhaupt nicht mehr durchgeblickt hat.

Das Verrückteste war, dass sie sich tatsächlich total gekränkt gab, als ich ihr erklärte, dass ich nie wieder mit ihr reden würde, so als könnte sie überhaupt nicht verstehen, was ich gegen sie hatte.

Sechs Jahre lang, in denen sie vor allem damit beschäftigt war, Untertanen um sich zu scharen, hat sie nie zugegeben, dass sie Chestnut vergiftet hat.

Und dann, als ich am allerletzten Schultag meinen Spind ausgeräumt habe, hing dort Chestnuts Halsband an einem Haken.

Sie hatte es aufbewahrt.

All die Jahre hatte sie es aufbewahrt.

Wenige Stunden später bat sie Misha, sie nach Indianapolis mitzunehmen, sie sagte, sie wolle sich dort nach Kellnerjobs umsehen und später mit dem Bus zurück nach Barrens fahren. Aber sie hat nicht den Bus nach Hause genommen. Sie ist überhaupt nie wieder zurückgekommen.

Warum hat sie das getan? Warum war es das *Letzte,* was sie getan hat?

Ich lege das Halsband wieder in das Schmuckkästchen meiner Mutter und klappe es zu.

Manchmal denke ich, dass Kaycee, so schräg, wie sie drauf war, mir das Halsband in den Spind gehängt hat, weil sie wusste, dass es wehtun würde, und weil sie wusste, dass ich sie auf diese Weise nie vergessen würde.

Dann wieder denke ich, dass es einfach ihre Art war, sich zu verabschieden.

21

Am nächsten Tag, einem Donnerstag, stehe ich so früh auf, dass selbst mein Vater keinen Grund zur Beanstandung fände.

Ich mache mir einen extrastarken Kaffee. Ich habe vier, höchstens fünf Stunden geschlafen, obwohl ich schon vor acht zu Hause war. Ich habe die halbe Nacht wachgelegen, billigen Alkohol ausgeschwitzt und an die Decke gestarrt, den Kopf voll mit Erinnerungen und unausgegorenen Ideen.

Ich schlürfe meinen Kaffee und sehe durchs Fenster zu, wie Barrens erwacht. Ich versuche, das Städtchen mit den Augen einer Fremden zu betrachten, und im frühen Morgenlicht sieht es wirklich schön aus. Vielleicht hat Brent recht, und ich kämpfe gegen Windmühlen. Vielleicht wünsche ich mir einfach, dass Optimal kriminell ist, damit ich irgendwas habe, woran ich mich abarbeiten kann.

Vielleicht jage ich einer Wahnvorstellung hinterher.

Aber vielleicht auch nicht. Heute Morgen werde ich auf jeden Fall Brents Rat befolgen: Ich werde mir ansehen, welche Wunder Optimal in Barrens gewirkt hat.

Das Gemeindezentrum von Barrens liegt auf halbem Weg zwischen der High School und den Toren des Industriekomplexes von Optimal Plastics, direkt gegenüber dem »Westlink Fertilizer & Feed Store«. Das Theater, von dem Brent gesprochen hat, ist ein moderner Bau aus Stahl und Glas, der einen krassen Gegensatz zu den Backsteinbauten darstellt, die das Stadtbild von Barrens prägen. Es ist noch nicht mal neun Uhr, und es stehen bereits mehrere Autos auf dem frisch geteerten Parkplatz. Der Eingang des Theaters ist verschlossen, aber drinnen bewegt sich etwas. Als ich nah an die Glasscheibe trete, sehe ich zu meiner Überraschung Misha mit einem Handy zwischen Ohr und Schulter geklemmt in der Eingangshalle auf und ab gehen.

Als sie mich entdeckt, beendet sie das Gespräch ohne ein weiteres Wort und lässt das Handy in ihre Tasche gleiten. Nach kurzem Zögern öffnet sie mir die Tür einen Spaltbreit.

»Hallo, Abby.« Heute ist sie gekleidet wie die typische stellvertretende Direktorin: Hosenanzug, lavendelfarbene Bluse, Pumps. »Dich trifft man ja überall. Ich hab allmählich das Gefühl, dass du mich verfolgst.«

»Ist halt eine kleine Stadt. Du hast doch selbst gesagt, dass es hier nichts anderes zu tun gibt, als sich in anderer Leute Angelegenheiten einzumischen. Außerdem kriegt Barrens nicht alle Tage ein neues Gemeindezentrum.«

»Stimmt auch wieder. Aber wir haben noch nicht geöffnet. Kann ich irgendwas für dich tun?«

Ich muss daran denken, was Brent mir gestern Abend in der Kneipe erzählt hat, dass Misha wusste, dass Kaycee abgehauen war. Wenn Kaycee Misha damals ins Vertrauen gezogen hat, dann hat sie ihr vielleicht auch noch andere Dinge erzählt.

»Jemand von Optimal wollte mich vor der Eröffnung durch das Gebäude führen«, lüge ich. Es ist einfach eine allzu gute Gelegenheit, mit ihr ins Gespräch zu kommen. »Ich hab einen Termin ausgemacht, aber ich fürchte, da hat es ein Missverständnis gegeben. Vermutlich dachten sie, ich meinte gestern. Kein Wunder, dass die Frau nicht ans Telefon geht, wenn ich versuche, sie anzurufen.«

Wieder zögert sie einen Moment lang, dann drückt sie die Tür mit der Hüfte ein Stück weiter auf. »Komm rein«, sagt sie. »Auch wenn's eigentlich nicht viel zu sehen gibt. Bisher ist nur die erste Phase fertiggestellt.«

»Ich bin einfach neugierig. Was für ein ehrgeiziges Projekt.«

»Ach, das ist ja noch längst nicht alles. Es sind noch ein Festsaal geplant und eine Sporthalle für außerschulische sportliche Aktivitäten. Und Klassenräume für alternative Unterrichtseinheiten.«

Das Gebäude ist weitläufig, offen und luftig, Sonnenlicht fällt durch Lichtkuppeln.

»Wow. Es ist …« Hässlich. Die Art Hässlichkeit, die nur mit einem Haufen Kohle produziert werden kann. Aber das sage ich natürlich nicht. »Beeindruckend. Hier fühlt man sich gar nicht, als wäre man in Barrens, nicht wahr? Das kostet bestimmt ein Vermögen«, füge ich gut gelaunt hinzu.

Ihr Blick streift mich nur kurz. »Das Projekt wird hauptsächlich von Optimal finanziert«, sagt sie. »Wir bekommen Zuschüsse vom Staat Indiana, und der Rest sind lokale Steuergelder.«

»Du wirkst ja richtig – begeistert«, bemerke ich. Und »begeistert« ist fast zu wenig gesagt. Sie klingt, als würde sie mich durch ihr eigenes Haus führen.

»Direktor Andrews und ich haben uns sehr für das Projekt eingesetzt. Bisher wussten unsere Schüler nicht, wohin sie nach der Schule gehen sollten. Es gab kaum Freizeitangebote«, sagt sie. »Häufig ist die häusliche Situation ein großes Problem. Wenn es nichts für sie zu tun gibt, kommen junge Leute auf dumme Gedanken.« Sie geht voraus zu einer Tür, die laut einem Schild zur Bühne führt, und öffnet sie für mich.

»Hast du dir schon mal überlegt, dass es ein Problem sein könnte, wenn so viele Menschen von einer einzelnen Firma abhängig sind?«, frage ich beiläufig.

Sie schaut mich von der Seite an. »Warum sollte das denn ein Problem sein?«

»Na ja, seit Jahren kursieren Gerüchte, die Optimal mit Umweltverschmutzung, Korruption und Vertuschungsaktionen in Verbindung bringen.«

»Gerüchte sind keine Tatsachen, Abby. Gott sei Dank. Sonst wäre es uns allen in der High School verdammt schlecht ergangen. Vor allem dir.«

Eins zu null für Misha. Ich schenke ihr ein zuckersüßes Lächeln. »Stimmt. Und niemand möchte Optimal für irgendwas zur Rechenschaft ziehen. Im Grunde möchte niemand auch nur die Möglichkeit in Betracht ziehen.«

»Also, wir hier in Barrens sind stolz auf Optimal«, sagt Misha spitz. »Und ich weiß nicht, was daran problematisch sein soll.«

Ich wähle meine Worte mit Bedacht. »Ich meine nur, dass Optimal sich viele Sympathien erkauft hat.«

Ich fürchte schon, dass sie sauer wird. Oder vielleicht hoffe ich es sogar – hoffe, dass ihre Fassade einen Riss bekommt. Aber mein Einwand scheint sie nur zu amüsieren.

»Das ist, soviel ich weiß, doch kein Verbrechen, oder?«, sagt sie.

»Kommt drauf an, wer kauft und zu welchem Preis«, entgegne ich.

»Das Problem ist, dass manche Menschen nur in Schwarz und Weiß denken. Sie glauben, sie können das Positive ohne das Negative haben. Aber was für den einen gut ist, kann für den anderen schlecht sein. Das Leben ist nicht so, wie es uns in der Bibel gezeigt wird. Man hat nicht die Wahl zwischen Gut und Böse. Es geht um die Entscheidung, wie viel Negatives man hinzunehmen bereit ist.«

»Du gibst also zu, dass Optimal auch negative Seiten hat.«

Das entlockt ihr zumindest ein Lächeln. »Ich sage nur, falls Optimal wirklich irgendwelche Fehler gemacht hat, sollen wir deswegen vielleicht den größten Arbeitgeber, den wir hier in der Gegend haben, dichtmachen?«

»Wir reden nicht über *ein paar Fehler,* das weißt du genau. Wir reden über Chemikalien, die wirklich großen Schaden anrichten. Menschen sind keine Wegwerfartikel. Man kann nicht von den Menschen verlangen, dass sie, nur um ihren Lebensunterhalt zu verdienen, ihre Gesundheit aufs Spiel setzen.«

»Ach, Abby.« Misha seufzt. »Ich beneide dich. Es muss schön sein, wenn man fast immer recht hat.«

Wut steigt in mir auf. »Ich weiß nicht, ob ich recht habe. Aber ich weiß, was Unrecht ist.«

»Ach ja?« Sie legt den Kopf schief und sieht mich mit schmalen Augen an. »Frank Mitchell zum Beispiel. Der verdient seinen Lebensunterhalt mit dem Verkauf von *Pornos.*« Sie verzieht angewidert das Gesicht.

»Pornos sind nichts Illegales«, entgegne ich.

Sie hebt die Brauen. »Na schön. Meinetwegen. Aber nehmen wir mal an, er hat einen Kunden, einen ganz normalen Mann, einen Ehemann und Vater, der sich heimlich Pornos besorgt, nichts Ernstes. Und dann, sagen wir, rückt der Kunde irgendwann damit raus, dass er auf kleine Mädchen steht. Und es stellt sich raus, dass dieser nette, rechtschaffene Mann ein Faible für Schulmädchen hat.« Sie sagt das alles ganz ruhig, so als redeten wir immer noch über die Pläne für einen Festsaal. Mir sträuben sich die Nackenhaare. »Und jetzt nehmen wir mal an, Frank Mitchell verkauft dem Typen Hefte, in denen die Mädchen viel jünger wirken, als sie in Wirklichkeit sind. Natürlich sind die alle volljährig. Bezahlte Profis. Der Mann geht zufrieden nach Hause. Wenn er nicht zufrieden wäre, würde er einfach losziehen und sich suchen, was er braucht.«

Ich bin dermaßen verblüfft, dass es mir die Sprache verschlägt.

Sie breitet die Arme aus. Ganz unschuldig. »Manche Leute würden behaupten, Frank Mitchell hat sich schuldig gemacht, weil er dem Typen solche Hefte verkauft hat. Aber es wäre immer noch rechtens.«

»Andererseits«, sage ich, bemüht, mit fester Stimme zu sprechen, »könnte er auch die Polizei rufen.«

»Der Typ würde einfach alles abstreiten.« Misha zuckt die Schultern, als wäre das so offensichtlich, dass man es eigentlich nicht zu erwähnen braucht. Dann: »Wollen wir die Führung fortsetzen?«

Ich nicke, dabei würde ich am liebsten wegrennen – weg von diesem kalten Palast, den Optimal errichtet, um Kinder und Jugendliche zu retten, die es gleichzeitig mit Gift vollpumpt, weg von dieser Firma, die in dieser Stadt Gott spielt und an die Misha glaubt. Stattdessen folge ich ihr stumm durch eine weitere Tür.

Misha schaltet das Licht ein, und vor uns liegt ein langer Flur: dunkle Wände, zu beiden Seiten gerahmte Porträtfotos von Schülern, rundherum dekoriert mit Papiersternen.

»Das sind unsere Optimal-Stars«, sagt Misha stolz. »Schüler, die von Optimal ein Stipendium bekommen haben. Erinnerst du dich an das Programm, das ich neulich erwähnt hab? Seit einigen Jahren arbeiten wir zusammen mit Optimal daran, besonders begabte Schüler durch Stipendien zu unterstützen. Die meisten von ihnen haben es schwer zu Hause. Manche sind verhaltensauffällig. Aber mithilfe des Programms finden sie ihren Weg.« Sie redet, als würde sie den Text eines Werbeprospekts zitieren. Was ja durchaus möglich ist. »Die erste Stipendiatin war Mackenzie Brown. Sie war Showtänzerin. Davon gibt es hier nicht so viele.«

Sie zeigt auf das Foto von einem jungen Mädchen, das strahlt wie eine Schönheitskönigin. Eigentlich strahlen alle Mädchen auf den Fotos wie Schönheitsköniginnen – von achtzehn Stipendiaten sind nur zwei männlich. Ein Porträt lässt mich innehalten. Das Mädchen sieht Kaycee verblüffend ähnlich: blonde Mähne, weit auseinanderstehende blaue Augen. Auf dem kleinen Messingschild steht ihr Name: *Sophie Nantes.*

»Warum so viele Mädchen?«, frage ich.

»Na ja, Bedürftigkeit ist für uns neben Talent ausschlaggebend«, sagt Misha. »Viele Colleges vergeben Sportstipendien, und die gehen größtenteils an Jungs, so ist das nun mal. Außerdem gibt es in der Stadt mehr Möglichkeiten für Jungs, die nach der High School nicht auf ein College gehen wollen. Landwirtschaft und Handwerk erleben gerade einen Aufschwung, außerdem gibt es Einstiegsjobs bei Optimal. Solche Sachen.«

Die Tür am Ende des Flurs führt in den Festsaal. »Nächstes Jahr führen wir unser erstes Musical auf«, sagt Misha. Wir betreten einen großen Saal. Die Ränge liegen im Dunkeln. »Vierzig Schüler haben sich schon für das zweiwöchige Musiklager im August angemeldet. Die Hälfte von ihnen werden gestiftete Instrumente zur Verfügung gestellt bekommen. Kannst du dir das vorstellen? Jahrelang musste die Blaskapelle auf dem Schulparkplatz proben, und die Cheerleader haben nach der Schule in der Cafeteria trainiert.« Sie breitet die Arme vor der leeren Bühne aus. Auf einmal wirkt sie richtig glücklich. Glücklich und stolz. Sie dreht sich zu mir um. »Weißt du, was hier vorher gestanden hat?«

Ich schüttle den Kopf.

»Nichts.« In ihrem Blick liegt tiefe Genugtuung. »Nichts. Überhaupt nichts.«

22

Joe springt auf, als ich zur Tür reinkomme.

»Ich versuch seit einer Stunde, dich anzurufen«, sagt er. »Wo warst du?«

Ich stelle meine Tasche ab, in aller Ruhe. »Dir auch einen schönen guten Morgen.« Ich greife nach meinem Laptop, aber er kommt mir zuvor und klappt ihn zu.

»Gestern hast du dich auch rar gemacht.« Er sieht mich mit schmalen Augen an. »Brauchst du einen Auffrischungskurs zum Thema Teamarbeit?«

Er hat recht. Ich hatte bisher noch nie ein Problem damit, mich mit Joe abzusprechen. Trotzdem ärgert es mich irgendwie, dass er mich zur Rede stellt. Optimal gehört mir – es ist mein Chaos, mein Rätsel, mein Fall.

So muss es sein. Sonst funktioniert der Zauber nicht, sonst wird die Wahrheit mir nicht helfen zu vergessen, was passiert ist.

Aber Joe schaut mir tief in die Augen, außerdem gibt es keinen Grund zu lügen.

»Ich hab eine Führung durch das neue Gemeindezentrum gemacht«, sage ich schließlich. »Ich gewinne immer mehr den Eindruck, dass Optimal wild entschlossen ist, sich in die Herzen der Leute hier einzukaufen.«

»Und in unsere«, sagt Joe. Er geht zu seinem Schreibtisch und kommt mit mehreren dick gefüllten Ordnern zurück. Als er sie auf meinen Schreibtisch knallt, muss ich meine Tasche festhalten, damit sie nicht runterfällt.

»Was ist das?«, frage ich. Aber als ich einen der Ordner aufschlage und die Steuerformulare sehe, weiß ich es. »Optimal hat geliefert.«

Joe schüttelt den Kopf. »Das ist erst der Anfang. Der Großteil ist noch im Keller des Gerichts.«

Ich sehe ihn entgeistert an. »Es gibt noch mehr?« Jeder Ordner ist mehr als zehn Zentimeter dick und vollgestopft mit Informationen. Wir würden Wochen brauchen, um uns ein Bild von den Ausgaben zu machen, selbst wenn wir alle Nachtschichten einlegen würden.

Joes Gesicht ist ernst. Er verabscheut Fehler, vor allem seine eigenen. »Insgesamt hundertsiebzehn Ordner. Und soweit wir das bisher überschauen können, alles wild durcheinander.«

»Die wollen uns unter dem Zeug begraben.«

»Die haben nur getan, was wir von ihnen verlangt haben«, sagt Joe zähneknirschend. Er ringt sich ein Lächeln ab. »Aber du hast recht, die wollen uns mit dem Zeug zuschütten.«

»Und wir haben keine Ahnung, wo wir anfangen sollen«, fügt Flora hinzu.

Danke, Flora.

Während ich in einem der Ordner blättere, verlässt mich vollends der Mut. Natürlich sind wir selber schuld. Ich weiß auch nicht, was ich erwartet hatte. Dicke rote Pfeile, ein paar Klebezettel auf den Seiten, auf denen Zahlungen an die Umweltschutzbehörde EPA vermerkt sind, vielleicht eine Extrarubrik »Bestechungsgelder«.

Wir verbringen den Tag damit, aus den Tausenden Seiten irgendeine Geschichte zu extrahieren – oder zumindest den Anfang einer Geschichte. Aber es ist zu heiß zum Denken. Am Mittag sind es draußen über dreißig Grad, und ich gelange mehr und mehr zu dem Schluss, dass die Antwort, die ich suche, nicht in irgendwelchen Zahlen zu finden ist.

Um sechs gebe ich es auf. Ich packe die Kartons mit den Unterlagen in meinen Kofferraum. Ich werde sie mir später vornehmen. Ich habe meinem Vater versprochen, mit ihm zu Abend zu essen. Zwar habe ich nicht die geringste Lust dazu, aber mir sind die Ausreden ausgegangen. Ich fahre kurz bei mir vorbei, dusche kalt, seife mich gründlich ein, als könnte ich damit den Frust des Tages abwaschen.

Als ich bei meinem Vater eintreffe, ist zu meiner Überraschung die Garage geöffnet und der Motor seines Wagens läuft, aber die Fahrertür steht offen. Mir schlägt das Herz bis zum Hals.

»Dad?« Angstvoll gehe ich in die Garage und schalte den Motor ab. »Dad?«, rufe ich noch mal, obwohl er offensichtlich nicht hier ist.

Das Haus ist offen. Ich gehe von Zimmer zu Zimmer und rufe nach ihm. Nichts.

Im Keller ist es dunkel, und nichts deutet darauf hin, dass er hier gewesen ist. Der Krempel, der sich dort stapelt, ist unberührt.

Dann weiß ich es. Der Geräteschuppen.

Ich renne nach oben. Noch bevor ich aus der Tür bin, sehe ich ihn – nicht am Geräteschuppen, sondern mehrere Meter davon entfernt. Er liegt reglos im Gras.

»Dad!« Ich springe von der Veranda, bin mit wenigen Schritten bei ihm. Ich sinke auf die Knie und lege ihm die Hände auf die Brust. »Dad! Kannst du mich hören? *Dad!*«

Er öffnet die Augen. Sein Gesicht ist von der Sonne gerötet. Seine Lippen sind aufgesprungen. Er muss schon seit Stunden hier liegen.

»Abby?« Er blinzelt ein paarmal, dann endlich wird sein Blick klar.

»Wie lange liegst du denn schon hier?« Ich wage es kaum, ihn anzufassen, ihn zu bewegen. Es heißt doch, man soll Unfallopfer nicht bewegen. Oder vielleicht gilt das ja auch nur für Opfer von Verkehrsunfällen. Ich kann nicht klar denken. Eine dumpfe, instinktive Angst legt meinen Verstand lahm. »Was ist passiert? Bist du verletzt?«

Sein Blick geht ins Leere, dann schaut er mich wieder an. »Ich … Ich glaub, ich bin gefallen.«

»Du glaubst?«

»Ich kann mich nicht erinnern.« Er runzelt die Stirn. »Die Eichhörnchen. Auf dem Dachboden sind schon wieder Eichhörnchen. Ich wollte das Dach reparieren …«

»Wir haben keinen Dachboden, Dad«, sage ich ihm. »Das war in unserem alten Haus, erinnerst du dich?« Als ich fünf war, sind wir umgezogen, weil es Probleme mit unserem Nachbarn gab: Mein Vater war davon überzeugt, dass der Mann uns ausspionierte, später warf er ihm vor, mit dem Teufel im Bunde zu stehen, und schließlich war es mein Vater, der den Nachbarn ausspionierte, weil er es beweisen wollte. Die Eichhörnchen hatte ich ganz vergessen.

»Aber ich hör sie herumtrappeln.«

»Das war in unserem alten Haus. Als Mom noch gelebt hat.«

Er schließt die Augen. Die Haut seiner Augenlider ist so dünn, dass man sehen kann, wie die Augen sich darunter bewegen. »Ja, jetzt erinnere ich mich«, sagt er. Kaum hörbar. Dann, ein bisschen lauter: »Mein Rücken. Ich konnte nicht aufstehen. Wahrscheinlich ein Hexenschuss.«

Ich fasse ihn unter den Achseln, um ihn aufzurichten, doch plötzlich krümmt er sich vor Schmerzen und schreit so laut auf, dass ich ihn beinahe fallen lasse.

»Bitte, Dad.« Meine Stimme klingt dünn. Verzweifelt. Die Stimme eines Kindes. »Ich will dir doch nur helfen.«

Beim zweiten Versuch, ihn aufzurichten, kommt er mir noch schwerer vor. Mir bricht der Schweiß aus. Der Schmerz hat seine Haut wächsern gemacht, und als ich wieder »Dad« zu ihm sage, schüttelt er kaum merklich den Kopf.

Ich richte mich auf, und der Boden unter mir gerät ins Wanken. Ein Schatten kreist hoch über uns. Eine Eule vielleicht oder ein Habicht. Ein schlechtes Omen. Meine Beine fühlen sich hölzern an, wie die einer Marionette, von unsichtbaren Fäden geführt.

Ich laufe in die Küche, krame mein Handy aus der Handtasche. Meine Hände zittern so sehr, dass ich mich zweimal vertippe.

Condor geht nach dem ersten Läuten ran.

Ich sitze neben meinem Vater, halte seine Hand und versuche, ihn zu beruhigen, als Condor eintrifft. Wortlos steigt er aus und hilft mir, meinen Vater in seinen Wagen zu schaffen.

Ich komme gar nicht auf die Idee, Condor zu sagen, dass ich meinen Vater jetzt selber in die Klinik in Dougsville bringen werde und er wieder nach Hause gehen könne, und Condor schlägt es auch nicht vor. Im Auto sage ich kein Wort. Mein Vater hat sich so weit erholt, dass er bereits wieder auf die Ärzte schimpfen kann, die alle Quacksalber sind und nur auf sein Geld aus. Ich bin so erschöpft, dass es mir nicht einmal peinlich ist.

Die Röntgenuntersuchung ergibt, dass er sich eine Rippe gebrochen hat – eine schmerzhafte Verletzung, aber eine, die von allein heilen muss. Der Arzt verschreibt meinem Vater ein Schmerzmittel und verordnet ihm Bettruhe.

Unter vier Augen fragt mich der Arzt, wann mein Vater zuletzt ärztlich untersucht wurde. Sofort wird mir ganz heiß.

»Das kann noch nicht lange her sein«, sage ich, überzeugt davon, dass der Arzt merkt, dass ich keine Ahnung habe und dass ich eine schlechte Tochter bin.

»Er hat ziemlich hohen Blutdruck«, sagt der Arzt. »Und einige meiner Fragen haben ihn verwirrt. Klagt er manchmal über Kopfschmerzen?«

Ich komme mir vor wie in der Schule bei einem Test, auf den ich mich nicht vorbereitet habe. »Nein«, sage ich.

Der Arzt schürzt die Lippen. »Er leidet an Kopfschmerzen.« Dann: »Gehen Sie mit ihm zu seinem Hausarzt. Bald.«

Es ist fast Mitternacht, als wir meinen Vater nach Hause bringen. Als ich versuche, ihn zu stützen, sagt er: »Es geht schon, es geht schon.« Doch er klammert sich fest an Condors Arm, und ich gehe hinter den beiden her. Condor dreht sich zu mir um, und ich muss mich zusammenreißen, um nicht zu weinen.

Als mein Vater endlich schläft und ich in mein Auto steige, wird mir bewusst, dass nur wenige Stunden vergangen sind, seit ich hierhergekommen bin.

Ich folge Condor, lasse mich von seinen Rücklichtern leiten. Wir fahren langsam, wie in einer Prozession. Condor parkt vor seinem Haus, springt aus dem Wagen, läuft über die Straße und reißt meine Tür auf, noch bevor ich dazu komme, den Motor abzuschalten. Die Zikaden sind so laut, es klingt wie rauschendes Wasser.

»Danke«, sage ich. Ich fühle mich tonnenschwer vor Erschöpfung. Die Verandabeleuchtung schaltet sich ein. Ich spüre, wie Condor mich mustert.

»Schon in Ordnung«, sagt er leichthin, aber er lächelt nicht. »Kommst du zurecht?«

Ich nicke. Ich kann es kaum ertragen, wie nah er mir plötzlich ist. Es verursacht ein Ziehen im ganzen Körper.

»Willst du noch auf einen Drink mit rüberkommen?«, fragt er.

Ich wage es nicht, ihn anzusehen. Wenn ich es tue, sage ich Ja.

Condor ist nach dem ersten Läuten rangegangen. Er hat mir geholfen, meinen Vater ins Bett zu bringen. Und vor zehn Jahren hat er diese Fotos von Becky Sarinelli gemacht und überall in der Schule verteilt, weil er das lustig fand.

Wahrheit oder Lüge? Gut oder böse? Allmählich fange ich

an zu glauben, dass Misha irgendwas rausgefunden hat. Dass die Grenze wirklich nicht so eindeutig ist.

»Ich muss schlafen«, sage ich zu ihm.

Aber als ich mich abwende, streift er ganz leicht meine Schulter mit der Hand, und diese Berührung lässt mich wie angewurzelt stehen bleiben.

»Hör zu.« Er befeuchtet mit der Zunge seine Lippen. Ich stelle mir vor, wie meine Zunge über seine Lippen fährt. »Ich will nicht aufdringlich sein. Ich meine, du hast im Moment viel am Hals. Vielleicht hab ich ja was falsch verstanden …« Er wirkt verunsichert und plötzlich sehr jungenhaft. »*Hab* ich was falsch verstanden?«

Mir wird heiß. Mein Herzschlag dröhnt mir in den Ohren. »Du hast mir erzählt, du hättest viele Fehler gemacht, als du jung warst. Gehört das mit Becky Sarinelli auch dazu?«

Seine Miene verändert sich schlagartig. Es ist, als würde hinter seinen Augen ein Tor zugeschlagen.

»Wo hast du das her? Mit wem hast du geredet?« Selbst seine Stimme klingt plötzlich anders. Einen Moment lang macht er mir Angst. Seine Größe. Die Dunkelheit. Die Tatsache, dass niemand in der Nähe ist, der mir zu Hilfe eilen könnte …

Ich recke das Kinn. »Beantworte einfach meine Frage.«

Lange steht er einfach da und schaut mich an. Der Hass in seinem Blick bohrt sich mir in den Magen, mir wird ganz schwindlig vor Schuldgefühlen und Reue.

Schließlich lacht er. Aber sein Lachen klingt freudlos. »Ja«, sagt er. »Ja, du hast recht. Becky Sarinelli war einer meiner Fehler.«

Ich wende mich ab, stolpere die Verandatreppe hoch. Ich weiß nicht, warum, aber plötzlich ist mir übel. Ich habe das Gefühl, dass ich mich gleich übergeben muss. Bei der Tür fallen mir die Schlüssel aus der Hand. Ich hebe sie auf und versuche, sie aufzuschließen.

»Warum hast du mich heute angerufen, Abby?«, ruft er. Als wollte er mich verspotten.

»Ich weiß es nicht«, sage ich. Ich schlüpfe ins Haus, drücke die Tür zu und schließe sie ab. Lange wage ich es nicht, nach draußen zu schauen, aus Angst, ihn dort stehen zu sehen. Aber als ich endlich den Mut aufbringe, ans Fenster zu gehen, ist draußen nur dunkle Nacht.

23

Am Morgen reißt mich das Telefon aus dem Schlaf. Draußen ist es noch dunkel.

Es hört auf zu klingeln, ehe ich es finde – am Fußende meines Betts, vergraben unter den Klamotten, die ich gestern Abend achtlos abgestreift habe. Natürlich ist der Akku fast leer, aber es fängt sofort wieder an zu klingeln.

Joe. Herrgott noch mal. Ich bin versucht, den Anruf wegzudrücken.

»Vor neun bin ich nicht zu sprechen«, knurre ich ins Telefon.

»Es brennt«, sagt Joe. Weiter nichts. Keine Einzelheiten. Keine Panik. Nur: Es brennt.

Ich stehe auf. Mir ist schwindlig. »Wo?«, frage ich, obwohl ich es bereits weiß.

»Gallaghers Farm«, sagt Joe. »Komm her.« Er legt auf.

Als ich ankomme, hat die Freiwillige Feuerwehr eine große Fläche um die Scheune herum abgesperrt und dämmt das Feuer von verschiedenen Seiten aus ein, als wäre es ein riesiges Ungeheuer, das sie zu bändigen versuchen. Die Felder ringsum sind nach der langen Dürre trocken wie Zunder.

Die Scheune brennt lichterloh. Die Hitze ist gewaltig.

Selbst Gallaghers Haus ist in Mitleidenschaft gezogen worden. Mehrere Fenster sind gesprungen. In der unteren Etage kann man direkt in die Küche sehen. Die Hunde bellen wie verrückt, und plötzlich muss ich an Gallaghers Kühe denken.

Joe scheint Gedanken lesen zu können, denn er begrüßt mich mit den Worten: »Keins der Tiere wurde verletzt.« Dann fügt er hinzu: »Auch Gallagher nicht. Sie hatten es auf die Scheune abgesehen.«

Ich nicke. Wer auch immer das getan hat, es war eine dumme, primitive Verzweiflungstat. Vielleicht hat jemand den Brand gelegt, um uns zu verscheuchen. Jemand, der um seinen Arbeitsplatz fürchtet, um das nagelneue Gemeindezentrum und die Plastikschaukeln im Park.

Ich stehe in der verrauchten Morgenluft, starre wie gebannt auf die verkohlten Überreste unseres Büros und kann mein Glück kaum fassen. Dieser Brand ist der Beweis dafür, dass wir auf der richtigen Fährte sind. Es ist der Beweis dafür, dass wir uns dem Zentrum des Labyrinths nähern. In den Unterlagen von Optimal werden wir Antworten finden, dessen bin ich mir jetzt ganz sicher. Und diese Unterlagen liegen unversehrt in meinem Kofferraum.

Bis zum Mittag ist das Feuer vollständig gelöscht, und wir verbringen eine Stunde damit, die Überreste zu durchsuchen. Es ist eine Tätigkeit, die uns hilft, Ordnung in unsere Gedanken zu bringen, das Geschehene zu verdauen, während die Polizisten in der Asche herumstochern, als könnten sie dort einen Benzinkanister mit angehefteter Visitenkarte finden. Man stellt Joe ein paar Fragen, die er alle mit Nein beantwortet. (Haben Sie irgendwas gesehen? Nein. Wissen

Sie irgendwas? Nein. Hat Sie jemand bedroht? Nein.) Bis die Rede auf Optimal kommt.

Jetzt wollen sie wissen, was wir hier machen, was wir erfahren haben, was für Geschichten Gallagher uns aufgetischt habe und ob wir wissen, dass er verhaftet worden sei, und zwar mit ausreichend illegalen Feuerwerkskörpern im Kofferraum, um den halben Ort in die Luft zu sprengen, und ob uns klar sei, dass sechzig Prozent der Bürger von Barrens halb- oder ganztags bei Optimal angestellt seien, ganz zu schweigen von den Betreibern von Kneipen und Läden, die wieder Kunden hätten, nachdem die Stadt schon fast tot war, und überhaupt.

Wenn man es von der Warte aus betrachtet, steht letztlich jeder in Barrens irgendwie auf der Gehaltsliste von Optimal …

Und: *Falls da irgendwas im Wasser ist, dann kommt das auf keinen Fall von Optimal.*

Und: *Haben Sie überhaupt eine Ahnung, was Sie sich für einen Ärger aufhalsen?*

Am Nachmittag quetschen wir uns alle in das winzige Wohnzimmer meines Häuschens, wo wir weiterarbeiten werden, bis wir eine bessere Lösung gefunden haben. Wir teilen zwanzig Ordner unter uns auf und machen uns an die Arbeit. Wir arbeiten schweigend, nur das Rascheln der umgeblätterten Seiten durchbricht die Stille, und ganz unerwartet fühle ich mich so entspannt wie schon lange nicht mehr.

Es ist Flora, der die Unstimmigkeit als Erstes auffällt: Es fehlt kein Geld, vielmehr wurde zu viel Geld abgerechnet. Optimal zahlt vierteljährlich große Summen an »Clean Solutions Management«, eine Firma, die sich auf die Entsorgung von chemischen Abfällen spezialisiert hat.

Die Webseite von Clean Solutions Management ist simpel gestaltet und besticht durch nichtssagende Slogans.

Es lohnt sich immer, der Spur des Geldes zu folgen.

Ich erinnere mich, dass Lilian McMann mir von den verdächtig vorbildlichen Überprüfungsergebnissen berichtet hat, die im Auftrag von Optimal an die Bundesbehörde geliefert wurden. Irgendwo müssen da Schmiergelder geflossen sein. »Kann es sein, dass Optimal über eine Firma wie Clean Solutions Gelder umleitet?«

Joe sieht mich mit schmalen Augen an. »Was meinst du mit umleiten?«

»Ich weiß nicht. Denk doch mal an Aaron Pulaski. Die Dachgesellschaft von Optimal hat Pulaski geschmiert, damit er die Firma nicht wegen Verstößen gegen die Arbeitssicherheit belangt, richtig? Vielleicht stellt so ein Subunternehmen ja auch Schecks aus.«

»Das wäre aber ein ziemlicher Aufwand.«

»Na ja, vielleicht fließt das Geld in viele Taschen.«

Joe durchbohrt mich regelrecht mit seinem Blick. »Wessen Taschen?«

Die von Colin Danner zum Beispiel, denke ich. Und vielleicht die von seinem Kumpel Michael Phillips, der die Daten gesäubert hat, die er an die Bundesdatenbank übermittelt hat. Vielleicht die von allen in diesem gottverdammten Kaff.

»Ich weiß nicht«, sage ich stattdessen. Bisher habe ich ihm nicht viel von meinem Besuch bei Lilian McMann berichtet. »Ich meine nur so.«

Er wirkt misstrauisch. Eine ganze Weile schaut er mich an. »Falls du es vergessen haben solltest, wir arbeiten gemeinsam an diesem Fall«, sagt er schließlich.

»Ich hab's nicht vergessen«, sage ich. »Aber ich hab nichts Brauchbares.« Mein Puls geht schneller. Plötzlich ist es ganz still im Zimmer. Von Entspannung kann keine Rede mehr sein. »Wenn wir wüssten, wo Kaycee Mitchell ist … Wenn wir ihre Version der Geschichte hören könnten …«

Aber Joe lässt mich nicht ausreden. »Wenn an dem Fall Kaycee Mitchell was dran wäre, wenn sie wirklich krank geworden ist, dann würde das nur bestätigen, was wir *vermuten*. Wir können es nicht beweisen, weil wir sie nicht fragen können, und wir können sie nicht fragen, weil wir keine Ahnung haben, wo sie ist, und wir können sie nicht finden, weil das nicht unsere Aufgabe ist. Abby, wir müssen uns auf das konzentrieren, was Optimal *jetzt* macht, nicht auf das, was vor zehn Jahren passiert ist.«

»Sag mir nicht, wie ich meine Arbeit zu machen habe«, fauche ich. Joe kapiert nicht, dass man in Barrens die Gegenwart nicht einfach von der Vergangenheit trennen kann.

»Es geht nicht um Kaycee Mitchell«, sagt Joe leise. »Es geht nicht darum, was *damals* passiert ist.« Dann: »Wir können vielleicht einigen Leuten helfen, die *jetzt* hier leben, Abby. Aber nicht Kaycee. Das verstehst du doch, oder?«

Obwohl es absurd ist, aus dem eigenen Haus zu stürmen, stehe ich draußen in der Sonne und weiß nicht, wohin.

Joe ist ein guter Anwalt, und er ist ein lausiger Freund – aus ein und demselben Grund: Er hat meistens recht.

24

Ich habe vier Voicemail-Nachrichten von meinem Vater und ein halbes Dutzend SMS von TJ, einem dreiunddreißigjährigen Kriegsveteranen, der ein Stück weit die Straße runter wohnt und seine ganze Zeit damit verbringt, von Haus zu Haus zu gehen und bei den Leuten die Bäume auf Insektenbefall zu untersuchen. TJ ist für meinen Vater noch am ehesten das, was man einen Freund nennen könnte.

Seine Textnachrichten sind kaum lesbar, nichts als Abkürzungen und sinnlose Satzzeichen, aber ich kapiere, was er will: Ich habe versprochen, meinen Vater zum Arzt zu bringen, und bin spät dran.

TJ werkelt noch immer bei uns im Garten herum, als ich ankomme. Er hebt eine Hand zum Gruß, dann wendet er sich wieder seiner Arbeit zu und untersucht die Blätter eines unserer Apfelbäume. Sein linker Arm schlenkert nutzlos herum, während er sich bewegt.

Mit dem Arm ist alles in Ordnung, aber wegen eines schlimmen Falls von Posttraumatischer Belastungsstörung weiß er nicht, dass er ihn hat.

»Diese Quacksalber kosten nur Zeit und Geld«, grummelt mein Vater, als er ins Auto steigt. »Erst halten sie die Hand auf, dann hantieren sie mit allem möglichen Zeug an einem rum, und was kommt dabei raus? Sie schicken einen nach Hause mit guten Wünschen und einer Überweisung an einen anderen Arzt.«

Er hält meine Hand fest, als ich ihn anschnallen will. »Das kann ich selbst, verdammt. Ich hab einen kleinen Hexenschuss, und du behandelst mich, als wär ich ein Krüppel.«

Aber es entgeht mir nicht, dass er mehrere Versuche braucht, bis der Gurt sitzt. Seine Hand zittert.

Als ich noch klein war, sind wir nie zum Arzt gegangen. Mein Vater war der Meinung, unser Leben sei allein in Gottes Hand und alles, was wir bräuchten, sei Gottvertrauen. Als ich zum ersten Mal eine Arztpraxis betrat – ich war neun, und meine Mutter war schwer von ihrer Krankheit gezeichnet –, war es der sauberste, hellste Ort, den ich je gesehen hatte. Damals begriff ich, dass die Tatsache, dass wir nicht zum Arzt gingen, uns zu Außenseitern machte. Mir kam das Wartezimmer vor wie der Himmel, von dem mein Vater dauernd erzählte, ein Ort, wo nichts als Stille existierte und blendend weißes Licht, das jeden Schatten vertrieb. Die Arzthelferin schenkte mir einen Lutscher, und während meine Eltern im Sprechzimmer waren, habe ich in den Zeitschriften geblättert und mir Parfümproben auf die Handgelenke und hinter die Ohren gerieben.

Später kam meine Mutter auf die Onkologiestation in einem Krankenhaus in Indianapolis. Für mich war es wie eine weitere Arztpraxis, nur größer und noch surrealer. Es gab noch mehr Zeitschriften. Noch mehr kalte Luft, die aus der Klimaanlage strömte und nach Kaugummi duftete. Noch mehr Leute in weißen Kitteln, wie Engel, die die Flügel angelegt hatten.

Dr. Aster nimmt sich viel Zeit, meinen Vater zu untersuchen. Ich durchblättere jede Zeitschrift, die das Wartezimmer zu bieten hat: zwei Monate alte Ausgaben von *People,* eine Ausgabe von *Home & Garden* voll mit Fotos von lächelnden Hausfrauen, alte Outdoor- und Anglerbedarf-Magazine. Ich frage mich, wie viele Leute hier in diesem Wartezimmer Artikel über Schwarzbarsche lesen, kurz bevor sie eine Diagnose erhalten, die ihr Leben für immer verändert.

»Sind Sie auch aus Barrens?«

Ich blicke auf. Die einzige Frau, die außer mir im Wartezimmer sitzt. Sie trägt ein stilles Baby auf dem Arm.

»Aus Chicago«, antworte ich mit Nachdruck.

»Ach so. Verzeihung. Sie kamen mir irgendwie bekannt vor.« Falls ihr auffällt, dass mich die Frage verstimmt, scheint sie das nicht weiter zu stören. Sie zuckt mit den Schultern.

»Ich bin in Barrens auf der High School gewesen«, sage ich, ohne zu erwähnen, dass ich ebenfalls die Grund- und Mittelschule in Barrens besucht habe.

»Dachte ich's mir doch! Sie waren zwei Jahre über mir! Ich bin Shariah Dobbs«, sagt sie. Sie sieht mich freudestrahlend an.

»Ich bin Abby.« Plötzlich schäme ich mich für die Tasche, die auf dem Stuhl neben mir steht – die habe ich mir von meinem ersten Gehalt für vierhundert Dollar bei Neiman Marcus gekauft, und eigentlich kann ich mir so was Teures gar nicht leisten, aber trotzdem –, und für meine Schuhe und die Jeans. All das soll mich vor genau so einer Frage schützen: *Sind Sie auch aus Barrens?*

Aber wie sie so dasitzt mit ihrem Mondgesicht, ihrem bil-

klingt wie ein Roboter, dem ein Dutzend Antworten einprogrammiert worden sind.

Ich versuche es noch mal, in der Hoffnung, sie mit irgendwas ködern zu können. »Arbeiten Sie Vollzeit bei Prestige?«

Endlich springt sie an. »Ich arbeite vierzig Stunden die Woche, manchmal auch mehr. Aber ich kann meine Arbeitszeiten selbst bestimmen, das ist das Gute. Ich hab zwei Kinder, vier und sechs Jahre alt. Früher hab ich bei Target gearbeitet, aber als die mich für Thanksgiving eingeteilt haben, hab ich gekündigt.«

»Haben Sie nie Angst, wenn Sie nachts durch die Gegend fahren?«

»Nein, nein«, antwortet sie schnell. »*Solche* Kunden haben wir nicht bei Prestige. Die meisten sind Stammkunden, vor allem auf der Strecke zwischen Optimal und Indianapolis. Wenn ich mir vorstelle, ich müsste jeden Tag zwischen Barrens und Indianapolis pendeln ...«

»Geben die Leute wenigstens ordentlich Trinkgeld?«

Wieder ein Volltreffer. Sie schnaubt verächtlich.

»Von wegen! Das sind alles Manager. Je dicker die Brieftasche, desto fester bleibt sie geschlossen, ist Ihnen das schon mal aufgefallen?«

»Klar. Ich hab früher als Kellnerin gearbeitet.« Das stimmt sogar mehr oder weniger. Ich habe in Chicago zwei Monate in einer Hotelbar gekellnert, bis ich gefeuert wurde, weil ich mit einem der Stammkunden nach Hause gegangen bin. Was kein Problem gewesen wäre, wenn ich ebenfalls mit dem *Manager* nach Hause gegangen wäre.

»Na, dann wissen Sie ja, was ich meine. Ein paar von diesen Typen sind richtig hohe Tiere. Also, Washington, nicht wahr, die echt was zu sagen haben, die glauben, ihre Scheiße stinkt nicht.«

Mein Puls schlägt schneller. »Irgendjemand Berühmtes?«, frage ich, um einen beiläufigen Ton bemüht. Aber ich bin zu weit gegangen.

»Das darf ich Ihnen nicht sagen, Ma'am.« Sie räuspert sich. »Ich mach meinen Job wie jeder andere auch. Ich steig in den Wagen und fahre.«

Mir ist klar, dass ich nicht mehr aus ihr rausbekomme, also schaue ich eine Weile aus dem Fenster, während sich die weite Landschaft langsam verändert und Straßenzüge und Siedlungen und Einkaufszentren die Vororte von Indianapolis ankündigen. Die meisten Verbrecher, denke ich, sind Leute, die einfach ihren Job machen.

Vielleicht ist es ja Paranoia, aber ich lasse mich zehn Blocks von meinem Ziel entfernt absetzen und bitte die Fahrerin, auf mich zu warten. Es ist eine unauffällige Gegend, weit außerhalb des Zentrums. Ich gehe an zahlreichen verschlossenen Läden vorbei, an denen Schilder mit der Aufschrift *Zu vermieten* hängen. Eine Obdachlose wühlt in einem Mülleimer.

Die Firma »Clean Solutions Management« befindet sich im ersten Stock über einem Laden für Bürobedarf, neben leer stehenden Büroräumen, in denen einmal ein Scheidungsanwalt seine Kanzlei hatte. Unten gibt es kein Firmenschild, nur den Rest eines Aufklebers über einer Klingel, auf die niemand reagiert, egal, wie oft ich sie betätige.

»Da ist nie einer.«

Als ich mich umdrehe, sehe ich einen Mann mit Ziegenbart im Eingang des Ladens für Bürobedarf stehen und rauchen. Ironischerweise sieht er aus, als hätte er noch nie ein Büro von innen gesehen: Kaum eine Stelle seiner Haut ist nicht tätowiert.

»Wissen Sie, was das da oben für eine Firma ist?«, frage ich ihn.

Er hebt die Schultern und beglotzt mich ungehemmt von oben bis unten, als wollte er sich erst eine klare Meinung von mir bilden. »Import-Export oder irgend so 'n Scheiß«, sagt er.

»Was denn nun?«, frage ich mit einem zuckersüßen Lächeln. »Import-Export? Oder irgend so'n Scheiß?«

Er hebt seine Zigarette und hält inne, bevor er sie sich zwischen die Lippen schiebt. »Kluges Mädchen.« Er grinst, als hätte er einen Witz gerissen. Dann nimmt er einen tiefen Zug von seiner Zigarette und bläst mir den Rauch ins Gesicht, als würde er mir damit einen Gefallen tun. »Der Typ hat mir gesagt, Import-Export. Also nehm ich an, dass es das ist.«

»Der Typ?«

Ein Schulterzucken. »Irgend so 'n Anzugträger.« Er grinst wieder. Seine Zähne sehen schlimm aus. »Dein Ex oder was?«

Ich durchbohre ihn mit meinem Blick, und sein Grinsen verschwindet. »Okay«, sagt er. »Er hat mir seine Nummer gegeben. Für den Fall, dass 'ne Lieferung kommt. Damit ich ihn anrufen kann.«

»Und? Kommen manchmal Lieferungen?«

»Klar«, sagt er. »Eine hab ich hinten liegen. Hab sie noch nicht hochgetragen.«

Er verdreht die Augen, als ich ihn erwartungsvoll anschaue. »Verdammt, du bist doch kein Cop, oder?«

»Schlimmer«, sage ich. Ich schenke ihm mein professionellstes Lächeln. »Ich bin Anwältin.«

26

Barrens um kurz nach acht an einem Samstagabend. Auf den Straßen herrscht erstaunlich viel Verkehr. Ich richte mich auf, als wir am Donut Hole vorbeifahren: Ein paar Leute stehen auf dem Parkplatz und halten Schilder hoch.

WAS IST IN UNSEREM WASSER?

OPTIMAL PLASTICS – OPTIMALE GIFTMISCHER.

Erst als wir schon fast daran vorbei sind, wird mir klar, dass das eine Demo ist. Es macht mir ein bisschen Mut. Offenbar haben sich nicht alle von Optimal kaufen lassen – zumindest noch nicht.

Aus dem Mel's und der VFW-Bar kommen Leute nach draußen, um auf dem Parkplatz eine zu rauchen. Durch die offenen Türen dröhnt Musik. Ein junges Pärchen knutscht auf einer Motorhaube. Er hat eine Hand in ihre Shorts geschoben, sie die Arme um seinen Nacken geschlungen. Sie lachen, als ihre Freunde sie mit Kronkorken bewerfen.

Wäre mein Leben anders verlaufen, würde ich jetzt vielleicht neben Kaycee Mitchell am Tresen stehen, mich über den Job, die Kinder, meinen Ehemann auslassen, mir einen Wodka-Cranberry nach dem anderen reinziehen und mit ihr auf dem Parkplatz eine rauchen.

Wo immer sie auch sein mag, denke ich, ob sie Barrens

wohl manchmal vermisst? Trauert sie dem nach, was sie hinter sich gelassen hat? Ich glaube nicht. Allmählich habe ich das Gefühl, dass Kaycee am Ende doch noch bekommen hat, was sie wollte. Vielleicht ist sie wirklich krank geworden. Vielleicht hat man sie bezahlt, damit sie verschwindet, und vielleicht hat man ihre Angehörigen – und womöglich sogar ihre Freunde – dafür bezahlt, dass sie den Mund halten.

Als wir an der VFW-Bar vorbei sind, scheint die Stille ins Auto einzudringen wie dunkles Wasser. Es ist Samstagabend, und ich weiß nicht, wohin, weiß nicht, was ich tun soll. Niemand vermisst mich, nicht mal in Chicago.

Als wir schließlich ankommen und ich aus der Limousine steige, steht Condors Auto in der Einfahrt. Bei ihm im Haus brennt Licht. Einen Moment lang überlege ich, ob ich klopfen und mich bei ihm entschuldigen soll – aber wofür? Ich kann nicht vergessen, wie wütend er plötzlich gewirkt hat. In dem Augenblick hat er mir wirklich Angst gemacht.

Ein Springseil liegt auf den Verandastufen, was mich aus irgendeinem Grund beunruhigt. Als wäre Hannah mitten aus ihrem Spiel gerissen worden.

Dann geht Condor am Küchenfenster vorbei, und ich wende mich hastig ab, als mir klar wird, dass ich das Haus angestarrt habe.

Als ich mein Haus betrete, schalte ich die Klimaanlage ein und höre, wie sie im Dunkeln anspringt.

Die Fahrt nach Indianapolis und zurück hat gut drei Stunden gedauert. Die Rechnung für die Limousine beläuft sich auf knapp zweihundertfünfzig Dollar – fast das Dreifache meiner wöchentlichen Spesen.

Aber die Fahrt war jeden einzelnen Dollar wert.

Ich nehme die Visitenkarte heraus, die der tätowierte Typ mir gegeben hat, und google den Namen Byron Grafton.

Laut LinkedIn ist er Berater, und laut seinem Facebook-Profil Investment-Manager und Immobilienmakler. Nirgendwo entdecke ich eine Verbindung zu Clean Solutions oder Optimal oder irgendeiner Form von Abfallentsorgung.

Aber als ich die Fotos von ihm sehe, erkenne ich ihn sofort wieder. Byron Grafton hat lockiges Haar, und auf den paar Fotos, die ich bei Google finde, trägt er die gleiche Art von protzigen Anzügen wie auf dem Foto, das ich bei Brent zu Hause gesehen habe. Und dann fällt es mir wieder ein – Brent hat mir erzählt, dass er einen Cousin namens Byron hat, der wiederum einen Kumpel bei Optimal hat, der ihn unter seine Fittiche genommen hat.

Ich finde ein Foto von Byron in der Campuszeitung der Universität Indiana. Zusammen mit ein paar anderen alt gewordenen Burschenschaftlern, alle in Sportjacken in den Farben der Uni, steht er vor seiner Alma Mater. Alle ziemlich übergewichtig, alle mit schütterem Haar und alle offensichtlich wohlhabend. Die reinsten Klone.

Aber einen von ihnen kenne ich.

Ich tippe Joes Nummer ein – unser Streit vom Vormittag ist längst vergessen – und fluche leise, als ich direkt auf seiner Voicemail lande.

»Ruf mich an«, sage ich. »Ich glaub, ich hab was.«

Kaum hab ich aufgelegt, klingelt mein Handy, und ich gehe ran, ohne nachzusehen, wer es ist. »Ich hoffe, ich hab dich nicht aus dem Bett geholt«, sage ich.

Schweigen.

»Spreche ich mit Abby Williams?« Der Mann hat eine Stimme wie ein Kettenraucher.

Instinktiv richte ich mich auf und klappe meinen Laptop zu, als könnte mich jemand durchs Fenster beobachten. »Ja, am Apparat.«

»Hier ist Sheriff Kahn. Ich habe heute Morgen mit einem gewissen Joe Pabon über den Brand gesprochen. Er hat Sie als Kontaktperson angegeben.« Kahn war schon Sheriff in Barrens, als ich noch klein war. Vollbart wie ein Überbleibsel aus den Siebzigern, gelbe Fingernägel, ständig ein Kaugummi im Mund. Kahn ist ein Typ, von dem man erwarten würde, dass er in Cowboystiefeln und Sporen rumläuft, aber seit ich ihn kenne, trägt er immer nur weiße Nikes. »Ich wollte Ihnen mitteilen, dass wir einen Verdächtigen festgenommen haben. Einen jungen Burschen aus dem Ort. Ist schön öfter mit dem Gesetz in Konflikt geraten. Hat Gallagher letztes Halloween bedroht. Aber ich bezweifle, dass er so großen Schaden anrichten wollte. Aber Sie wissen ja, wie diese Jugendlichen sind.«

»Hat der Junge auch einen Namen?« Ich schnappe mir einen Stift und den ersten Zettel, den ich in die Finger kriege: Einzahlungsabschnitte von Optimal-Schecks, nummeriert, mehr als zweitausend, die auf meinem Fußboden ausgebreitet liegen.

»Monty Devue«, sagt Kahn, und ich erstarre. Ich habe auf Monty aufgepasst, als er ein kleiner Junge war. Ein netter Kerl – sanft, ein bisschen unterbelichtet. Langsam, aber hartnäckig und neugierig.

»Das muss ein Irrtum sein«, sage ich. Monty würde niemals mitten in einer Dürreperiode auf Gallaghers Land ein Feuer legen, schon aus Sorge um die Tiere nicht. Monty hat Tiere über alles geliebt. Als kleiner Junge hat er Schnecken und Schildkröten von der Straße gerettet.

»Ich fürchte, es ist kein Irrtum«, sagt Kahn und legt auf.

Eine ganze Weile sitze ich reglos da. Monty. Der Brand. Lilian McMann und ihre Tochter Amy mit diesen Socken an den Füßen, Becky Sarinelli mit dem hochgeschobenen Rock.

Ich klappe meinen Laptop wieder auf. Die zuletzt aufgesuchte Seite erscheint auf dem Bildschirm.

Wallace Rush, der Finanzchef von Optimal, zusammen mit Byron Grafton bei einer Spendenveranstaltung.

Wallace Rush und Byron Grafton als Studenten mit nacktem Oberkörper, das Signet ihrer Burschenschaft auf die Brust gemalt.

Wallace Rush und Byron Grafton im feinen Zwirn bei einem Ehemaligentreffen ihrer Burschenschaft. Neben ihnen Colin Danner.

Und schließlich: eine offizielle Verwarnung an Wallace Rush, Byron Grafton und Colin Danner von der Universität Indiana wegen »Amtsmissbrauchs als Vertreter ihrer Burschenschaft«.

Der Mensch ist nun mal ein Gewohnheitstier.

Ohne einen Drink kann ich nicht einschlafen. Aber ich mag nicht losgehen, um mir einen Drink zu genehmigen. Die Gefahr, nicht weiter als bis zu Condors Haus zu kommen, dessen Fenster hell erleuchtet sind, ist zu groß.

Im nächsten Moment sitze ich in meinem Auto. Doch es

ist keine Bar, zu der ich fahre, sondern Frank Mitchells Lagerraum. Ich weiß nicht, was mich noch einmal dahin treibt. Es ist ein Sog, und ich widersetze mich nicht.

Die Sicherheitsvorkehrungen sind noch dürftiger als beim ersten Mal: Ein Nebentor steht weit offen. Ich fahre direkt bis zu Nummer 34, ohne dem Wachmann, der in seinem Kabuff mit dem Handy hantiert, auch nur einen Luftkuss zuzuwerfen.

Das Schloss lässt sich diesmal etwas leichter öffnen. Ich schiebe die Tür auf, die so laut quietscht, dass mir der Schreck in die Glieder fährt. Aber niemand kommt. Ich sage mir, dass ich das Recht habe, hier zu sein, dass man mir die Erlaubnis erteilt hat, diese Tür zu öffnen, auch wenn ich mir diese Erlaubnis erschlichen habe. Ich drücke auf den Lichtschalter, und die Lampen springen nach kurzer Verzögerung an. Dann schiebe ich die Tür hinter mir zu und wünsche mir einmal mehr, es gäbe hier irgendeine Art von Frischluftzufuhr. Ein Geruch von Chemikalien kitzelt mich in der Nase und verursacht mir einen süßlichen Geschmack im Rachen. Als ich mich Kaycees Gemälden zuwende, bilde ich mir ein, dass die Bilder die Acrylfarben ausschwitzen, dass der feuchte Schimmer der Farbe nicht am Lichteinfall liegt, sondern dass sie erst kürzlich hier war und daran gearbeitet hat.

Ich bin nur noch wenige Kilometer von zu Hause entfernt, als ein SUV hinter mir auf die Landstraße einbiegt und mich mit seinem Fernlicht blendet. Ich strecke eine Hand aus dem Fenster und will ihn vorbeiwinken, aber der Fahrer kapiert nicht.

Genervt biege ich rechts ab auf eine schmale Straße, die hinter der Tankstelle irgendwann wieder auf die Route 12 führt.

Als ich in den Rückspiegel blicke, sehe ich, dass der SUV ebenfalls abbiegt.

Mein Herz fängt an zu pochen. Ich beschleunige, und der SUV beschleunigt ebenfalls. Das kann unmöglich ein Zufall sein.

Hier gibt es keine Beleuchtung, nichts als Felder, die sich zu beiden Seiten in die Dunkelheit erstrecken. Es war dumm von mir, von der Hauptstraße abzufahren. Der SUV kommt näher. Ich sehe fast nichts mehr. Meine Windschutzscheibe ist von seinem Fernlicht grell erleuchtet. Meine Reifen geraten in eine Furche neben der Straße. Ich merke, dass ich von der Straße abgekommen bin, und reiße das Lenkrad herum, sodass ich wieder auf der Fahrbahn lande.

Ich biege nach links in einen Feldweg ein und atme erleichtert auf: Der SUV fährt vorbei. Doch dann macht der Fahrer eine Vollbremsung und wendet. Der SUV kommt im Höchsttempo näher.

Zehn Meter. Fünf. Ein Schrei bleibt mir im Hals stecken.

Ich beschleunige, reiße das Lenkrad herum, schieße im letzten Moment über den Grünstreifen in ein Maisfeld, als der SUV an mir vorbeijagt. Der Wagen fährt mindestens hundert, viel zu schnell, als dass ich den Fahrer erkennen könnte.

Als ich gewendet und den Wagen zurück auf die Straße manövriert habe, sind von dem SUV nur noch zwei rote Rücklichter zu sehen, die in der schwarzen Nacht verschwinden.

27

Nach Becky Sarinellis Tod kam Sheriff Kahn in die Schule, um mit uns Schülern zu sprechen.

Ich erinnere mich noch, wie wir uns alle in der Turnhalle versammelt haben. Es war ein kalter Oktobertag. Ich weiß nicht, warum ausgerechnet Sheriff Kahn damit beauftragt war, uns die Nachricht beizubringen – abgesehen davon, dass wir es sowieso längst alle wussten.

»Manche Tragödien lassen sich nicht erklären«, sagte er. Das weiß ich noch, weil es so offensichtlich gelogen war. Wir wussten alle, warum Becky sich umgebracht hatte. Es war überhaupt nicht unerklärlich. Es war wegen der Fotos. »Becky Sarinelli hatte große Sorgen. Und ich bin hier, um euch zu sagen, dass es andere Möglichkeiten gibt. Wenn ihr in Schwierigkeiten steckt, könnt ihr mit euren Eltern reden. Ihr könnt mit euren Lehrern reden.« Man hatte für ihn ein Mikrofon aufgestellt, und ich weiß noch, dass uns das total merkwürdig vorkam. »Ich könnt auch in die Blyck Road kommen und mit mir reden.«

An diesem Sonntagmorgen mache ich genau das: Ich fahre in die Blyck Road.

Sheriff Kahn hat sich kaum verändert. Wenn man ihn so sieht, ist er wirklich der letzte Mensch, an den man sich wenden würde, wenn man »Sorgen« hat. Seine Mundwinkel zeigen genauso nach unten wie sein Walrossschnurrbart, und seine tiefen Stirnfalten schreien einen förmlich an: *Halt die Klappe und füg dich in dein Schicksal.* Er ist noch so braun gebrannt und aufgeblasen wie eh und je. Seinen linken Ringfinger ziert ein dicker Absolventenring, um seinen Hals hängt ein Goldkettchen, und er schaut demonstrativ auf seine goldene Armbanduhr, um mir zu verstehen zu geben, dass ich störe.

»Ich bin erst vor ein paar Tagen aus dem Urlaub gekommen«, sagt er mit einem tiefen Seufzer, nachdem er mir seinen Besucherstuhl angeboten hat, »und ich sage Ihnen, ich würde am liebsten sofort wieder abreisen.«

»Wo waren Sie?«

»In Sarasota. Hab da ein Ferienhaus. Da ist es jetzt so feucht wie in ’ner Waschküche. Aber ich liebe Florida in der Nachsaison. Außerdem kann ich da den ganzen Tag am Pool abhängen.« Seine Zähne sind weißer, als ich sie in Erinnerung habe. Ich sehe ihn direkt vor mir, wie er in Sarasota, vor Sonnenöl glänzend, in seinem Liegestuhl sitzt. »Was kann ich für Sie tun?«

»Ich komme wegen Monty Devue.« Das stimmt zumindest halbwegs.

»Verstehe.« Sheriff Kahns Miene wirkt noch verdrießlicher. »Da kann ich Ihnen leider nicht weiterhelfen. Ich hab den Fall dem Bezirksstaatsanwalt übergeben.«

Ich denke an Monty im Alter von sechs, sieben Jahren, wie er eine Raupe von der Straße klaubt und sie vorsichtig in der Hand hält. »Wissen Sie, ob die Staatsanwaltschaft Anklage erheben wird?«

Kahn lehnt sich in seinem Sessel zurück und verschränkt die Hände vor seiner Wampe, sodass seine Uhr im Sonnenlicht aufblitzt. »Brandstiftung ist eine ernste Angelegenheit, vor allem in der Dürre.«

Hinter ihm an einer Pinnwand hängen veraltete städtische Mitteilungen, fünf Jahre alte Zeitungsartikel über die Erfolge der örtlichen Polizei und ein Handzettel, auf dem für die diesjährige Grillparty der Polizei von Monroe County geworben wird. Es überrascht mich nicht zu sehen, dass Optimal auf der Liste der Sponsoren steht.

Die Luft im Büro des Sheriffs ist so trocken, dass ich mich dauernd räuspern muss. »Er sagt, er war's nicht«, bemerke ich.

»Was soll er denn sonst sagen?«

»Sie haben nur Indizien.«

»Er hat überall herumposaunt, er würde sich an Gallagher rächen. Der Junge zündelt gern. Und er ist schon häufiger auffällig geworden.« Kahn verliert die Geduld. Er beugt sich auf seinen Schreibtisch vor. »Hören Sie, Abigail …«

»Miss Williams«, korrigiere ich ihn, und er lächelt, als wäre ich ein kleines Mädchen und hätte ihm gerade gesagt, wie meine Puppe heißt.

»Sie haben Monty gekannt, als er klein war. Aber Kinder ändern sich, wenn sie älter werden, und oft kriegen nicht mal die Eltern was davon mit.« Er verschränkt die Hände. »Wussten Sie, dass Monty letztes Jahr bestraft wurde, weil er eine Klassenkameradin bedroht hat?«

Er grinst, als ich zusammenzucke. »Ach, das wussten Sie nicht? Tatum Klauss. Cheerleaderin, Klassenbeste. Nettes Mädchen.«

»Was meinen Sie mit bedroht?«, frage ich.

»Hat sich dauernd in ihrer Nähe rumgedrückt. Ist ihr nach der Schule gefolgt. Ist auf Partys erschienen, zu denen er nicht eingeladen war.« Das macht Sheriff Kahn jetzt richtig Spaß. »Einmal, als sie von einer Party nach Hause kam, hat er ihr aufgelauert.«

Ich möchte glauben, dass das alles nicht stimmt. Aber ich kenne Monty und erinnere mich an seine Neigung, sich auf etwas zu fixieren. Einmal habe ich eine Dreiviertelstunde auf ihn eingeredet, bis er eine tote Schildkröte rausgerückt hat, die er in den Armen hielt, überzeugt, er könne sie wieder zum Leben erwecken.

»Ich weiß, dass der Junge Probleme hat«, sage ich. »Aber das heißt noch lange nicht, dass er das Feuer gelegt hat. Hören Sie. Sie haben selbst gesagt, dass Monty im letzten Herbst davon gesprochen hat, sich an Gallagher zu rächen. Aber erst als wir kommen, um uns bei Optimal umzusehen, kommt es zu dem Anschlag. Meinen Sie nicht, dass das ein ziemlich großer Zufall ist? Wir hätten wichtige Unterlagen verlieren können.«

Er lässt sich nicht anmerken, ob er kapiert, was ich damit sagen will – das heißt, er ist entweder sehr dumm oder sehr schlau. »Dann müssten gerade Sie einsehen, wie ernst die Sache ist.«

Ich bin in Versuchung, Sheriff Kahn von dem Auto zu berichten, das mich gestern Abend verfolgt hat, vermute jedoch, dass er es auf weibliche Hormone zurückführen wird.

Ich ändere die Taktik. »Sie waren schon Sheriff, als ich noch auf der High School war«, sage ich. »Als Kaycee Mitchell verschwand.«

Diesmal gelingt es ihm nicht schnell genug, einen Ausdruck des Widerwillens zu unterdrücken, der über sein Gesicht huscht. »Stimmt. So ein Theater hatte Barrens noch nie erlebt. Die reinste Hysterie. Und alles nur wegen ein paar durchgeknallten Teenagern.« Er schüttelt den Kopf. »Sie gehörten nicht dazu, oder? Sie waren keine von diesen …?« Er wedelt mit den Händen und äfft einen Anfall nach.

»Nein.« Ich wusste auch damals schon, was es bedeutet, wirklich krank zu sein. Ich wusste, dass Krankheit einen nicht zu etwas Besonderem macht. Sie macht nur krank. »Mich würde interessieren, ob Sie je die Möglichkeit in Betracht gezogen haben, dass sie das alles nicht nur vorgetäuscht hat.«

»Nein«, erwidert er knapp. »Es ging ihr nur darum, Wirbel zu verursachen. Das weiß hier jeder. Und die anderen Mädchen haben es nachgemacht.«

»Sie sagten eben was von Hysterie. Die entsteht durch Nachahmung. Aber das bedeutet nicht, dass an einer Sache nicht auch ein Körnchen wahr sein kann.«

Er lächelt wieder. »Typisch Anwalt«, sagt er. »Immer alles kompliziert machen! Kaycee hat alle verschaukelt und sich dann in Grund und Boden geschämt, als die Sache aufgeflogen ist.«

Jeder, mit dem ich rede, betont, dass Kaycee eine Schwindlerin war. Aber wenn sie tatsächlich krank war, dann war sie die Einzige, die nicht geschwindelt hat. Zumindest nicht in diesem Fall.

»Abzuhauen, nur weil sie nicht zugeben wollte, dass sie die Krankheit vorgetäuscht hat, wäre doch wohl reichlich extrem. Vor allem, wenn sie so eine notorische Lügnerin war, wie alle behaupten.«

Er macht eine wegwerfende Handbewegung. »Das ist sowieso alles Schnee von gestern. Ich kapier nicht, warum Sie sich noch dafür interessieren.«

Mir kommt eine Erinnerung: In der zehnten oder elften Klasse bin ich Misha und Kaycee einmal auf dem Flur begegnet, und Misha hat angefangen zu bellen. Es war ihre neueste Gemeinheit – sie meinte, ich sei so hässlich wie ein Hund, und jedes Mal, wenn wir uns begegneten, hat sie angefangen zu knurren und zu bellen.

Aber an dem Tag war Kaycee dabei. Sie hat sich zu Misha umgedreht und sie geohrfeigt, und zwar so schnell und unerwartet, dass ich es beinahe gar nicht mitgekriegt hätte. Einen Moment lang waren wir alle drei wie vom Donner gerührt – Kaycees Augen funkelten vor Wut oder was immer es war, und Misha stand da, starr vor Schreck und mit hochrotem Kopf.

»Ich hasse Hunde«, hat Kaycee nur gesagt.

»Wissen Sie, wo Kaycee jetzt ist?«, frage ich Sheriff Kahn.

»Keine Ahnung.« Er mustert mich eindringlich. »Ein paar Wochen nach ihrem Verschwinden hat sie mich angerufen. Da war sie angeblich in Chicago. Aber das ist jetzt zehn Jahre her.«

»Sie hat Sie angerufen? Hier?« Das wundert mich wirklich. »Warum?«

Er zuckt die Schultern. »Wahrscheinlich hat sie mitgekriegt, dass ich sie gesucht hab. Ihre Freundin Misha hat ein paarmal mit ihr telefoniert.«

Ich frage mich, ob es möglich ist, dass Misha Kaycee heute noch deckt – und genau weiß, wo sie ist. »Was hat sie Ihnen denn gesagt?«

»Das war vor zehn Jahren, Miss Williams.« Sein Ton verhärtet sich. »An Dinge, über die längst Gras gewachsen ist, sollte man nicht rühren.« Er bleckt die Zähne wie zu einem wölfischen Grinsen. »Solche Sachen sehen nicht schön aus, wenn man sie wieder ausgräbt.«

28

Bevor Optimal in die Stadt kam, gab es eine Sache, an der nie gespart wurde. Seit über dreißig Jahren spielen die Barrens Tigers in einem Stadion mit zweitausend Plätzen, das der Ururenkel des Gründers der Stadt gestiftet hat. Barrens liebt seine Football-Mannschaft. Und die Jungs sind immer schon richtig gut gewesen, haben gegen viel größere Schulen gespielt und Barrens bekannt gemacht. In nichts hat diese Stadt mehr Energie investiert als in den Football. Von Weitem sieht das Stadion aus wie ein Raumschiff, das mitten in einem Feld gelandet ist. Die Schule sieht daneben geradezu winzig aus. Als ich noch auf die High School ging, diente es als Ort für alle größeren Veranstaltungen.

Auch jetzt ist halb Barrens im Stadion versammelt. Das »Power House«-Spiel steht an, das jedes Jahr am Ende des Schuljahrs ausgetragen wird, eine Tradition, bei der die Schulauswahl und nicht so gute Mannschaften mit viel Tamtam gegeneinander antreten. Es wird so laut gesungen und gegrölt und getanzt, wie es bei echten Spielen nicht erlaubt ist. Die Spieler bemalen sich das Gesicht und treten in Kostümen auf. Ein Spieler, meist der Quarterback, trägt Feenflügel, die jedes Jahr an den nächsten Jahrgang weitergegeben werden.

Als ich noch auf der High School war, hätte ich einen Mord begangen, um mit Brent O'Connell zum Power House zu gehen. Jetzt ist es mir fast peinlich. Ich fühle mich, als würde ich mich in Kleider zwängen, die mir längst nicht mehr passen.

Bevor ich losgegangen bin, hab ich mir die Hände so gründlich geschrubbt, dass sie immer noch brennen.

Seit ich nach Barrens zurückgekommen bin, habe ich ständig das Gefühl, Dreck unter den Fingernägeln zu haben. Die Unterlagen von Optimal zu überprüfen macht es nur noch schlimmer. Es ist, als wären sie mit Chemikalien verseucht, die meine Haut jucken lassen.

Als Brent meine Hand nehmen will, tue ich so, als würde ich es nicht merken, und vergrabe die Fäuste tief in den Taschen.

Fünfhundert Menschen sitzen auf den Tribünen und stampfen im Rhythmus der Blaskapelle mit den Füßen. Aber das Verrückte ist, dass ich Misha sofort entdecke – oder sie entdeckt uns. Jedenfalls hebt sie genau in dem Augenblick, als ich sie in der Menge ausmache, eine Hand zum Gruß – ein kurzes Wedeln, das eine Einladung sein kann, aber auch eine Geste, um uns zu verscheuchen. Erst als ich Annie Baum neben ihr sitzen sehe, wird mir klar, dass sie genau da sitzt, wo sie früher immer gesessen hat, vierte Sitzreihe direkt am Mittelgang. Ich entdecke sogar eine kleine Lücke gleich neben ihr – als würde eine unsichtbare Kaycee dort sitzen. Auf Cora Allens Platz sitzt eine Fremde.

Einen Moment lang begegnen sich unsere Blicke. Misha schenkt mir ein merkwürdiges Lächeln.

Ich fürchte schon, dass Brent sich zu ihr setzen will – inzwischen winkt sie uns mit beiden Händen zu sich –, aber er hebt nur kurz eine Hand, legt die andere an meinen Rücken und bugsiert mich in die andere Richtung. Ich atme erleichtert auf.

Das Spiel beginnt. Spieler in grünen und weißen Trikots prallen gegeneinander. Ich entdecke Monty, dann verliere ich ihn in dem Knäuel aus Körpern wieder aus den Augen. Über Football weiß ich nur das Wenige, das ich während meiner High-School-Zeit in Indiana und in der Serie *Friday Night Lights* aufgeschnappt habe. Monty scheint mir ein passabler Spieler zu sein, und obwohl er dem gegnerischen Quarterback einen Pass vermasselt, verbannt sein Trainer ihn für ein Viertel auf die Bank. Cheerleader wedeln mit ihren Pompons, und jedes Mal, wenn sie hochspringen oder einen Rückwärtssalto machen, scheinen sie einen Augenblick lang vor dem dunklen Himmel in der Luft zu hängen wie Christbaumschmuck. Während ich ihnen zusehe, stelle ich mir unwillkürlich vor, was passieren würde, wenn sie eine falsche Bewegung machen, und sehe sie zerbrechen wie Porzellanpuppen.

»So klein waren wir nicht, als wir auf der High School waren, oder?«, fragt Brent mich in dem allgemeinen Lärm. »Hast du nicht auch das Gefühl, dass die schrumpfen?«

Ich muss lachen. Ich wusste gar nicht, dass Brent witzig sein kann. Er erzählt mir, wie er früher als Footballspieler seine Nervosität überwunden hat: Er hat sich ein fremdes Gesicht in der Menge ausgesucht, diese Person zu seinem Schutzengel bestimmt und ihr einen Namen gegeben. Sobald er nervös wurde, hat er die Schutzpatronin der Fünfziger-Jahre-Hüte oder den Schutzpatron der Zwirbelschnurrbärte in der Menge gesucht und ein Stoßgebet gesprochen.

»Und hat es funktioniert?«, frage ich.

Er zwinkert mir zu. »Im letzten Schuljahr wurden wir nicht einmal geschlagen.«

Seltsamerweise hab ich tatsächlich Spaß. Mit Brent. Bei einem Footballspiel. In Barrens.

Ich muss mir immer wieder in Erinnerung rufen, dass ich hier bin, um Informationen zu sammeln. Aber das erste Viertel des Spiels geht vorüber, das zweite und das dritte, und obwohl wir uns die ganze Zeit unterhalten, gelingt es mir nicht, das Thema Optimal auch nur ansatzweise anzuschneiden. Stattdessen tauschen wir uns über die besten Süßigkeiten aus, mit denen man eine anstrengende Nacht im Büro übersteht. Brent schwört auf Smarties. Ich stehe eher auf M&Ms. Eiweiß und Koffein – unschlagbar.

Erst im vierten Viertel, als wir über unsere Familien reden, sehe ich eine Chance. Und es tut mir beinahe leid, dass ich sie ergreife.

»Hast du mir nicht erzählt, dass ein Cousin von dir bei Optimal arbeitet?«, frage ich so beiläufig wie möglich. »Byron Grafton?«

»Gutes Gedächtnis.« Brent bedenkt mich mit einem Blick, der entweder Bewunderung oder Entgeisterung ausdrückt oder eine Mischung aus beidem. »Nur dass Byron nicht bei Optimal arbeitet. Er ist Subunternehmer. Aber das weißt du ja sicher. Byron hat mich mit dem Finanzchef bekannt gemacht. Wally Rush. Die beiden haben zusammen studiert.«

Natürlich weiß ich das.

»Im Grunde ist Byron ein anständiger Kerl. Er hatte ein paar Probleme, als er noch getrunken hat. Zweimal geschieden, ein Kind. Hat ein paar fatale geschäftliche Entscheidungen getroffen. Zu viele Flausen im Kopf, zu ehrgeizig und zu unvernünftig. Wally hat ihm neue Perspektiven eröffnet.«

Indem er ihm einen fetten Vertrag über Müllentsorgung zugeschanzt hat, der, soweit ich das einschätzen kann, nie in die Tat umgesetzt wurde. Ein nettes Arrangement. »Optimal ist also wie eine große Familie, sehe ich das richtig?«

Brent antwortet nicht gleich, und ich spüre, dass es in ihm arbeitet. Dann beugt er sich vor und sagt leise: »Ich habe allmählich das Gefühl, dass du mit deiner Meinung über Optimal richtigliegst. Nicht, was die Abfälle angeht. Es geht eher um die Finanzpolitik. Da ist offensichtlich was im Busch. Das muss jetzt aber unter uns bleiben …«

»Selbstverständlich«, sage ich.

»Optimal überlegt, an die Börse zu gehen. Das könnte wichtig sein. Ich vertraue dir.«

»Danke«, sage ich und meine es ernst.

Wenn Optimal tatsächlich an die Börse will, warum sollten sie dann riskieren, gegen gesetzliche Auflagen zu verstoßen oder sich Ermittlungen und Kritik auszusetzen? Es muss um was Größeres gehen. Mehr und mehr gelange ich zu der Überzeugung, dass das Unternehmen seine Macht missbraucht und jeden, der Anstalten macht, gegen die Firma zu ermitteln, unter Druck setzt und zum Schweigen bringt.

Der Lärm im Stadion reißt mich aus meinen Gedanken. Die Leute jubeln und stampfen mit den Füßen, dass das Stadion nur so wackelt. Es ist das Ende des Schuljahrs und der Beginn eines langen, heißen Sommers. Brent wendet sich mir zu und küsst mich ohne Vorwarnung. Heute sind seine Lippen warm, und er duftet nach Seife und frisch gemähtem Gras – ein sauberer, hoffnungsvoller Duft. Ich versuche, mich in ein beruhigendes Gefühl hineinzuwiegen, aber es gelingt mir nicht bei dem Lärm.

Nach dem Spiel brauche ich eine Weile, um Brent zu erklären, dass ich keine Zeit habe, noch mit in eine Kneipe zu gehen. Er küsst mich noch einmal, aber diesmal auf den Mundwinkel, beinahe wie aus Versehen. Inzwischen sind die Spieler verschwunden, und an der Parkplatzausfahrt hat sich ein Stau gebildet.

Ich gehe mit dem großen Pulk der Menschen Richtung Sporthalle, setze mich dort an einen der Picknicktische, in den Generationen von Schülern ihre Initialen eingeritzt haben. Die Jugendlichen haben es nicht eilig, nach Hause zu kommen. In Gruppen ziehen sie herum, gut erkennbar am Aufblitzen ihrer Smartphones in der Dunkelheit. Ein paar Mädchen hocken im Gras nicht weit von mir entfernt, ein paar Jungs kommen dazu, und gleich darauf wird ein Joint angezündet und herumgereicht, ebenso wie eine Wasserflasche, die wahrscheinlich alles andere als Wasser enthält. Nach einer Weile fahren die letzten Autos vom Parkplatz. Aber die Jugendlichen bleiben noch und stören die Ruhe mit ihrem Kreischen und Lachen.

Die Spieler kommen frisch geduscht und mit ihren Sporttaschen über der Schulter zu zweit oder dritt aus der Umkleide, nur Monty kommt allein raus. Ich muss seinen Namen mehrmals rufen, bis er reagiert. Er blickt so finster drein, als sei er immer noch auf dem Spielfeld und rechne mit einem Angriff.

Doch dann entspannt sich sein Gesicht, und er lächelt auf dieselbe Weise wie früher, als er noch ein kleiner Junge war.

»Hallo, Abby«, sagt er schüchtern. Genauso hat er mich früher immer gegrüßt, es ist, als hätte er all die Jahre nur darauf gewartet, mich wiederzusehen.

Irgendwie habe ich Hemmungen, diesen großen Kerl zu umarmen, außerdem fällt mir ein, dass er das sowieso nie mochte, also klopfe ich ihm nur freundschaftlich auf die Schulter.

»Du bist mir über den Kopf gewachsen«, scherze ich.

Er zuckt die Schultern. »Football. Was machst du hier?«

»Ich wollte dich spielen sehen«, sage ich, und als er lächelt, wünschte ich, es wäre die Wahrheit. »Gutes Spiel.«

»Du hättest in der Saison hier sein sollen«, sagt er. Dann verdüstert sich seine Miene. »Ich spiele nicht mehr so viel. Jedenfalls nicht seit …« Er spricht den Satz nicht zu Ende.

»Du bist in Schwierigkeiten, stimmt's? Es geht um Walter Gallagher?«

»Du hast davon gehört?« Er sieht mich aus zusammengekniffenen Augen an, dann: »Hast du mit meiner Mutter gesprochen?«

»Ich hab mit ihr telefoniert«, sage ich. Monty tritt von einem Fuß auf den anderen. »Was ist passiert?«

Eine Weile betrachtet er seine ausgelatschten Sportschuhe. Plötzlich ist er wieder ein kleiner Junge. »Letztes Jahr an

Halloween haben ein paar Kumpels und ich uns auf Gallaghers Grundstück geschlichen.« Er blickt auf und schaut mich an. Er hat auffallend lange Wimpern. »Mein Freund Hayes wollte einen von Gallaghers Quads klauen. In Wirklichkeit hatten wir das natürlich nicht vor«, fügt er hastig hinzu. »Das war bloß Gerede. Wir haben nur so getan, als würden wir das Ding klauen wollen. Verstehst du, was ich meine?« Als ich nicke, wirkt er beruhigt. »Das ist so eine Art Tradition, Gallagher an Halloween einen Streich zu spielen. Wir waren also nicht die Ersten.«

»Aber ihr seid erwischt worden«, sage ich.

Monty nickt betreten. »Er hat seine Hunde auf uns gehetzt. Einer hat Hayes fast am Bein erwischt. Aber wir wollten nur ein bisschen Blödsinn machen.«

»Und dann wart ihr sauer«, sage ich. »Und du hast Sachen über Gallagher gesagt und gedroht, dich zu rächen.«

Wieder nickt er. Er zieht ein Gesicht wie ein kleines Kind, kurz bevor es anfängt zu heulen. »Aber das hab ich doch nicht ernst gemeint«, sagt er.

»Hast du Gallaghers Scheune angezündet?«, frage ich ihn so sanft wie möglich.

»Nein!«, erwidert er sofort. »Nein, *verdammt!*« Und ich glaube ihm. »Sheriff Kahn hat es auf mich abgesehen«, sagt er aufgebracht. »Der konnte mich noch nie leiden. Seit er mich vor Jahren erwischt hat, als ich auf die alte Mauer hinter der Fabrik Graffiti gesprüht hab, hat er mich auf dem Kieker.«

Ich hole tief Luft. »Hör zu, Monty, ich muss dich was fragen. Und du musst mir eine ehrliche Antwort geben, okay?« Er nickt. Er ist fast eins neunzig und hat ein Kreuz wie ein

Preisringer, aber ein Gesicht wie ein kleiner Junge. »Was ist zwischen dir und Tatum Klauss passiert?«

»Überhaupt nichts«, sagt er. »Woher weißt du das mit Tatum?«

Ich antworte nicht, aber ich lasse nicht locker. Einer meiner Juraprofessoren hat mal gesagt, man kann einen Lügner verteidigen, solange der Lügner einen nicht anlügt. »Hast du gedroht, ihr wehzutun?«

»Ich würde Tatum niemals wehtun«, erwidert er mit einem Blick, als würde ihm allein die Vorstellung Magenschmerzen verursachen.

»Sheriff Kahn behauptet, Tatum hätte sich über dich beschwert«, sage ich. Der arme Monty. »Angeblich hast du ihr nachgestellt.«

»Verdammt, ja, ich wollte doch bloß, dass sie mir zuhört.« Er zuckt zusammen, als ein paar Jugendliche im dunklen Park in lautes Gelächter ausbrechen.

Ich kenne diese Art von Gelächter: Es ist wie das Pfeifen eines Habichts beim Anblick einer Maus. Aggressiv. Tödlich.

»Was wolltest du ihr denn sagen?«

Er schaut weg. Seine Kiefermuskeln spannen sich an. »Nichts. Es ging um irgendein blödes Spiel mit ihren Freunden. Aber das sind nicht ihre Freunde. Tatum ist denen total egal.«

Das Spiel. Mich beschleicht ein ganz übles Gefühl. Wahrscheinlich ist es Zufall. Und dennoch. »Was für ein Spiel?«

Aber Monty spürt, dass ich auf etwas aus bin. Trotz seiner Größe, trotz seines Footballtrikots ist Monty kein Raubtier, und wie jedes Beutetier weiß er, wann Gefahr in der

Luft liegt. Die Jugendlichen in der Dunkelheit wirken plötzlich ruhelos, die Lautstärke nimmt zu. »Hör zu«, sagt er. Er klingt nervös. »Es war bloß irgendein bescheuertes Spiel mit ein paar älteren Typen, richtigen Arschlöchern. Aber die hat Sheriff Kahn *nicht* befragt. Klar, die haben ja tolle Autos und schicke Klamotten.« Er schüttelt den Kopf. »Ich wollte ihr nur helfen. Ich hab nur versucht …«

Plötzlich bricht er ab, als ein paar der Jugendlichen anfangen, ein Wort in unsere Richtung zu rufen. *Freak, Freak, Freak!*

»Das sind Tatums Freunde«, sagt er mit gepresster Stimme. Dann: »Ich muss los.«

Er macht sich auf den Weg in Richtung Parkplatz, läuft so dicht wie möglich an der Sporthalle vorbei, den Kopf gesenkt, als könne er sich auf diese Weise unsichtbar machen. Aber das ist nicht so einfach. Eine Wasserflasche verfehlt seinen Kopf nur knapp, dann kracht eine leere Bierdose gegen die Gebäudewand, als er gerade um die Ecke verschwindet.

29

»Sie sollten sich vorsehen, Miss.«

Eine weibliche Stimme irgendwo hinter mir. Als ich mich umdrehe, bin ich mir einen Moment lang nicht sicher, ob ich überhaupt gemeint bin. Doch dann kommt ein Schatten auf mich zu. Ein junges Mädchen.

»Wovon reden Sie?«

Sie antwortet nicht gleich. Langsam kommt sie weiter auf mich zu. Sie wankt ein bisschen. Vielleicht ist sie betrunken, oder vielleicht fällt es ihr auch bloß schwer, im Dunkeln ihre Schritte im Gras zu setzen.

Ein paar Meter von mir entfernt bleibt sie stehen.

Jetzt, im Licht, sehe ich die blonden Locken, die weit auseinanderstehenden blauen Augen. Ihr Gesicht, das Kaycees auf unheimliche Weise ähnelt.

»Ich hab gesagt, Sie sollen sich vorsehen«, wiederholt sie. »Am Ende bringt er Sie noch um. Oder er verbrennt Sie.« Als ich nicht antworte, fügt sie hinzu: »Er trägt Bomben in seinem Rucksack mit sich rum. Er benimmt sich normal, aber er ist vollkommen verrückt.«

»Wer?«, frage ich automatisch.

»Sagen Sie hinterher nicht, ich hätte Sie nicht gewarnt«, antwortet sie nur und wendet sich zum Gehen.

»Sophie?« Sie erstarrt, als ich ihren Namen rufe. »Sophie Nantes, richtig?«

Sie dreht sich nicht um.

Ich schlucke. »Herzlichen Glückwunsch zu dem Stipendium von Optimal.«

Jetzt dreht sie sich doch kurz um. Gerade lange genug, dass ich ihr Gesicht sehen kann, in das blanker Hass geschrieben steht.

Das »Spiel« war eine sonderbare Tradition an der Schule, von der alle wussten, selbst die Lehrer, wenn sie es auch leugneten. Aber irgendwann während meines letzten Schuljahrs bekam das »Spiel« eine neue Dimension: Anstatt nur die hübschesten, beliebtesten Mädchen aufs Korn zu nehmen, fingen die Jungs irgendwann an, sich auch die Mauerblümchen und Außenseiterinnen vorzuknöpfen.

Aber da ging es schon nicht mehr nur um Fotos. Inzwischen ging es um Erpressung. Sie verlangten von ihren Opfern Geld, schnellen Sex hinter den Tribünen des Stadions, wenn sie nicht wollten, dass die Fotos ihren Eltern, Geschwistern oder Lehrern zugespielt wurden.

So war es auch bei Becky Sarinelli. Und wenn Condor die Fotos aufgenommen hat, dann war er auch derjenige, der sie unters Volk gebracht hat.

Eigentlich wundert es mich nicht, dass das »Spiel« immer noch existiert. Solche Dinge werden von Generation zu Generation weitergegeben, wie ein Virus, der mutiert und immer gefährlicher wird und sich schließlich an allen Schulen in der Gegend ausbreitet.

Aber Monty hat was von Geld und tollen Autos gesagt, und ich kann mir nicht vorstellen, dass er Jungs aus Barrens gemeint hat. Selbst die Sprösslinge reicher Eltern können von Glück reden, wenn sie mit sechzehn den gebrauchten Ford ihres Vaters erben.

Was für Typen sind es also, die das »Spiel« heute spielen?

Es müsste mir eigentlich egal sein. Joe hat recht, ich sollte mich auf Optimal konzentrieren. Monty und seine Probleme mit den Mädchen gehen mich nichts an.

Nur dass ich das Gefühl nicht loswerde, dass da irgendwas nicht stimmt.

Jedes Mal, wenn ich die Augen schließe, gehe ich wieder durch den Lagerraum mit Kaycees Bildern. Ein Bild vor allem hat sich mir eingeprägt: eine hastig hingeworfene Zeichnung von einem jungen Mädchen, den Mund zu einem Schrei aufgerissen, die Augen vor Angst verdreht wie die eines panischen Pferdes, und um sie herum Männer, hoch aufragend und nah, wie Grabsteine. Weiße Zähne, scharfe Kanten. Blitzlicht.

30

Am Montagmorgen fahre ich zu unserem frisch bezogenen Büro hinter Sunny Jay's, wo Condor arbeitet. Jetzt wohnt Condor mir nicht nur gegenüber, jetzt ist er auch noch mein Nachbar auf der Arbeit. Flora kommt heraus und wedelt mit den Armen wie ein Bodenlotse, um mir beim Einparken zu helfen.

»Gestern sind die Testergebnisse vom Labor gekommen«, sagt sie, noch bevor ich das Büro betreten habe. »Wir versuchen schon die ganze Zeit, dich anzurufen.«

»Die sind schon da?«, frage ich. Normalerweise wartet man eine Ewigkeit auf die Resultate.

»Blei«, platzt Flora heraus, ehe ich dazu komme zu fragen. »Fünfmal so viel wie erlaubt.«

Fragend sehe ich Joe an.

Er reicht mir wortlos die Unterlagen: Vorläufige Untersuchungsergebnisse der chemischen und Schwermetall-Bestandteile in der öffentlichen Wasserversorgung von Barrens, Indiana. Der Bericht ist kurz und knapp: Der Stausee ist verseucht, und zwar nicht nur mit Blei und Spuren von Quecksilber und industriellen Schadstoffen mit unaussprechlichen Namen. Natürlich steht in dem Bericht nichts über die Herkunft der Verschmutzung – es wird unsere Aufgabe sein, sie zu Optimal zurückzuverfolgen –, aber jetzt haben wir eine ausreichende Handhabe, vor Gericht Klage einzureichen.

Und warum ist mir dann nicht nach Feiern zumute?

Mit diesem Bericht in der Hand könnten wir unsere Zelte in Barrens abbrechen und nach Chicago zurückkehren. Was jetzt zu tun ist, könnten wir von dort aus erledigen und uns abends in unsere eigenen Betten legen. Ich könnte noch heute aus Barrens verschwinden. Und doch …

Ich kann an nichts anderes denken als an Kaycee. Ich sehe sie vor mir, wie sie Blut hustet. Wie ihr schwindelig wird. Wie sie in Ohnmacht fällt.

»Und wen musstest du bestechen, um die Ergebnisse so schnell zu bekommen?«, frage ich. Es gibt eine abstrakte Wahrheit: Unterlagen und Zahlen und Theorien. Und es gibt eine konkrete Wahrheit: Gallaghers ruinierte Ernte, alle Ersparnisse seines Lebens zum Teufel; der kleine Grayson mit dem deformierten Schädel; der juckende Hautausschlag von Carolina Dawes' Sohn.

»Die Lorbeeren kann ich leider nicht für mich beanspruchen«, sagt Joe. »Dein Freund, Staatsanwalt Agerwal, hat denen Druck gemacht. Anscheinend hat er es ernst gemeint, als er angekündigt hat, er würde die Korruption in Monroe County ausrotten.«

»Ein ehrlicher Politiker. Wer hätte das gedacht?« Alle schauen mich gespannt an, warten darauf, dass ich vor Glück in Jubelschreie ausbreche. Ich blättere in den Unterlagen, gehe die Listen und Diagramme durch. »Welche Symptome sind noch mal typisch bei Bleivergiftung?«

»Hautreizungen zum Beispiel. Ausschlag.« Joe zählt die Symptome an den Fingern ab. »Die Langzeitaufnahme kann zu Geburtsschäden und zu schweren kognitiven Störungen führen.«

»Und was Gallagher über seine Missernten berichtet hat, deckt sich mit den Auswirkungen auf die Landwirtschaft«, sagt Flora. »Es passt alles zusammen.«

»Es passt zu dem, was die Leute *heute* berichten«, meldet sich Portland zu Wort. Gott sei Dank bin ich nicht diejenige, die es aussprechen muss. »Aber es passt nicht zu dem, was mit Kaycee Mitchell passiert ist.«

Joe runzelt die Stirn. »Jetzt fang du nicht auch noch damit an«, sagt er zu Portland. Dann: »Also, Leute, das ist ein Volltreffer. Das bedeutet, wir bekommen weitere Mittel für weitere Tests. Und wir können uns endlich vom Acker machen. Ich kann allmählich keine Maisfelder und Schrotflinten mehr sehen!«

»Du Snob.« Ich versuche, es wie einen Scherz klingen zu lassen, aber es gelingt mir nicht mal, ein Lächeln aufzusetzen. Eigentlich müsste ich begeistert sein, aber hier in Barrens stinkt zu viel zum Himmel: der Brand in der Scheune, für den Monty garantiert zu Unrecht verantwortlich gemacht wird, mein Vater, der vor meinen Augen immer mehr abbaut, Brent, der mich küsst, als wär ich seine Freundin oder so was, Misha, Condor und seine Tochter mit ihrem Hula-Hoop-Reifen. Shariah und ihr Baby mit dem winzigen Kopf. Lilian McManns Tochter, nackt bis auf ein Paar Socken.

Die Bestechung.

Das »Spiel«.

»Und was ist mit Korruption?«, platze ich heraus.

Joe sieht mich verwundert an. »Was glaubst du wohl, warum Agerwal sich für die Sache interessiert? Er hat sich voll da reingehängt. Ich hab heute Morgen mit ihm gesprochen, hab ihm deine Aufzeichnungen gegeben – über Pulaski und über die Verbindung zwischen Optimal und Clean Solutions. Clean Solutions scheint eine Geldwaschanlage zu sein, genau wie du gesagt hast.« Er lächelt zufrieden. »Also, auf nach Chicago. Wenn wir Glück haben, kommen wir noch rechtzeitig zur Happy Hour bei Smith & Wollensky.«

Ich kann verstehen, dass Joe Sehnsucht nach Chicago hat, wo ein schwuler Schwarzer nirgendwo auffällt. Wo er mindestens sieben Lover hat und sich ohne Weiteres mit ihnen in der Öffentlichkeit sehen lassen kann. Er will wieder in seiner perfekten Stadtwohnung sein, mit seiner Edeleinrichtung, dem hypermodernen Soundsystem, den teuren Weingläsern und dem sündhaft teuren Zimmerspringbrunnen.

Es erinnert mich einmal mehr daran, wie unterschiedlich wir beide sind. Die Aussicht, in meine Wohnung zurückzukehren – nagelneu, makellos sauber, modern und praktisch unmöbliert –, macht mir nur Angst.

Wenn ich ehrlich bin, dann muss ich mir eingestehen, dass in meinem Innern eine große Leere herrscht. Eine Leere, die sich nicht mit Akten oder Unterlagen oder Rechtssachen oder neuen Kleidern oder Happy Hours füllen lässt.

Für mich ist es hier nie um Wasser gegangen. Eigentlich nicht mal um Kaycee.

Es geht um mich.

»Deswegen sind wir hergekommen, Abby«, fügt Joe noch hinzu, jetzt etwas weicher.

Und genau da irrt er sich.

Für mich als Kind war der Stausee der größte See, den ich je gesehen hatte, und er war der Mittelpunkt meiner Welt. Das Südufer war immer die gute Gegend, wo Kinder wohnten, deren Eltern als Elektriker oder Vertreter arbeiteten – oder später bei Optimal. Das Westufer ist von dichtem Wald gesäumt. Am Ostufer wuchs allmählich das Baugerüst der Firma Optimal aus dem Boden, wie ein umgedrehtes Schiffswrack.

Am Nordufer steht eine Ansammlung von Bruchbuden, die meisten heute leer, dazwischen Bäume und Gestrüpp. Vom Haus meines Vaters aus sind es nur anderthalb Kilometer durch den Wald bis dahin. In dem Wald habe ich als Kind gespielt. Als ich begriffen habe, dass meine Mutter sterben würde, habe ich mich zwischen den Bäumen auf den Boden gesetzt, an einen Felsbrocken gelehnt und mir vorgestellt, für immer dort zu bleiben. Wie eine Waldfee. In dem Wald habe ich mit Kaycee Verstecken gespielt. In dem Wald haben wir Chestnut begraben.

Anstatt durch den Wald fahre ich über Feldwege, die in der Hitze völlig ausgetrocknet sind. Eine Fliegenwolke summt über irgendwas Totem, und durch die Bäume sehe ich den See schimmern.

Als ich aus dem Auto steige, traue ich meinen Augen kaum. Auch hier lassen die Anwohner ihr Abwasser einfach den Hügel runter in den Wald laufen. Der Anschluss an die

Kanalisation kostet locker viertausend Dollar, und das kann sich hier keiner leisten. Ihr Trinkwasser beziehen die Leute wahrscheinlich aus dem See, wie alle armen Familien hier. Kein Wunder, dass Shariahs Sohn behindert zur Welt gekommen ist.

Shariah Dobbs wohnt in der Tillsdale Road 12, eine Adresse, die schwer zu finden ist, weil die Straßen hier eher Trampelpfade sind und es keine Schilder gibt. Shariah ist nicht zu Hause. Ich schreibe ihr eine Nachricht auf einen Zettel, den ich zusammen mit einer Visitenkarte in ihren Briefkasten werfe.

Als ich zu meinem Auto zurückkomme, fällt mein Blick auf einen Bungalow, in dessen Garten sich Autoteile stapeln. Auf dem Briefkasten an der Haustür steht *Allen.* Das ist natürlich ein ziemlich verbreiteter Name, aber ich zögere und klimpere mit meinem Schlüsselbund.

Cora Allen war eine von Kaycees und Mishas besten Freundinnen. Misha hat mir erzählt, dass es ihr nicht besonders gut geht, dass sie keinen Kontakt mehr hätten. Es ist wirklich erstaunlich zu sehen, was für ein trauriges Schicksal die »Golden Girls« der High School ereilt hat.

Ist es Zufall? Oder ist etwas passiert, das erklären würde, warum sie so tief gefallen sind?

Ich muss es wissen.

Ich lasse den Schlüsselbund in meine Handtasche gleiten und überquere den verwilderten Rasen.

Das Haus ist ziemlich heruntergekommen – abblätternde Farbe, eine gesprungene Fensterscheibe, die durch Dachlatten am Herausfallen gehindert wird. Wenn nicht ein Pick-up unter einem Carport mit Kunststoffdach stünde, könnte man meinen, dass das Haus leer steht.

Noch ehe ich an der Tür bin, geht sie auf, und da ist sie. Cora Allen. Ein Schatten ihrer selbst, verwahrlost und bleich. Nur ihre Augen sind noch dieselben: groß und braun und nachdenklich.

»Abby Williams«, sagt sie, ehe ich ihr die Hand reichen kann. »Hab schon gehört, dass du wieder da bist.« Sie kratzt sich den Bauch. »Ich dachte mir, dass du herkommen würdest.«

»Hallo, Cora.«

Sie dreht sich um und verschwindet im Haus, und einen Moment lang stehe ich verwirrt da und überlege, ob ich ihr folgen soll. Doch dann kommt sie wieder zurück und winkt mich hinein. »Na, komm schon. Bringen wir's hinter uns.«

Zigarettenrauch hängt in der Luft. Auf der Küchenanrichte stehen leere Bierflaschen. Cora nimmt ein Bier aus dem Kühlschrank. Sie trinkt nicht zum Vergnügen. Ich werfe einen kurzen Blick auf den Inhalt des Kühlschranks: Wasser, Bier, Orangensaft und ein paar halb vertrocknete Scheiben Käse.

Wir setzen uns ins Wohnzimmer. Cora schaltet den Fernseher aus. Sie öffnet die Bierflasche an der Tischkante, die offensichtlich nicht zum ersten Mal dafür herhalten muss. Cora kratzt sich immer wieder. Misha hat nicht gelogen. Cora ist süchtig. Es tut weh, das zu sehen.

»Also. Was willst du wissen?«

Die Situation verwirrt mich zusehends. »Es kommt mir eher so vor, als wolltest du mir was erzählen.«

»Du fragst alle Leute hier nach Kaycee Mitchell, oder?« Sie trinkt einen Schluck Bier. »Was haben die anderen dir erzählt?«

»Nichts. Sie haben alle das Gleiche gesagt. Dass sie seit Jahren nichts von ihr gehört haben. Dass Kaycee eine Lügnerin war. Dass sie froh waren, als sie weg war.« Cora zuckt leicht zusammen. »Und du? Warst du auch froh?«

Sie antwortet nicht sofort. Wir schauen einander in die Augen, bis ich den Blick abwende.

»Nein. Sie hat mir manchmal Angst gemacht. Trotzdem, nein.« Sie trinkt einen großen Schluck Bier. »Wir haben sie hängen lassen, wir alle. Sie war schließlich krank«, fügt sie hinzu. Dann, als ich sie überrascht ansehe, sagt sie: »Krank im Kopf. Ihr Vater hat sie allzu liebgehabt, falls du verstehst, was ich meine.«

Plötzlich habe ich einen Knoten im Magen. Ich muss daran denken, wie Kaycee uns in der vierten Klasse ganz stolz teure Wimperntusche und Lippenstifte gezeigt hat, die sie aus ihrem Rucksack gekramt hatte. *Hat mir mein Daddy geschenkt,* hat sie zu mir gesagt. *Er sagt, ich bin jetzt ein großes Mädchen, warum soll ich mich also nicht schminken?*

Ich muss daran denken, wie Kaycee ein silbernes Zippo-Feuerzeug, das sie einen Moment lang hatte brennen lassen, an meine Haut drückte. *Wenn es anfängt wehzutun, weiß man, dass es Liebe ist.* Ich war damals zu jung, um zu verstehen, was sie meinte.

Es ist stickig hier. Der Geruch von schalem Bier ist erdrückend. Ich habe das Gefühl, keine Luft zu bekommen.

»Sie hat versucht, es uns zu sagen. Wie geht man mit so

was um? Misha hat ihr vorgeworfen, sie wollte nur Aufmerksamkeit. Misha hat immer allen vorgeworfen, sie wollten nur Aufmerksamkeit.«

Ich räuspere mich. »Das nennt man Projektion«, sage ich. Cora lacht, kehlig und überraschend herzhaft.

»Allerdings.« Plötzlich beugt sie sich vor, stützt sich mit den Ellbogen auf den Knien ab, doch sie hat Mühe. »Ich glaub, dass sie deswegen krank geworden ist. Hast du davon schon mal gehört? Wenn der Kopf einem sagt, dass man krank ist, auch wenn man es gar nicht ist?«

»Ja«, antworte ich vorsichtig. »Aber ich dachte, sie hätte das alles nur vorgetäuscht?«

Cora lehnt sich zurück. Auf einmal wirkt sie sehr erschöpft. »Nein«, sagt sie leise. »Das war nicht vorgetäuscht. Sie war wirklich krank. Wir waren alle krank. Aber es war ganz allein unsere eigene Schuld.« Sie sagt das zu ihrer Bierflasche, als wäre sie der Beweis für alles.

Misha hat immer behauptet, dass das, was in unserem letzten Schuljahr passiert ist, ein Streich war, der außer Kontrolle geraten war. Als immer mehr Mädchen krank wurden, wusste am Ende keiner mehr, was vorgetäuscht war und was nicht. Cora glaubt offenbar, dass die Krankheit eine Art Strafe war.

Aber wofür?

Ich gehe aufs Ganze. »War es wegen des Spiels?«

Bingo. Sie reißt den Kopf hoch und sieht mich mit geweiteten Augen an. »Diese verfluchte Scheiße! Ich weiß noch, wie Becky Sarinelli sich aufgehängt hat. Ich hätte kotzen können.«

»Ich auch.«

»Es war Kaycees Idee, weißt du das?« Sie bläst Rauch aus und wedelt ihn mit der Hand fort. »Also, nicht das Spiel. Unter den Jungs war es schon lange ein Sport, Nacktfotos von Mädchen zu machen. Aber das mit dem Geld, das war Kaycees Idee.«

Mir wird beinahe übel vom Zigarettenrauch.

»Das war typisch Kaycee«, sagt Cora. »Sie hat immer irgendwas ausgeheckt.« Ich weiß, dass Cora recht hat. Kaycee war immer hinter Geld her, schon als wir noch klein waren. Bei ihr zu Hause gab es weniger Geld als bei uns und bei Cora. »Sie hat geklaut. Okay, das haben wir alle gemacht – Bierdosen und Zigarettenblättchen und Kaugummi und so weiter. Aber bei ihr war es zwanghaft.« Cora schüttelt den Kopf. »Und dann ist Kaycee auf die Idee gekommen, dass wir für die Fotos, die die Jungs gemacht hatten, Geld erpressen konnten. Den Mädchen sagen, entweder sie zahlen, oder … Ich wollte da nicht mitmachen. Aber du weißt ja, wie Kaycee war …« Sie spricht nicht weiter, zuckt die Schultern.

Ja, ich weiß, wie Kaycee war. Es war unmöglich, ihr etwas abzuschlagen. Sie konnte einen zu allem überreden.

Solche Hunde sollten eingeschläfert werden.

»Und was hat sie mit den Fotos gemacht, wenn die Mädchen bezahlt haben?«, frage ich. »Hat sie sie ihnen zurückgegeben?«

Cora runzelt die Stirn. »Das glaubst du doch wohl selber nicht.« Sie beugt sich vor, um ihre Zigarette auszudrücken. »Sie hat sie natürlich behalten.«

31

Als ich am Nachmittag zu Monty fahre, erhalte ich unterwegs zwei Anrufe von derselben örtlichen Nummer – von Shariah, nehme ich an. Vermutlich hat sie meinen Zettel gefunden. Ich höre Joes Stimme, die sagt: *Konzentrier dich auf die Gegenwart,* trotzdem leite ich die Anrufe auf Voicemail weiter.

Seit die Testergebnisse da sind, haben wir alle Zeit der Welt. Vor uns liegen Jahre der Routinearbeit, der Gerichtsprozesse, der Sanierung, der Schuldzuweisungen und des Papierkriegs.

Aber ich habe Kaycee schon einmal aus den Augen verloren. Das darf mir nicht noch mal passieren – nicht jetzt, wo ich so nah dran bin, die Wahrheit herauszufinden.

Coras Worte gehen mir immer wieder durch den Kopf.

Ihr Vater hat sie mehr als liebgehabt, falls du verstehst, was ich meine.

Sie hat immer irgendwas ausgeheckt.

Zumindest teilweise hat Cora recht. Schon als Kind hat Kaycee geklaut – Kleinigkeiten, die sie mitgehen ließ, wenn sie bei Freunden zu Besuch war, Sachen aus den Regalfächern in der Schule. Sie hatte nie ein schlechtes Gewissen deswegen. Ich weiß noch, wie bitterlich Morgan Crawley um ein Paar Fausthandschuhe geweint hat, die ihre Oma für sie gestrickt hatte – Handschuhe, die Kaycee mir einen Tag vorher stolz präsentiert hatte.

»Sie hätte besser auf sie aufpassen sollen, wenn sie ihr so wichtig waren«, sagte sie, als ich sie zur Rede stellte. Vor lauter Wut darüber, dass ich sie darauf angesprochen hatte, hat sie die Handschuhe in einen Gully gestopft, und ich werde nie ihren zufriedenen Gesichtsausdruck vergessen, als sie zusah, wie sie vom Regenwasser fortgespült wurden. »Siehst du, jetzt sind sie einfach nur verloren gegangen. Und keiner hat sie.« Als wäre ich an der ganzen Sache schuld gewesen.

Nichts war jemals ihre Schuld. Sie war immun gegen Schuldgefühle, und ihr Gedächtnis funktionierte wie das Sieb eines Goldwäschers – übrig blieb nur, was sie in Erinnerung behalten wollte, alles, was sie in einem guten Licht dastehen ließ.

Deswegen hat mich auch die Sache mit Chestnuts Halsband so ratlos gemacht. Wieso hat sie das Halsband aufbewahrt und mir Jahre später zurückgegeben? Warum war ihr das so wichtig? Als wäre Chestnuts Tod nicht der Beweis einer schrecklichen Tat, die sie begangen hatte, sondern der Beweis von etwas Schrecklichem, das *ihr* angetan worden war.

Aber was sollte das gewesen sein? Es ergab einfach keinen Sinn.

Das Problem ist nicht, dass du nicht zeichnen kannst, Abby. Das Problem ist, dass du nicht sehen kannst.

Ich folge dem Schulbus, bis er vor Montys Haus anhält. Aber nur ein Mädchen steigt aus dem Bus und stapft, gekrümmt unter einer tonnenschweren Schultasche, über einen braunen Rasen zum Nachbarhaus.

Vielleicht ist Monty von seiner Mutter mitgenommen worden – sie arbeitet vormittags in der Schulcafeteria und abends in einer Mautstelle der Interstate 70. Sie hat mir mal erzählt, dass sie auch in der Mautkabine ihr Haarnetz trägt und sich so schlicht wie möglich kleidet, damit die Autofahrer, die spätabends vorbeikommen, nicht in Versuchung geraten, ihre Hand zu berühren oder ihr Obszönitäten zuzuraunen, wenn sie ihnen das Wechselgeld rausgibt.

Monty wohnt in einem seltsamen zusammengestückelten Haus. Es sieht aus, als wären zwei Häuser kollidiert und seitdem ineinander verkeilt. Über der Tür hängt die amerikanische Flagge.

Im Haus ist es dunkel. Aber May, Montys Mutter, macht auf mein Klopfen hin sofort auf. Sie trägt immer noch ihr Haarnetz.

»Abigail«, sagt sie und umarmt mich. Sie riecht nach Lufterfrischer mit Zimtduft. Sie ist herzlich wie immer. In ihrer weichen, beruhigenden Art erinnert sie mich an meine Mutter. »Wie schön, dich zu sehen.« Sie hält mein Gesicht kurz mit beiden Händen. »Ich war vor ein paar Tagen bei deinem Vater, weil ich dich besuchen wollte, aber er sagte, du wohnst woanders?«

Ich nicke. »Ja, ich hab ein kleines Haus hinter dem Frisör gemietet«, sage ich. Plötzlich ein bisschen verlegen, füge ich hinzu: »Ich wollte meinem Vater nicht auf die Nerven gehen. Na ja, und in all den Jahren in Chicago hab ich mich daran gewöhnt, allein zu leben.«

»Kommt mir ziemlich einsam vor«, erwidert sie. Ich bin mir nicht sicher, ob das als Kritik gemeint ist. Doch dann lächelt sie.

»Komm rein.« Sie bugsiert mich in ein vollgestopftes Wohnzimmer, wo auf jeder waagerechten Fläche Sportpokale stehen und jeder Quadratzentimeter Wand bedeckt ist mit gerahmten Familienfotos. »Setz dich. Fühl dich wie zu Hause. Möchtest du irgendwas? Wasser? Limo? Oder ein Glas von meinem speziellen Eistee?«

»Ja, einen Tee nehm ich gern«, sage ich, und sie verschwindet in die Küche. Ich sitze neben einer Vitrine mit Fotos, die Montys Entwicklung vom schreienden Säugling zum kraftstrotzenden Sportler dokumentieren.

May kommt zurück mit einem großen Glas Tee, in dem Eiswürfel klimpern. »Monty hat mir erzählt, dass du gestern beim Spiel warst.« Sie legt einen Untersetzer auf den Tisch, stellt das Glas darauf und lässt sich mir gegenüber mit einem tiefen Seufzer aufs Sofa sinken. »Die meisten von seinen Mitschülern hatten heute Morgen in der Schule immer noch eine Fahne. Von wegen alkoholfreie Zone. Außerdem ist es die letzte Woche vor den Ferien. Manche bringen nicht mal mehr ihre Bücher mit in die Schule.«

»Warst du nicht beim Spiel gestern?«

Sie schüttelt den Kopf. »Football hier, Football da. Ich kann's nicht mehr hören.«

»Ist er zu Hause?«, frage ich. Aber noch ehe sie etwas sagen kann, bekomme ich meine Antwort: Irgendwo im Haus kracht etwas Schweres zu Boden.

»Moment«, sagt sie ernst und steht auf. Kurz darauf höre

ich aus einem Zimmer gedämpfte Stimmen, es klingt wie ein Streit. Als sie zurückkommt, wirkt sie erschöpft.

»Er will nicht mit dir reden«, sagt sie leise. »Ich musste ihn heute früher aus der Schule abholen. Er hat seinen Tisch umgeworfen und sich mit dem Schuldirektor angelegt.« Einen Moment lang fürchte ich, dass sie gleich in Tränen ausbricht. »Ich weiß einfach nicht mehr, was ich mit ihm machen soll. Aber was erwarten die auch, wenn sie bei der Morgenversammlung solche Neuigkeiten platzen lassen?«

»Was für Neuigkeiten?«, frage ich.

Sie schaut mich verwundert an. »Gott, ich dachte, deswegen wärst du hier.« Sie rutscht nach vorne auf die Sofakante und schaut nervös in Richtung Tür, als könnte Monty uns hören. Dann sagt sie leise: »Eine ganz schreckliche Sache. Aber sie kommt wohl durch. Trotzdem, ein so junges Mädchen … noch dazu eine gute Schülerin …«

»Welches Mädchen? Was ist passiert?«

»Tatum Klauss«, sagt sie, und mir bleibt fast das Herz stehen. Das Mädchen, das laut Sheriff Kahn behauptet hat, Monty würde ihr nachstellen. »Monty ist schon seit Ewigkeiten in sie verknallt, seit sie in der neunten Klasse zusammen im Schulbus gefahren sind, bevor ihre Eltern sich haben scheiden lassen. Ein ganz nettes Mädchen, sie grüßt mich immer freundlich in der Cafeteria. Im Gegensatz zu den meisten anderen. Die sehen einen an, als wäre man Abschaum. Und dazu ist sie noch eine gute Schülerin.«

Es war schon immer eine Herausforderung, May zu folgen, wenn sie etwas erzählt hat. Sie verliert leicht den Faden. »Was ist denn mit Tatum passiert?«

»Sie hat ein ganzes Röhrchen von den Tabletten geschluckt, die ihr Bruder wegen seiner ADHS nimmt – gestern Abend, als alle im Stadion waren.« May bekreuzigt sich. »Gott sei Dank ist ihre Mutter früher nach Hause gegangen, weil sie sich nicht gut fühlte. Da lag Tatum in ihrem eigenen Erbrochenen und war kaum noch bei Bewusstsein. Die Mutter hat sie sofort zur Notaufnahme ins Krankenhaus in Dougsville gebracht.« Dasselbe Krankenhaus, wohin ich meinen Vater nach seinem Sturz gebracht habe. »Die Ärzte sagen, sie erholt sich wieder. Kannst du das glauben? Eine Einser-Schülerin! Sie hat ein Stipendium von Optimal bekommen. Sie soll im Herbst aufs College gehen.« So wie May »College« sagt, klingt es, als würde sie »Himmel« meinen.

Ich trinke einen großen Schluck Tee, um den bitteren Geschmack in meinem Mund wegzuspülen. »Weiß man, warum sie es getan hat?«

May schüttelt den Kopf. »Sheriff Kahn war heute bei der Versammlung und hat es allen mitgeteilt, aber mehr nicht.«

Ein Bild taucht vor meinem geistigen Auge auf, Hunderte Hände, die Fotos weiterreichen. Und Becky Sarinelli, die von der Tribüne rennt und dem zu entkommen versucht – aber nicht schnell genug.

Manche Tragödien lassen sich nicht erklären, hat Sheriff Kahn an dem Tag gesagt. Anscheinend gibt es eine Menge Dinge, für die er keine Erklärung hat.

May schüttelt den Kopf und stößt dann grimmig hervor: »Also, die Pillen kann er Monty jedenfalls nicht in die Schuhe schieben! Aber ich wette, er wird genau das versuchen. Wenn die Sonne morgen plötzlich grün wär, würde er Monty dafür verantwortlich machen, das schwör ich dir.«

»Hat Sheriff Kahn dir gesagt, ob Gallagher Anzeige erstatten will?«

»Gallagher? Der doch nicht«, sagt May. »Selbst der alte Zausel weiß es besser. Aber Sheriff Kahn sagt, sie müssen ein Exempel statuieren.«

»Ich rede noch mal mit dem Sheriff.« Die Worte kommen mir automatisch über die Lippen, obwohl ich weiß, dass sie ein leeres Versprechen beinhalten. Wenn Gallagher keine Anzeige erstattet, gibt es keinen Grund, Monty zu belangen. Es sei denn, Kahn versucht, jemand anders zu decken.

»Er will nichts essen«, sagt May. »Die Schule will ihn von der Abschlussfeier ausschließen. Falls er die Abschlussprüfung überhaupt besteht.« Mays Augen füllen sich mit Tränen, die sie mit dem Handrücken wegwischt. »Gott, jetzt fang ich auch noch an zu heulen. Ich muss die ganze Zeit an Tatums Mutter denken.«

»Richtest du Monty einen Gruß aus?« Plötzlich will ich nur noch weg. Hundert Montys grinsen mich von den Wänden an: hundert strahlende Gesichter, ein Junge, der noch nichts von dem ahnt, was auf ihn zukommt. »Sag ihm, er soll mich anrufen, wenn er reden will. Hier.«

Sie fasst meine Visitenkarte am Rand an, als hätte sie Angst, sie zu beschmutzen. Als sie aufblickt, wirkt sie verunsichert. »Warum bist du hergekommen, wenn es nicht wegen Tatum war?«

»Einfach so.« Als ich aufstehe, wird mir einen Moment

lang schwarz vor Augen. Ich stütze mich an der Wand ab. »Ich wollte euch nur besuchen.«

Sie nickt. Aber ich spüre, dass sie mir nicht recht glaubt.

Ich sitze schon im Auto, als sie noch mal den Kopf aus der Tür streckt und ruft: »Grüß deinen Dad von mir, ja?«

Es sieht so aus, als würde sie noch etwas sagen, was jedoch im Motorlärm untergeht.

Mädchen, Spiele, Gift. Die Vergangenheit, sie wiederholt sich.

Ich habe einen weiteren Anruf verpasst – diesmal nicht von einer örtlichen Nummer. Ich halte am Rand eines Feldwegs, der so schmal ist, dass das hohe Gras meinen Außenspiegel berührt. Ich schalte den Motor ab und lausche dem Wind, der in den Bäumen rauscht. Vor mir verschwindet der Weg in den Maisfeldern, und ich stelle mir vor, dass ich auch verschwinden würde, wenn ich immer weiter geradeaus führe. Genauso wie Kaycee.

Die erste Voicemail ist von Shariah. Sie klingt besorgt. Im Hintergrund schreit ein Baby.

Hallo, Miss Williams. Ich hab Ihren Zettel gefunden. Ich … Also, ich ruf an, weil Sie mich darum gebeten haben. Sie können mich jederzeit unter dieser Nummer zurückrufen. Wenn ich nicht rangeh, bin ich wahrscheinlich gerade dabei, Grayson ins Bett zu bringen. Okay. Bis dann.

Der nächste Anruf stammt von einem Mann.

Hier spricht Dr. Chun aus dem Lincoln Memorial Hospital in Indianapolis.

Unwillkürlich richte ich mich auf und werfe einen Blick in den Rückspiegel, so als könnte sich von hinten Gefahr nähern.

Dr. Aster hat mir die MRT-Ergebnisse Ihres Vaters geschickt und Sie als Kontaktperson genannt. Bitte, rufen Sie mich so bald wie möglich zurück.

Merkwürdig, wie schnell die ganze Welt auf den Innenraum eines Autos zusammenschrumpfen kann. Vögel fliegen über den blauen Himmel. Sechs insgesamt. Dann noch ein siebter.

Ich umklammere mein Handy, bis es warm wird.

Eine für Leid, zwei für Freud' …

Ich rufe im Krankenhaus an. Eine Empfangsdame meldet sich. Womöglich nimmt dieselbe Empfangsdame meine Anrufe in jeder Arztpraxis, bei jeder Versicherung und jeder Autovermietung an, wo ich je angerufen habe. Sie erklärt mir, dass Dr. Chun mich zurückruft, sobald er einen Moment Zeit hat, was so klingt, als könnte ich von Glück reden, wenn er sich vor Weihnachten bei mir meldet.

Aber er ruft fast sofort zurück.

»Miss Williams? Hier spricht Chun, ich bin Chefarzt der Neurologie im Lincoln Memorial. Danke, dass Sie auf meinen Anruf geantwortet haben. Dr. Aster hat mir ein paar Gehirnscans geschickt, die ich mir ansehen sollte«, sagt er.

Endlich finde ich meine Sprache wieder. »Verzeihung, welche Abteilung, sagten Sie?«

»Neurologie«, sagt er, und ich entspanne mich. Fast. Neurologen beschäftigen sich mit Gehirnscans. Normal. Doch dann fährt er fort: »Mein Spezialgebiet ist Neurologische Pathologie. Und Onkologie«, fügt er dann noch mit einem entschuldigenden Unterton hinzu.

Ich schließe die Augen und denke an all die vielen Male, die ich meinem Vater den Tod gewünscht habe. Ich öffne die Augen wieder. Die Welt ist noch da. Ein Pick-up rumpelt vorbei, auf der Ladefläche eine Gruppe braun gebrannter Jugendlicher.

Das Bild ruft eine lange vergessene Erinnerung hervor: Kaycee und ich waren vielleicht in der dritten Klasse, meine Mutter lebte noch, und wir durften zum ersten Mal zu einer Halloween-Gruselfete. In dem verwunschenen Haus habe ich Todesängste ausgestanden. Nicht wegen der Monster, die da rumgeisterten und Kettensägen schwangen, sondern weil Kaycee vorgegangen war und sich einen Spaß daraus machte, einfach zu verschwinden. Total verängstigt bin ich von Zimmer zu Zimmer gelaufen, um sie zu suchen. Überall standen Särge rum, alles triefte vor Kunstblut, und in einem Zimmer hing sogar eine blonde Schaufensterpuppe an einem Strick. Sie hatte nicht mal ein Gesicht, nur aufgemalte Augen und Lippen – aber in meiner Panik und im Dunkeln dachte ich, es wäre Kaycee.

Hinterher haben wir dann eine Heuwagenfahrt gemacht. Wir saßen hinten, nur wir zwei, weil Kaycees Vater losgegangen war, um sich noch ein Bier aus dem Auto zu holen.

Kaycee war sauer, weil ich ihren Streich nicht lustig gefunden hatte.

Ich hab dir Angst eingejagt, stimmt's?, sagte sie immer wieder. *Das ist ein Geisterhaus. Kapierst du das nicht? Ich hab dir Angst gemacht.*

Dann waren wir plötzlich mitten im Wald. Wasser tropfte von den Zweigen, an den Baumstämmen hingen papierne Gespenster. Kaycee sagte zu mir: »Ich habe keine Angst vor dem Sterben. Kein bisschen. Du?«

Ich wusste nicht, was ich antworten sollte. Meine Mutter lag im Sterben. An meinen eigenen Tod hatte ich noch nie gedacht.

»Nein«, log ich.

Sie nahm meine Hände. »Wenn ich sterbe, werde ich ein Engel, damit ich immer auf dich aufpassen kann.« Dann drückte sie meine Hände so fest, dass es wehtat. »Aber zuerst räche ich mich an allen, die es verdient haben. Ich werde sie alle zu Tode erschrecken, einen nach dem anderen.«

Eine Sekunde, zwei, drei … Ich öffne die Augen, und die Welt ist immer noch da. Ich halte das Telefon immer noch an meine verschwitzte Wange gedrückt. Kaycee ist immer noch verschwunden.

»Könnten Sie mit Ihrem Vater herkommen?«, fragt Dr. Chun gerade.

»Wann?«, sage ich. Meine Stimme ist belegt. Ich hoffe inständig, er sagt: Wann immer es Ihnen passt. Ich hoffe, er sagt, dass es keine Eile hat. Ich hoffe, er sagt, in ein paar Wochen.

»Ich bin heute bis neunzehn Uhr hier.«

32

Dr. Chun hat offenbar viel Erfahrung darin, eine schlechte Nachricht so zu verpacken, dass sie klingt, als handelte es sich genau um die Nachricht, auf die man gehofft hat. Er ist ruhig und geduldig, freundlich und sachlich. Er druckst nicht herum. Er schaut uns direkt in die Augen. Und ich glaube ihm, dass ihm das, was er sagt, nicht gleichgültig ist.

Er will wissen, ob mein Vater unter Stimmungsschwankungen leidet, ob er Schlafstörungen hat, ob er neuerdings vergesslicher ist. Ob er in letzter Zeit gestürzt ist oder Probleme mit dem Gleichgewicht hat.

Er erklärt uns, dass bei älteren Menschen die Symptome eines Glioblastoms häufig mit den Symptomen anderer Krankheiten wie zum Beispiel Alzheimer verwechselt werden.

Und dass der Tumor schon seit einiger Zeit wächst.

Er teilt uns mit, dass die durchschnittliche Überlebensdauer bei etwa fünfzehn Monaten liegt. Aber er fügt sehr mitfühlend hinzu, dass meinem Vater in Anbetracht der Größe des Tumors weniger Zeit bleiben wird.

Er rät uns angesichts der kurzen Zeitspanne, die meinem Vater noch bleibt, dass wir uns von jetzt an vor allem auf seine Lebensqualität konzentrieren. Tief in meinem Herzen weiß ich, dass er eigentlich schon tot ist.

33

Auf der Rückfahrt herrscht Schweigen. In mir brodelt es. Ich möchte am liebsten irgendwas kaputt schlagen.

Ein Monat. Ein halbes Jahr. Schwer zu sagen. Aber es wird schnell gehen.

Es kann nicht sein, dass mein Vater stirbt. Mein Vater ist unverwüstlich. Er ist das Maß aller Dinge. Er ist das Gesetz.

Er ist alles, was ich habe.

Er schläft, den Kopf ans Fenster gelehnt. Sein Atem riecht alt. Etwas Weißes klebt in seinem Mundwinkel.

Eine dünne Wolkendecke schiebt sich über den Himmel. Die Luft ist elektrisch aufgeladen, und es riecht von draußen nach verbranntem Gummi.

Mein Handy – Joe schon wieder – reißt meinen Vater aus dem Schlaf. Ich drücke das Gespräch weg.

»Wer war das?«, fragt mein Vater. Als er den Namen auf dem Display sieht, fragt er: »Joe? Ist das dein Verlobter?«

»Dad, ich bin mit niemandem zusammen«, sage ich ihm zum hundertsten Mal. Seit ich in Barrens bin, lässt mein Vater keine Gelegenheit aus, sich nach meinem Liebesleben zu erkundigen. *Macht es deinem Verlobten nichts aus, dass du so viel arbeitest? Warum bittest du deinen Verlobten nicht einfach, dir bei dem Problem zu helfen?* Ich weiß nicht, ob er das extra macht, ob er wirklich rauszukriegen versucht, wer mein Freund ist, oder ob er tatsächlich vergessen hat, dass ich keinen festen Freund habe. Die einzige einigermaßen stabile Beziehung in meinem Leben ist die zu Joe, und der ist schwul und die halbe Zeit sauer auf mich.

»Eine Frau braucht einen Mann«, murmelt er und schaut wieder aus dem Fenster.

Ich muss an das denken, was Dr. Chun gesagt hat, und stelle mir den Tumor meines Vaters vor wie einen Klumpen Schwermetall, eine Ablagerung von giftigen Chemikalien.

»Hab ich dir eigentlich mal erzählt, wie ich deine Mutter kennengelernt hab?«, fragt mein Vater, ohne sich vom Fenster abzuwenden.

»Ja, hast du, Dad. Ungefähr hundert Mal.«

»Das war 1980. Als Reagan Präsident war.«

»Ich weiß«, sage ich. Wechselgesang. »Sie hat in der Suppenküche Essen an die Obdachlosen ausgeteilt, und du hast sie von der anderen Straßenseite aus gesehen.« *Amen.*

»Nein. Es war mitten im Winter. Sie war in der Küche und hat im Suppentopf gerührt. Sie hatte die Haare offen, und ich hab sie gefragt, ob sie keine Angst hätte, dass Haare in meinen Teller fallen, und da hat sie gelacht und gesagt, wir beide hätten größere Probleme.«

Das habe ich noch nie gehört. Ich warte darauf, dass er sich korrigiert. Normalerweise geht die Geschichte so, dass mein Vater gesehen hat, wie ein betrunkener Penner, dessen Hände so stark zitterten, dass er kaum seine Suppentasse halten konnte, meine Mutter angebaggert und ihr Komplimente zu ihrem schönen Haar gemacht hat. Mein Vater hat gesehen, was für eine Heilige sie war, und ist herbeigeeilt, um sie zu retten.

Aber er bleibt bei der neuen Version. »Irgendwas muss sie in mir gesehen haben, denn sie hat eine Hand auf meine gelegt und mir versichert, es würde alles gut werden.«

Es war andersherum. Es war mein Vater, der, gerührt von der Botschaft, die Gott direkt in sein Herz gesandt hat, die Straße überquert hat, um *sie* zu retten.

Aber plötzlich weiß ich, dass diese neue Version die originale Geschichte ist. Die Version, die er mir mein Leben lang erzählt hat, war die Fälschung. Er war der Alkoholiker. Er war derjenige, der gerettet werden musste.

»Wusstest du, dass ich, nachdem sie meine Hand berührt hat, nie wieder einen einzigen Drink angerührt hab? In dem Moment hat auch Gott mich berührt. Ich hab's genau gespürt. Es war, als würde ihre Hand fünfzig Tonnen wiegen und als wäre sie gleichzeitig leicht wie eine Feder.«

Ich gehe alle möglichen Fragen durch in der Hoffnung, eine zu finden, die einen Sinn ergibt. Ich schwitze und friere zugleich, so als wüsste nicht mal mein Körper, was real ist und was nicht.

Mein Vater ist der namenlose, betrunkene Penner aus seinen Geschichten.

Ich weiß selbst nicht genau, was diese Erkenntnis ändert, und doch fühlt sich alles plötzlich anders an. Ich komme mir vor wie in dem Augenblick, als mir klar wurde, dass wir, wenn wir Ringelreihen gespielt haben, in Wirklichkeit die Cholera besangen und Leute nachahmten, die an ihrem eigenen Blut erstickten. Ich habe meinen Vater gefürchtet und gehasst und erst kürzlich angefangen, ihn zu bemitleiden.

Aber ich habe noch nie Zuneigung zu ihm empfunden.

Ich glaube, er ist wieder eingeschlafen. Seine Augen sind zu, und sein Kopf nickt im Takt des Wagens. Doch dann sagt er plötzlich: »Also, ich hab keine Angst vor dem Tod.«

Ich muss an Kaycee denken.

»Und sag jetzt nicht, dass ich nicht sterbe«, fügt er hinzu, ehe ich etwas erwidern kann. »Ich hab gehört, was der Arzt gesagt hat.«

»Der Tod ist nicht real«, sage ich. »Nur Gott.« Das habe ich tausend Mal von ihm gehört.

Er sitzt mit geschlossenen Augen da, schaukelt sanft hin und her. Als bewege er sich zu einer Musik, die ich nicht hören kann.

»Vor zwei Jahren, im September, hab ich im alten Schuppen eine Katze gefunden. Die war trächtig, war kurz vorm Platzen. Sie war ziemlich schlimm dran. Ich hab sie mit einer Decke zugedeckt und ihr verdünnte Milch hingestellt. Dann sind die Kätzchen gekommen. Sechs Stück. So winzig. Wenn sie kein Fell gehabt hätten, hätte man sie glatt für Maikäfer halten können.« Er schüttelt den Kopf. Die Augen hat er immer noch geschlossen. »Ich hab ihnen ein kleines Nest gemacht, aus einem Karton und einer alten Decke.«

Ich warte darauf, dass er die Geschichte zu Ende erzählt, doch er verfällt in Schweigen. Wir fahren gerade nach Barrens rein. Selbst von hier aus, vom anderen Ende der Stadt, sieht man die Schornsteine von Optimal rauchen.

»Und was ist aus den Kätzchen geworden?«, frage ich schließlich.

Er macht die Augen auf. »Ein Unwetter ist aufgekommen. Plötzlich hatten wir Frost. Es gab keine Warnung, nichts im Wetterbericht. Durch den Wind und die Kälte sind über Nacht alle Blätter von den Bäumen gefallen, und plötzlich war es Winter.« Er hebt eine Hand und drückt sie gegen die Fensterscheibe, dann nimmt er sie weg und sieht zu, wie sein Handabdruck verschwindet. »Sie waren alle tot, sechs kleine Kätzchen und auch die Mutter.«

»Wie traurig«, sage ich. Aber ich wundere mich, dass er den Vorfall erwähnt. Hier auf dem Land ist man ans Sterben gewöhnt. Es werden Kühe, Schweine und Hühner geschlachtet, um die Tiefkühltruhen zu füllen. Im Winter werden Hirsche geschossen, Katzen werden auf der Straße überfahren, Vögel fallen tot vom Himmel.

»Ich weiß nicht, ob es einen Gott gibt«, sagt mein Vater. Wir fahren immer noch, rumpeln durch ein überdimensionales Landschaftsgemälde ins Nichts. »Ich dachte immer, es gäb einen großen Plan. Selbst die schlimmen Sachen, als deine Mutter gestorben ist oder wenn ein Junge unter einen Mähdrescher kam … Immer hab ich geglaubt, das gehört alles zum Plan. Aber was ist das für ein Plan, der kleine Kätzchen elend erfrieren lässt? Was für ein Gott macht so was? Wieso lässt er sie erst auf die Welt kommen?« Einen Moment lang ist sein Gesicht beinahe wutverzerrt, und er sieht aus wie der Mann, den ich in Erinnerung habe. »Es gibt das Böse, Abby. Vergiss das nicht. Du musst danach Ausschau halten, damit es dich nicht erwischt.«

Die Welt atmet aus. Jetzt klingt er wie der Vater, den ich kenne. »Ich werd's mir merken.«

Er lehnt sich zufrieden in seinem Sitz zurück. Als wir aus dem Zentrum hinaus und an den vielen Autowerkstätten und Fastfood-Buden und neuen Restaurants vorbeifahren, ist Optimal im Hintergrund zu sehen – eine hässliche Ansammlung von Gebäuden zwischen den Bäumen.

»Sieh dir das an«, sagt mein Vater. »All dieser Qualm. Chemischer Dreck. Ekelhaft.« Er schüttelt den Kopf. »Die haben sie umgebracht«, sagt er. »Klar, ich weiß, alle sagen, das stimmt nicht. Aber ich weiß es besser. Die haben sie mit ihrem ganzen Dreck umgebracht. Gift und Profit, darauf läuft's hinaus.«

Meine Mutter ist gestorben, kurz bevor die Fabrikgebäude von Optimal fertiggestellt waren. An dem Tag, als wir sie beerdigt haben, kam der erste Rauch aus den Schornsteinen, und ich weiß noch, wie ich zuerst dachte, es wäre irgendeine Art von Feier.

»Die haben sie nicht umgebracht, Dad«, sage ich, auch wenn ich mir nicht sicher bin, warum es eine Rolle spielt. »Mom hatte vorher schon Krebs.«

»Ich rede doch nicht von deiner Mutter.« Er lehnt den Kopf zurück und macht die Augen wieder zu. »Ich rede von dem Mädchen, über das sich immer alle das Maul zerrissen haben. Kaycee Mitchell.«

34

Als ich am nächstem Morgen aufwache, habe ich Mühe, mich zu erinnern, wie ich ins Bett gekommen bin. Ich erinnere mich, dass ich getrunken habe. Ich habe von bunt angemalten Körpern geträumt. Von blauen, orangefarbenen und roten Schatten. Von einem Feuer. Vom Geruch von Farbe.

In meinem Wohnzimmer steht ein von Angst verzerrtes Mädchen an den Ohrensessel gelehnt und schreit. Dann zucke ich zusammen und merke, dass ich geschrien habe. Das Mädchen ist Kaycee, in Öl einbalsamiert auf einem ihrer Gemälde. Ein Selbstporträt.

Ich sehe mich um. Auf dem Tisch zwei weitere Gemälde, die aufeinanderliegen, eine halbleere Flasche Jim Beam und Zigarettenkippen in einer Pfütze aus schmutziger Flüssigkeit.

Ich rauche seit dem College nicht mehr. Aber ich schmecke den Rauch in meinem Mund.

Ich versuche, mich zu erinnern, aber alle Bilder entgleiten mir wie Luftballons. Ich weiß nicht, ob ich gesehen wurde, als ich die Bilder aus dem Lagerraum geholt habe, ob ich vorsichtig war oder was zum Teufel mich überhaupt dazu veranlasst hat, diese Bilder zu stehlen und mit nach Hause zu nehmen. Ich möchte sie unbedingt verstecken, verbrennen, aus dem Haus schaffen. Aber sie starren mich an, weigern sich, bewegt zu werden.

Ich lasse mich aufs Sofa fallen.

Zehn Jahre lang hat mein Vater kein einziges Wort über Kaycees Verschwinden verloren. Gestern habe ich versucht, mehr aus ihm rauszukriegen, aber er hatte wenig zu bieten. Nur, dass er Kaycees Tasche am Seeufer gefunden hat, halb versteckt unter einem überhängenden Strauch, und dachte, sie hätte sie dort nach einem Lagerfeuer vergessen. Er hatte damit gerechnet, dass sie kommen würde, um die Tasche zu holen, doch dann hieß es auf einmal, sie sei abgehauen.

Aber wer haut ab und lässt sein Portemonnaie, sein Handy und seinen Führerschein zurück?

Ich habe ihn gefragt, warum er nicht zur Polizei gegangen ist, aber er hat nur die Schultern gezuckt. *Das ging uns nichts an,* meinte er. *Dieses Mädchen hat sowieso immer nur Ärger gemacht.*

Ich lasse Kaycees Bilder an diesem Morgen, wo sie sind, und fahre zu unserem neuen Büro. Die anderen sind schon bei der Arbeit, als ich ins Zimmer stürme, und die Worte rutschen mir heraus, bevor ich sie aufhalten kann.

»Kaycee ist tot.«

Joe starrt mich an, als hätte ich den Verstand verloren. »Wovon redest du?«

»Kaycee Mitchell. Sie ist nicht verschwunden. Sie hat die Stadt nicht verlassen. Sie ist tot«, sage ich noch mal, und als ich es ausspreche, bin ich mir ganz sicher, dass es wahr ist. Es fühlt sich stimmig an. Es fühlt sich an, als würde ich mir einen Granatsplitter aus der Brust ziehen. »Ich glaube, sie ist hier in Barrens gestorben. Weil sie tatsächlich krank war.« Joes Gesichtsausdruck ist unverändert, also rede ich weiter. »Ich glaub, dass ihre Familie dafür bezahlt wurde, den Mund zu halten. Vielleicht auch Misha. Vielleicht sogar Brent, ihr Freund.«

»Hast du letzte Nacht überhaupt geschlafen?«, fragt Joe in einem Ton, der mir nicht gefällt.

»Es geht mir gut«, sage ich, weil das stimmt, weil ich glaube, dass das stimmt, und alle meine Erinnerungen fühlen sich an wie Träume, und deswegen glaube ich, dass es Träume sind. Ich berichte Joe, was mein Vater mir über ihre Tasche am Seeufer erzählt hat.

»Abby, dein Vater ist krank«, sagt Joe ganz langsam, als rede er mit einem Kind. »Wir können nicht davon ausgehen, dass er weiß, was real ist und was nicht. Er hat doch Alzheimer, wenn ich mich recht erinnere.«

Es ist nicht der richtige Moment, um Joe zu korrigieren, deshalb lasse ich es. Die Symptome sind sowieso gleich. Aber das Langzeitgedächtnis meines Vaters funktioniert noch einwandfrei, nur mit dem Kurzzeitgedächtnis hapert es.

»Kaycee und ihre Freunde haben in der High School ein gemeines Spiel gespielt«, sage ich. »Sie haben das Spiel nicht erfunden, aber Kaycee hat sich eine Möglichkeit ausgedacht, wie sie damit Geld verdienen konnten.« Ich erkläre meinen Kollegen kurz, was Cora Allen mir erzählt hat. »Im Klartext: Erpressung«, sage ich atemlos.

Mich ergreift leichter Schwindel. Aber ich werde mich jetzt nicht setzen, denn damit würde ich zugeben, dass Joe recht hat, dass die Praktikanten, deren Blicke nervös zwischen Joe und mir hin und her wandern, recht haben, dass ich hier stehe und Unsinn rede, anstatt etwas zu erklären, was ich endlich als die Wahrheit erkannt habe.

»Sorry.« Joe reibt sich die Stirn. »Aber was hat das alles mit Optimal zu tun?«

»Erpressung«, wiederhole ich. »Das war ihr *Muster.* Sie war auf den Geschmack gekommen, als sie gemerkt hat, dass sie Geld von Mädchen erpressen konnte, die Angst hatten, ihre Eltern oder Lehrer würden die Fotos in die Finger bekommen. Aber wie viel werden die Mädchen ihr wohl bezahlt haben? Vierzig, fünfzig Dollar?« Ich bin voll in Fahrt. »Wahrscheinlich hatte Kaycee von dem Fall in Tennessee gehört, aus dem Optimal sich freigekauft hatte, bevor die Firma nach Barrens umgezogen ist. Und dann ist sie auf die Idee gekommen, so zu tun, als wäre sie krank, hat ein paar Freundinnen überredet mitzumachen, in der Überzeugung, von Optimal richtig viel Kohle erpressen zu können. Aber sie hat nicht geahnt, worauf sie sich da eingelassen hat. Optimal war mit seinen eigenen Betrügereien beschäftigt, hat Umweltschutzbestimmungen umgangen, Geld gewaschen, Politiker bestochen. Sie konnten keine schlechte Presse gebrauchen. Und sie konnten sich keine Überprüfungen leisten.«

»Also haben sie sie umgebracht«, bemerkt Joe mit ausdruckslosem Gesicht.

In dem schmerzhaft grellen Licht, umgeben von Kartons mit Aktenordnern und Bürokram, habe ich plötzlich das Gefühl zu ertrinken. Es klingt verrückt. Natürlich tut es das. Aber ich habe recht. Es kann gar nicht anders sein. »Oder sie haben einen Killer angeheuert. Womöglich ihren verdammten *Vater,* was weiß ich. Aber es passt.«

Einen Moment lang herrscht Stille. Mein Herz hämmert wild.

Portland findet als Erster die Sprache wieder. »Aber die Krankenschwester in der Schule hat ausgesagt, Kaycee sei tatsächlich krank gewesen«, sagt er. »Und die Fotos beweisen es.«

»Die Fotos beweisen, dass sie eine gute Schauspielerin war«, fauche ich, obwohl ich wieder das Bild von Kaycee in der Schultoilette vor Augen habe. Dann taucht noch ein anderes Bild aus meiner Erinnerung auf, aus der Zeit, als wir klein waren. Kaycees Gesicht, verschlossen wie eine verrammelte Tür, als ich sie wegen Chestnut zur Rede gestellt hab. *Ich war's nicht,* hat sie so ruhig und so gelassen gesagt, dass es einfach nur grausam klang. *Wie kommst du nur auf so was Krankes?* »Sie war eine Lügnerin. Sie ist immer eine Lügnerin gewesen. Vielleicht hat sie selbst dafür gesorgt, dass sie krank wurde.«

Immer noch schauen mich alle fragend an. Mich packt Wut.

»Ihr habt sie nicht gekannt. Als Kinder waren wir Freundinnen. Sie war total durchgeknallt. Sie hat meinen Hund mit Rattengift umgebracht.«

Das entlockt Joe endlich eine Reaktion. »Wie bitte?«

»Sie hat es jahrelang abgestritten und mich gequält, weil ich es ihr nicht verzeihen wollte, aber bevor sie gestorben ist, oder bevor sie umgebracht wurde, hat sie mir ein Beweisstück zukommen lassen, um mir zu zeigen, dass ich die ganze Zeit recht gehabt hatte.«

Joe schiebt seinen Stuhl geräuschvoll zurück und steht auf. Bei mir ist die Luft raus. Ich bin verschwitzt und erschöpft und den Tränen nahe.

»Können wir unter vier Augen reden?« Joe klingt so höflich wie ein Fremder. Mir bleibt nichts anderes übrig, als ihm zu folgen.

Wir treten hinaus in die pralle Sonne. Die Tür schlägt hinter uns zu. Auf der anderen Seite des Parkplatzes öffnet gerade das Sunny Jay's. Ich frage mich, ob Condor da ist. Und falls ja, hoffe ich, dass er nicht rauskommt und mich so sieht.

»Hör zu.« Ich hole tief Luft. »Ich weiß, was du sagen willst, okay?«

»Ich glaube nicht, dass du das tust.« Joe wirkt besorgt. »Du arbeitest zu viel in letzter Zeit.«

Mich verlässt aller Mut. Er glaubt mir nicht. Er glaubt mir nicht mal ansatzweise. »Joe, das ist wichtig.« Mir schnürt sich die Kehle zusammen, sodass ich die Worte nur mit Mühe herausbringe. »Kaycee Mitchell ist tot. Und alle vertuschen es. Seit zehn Jahren.«

Aber er hört mir gar nicht zu. Er schaut mit zusammengekniffenen Augen in die Ferne. »Ich kenne dich jetzt schon ziemlich lange, Abby. Wir sind Freunde. Alles klar? Seit unserem ersten Tag bei CEAW, als ich dir gesagt hab, dass mir deine Schuhe nicht gefallen. Erinnerst du dich?«

Ich kann die Tränen nicht mehr zurückhalten, und ich versuche es auch gar nicht. Ich stehe da, gedemütigt, erschöpft und wütend. Mein Vater stirbt, und Joe hört mir nicht zu. Ich bin nach Barrens gekommen, um die Vergangenheit zu begraben, und stattdessen begräbt mich die Vergangenheit unter sich.

»Ich mach mir Sorgen um dich«, sagt Joe. »Du brauchst eine Auszeit. Wann hast du das letzte Mal Urlaub genommen?«

»Ich brauch keinen Urlaub! Was ich brauche, ist, dass du mir zuhörst!«

»Abby, du bist überarbeitet.« Er klingt jetzt fast drohend. »Ich möchte nicht, dass noch mal das Gleiche passiert wie in unserem ersten Jahr.«

Trotz der Hitze läuft mir ein kalter Schauer über den Rücken. »Das ist nicht fair.«

»Ach nein?« Als er sich mir zuwendet, ist seine Miene starr. »Du hast nicht mehr geschlafen. Du hast angefangen zu trinken. Du warst völlig durch den Wind. Du hast geglaubt, Bromley hätte in den Rechnungen Botschaften versteckt …«

»Ich hatte zweiundsiebzig Stunden nicht geschlafen.« Mir versagt die Stimme in der stillen Luft. »Hör zu, ich weiß, dass ich es damals übertrieben hab. Ich hab Aufputschmittel genommen. Ich war total neben der Spur, ich geb's zu. Und ich hab's damals auch zugegeben.« *Und du Mistkerl hast mir versprochen, es nie wieder zu erwähnen.* »Aber das hier ist was anderes.«

»Keine Diskussionen.« Sein Gesicht verwandelt sich in das eines Fremden, seine Worte in die grausamen Worte eines Fremden. »Ich hab schon mit Estelle gesprochen. Du fährst nach Hause. Nach *Chicago.*« Er betont das Wort, als hätte ich vergessen, wo mein Zuhause ist. »Wir fahren alle nach Hause. Ich werde die Untersuchung von Chicago aus weiterführen. Wir kriegen Casey Scheiner zur Unterstützung.«

Er hätte mir genauso gut einen Hieb in den Magen versetzen können. Mir bleibt die Luft weg.

»Du kannst mich mal«, flüstere ich.

Joe seufzt. Er regt sich nicht mal auf. Das macht es in gewisser Weise noch unerträglicher. »Es ist nichts Schlimmes passiert«, sagt er, als würde ich mir deswegen Sorgen machen. »Du hast immer noch deinen Job. Aber du fährst nach Hause und sorgst dafür, dass du dich erholst und die verdammte Kaycee Mitchell vergisst.« Er wendet sich zum Gehen, dann dreht er sich noch mal um. »Ach so. Da fällt mir noch was ein. Kaycee hat für dich angerufen. Sie wohnt jetzt anscheinend in Florida.« Joes Lächeln ist kalt und schmallippig. »Sie hat eine Nummer hinterlassen, für den Fall, dass du zurückrufen willst.«

35

Ich sitze in meinem Auto, starre auf die Schaufenster des Getränkeladens, in denen sich die Sonne spiegelt. Meine Finger zittern so heftig, dass ich mich bei dem Versuch, die Nummer zu wählen, die Joe mir gegeben hat, zweimal vertippe. Zuerst gerate ich an ein Sonnenstudio in Florida, dann an einen Mann, der mich auf Spanisch beschimpft, bevor er auflegt. Meine Kehle ist staubtrocken. Ich wünschte, ich hätte ein Bier, einen Schnaps, irgendwas, aber jetzt Alkohol zu trinken wäre das Ende.

Aber dies ist nicht das Ende.

Darf es nicht sein.

Aller guten Dinge sind drei. Ich schließe die Augen. Das Herz schlägt mir bis zum Hals. Ich zähle die Klingeltöne. Eins, zwei, drei, vier. Nach dem vierten Klingeln geht sie ran. Ein übles Gefühl breitet sich in meiner Brust aus.

»Hallo?« Kaycees Stimme ist tiefer und rauer, als ich sie in Erinnerung habe. Eine Stimme, wie man sie bei einer Sex-Hotline erwarten würde. Ich könnte nicht sagen, ob das Kaycee ist oder nicht. Ich hatte angenommen, ich würde ihre Stimme sofort erkennen.

»Spreche ich mit Kaycee Mitchell?«, frage ich und warte mit angehaltenem Atem auf die Antwort.

»Am Apparat. Wer sind Sie?«

Plötzlich ist mir schwindlig.

»Ähm … hier ist Abby Williams«, sage ich, woraufhin sie lacht, und wieder halte ich den Atem an, während ich versuche, den Klang ihres Lachens mit meiner Erinnerung in Einklang zu bringen.

»Abby! Wow! Du klingst ganz fremd.« Das ist entweder die Wahrheit oder ein gemeiner Trick. Oder beides.

»Wo bist du?«, frage ich. Obwohl ich die Vorwahl von Florida gewählt habe, hege ich die verrückte Hoffnung, dass sie mir sagt, sie ist nach Barrens zurückgekommen, genau wie ich. Und ganz unerwartet will ich sie unbedingt sehen – nicht, um etwas zu beweisen, einfach nur so.

»In der Nähe von Sarasota. Ich wohne jetzt schon seit ein paar Jahren hier. Ich bin viel umgezogen, nachdem ich von Barrens weggegangen bin.«

Sarasota. Da fällt mir ein: Sheriff Kahn war gerade in Sarasota. Kann das Zufall sein?

»Warum bist du weggegangen?«, platzt es aus mir raus.

»Warum nicht?«, entgegnet Kaycee und lacht wieder. »Ich wollte schon immer weg. Erinnerst du dich nicht? Mrs. Danforth hat mich mehrmals dabei erwischt, wie ich aus dem Fenster geklettert bin, als ich angeblich zur Toilette wollte. Schon in der Grundschule wollte ich aus Barrens weg.«

Mrs. Danforth hatte ich ganz vergessen und auch, dass Kaycee immer wieder versucht hat, während des Unterrichts aus dem Fenster neben der Turnhalle zu klettern, weil die Türen der Schule bewacht wurden. Ein paarmal hat sie es auch geschafft.

Ich kurble mein Fenster runter, und trotzdem ist mir, als bekäme ich kaum Luft. Sie ist es. Sie muss es sein. Kaycee ist tatsächlich abgehauen, genau wie alle behauptet haben, und ich habe mich geirrt und bin wahrscheinlich einfach dabei, durchzudrehen. Kaycee lebt, sie ist braun gebrannt und immer noch schön. Kaycee liegt auf irgendeiner Veranda in einem Liegestuhl oder sitzt irgendwo in Sarasota an einem Swimmingpool. Das Ganze hat überhaupt nichts zu bedeuten. Sie ist einfach weggegangen. Sie hat Barrens abgeschüttelt wie eine Staubschicht. Ohne einen Blick zurückzuwerfen.

Was beweist, dass sie auch darin besser ist als ich.

»Wer hat dir eigentlich erzählt, dass ich nach dir suche?«, frage ich.

»Misha«, antwortet sie nach kurzem Zögern.

»Mir hat sie erzählt, sie hätte seitdem nie wieder mit dir gesprochen«, sage ich.

»Ich hab sie gebeten, das zu sagen. Ich wollte nicht, dass mein Vater wusste, wo ich war, oder dass er Misha dauernd nach mir fragte oder mich anpumpt oder was weiß ich.«

Eine denkbar einfache Erklärung, die mir nie in den Sinn gekommen ist. Natürlich würde Kaycee nicht wollen, dass ihr Vater sie findet. Er war schließlich einer der Gründe, warum sie abgehauen ist.

So einfach ist das. Warum hab ich dann immer noch das Gefühl, dass sie diejenige ist, die lügt?

»Du wolltest mich was fragen?«, sagt Kaycee.

»Ich wollte nur verstehen, warum«, sage ich. »Warum du so getan hast, als wärst du krank. Warum du ohne ein Wort verschwunden bist.«

Kaycee seufzt. Hinter ihr, kaum hörbar, eine Männerstimme. Ich stelle mir vor, wie sie den Kopf in die Richtung dreht, um zu hören, was ihr Mann oder Freund von ihr will.

Oder vielleicht, um sich Anweisungen geben zu lassen.

Diese Idee kommt mir ganz plötzlich, und sie lässt sich nicht abschütteln.

»Hör zu.« Kaycee bringt ihren Mund ganz dicht ans Telefon. »Ich erinnere mich nicht, warum ich irgendwas getan hab, okay? Das ist die Wahrheit. Das ist alles eine Ewigkeit her. Ich war damals total durch den Wind. Ich wollte im Mittelpunkt stehen. Vielleicht dachte ich auch, es würde was dabei rausspringen.«

Sie könnte genauso gut aus einem Buch vorlesen: *Warum Kaycee Mitchell aus Barrens weggegangen ist – eine Liste der möglichen Gründe.*

»Es tut mir leid«, sagt sie ein bisschen ruhiger, und in diesem Moment wird die ganze Welt weiß. »Es tut mir leid, dass ich so vielen Menschen wehgetan hab und dass so viele Leute ihre Zeit damit vergeudet haben, nach mir zu suchen. Es tut mir leid, was ich *dir* angetan hab.«

»Das braucht es nicht«, sage ich. In meinem Kopf schrillen alle Alarmglocken.

Kaycee Mitchell tut etwas leid.

Aber Kaycee Mitchell tut nie etwas leid. Diese Worte habe ich noch nie aus ihrem Mund gehört.

Sie hat es eher in Kauf genommen, eine Woche lang nicht in die Pause gehen zu dürfen, als sich bei Matt Granger dafür zu entschuldigen, dass sie seine Ölkreiden geklaut hatte.

Sie konnte nicht um Entschuldigung bitten. Es war ihr einfach nicht gegeben.

Kaycee Mitchell ist immun gegen Schuldgefühle.

Wer auch immer am anderen Ende der Leitung ist, es ist nicht Kaycee Mitchell.

»Na ja, du weißt ja jetzt, wo du mich findest«, sagt sie.

»Nur noch eins.« Mein Herz pocht so wild, dass es mir fast den Atem raubt. »Es ist albern, ich weiß. Aber es hat mich einfach immer beschäftigt.« Die Sonne brennt durch die Windschutzscheibe auf meinen Schoß. Ich muss daran denken, wie warm Chestnut sich anfühlte, wenn er sich neben mir auf der Veranda zusammenrollte. »Was ist in Wirklichkeit mit Chestnut passiert?«

Eine ganze Weile herrscht Stille in der Leitung.

Dann sagt Kaycee – oder wer auch immer sich für Kaycee ausgibt –, und klingt ziemlich unsicher: »Das ist alles so lange her, weißt du …«

»Soll das heißen, du kannst dich nicht erinnern?«

Sie stößt ein kurzes Lachen aus. »Hilf mir auf die Sprünge.«

»Mein Hund«, erwidere ich knapp. »Den du umgebracht hast.«

Wieder entsteht eine Pause. »Ich muss Schluss machen«, sagt Kaycee abrupt. »Tut mir leid, dass ich dir nicht weiterhelfen kann.« Schon wieder: *Tut mir leid.*

»Alles gut«, sage ich. »Du hast mir sehr geholfen.«

Irgendjemand legt sich ganz schwer ins Zeug, um zu beweisen, dass Kaycee noch lebt.

Was bedeutet, dass sie höchstwahrscheinlich tot ist.

Die Kaycee-Imitatorin, wer auch immer sie sein mag, weiß angeblich von Misha, dass ich nach ihr suche. Und ich wette, dass das zumindest der Wahrheit entspricht. Von irgendjemandem muss sie die Information schließlich bekommen haben. Und die besten Lügner bleiben so nah wie möglich an der Wahrheit.

Ich muss an Mishas kleinen Vortrag denken, die sie mir im Gemeindezentrum gehalten hat, über die Dehnbarkeit der Begriffe Recht und Unrecht. Auch das kann kein Zufall gewesen sein. Misha ist nicht dumm. *Angenommen, Frank Mitchell hat einen Kunden, einen normalen Typen. Und dann, sagen wir, rückt der Kunde irgendwann damit raus, dass er auf kleine Mädchen steht.* Sie meinte, es sei besser, solche Typen würden sich Fotos ansehen, als sich tatsächlich an kleinen Mädchen zu vergreifen.

Aber hat sie wirklich nur über Frank Mitchell gesprochen? Oder wollte sie auch sich selber verteidigen? Vielleicht war das Ganze ja eine Art Geständnis. Auf jeden Fall war es ein Hinweis.

Als das »Spiel« damals neue Dimensionen annahm, hat Kaycee die Fotos behalten, selbst wenn die Opfer bezahlt haben. Vielleicht hat Frank Mitchell die Fotos dann seinerseits noch mal richtig zu Geld gemacht. Das würde immerhin erklären, woher Kaycees Vater so ein schönes neues Haus hat. Und warum er jedem, der es hören oder auch nicht hören will, erzählt, Kaycee sei abgehauen.

Und was hat Misha mit alldem zu tun?

Ich muss an die Sekretärin denken, die an dem Tag, als ich Misha in ihrem Büro besucht hab, den Kopf zur Tür reingestreckt hat. Misha nimmt den Schülern ihre Handys ab … angeblich um Cyber-Mobbing zu verhindern.

Könnte es sein, dass sie in Wirklichkeit auf der Suche nach neuen Opfern ist?

Alles läuft auf das »Spiel« hinaus.

Mir fällt eine Person ein, die mir vielleicht helfen könnte: Tatum. Monty hat erwähnt, dass sie und ihre Freunde irgendwas mit dem »Spiel« zu tun haben. Ich muss rausfinden, ob die Regeln sich geändert haben, wer die anderen »Spieler« sind und wer den »Spielstand« notiert.

Ich starte den Wagen. Fahre los in Richtung Dougsville, zu der Klinik, in die Tatum gebracht wurde, wie ich von May erfahren habe. Ich fühle mich wieder ein bisschen besser, wieder ein bisschen mehr Herrin der Lage. Ich brauche Joe nicht. Ich brauche niemanden. Ich brauche nur die Wahrheit. Aber der Rand meines Sichtfelds verzerrt sich und flimmert wie ein Trugbild auf heißem Asphalt. Muss am Schlafmangel liegen.

Dougsville liegt knapp zwanzig Kilometer von Barrens entfernt, erreichbar über eine dieser geraden, flachen Straßen, auf denen die Geschwindigkeitsbegrenzung einem wie ein schlechter Scherz vorkommt. Maisfelder fliegen vorbei. Ich denke an meinen Traum. Aber war es denn ein Traum? Hitze und Feuer. Ich denke an Kaycees Porträts in meinem kleinen Haus.

Mein Handy klingelt beinahe unaufhörlich: Zuerst ruft Joe an, dann jemand mit einer örtlichen Nummer, dann wieder Joe. Wahrscheinlich fragt er sich, wo ich bin. Ich drücke die Anrufe weg.

Früher fanden wir die Kinder aus Dougsville alle eingebildet. Dougsville hatte den ersten Walmart im ganzen County, danach kam das Krankenhaus und dann die Brauerei. Das Footballteam war immer die Nummer eins. Eigentlich besteht der Ort aus nicht viel mehr als der langen Hauptstraße mit ihren Läden und gleich mehreren Kirchen. Das Krankenhaus teilt sich einen Parkplatz mit einem großen Geschäft für Jagd- und Angelbedarf, in dessen Fenster ein Schild darauf hinweist, dass Waffenscheine und Munition im hinteren Teil des Gebäudes ausgegeben werden.

Ich kaufe bei Walmart einen in Zellophan verpackten Blumenstrauß und eine Grußkarte. Die Blumen sehen hübsch aus, doch als ich die Verpackung öffne, verströmen sie einen modrigen Geruch. Ein ungutes Gefühl beschleicht mich. Ich bekomme Zweifel. Vielleicht sollte ich umkehren. Vielleicht sollte ich Tatum in Ruhe lassen, bis sie sich erholt hat.

Aber ich tue es nicht.

Das Krankenhaus ist klein, die Empfangshalle ist hell und freundlich. Als ich an der Rezeption nach Tatums Zimmernummer frage, erkundigt sich die Empfangsdame höflich, ob ich eine Verwandte bin.

»Ich bin Anwältin«, sage ich. Das Wort *Anwältin* ist wie das Wort *Polizei.* Es schüchtert die Leute ein. Niemand will bei irgendwas erwischt werden. »Ist Mrs. Klauss hier?«

Die Frau schüttelt den Kopf. Sie schaut mich mit großen Augen an. »Gehen Sie nur rein«, sagt sie und weist auf einen Korridor. »Es wird schon in Ordnung sein.«

Ich betrete den Korridor durch eine doppelflügelige Tür. Tatums Zimmer ist das letzte auf der linken Seite. Es quillt über von Grußkarten und Nelkensträußen. In ihrem Krankenhausbett, an einen Infusionsschlauch angeschlossen, wirkt Tatum klein und schmächtig. Und schön. Erst denke ich, sie schläft, aber als ich vorsichtig die Tür schließe, öffnet sie die Augen. Sie sind verblüffend grün.

»Wer sind Sie?«, fragt sie. Es klingt nicht vorwurfsvoll, sondern neugierig.

»Ich bin Abby Williams«, sage ich. Ich halte die Blumen hoch, sodass sie sie sieht. »Die hab ich dir mitgebracht. Aber es sieht so aus, als hättest du schon genug davon.«

Sie schließt die Augen und zuckt die Schultern. Ich stecke meinen Strauß zu anderen Blumen in eine Vase.

»Ich kenne Sie nicht«, sagt Tatum. Bloß eine Feststellung. Ich frage mich, ob man ihr ein Beruhigungsmittel gegeben hat.

»Nein, du kennst mich nicht.« Ich bleibe stehen, wo ich bin, komme ihr nicht zu nah und gebe ihr Zeit, sich ein Bild von mir zu machen. »Tatum, ich glaube zu wissen, was du durchgemacht hast.«

Das zumindest provoziert eine für einen Teenager normale Reaktion: Sie verdreht die Augen. »Ich wünschte, die Leute würden aufhören, so einen Wirbel darum zu machen.«

»Du hast eine ganze Menge Pillen geschluckt.«

»War eine blöde Idee. Ich wollte nicht sterben. Ich – hatte bloß Kopfschmerzen.« Als sie mich anschaut, wirkt sie plötzlich misstrauisch. Es ist, als würde sie mich zum ersten Mal sehen. »Wer sind Sie? Was wollen Sie?«

»Ich bin in Barrens aufgewachsen. Vor einer Weile bin ich von hier weggegangen, aber jetzt bin ich wieder hier.« Merkwürdig, wie endgültig das klingt. Aber stimmt es denn nicht?

Meine Wohnung in Chicago kommt mir so unwirklich vor, als wäre sie Teil eines Traums. »Ich bin Anwältin. Ich bin zurückgekommen, weil ich wissen will, was vor zehn Jahren mit einer Klassenkameradin von mir passiert ist. Sie ist spurlos verschwunden.«

»Kaycee Mitchell?«, fragt Tatum. Natürlich hat sie von ihr gehört. Ich kann mir genau vorstellen, wie man sich Geschichten von ihr erzählt. »Sie hat so getan, als wär sie krank, und ihre Freundinnen haben es nachgemacht. Na und? Glauben Sie etwa, ich tu auch nur so?«

»Nein, überhaupt nicht.« Ich hole tief Luft. »Ich glaube, Kaycee war damals in Schwierigkeiten. Und ich glaube, das bist du auch.« Jetzt blickt sich mich aufmerksam an. »Ich weiß über das Spiel Bescheid, Tatum«, sage ich.

Sie öffnet den Mund, als wolle sie mir sagen, dass ich verschwinden soll. Doch dann entspannt sie sich ganz plötzlich.

»Wer hat Ihnen davon erzählt?«, fragt sie.

»Monty Devue.« Wieder verdreht sie die Augen.

»Der ist seit der siebten Klasse hinter mir her.« Es klingt jedoch nicht so, als hätte sie Angst vor ihm, sie wirkt nur genervt. Eine Weile schweigt sie, offensichtlich unsicher, ob sie noch mehr sagen soll. Dann richtet sie sich abrupt auf. »Sie haben doch meiner Mutter nichts erzählt, oder? Sie darf nichts davon wissen. Sie dürfen ihr nichts sagen!«

»Ich habe ihr kein Wort gesagt.«

Sie lässt sich wieder in die Kissen sinken. Eine Zeit lang betrachtet sie ihre Hände, die sie immer wieder zu Fäusten ballt und entspannt. »Ich komm mir so blöd vor.«

»Hast du deswegen die Pillen geschluckt?«

»Ich hatte Angst«, flüstert sie.

»Wovor? Hat dich jemand bedroht?«

Sie schüttelt den Kopf. »Nein. Nicht *so was.*« Als könnte niemand Tatum Klauss bedrohen. »Ich hatte einfach Angst, dass die anderen es rausfinden würden …«

Ich mache einen Versuch. »Das mit den Fotos?«

Sie blickt auf. »Woher …?«

»Das sogenannte ›Spiel‹ gibt es schon ziemlich lange«, sage ich. Tatum beginnt, wie ein kleines Kind auf ihrer Unterlippe zu kauen. »Erzähl mir, was passiert ist.«

Sie zuckt die Schultern. »Als ich auf die High School kam, hab ich von den Partys gehört …«

»Welchen Partys?«, frage ich. Sie knetet ihre Bettdecke mit den Händen, und ich sehe ihr an, wie sie sich bemüht, die Worte zurückzuhalten. »Du kannst mir vertrauen«, sage ich etwas sanfter. »Okay? Ich will dich nicht in Schwierigkeiten bringen. Ich will dir helfen.«

Ich zähle die Sekunden. In der Stille höre ich ein entferntes Piepen.

Schließlich atmet Tatum tief aus. Anscheinend hat sie eine Entscheidung getroffen. »Angeblich waren das Partys, wo man nur mit Einladung reinkam«, sagt sie. »Spezielle Partys für die Mädchen, die die Stipendien kriegen.«

»Wurden keine Jungs eingeladen?«, frage ich.

»Nein, nur Mädchen«, sagt sie so leise, dass ich sie kaum verstehe.

»Wer hat die Partys gegeben? Und zu welchem Anlass haben die stattgefunden? Wer war alles da?«

Ich merke, dass ich sie zu sehr bedrängt habe. Sie macht

dicht. »Ich will keinen in Schwierigkeiten bringen«, sagt sie. Dann: »Wir *wollten* dahin. Keiner hat uns dazu gezwungen.«

»Okay, verstanden.« Ich ziehe mir einen Stuhl heran. Als sie nicht reagiert, setze ich mich vor sie. Jetzt kommt sie nicht umhin, mich anzusehen. »Hör zu, Tatum, du steckst bereits in Schwierigkeiten. Stimmt's? Deswegen bist du doch hier, oder?«

Ihre Augen füllen sich mit Tränen, und in dem großen Krankenhausbett wirkt sie plötzlich wie ein kleines Kind, das seine Mutter vermisst. Sie flüstert etwas, das ich nicht verstehe.

Ich beuge mich vor. »Wie bitte?« Sie weint und bekommt einen Schluckauf, als sie zu sprechen versucht. »Versuch, tief zu atmen, okay?«

»Ich wollte nur ein neues Handy.« Ein Schluchzer schüttelt sie. »Mein Handy war total schrottig, aber meine Mom … Meine Mom hat gesagt, wenn ich ein neues will, muss ich es mir selber kaufen … Ich dachte …«

»Tatum.« Ich lege eine Hand aufs Bett. Am liebsten würde ich sie umarmen. Sie tut mir leid. »Erzähl mir von den Partys.«

Doch dann atmet sie scharf ein und lauscht angestrengt. Vom Flur her sind hohe Stimmen zu hören, die näher kommen.

»Tatum.« Jetzt möchte ich sie am liebsten schütteln. »Tatum, bitte.«

Es ist zu spät. Die Tür fliegt auf, und mehrere Mädchen kommen herein, alle mit einem strahlenden Lächeln im Gesicht. Eine von ihnen ist Sophie Nantes.

»Wir haben Donuts mitgebracht«, sagt Sophie, bleibt jedoch wie angewurzelt stehen, als sie mich erblickt. Es ist erstaunlich, wie ein so hübsches Mädchen innerhalb eines Augenblicks regelrecht hässlich aussehen kann. »Was machen *Sie* denn hier?« Sie fährt herum und funkelt Tatum wütend an. »Was macht die hier?«

Tatum wischt sich mit dem Unterarm übers Gesicht. »Sie hat mir Blumen gebracht«, sagt sie, als wäre das eine Erklärung.

Sophie knallt die Tüte mit den Donuts auf den rollbaren Nachtschrank. Die anderen Mädchen drängeln sich um sie, jede möchte neben ihr stehen.

»Sie war auch beim ›Power House‹-Spiel und hat mit Monty geredet«, sagt Sophie zu Tatum. »Jetzt sind es schon zwei, die dich stalken.«

Tatum wendet sich ab. Ich stehe auf, froh über meinen kleinen Vorteil: Ich überrage sie alle um Haupteslänge und bin besser gekleidet. Trotzdem beäugt mich Sophie, als wäre ich ein lästiges Insekt.

»Tatum und ich haben uns nur über das Footballspiel unterhalten«, sage ich. Meine Stimme klingt viel zu laut.

Einige Mädchen schauen sich an. Aber nicht Sophie. Dafür ist sie zu gut.

»Ich weiß nicht, wovon Sie reden«, erwidert sie kühl. Dann setzt sie sich auf Tatums Bett und legt eine Hand auf den Schlauch, durch den Kochsalzlösung in Tatums Vene läuft.

Ich bekomme einen trockenen Mund.

»Arme Tatum«, gurrt sie. »Du weinst ja.«

»Es geht mir gut«, sagt Tatum tonlos.

Sophie schüttelt den Kopf. »Ach, Süße. Mir kannst du nichts vormachen. Ich bin deine beste Freundin, hast du das vergessen? Tatum ist eine ganz schlechte Lügnerin«, sagt sie zu mir. »Aber sie versucht's natürlich immer wieder. Das ist pathologisch bei ihr.«

Sie wendet sich wieder Tatum zu. »Aber wir lieben dich trotzdem.« Sie beugt sich vor und flüstert wie eine Souffleuse: »Auch wenn du ein Flittchen bist.«

»Lass sie in Ruhe!« Ich muss mich beherrschen, um Sophie nicht zu schlagen.

Sophie starrt mich an. »Sie sollten besser verschwinden.«

»Tatum, bitte.« Ich schaue sie flehend an. »Ich kann dir helfen. Wenn du mir die Wahrheit sagst …«

»Ich hab ihr gesagt, sie soll gehen. Ich hab ihr gesagt, dass sie von mir nichts erfährt.« Tatums Hände wandern zu Sophie hinüber, die den Infusionsschlauch loslässt und sich vorbeugt, um Tatums Wangen zu streicheln. Tatum erschaudert sichtlich, so als wären Sophies Hände elektrisch geladen.

Noch bevor sie anfängt zu schreien, weiß ich, dass ich verloren habe.

»Hilfe!«, kreischt sie aus vollem Hals. »Hilfe! Hilfe!«

»Tatum …«, versuche ich es ein letztes Mal. Aber als ich mich dem Bett nähere, versperrt Sophie mir den Weg. Während wir uns sekundenlang in die Augen starren, begreife ich, wer dieses Mädchen ist. *Was* sie ist. Sie ist die neue Kaycee.

Sie lächelt. Sie holt tief Luft. Einen Augenblick lang sieht es fast so aus, als wollte sie sich entschuldigen. »Hilfe! Hilfe!« Nur wenige Zentimeter trennen unsere Gesichter. Ihr Atem riecht nach Kaffee.

Wie auf Kommando beginnen die anderen Mädchen rhythmisch zu skandieren: »Hilfe! Hilfe! Hilfe!«

Ich stürze aus dem Zimmer, stolpere, laufe den Flur hinunter. Ich schiebe mich durch einen Schwarm herbeieilender Schwestern, renne an der Rezeption vorbei und flüchte nach draußen.

Hilfe. Das Wort hallt in meinem Kopf wider, als ich schon längst weit weg vom Krankenhaus bin.

Die Sonne ist riesig, rot, schrecklich – wie ein aufgerissener Mund, der den Horizont zu verschlucken droht.

Der Fahrer eines entgegenkommenden Sattelschleppers hupt wie verrückt, und plötzlich merke ich, dass ich auf die Gegenfahrbahn geraten bin. Ich reiße das Steuer herum und mache eine Vollbremsung. Der Laster rauscht vorbei.

Ich bleibe einen Moment am Straßenrand stehen, um mich zu beruhigen.

Hilfe, Hilfe, Hilfe.

Mein Handy klingelt in meiner Handtasche. Verpasster Anruf. Mit zitternden Fingern schalte ich die Voicemail ein.

Miss Williams, hier spricht Sheriff Kahn. Vielleicht könnten Sie heute mal auf dem Revier vorbeikommen oder mich anrufen. Ich habe eine Beschwerde des Wachmanns von U-Pack, der behauptet, Sie wären handgreiflich geworden und hätten seinen Befehl missachtet, Ihren Wagen zu parken. Die Fotos vom Zaun sehen ziemlich übel aus, außerdem hat die Sicherheitskamera ein hübsches Filmchen von Ihnen aufgenommen. Ich würde mir gern Ihre Version der Geschichte anhören.

36

Als Condor die Tür öffnet, sieht er mich verwundert an.

»Meine Güte! Komm rein, bevor du noch die Tür einschlägst!«

Erst jetzt merke ich, dass ich wie eine Wahnsinnige geklopft habe. Meine Fingerknöchel schmerzen. Ich habe den Geschmack von Hochprozentigem im Mund. Wodka. Whiskey.

Vage erinnere ich mich an eine Kneipe, bekomme das Bild aber nicht scharf.

Die vergangenen Stunden sind irgendwo in der Dunkelheit versickert.

Ich erinnere mich daran, dass ich zwei Anrufe von TJ, dem Freund meines Vaters, auf dem Display gesehen haben. Ich erinnere mich daran, dass ich das Telefon habe klingeln lassen und dass das Geräusch sich mit dem Lärm in der Kneipe vermischt hat.

»Was ist mit dir passiert?«, fragt Condor.

Was passiert mit mir?

»Du hast mich angelogen«, antworte ich. So wie ich lalle, muss ich ziemlich viel getrunken haben.

»Setz dich. Ich hol dir ein Glas Wasser. *Setz dich*!« Er drückt mich in einen Sessel, und das Zimmer hört auf, sich zu drehen, wie ein Kinderkarussell, das seine Fahrt beendet hat. Das Wohnzimmer, warm und gemütlich, die billige Einrichtung durch kleine Details aufgepeppt. An den Wänden von Hannah gemalte Bilder, gerahmte Fotos von ihr, mit alten Büchern vollgestopfte Regale.

Mein Blick fällt auf eine Vitrine, die gefüllt ist mit bunten Federn: silberne, goldene, violette, blaue. Als Condor mit dem Wasser zurückkommt, sagt er: »Das sind Köder zum Fliegenfischen. Es bringt Glück, wenn man sie selber bastelt.«

Ich trinke das Glas aus. Das Wasser hilft mir ein bisschen, einen klareren Kopf zu bekommen. »Danke. Wo ist Hannah?«

»Sie ist für eine Woche bei ihren Großeltern.« Er nimmt mir das Glas ab. »Ich hol dir noch mehr.«

Jetzt erinnere ich mich, dass ich auf dem Heimweg von Dougsville an einer Kneipe gehalten habe. Ich erinnere mich an den ersten Drink, aber nicht an die anderen. Mutlosigkeit erfasst mich. Ich muss an Mishas rosafarbene Schuhe denken, die nach dem Lagerfeuer im Wald neben meinem Bett lagen. Ein ganz übles Gefühl beschleicht mich, als würde die Welt aus den Fugen geraten. »Ich brauch was Stärkeres«, sage ich. »Egal, was.«

»Ich glaub nicht, dass du das brauchst.«

»Doch.« Ich bemühe mich, klar und deutlich zu sprechen. »Komm schon, Condor. Ich bin nicht betrunken.«

Er gibt mir noch ein Glas Wasser, dann öffnet er eine Flasche Wein, füllt zwei Wassergläser zur Hälfte und reicht mir eins davon. Er setzt sich in einen Sessel mir gegenüber.

»Worauf stoßen wir an?«

»Auf Optimal«, sage ich. Es soll lustig klingen, aber mir versagt die Stimme. »Auf diese Schweine.«

»Auf diese Schweine«, wiederholt Condor feierlich und stößt mit mir an.

Eine Weile sitzen wir schweigend da, während allmählich die Nacht anbricht. Hin und wieder huschen die Lichtkegel eines Fahrzeugs vorbei.

»Mein Vater stirbt«, sage ich schließlich. Ist mir so rausgerutscht, ich wollte das gar nicht sagen. Ich bin nicht hier, um mich Condor anzuvertrauen. Andererseits weiß ich selbst nicht so genau, warum ich eigentlich hier bin.

Condors Hand umklammert sein Glas. »Verdammt, Abby. Ich bin …« Er wendet sich ab, und ich sehe seine Kiefermuskeln arbeiten. »Du hast ein paar sehr anstrengende Tage hinter dir.«

Ich schaue auf meine Füße, denn wenn ich ihn ansehen würde, würden mir die Tränen kommen. »Ich sollte bei meinem Vater sein«, sage ich. »Aber ich kann nicht. Ich konnte es nicht.«

Vielleicht bin ich doch hergekommen, um mich Condor anzuvertrauen.

»Ich hab meinen Vater gehasst«, sage ich schließlich. »Ich hab ihm immer den Tod an den Hals gewünscht. Er hat mich stundenlang in meinem Zimmer eingesperrt. Ich sollte dann beten. Manchmal hat er mich sogar in einem Wandschrank eingesperrt, weil er wusste, dass ich mich im Dunkeln fürchtete. Er hat mir gesagt, dass Sünder bis in alle Ewigkeit im Dunkeln leben müssten. Und ich hab gebetet, dass er einen Herzinfarkt kriegt oder von irgendeinem Dach fällt.«

»Es ist nicht deine Schuld, Abby«, sagt Condor.

»Woher willst du das wissen?« Ich trinke einen Schluck, um nicht zu heulen. »Vielleicht gibt's ja doch einen Gott. Vielleicht hat er meine Gebete erhört.«

»Gott erhört solche Gebete nicht. Die hört er gar nicht«, sagt Condor.

»Und was hört er dann?«

Er zögert, das Glas an den Lippen. Er sieht mich an. »Er hört das kleine Mädchen, das allein ist und sich im Dunkeln fürchtet.«

Er ist anständig genug, um wegzusehen, um so zu tun, als merke er nicht, dass ich kurz davor bin, in Tränen auszubrechen. Er sitzt einfach da und betrachtet sein Glas, die Wände, die Decke, während ich mich bemühe, gleichmäßig zu atmen, um nicht wie das kleine Mädchen zu weinen, das ich damals war.

Als ich meine Fassung wiedergewonnen habe, wage ich es immer noch nicht, ihn anzusehen, sondern konzentriere mich auf den Läufer unter meinen Füßen. »Optimal hat die Gewinne gesteigert, indem sie chemische Abfälle in den See geleitet haben«, sage ich. »Das machen die wahrscheinlich schon seit Jahren. Die Testergebnisse beweisen es.«

Condor sieht mich mit großen Augen an. »Aber alle haben gesagt, das Wasser wäre sauber.«

»Sie haben alle gelogen.« Ich erinnere mich, wie Kaycee und ich einmal im Wald ein verlassenes Bienennest gefunden haben. Kaycee hat mit einem Stock darin herumgestochert. Sie meinte, die Königin verlässt den Stock, nachdem sie ihre Eier abgelegt hat, und die Kinder bringen sich gegenseitig um. In diesem Nest hatte niemand gewonnen. »Es ist ein Nest. Alle sind korrupt. Optimal, die örtlichen Behörden und auch die großen Tiere. Sie stecken alle unter einer Decke.«

»Geld?«, fragt Condor.

»Was sonst?«, frage ich. Aber dann muss ich wieder an Lilian McMann denken und an das Foto von ihrer Tochter, nackt bis auf diese hässlichen Socken.

An die Mädchen, die im Chor *Hilfe, Hilfe, Hilfe* gerufen haben. Fast hysterisch.

»Wir gehen zurück nach Chicago«, sage ich. »Was jetzt kommt, können wir von dort aus machen. Jetzt, wo wir die Beweise haben, kriegen wir Unterstützung von anderen Kanzleien, anderen Behörden, Leuten mit größerem Einfluss.«

»Klingt doch gut«, sagt Condor.

»Nein, klingt scheiße!«, rufe ich aus. Condor lehnt sich zurück und mustert mich mit ausdrucksloser Miene.

Eine Erinnerung taucht auf, wie ich einmal am Büro des Schuldirektors vorbeigegangen bin und Kaycees Stimme durch die offene Tür gehört habe: *Ich lüge nicht. Ich bilde mir das nicht ein. Warum glauben Sie mir nicht?*

»Da ist noch mehr«, sage ich ruhiger. »Ich weiß es einfach. Und wir würden es auch finden, wenn wir weitergraben könnten.«

»Und was dann?« Condor schüttelt den Kopf. »Es ist nicht deine Aufgabe, das Böse aus der Welt zu schaffen. Du hast deine Arbeit getan.«

»Die Welt ist voll von Leuten, die einfach ihre Arbeit tun«, kontere ich. »Und sieh dir an, was es uns eingebracht hat.«

»Sicher«, erwidert Condor ruhig. »Aber wenn wir alle anfangen würden zu graben, würden wir früher oder später alle etwas finden.«

»Warum hast du gelogen?«, frage ich unvermittelt. Er blickt überrascht von seinem Glas auf. »Warum hast du behauptet, du hättest die Fotos von Becky gemacht?«

Er stellt das Glas ab, wischt einen Tropfen vom Rand.

»Ich habe das nicht behauptet«, sagt er. »Das warst du.«

»Du hast es mich glauben lassen. Du hast es alle glauben lassen.«

Eine ganze Weile schweigen wir uns an und lauschen den Geräuschen, die von draußen hereindringen.

»Sie hat mich darum gebeten«, sagt er schließlich. Ich weiß nicht, was ich erwartet habe, aber das, in seiner Einfachheit, raubt mir den Atem. »Wir waren Freunde. Unsere Mütter hatten zusammen im Gefängnis gearbeitet. Sie sind gute Freundinnen geblieben, auch nachdem es längst dichtgemacht hatte.« Er nimmt sein Glas, trinkt einen großen Schluck. »In der High School hatten wir wenig Kontakt. Ich hatte meine eigenen Probleme. Aber manchmal hab ich sie nach Hause gefahren und dann noch ein bisschen mit ihr und ihrer Mutter gequatscht.« Er zuckt die Schultern.

»Warum hat sie dich gebeten zu lügen?«

Er seufzt schwer, als wäre die Wahrheit eine Last, die er schon lange mit sich rumträgt. »Als sie von den Fotos gehört hat, ist sie ausgeflippt. Sie hatte Angst, ihre Mutter könnte davon erfahren, und sie wollte einfach bezahlen und die Sache damit beenden.« Unsere Blicke begegnen sich. »Ich hab's ihr ausgeredet«, fährt er fort. »Ich hab ihr geraten, mit ihrer Mutter zu sprechen, ihr alles zu erklären. Wir waren uns einig, dass ihre Eltern sich nicht so aufregen würden, wenn sie dächten, dass ich die Fotos gemacht hatte. Wir wollten es so darstellen, als hätten wir uns zusammen betrunken und ich hätte die Fotos aus Spaß gemacht, um sie ihr nachher zu zeigen. Klingt bescheuert.« Er wendet sich ab. »Aber als dann rauskam, dass die Fotos auf einer Party gemacht worden waren und all die Leute danebengestanden hatten, konnte sie es nicht ertragen.«

Ich stelle mir vor, wie die Leute im Kreis stehen und lachen, die Gesichter vom Alkohol gerötet. Vor meinem geistigen Auge tauchen Kaycees Gemälde auf, die hämischen Gesichter, ein Mädchen, das in Embryonalstellung auf dem Boden liegt.

»Ich hatte nicht damit gerechnet, dass sie die Kopien tatsächlich überall verteilen würden«, sagt Condor, und ich bin mir sicher, dass er das alles zum ersten Mal ausspricht. »Ich dachte, die würden nur bluffen. So, jetzt weißt du's. Jetzt kennst du mein schmutziges Geheimnis.«

»So schmutzig ist es eigentlich nicht.«

»Schmutzig genug. Sie ist tot.«

»Das ist nicht deine Schuld«, sage ich, ohne zu merken, dass ich seine Worte wiederhole.

Er lächelt freudlos. »Danke. Aber es fühlt sich so an.« Er trinkt sein Glas aus. Die Flasche ist leer. Er steht auf, um eine neue zu holen.

»Scheiß drauf.«

»Kaycee Mitchell ist tot.« Ich kann es nicht länger für mich behalten. »Ich bin mir ganz sicher.«

Condor sieht mich lange an. »Kaycee Mitchell ist abgehauen«, sagt er dann.

»Nein, ist sie nicht. Und deswegen kann ich sie auch nicht finden. Sie ist nie aus Barrens weggegangen.«

»Soll das heißen, alle in der Stadt lügen?« Er füllt mein Glas erneut und schiebt es mir über den Tisch zu.

»Nur die Leute, die in der Sache mit drinstecken. Alle anderen glauben einfach, was man ihnen erzählt hat.« Mir schwirrt der Kopf. »Sie ist ermordet worden.«

So. Jetzt ist es raus.

Condor wirkt kein bisschen schockiert. Nur erschöpft. »Ach ja? Und wer hat sie ermordet?«

Ich merke ihm an, dass er mir nicht glaubt, und sage ihm das.

Condor seufzt. Er reibt sich die Augen. »Warum hätte irgendjemand Kaycee ermorden sollen?«

»Das … Das weiß ich nicht«, gebe ich zu. »Aber ich weiß, dass es irgendwas mit Optimal zu tun hatte. Und mit dem Spiel.«

»Du glaubst, Kaycee wurde ermordet wegen irgendeiner Abzocke an der High School?«

»Nein. Es muss was Größeres gewesen sein. Ich glaube, ihr Vater hat die Fotos, die Kaycee und ihre Freunde gesammelt haben, verkauft. Ich glaub, er hat einen neuen Markt dafür entdeckt. Und ich glaube, dass er sie umgebracht hat, als sie ihm gedroht hat, die Sache publik zu machen.«

»Das ist doch Wahnsinn, Abby«, sagt Condor schroff.

»Er hat sie misshandelt.« Sofort schäme ich mich dafür, dass ich das gesagt habe. Es ist, als hätte ich ein Geheimnis ausgeplaudert, das Kaycee mir anvertraut hat.

»Das bezweifle ich nicht«, sagt Condor etwas sanfter. »Aber ich sage dir, es ist unmöglich. Frank Mitchell hat seine Tochter nicht ermordet, niemals.«

»Du kannst also neuerdings Gedanken lesen, oder wie?« Es ist mir egal, wie ich klinge. Ich habe es satt, dass mir keiner glaubt und jeder mir einzureden versucht, ich würde mir alles Mögliche bloß einbilden.

Condor schüttelt den Kopf. »Ich habe Frank nach Kaycees Verschwinden monatelang jeden Tag gesehen. Er hat jeden Morgen ein Sixpack Bier und eine Flasche Wodka gekauft. Später waren es zwei Sixpacks plus Wodka. Es war, als würde ich jemandem dabei zusehen, wie er Selbstmord in Zeitlupe beging. Einmal konnte ich mich nicht zurückhalten und hab ihm gesagt, die Sauferei würde ihm auch nicht helfen, Kaycee zu vergessen.«

Er ballt die Hände zu Fäusten. »Da hat er mich angesehen, als hätte ich den Verstand verloren. Und weißt du, was er zu mir gesagt hat? Er hat gesagt: ›Ich trinke nicht, um zu vergessen, ich trinke, um zu glauben.‹ Zuerst wusste ich nicht, was er meinte. ›Um was zu glauben?‹, hab ich ihn gefragt. ›Um zu glauben, dass sie abgehauen ist. Dass sie irgendwo ist und es ihr gut geht.‹« Condor schweigt eine Weile. »Verstehst du? Er hat behauptet, sie wär abgehauen, weil er genau das glauben wollte. Aber er wusste es nicht. Und das hat ihn fertiggemacht.«

Ich springe auf. »Vergiss es.« Ich hätte nicht herkommen

sollen. Ich weiß selbst nicht, warum ich es getan habe. Wohin ich mich auch wende, alles entgleitet mir. »Vergiss, was ich gesagt hab.«

Condor steht auch auf. »Ich versuche doch nur, dir zu helfen …«

»Vielleicht irre ich mich ja, was Frank Mitchell betrifft«, falle ich ihm ins Wort. »Aber nicht, was Kaycee angeht. Die wussten, dass sie alles auffliegen lassen würde, deswegen musste sie aus dem Weg geschafft werden.«

»Wer sind ›die‹, Abby?« Er sieht mich an, als hätte er Angst vor mir. »Optimal?« An seiner Stimme höre ich, wie meine Worte klingen. In seinen Augen sehe ich mein winziges Spiegelbild. »Und Sheriff Kahn? Und Misha? Und Kaycees Freunde? Und *Brent*?«

»Du kapierst es nicht. Du hast ja überhaupt keine Ahnung. Optimal gehört alles hier in dieser Stadt. Optimal ist überall …«

»Nein, *du* kapierst es nicht.« Ihm versagt die Stimme, und sie berührt etwas tief in meinem Innern, und plötzlich wird mir bewusst, dass seine ganze Wut nur Trauer ist, Trauer und Angst. »Scheiß auf Kaycee Mitchell. Tot oder lebendig oder in der Hölle. Scheiß auf sie. Sie hat genug kaputt gemacht. Lass nicht zu, dass sie auch noch dich kaputt macht. Lass nicht zu …«

Ich küsse ihn. Küsse ihm die Worte mit brutaler Gewalt von der Zunge. Wir stoßen einen Stapel Bücher vom Tisch, prallen gegen den Sessel und landen auf dem Boden. Wir reißen die Lampe um, die zersplittert und das Zimmer in Dunkelheit hüllt.

»Ich kann dich nicht heilen«, sagt er und löst seinen Gürtel. »Das weißt du, oder?«

»Ich bin nicht hier, um geheilt zu werden«, sage ich und ziehe ihn an mich.

Weil ich vielleicht nie wieder wirklich heil werden kann.

37

Ein Pochen. Irgendjemand ist an der Tür.

Ich liege in meinem eigenen Bett, aber Condors Geruch ist überall an mir und um mich herum.

Es klopft wieder.

Mein Handy ist ausgeschaltet, ich muss in die Küche, um die Zeit an der Mikrowelle abzulesen. 8:12 Uhr. So früh am Tag kommen nur schlechte Nachrichten.

Mit zwei Fingern schiebe ich eine Lücke in die Jalousie. Mir bleibt fast das Herz stehen. Sheriff Kahn funkelt meine Tür so wütend an, als hätte sie ihn persönlich beleidigt. Offensichtlich steht er dort schon eine ganze Weile.

Kaycees Bilder befinden sich immer noch in meinem Wohnzimmer. Jedes Einzelne sieht aus wie etwas, das aus einem Körper herausgerissen wurde, wie ein schreckliches inneres Geheimnis.

Ehe ich das erste Bild unters Sofa geschoben habe, klopft Sheriff Kahn erneut.

»Moment!« Meine Haare kleben mir an der Stirn. Ich hab das T-Shirt von gestern Abend an, allerdings linksrum. »Moment!« Hastig schiebe ich die anderen zwei Bilder unter mein Bett.

Ich überlege krampfhaft, welche Lüge ich ihm auftischen

kann, welche Ausrede, aber mir fällt nichts ein. Einmal hab ich auf dem Lake Shore Drive in Chicago die Kontrolle über mein Auto verloren, und nach ein paar Sekunden der Panik, als mein Auto über Glatteis auf einen Graben zuschlitterte, überkam mich plötzlich ein Gefühl des inneren Friedens, genau wie jetzt. Der Zusammenprall war unvermeidlich. Ich brauchte nur darauf zu warten. Es war beinahe eine Erleichterung.

»Abby.« Sheriff Kahn sieht aus wie ein Trauergast auf einer Beerdigung, die ihn insgeheim mit Freude erfüllt: Er bemüht sich allzu angestrengt. *Manche Tragödien lassen sich nicht erklären. Leute verschwinden. Dauernd hauen irgendwelche jungen Mädchen ab.* »Bedaure, Sie so früh stören zu müssen.«

Das Morgenlicht fühlt sich an wie ein ungebetener Gast. Ich stehe da, blinzelnd und schwitzend, während die Dienstabzeichen auf Sheriff Kahns Schulter in der Sonne funkeln.

»Ich bedaure es noch viel mehr als Sie«, sage ich und bereue meine Worte auf der Stelle. Ich versuche es noch mal: »Was kann ich für Sie tun?«

»Ich habe schlechte Neuigkeiten«, sagt er. Er muss sich zwingen, mich direkt anzusehen.

»Ich habe Ihre Nachricht abgehört.« Ich versuche, seine Miene zu deuten, doch es gelingt mir nicht. »Ehrlich gesagt weiß ich nicht, wovon Sie reden.«

Kahn zuckt kaum merklich zusammen. Er wedelt mit der Hand, als würde er eine Fliege verscheuchen. »Deswegen bin ich nicht hier.«

Ich stutze. *Deswegen bin ich nicht hier.* Weswegen ist er dann gekommen? Plötzlich fallen mir Möglichkeiten ein, von denen ich nicht mal wusste, dass ich sie fürchten muss. Einen Moment lang denke ich, dass er bestimmt wegen Kaycee Mitchell gekommen ist oder wegen dieser Frau, die sich als Kaycee Mitchell ausgibt, wer auch immer sie sein mag.

»Ich habe ein paar schlechte Neuigkeiten über Ihren Vater.«

Komischerweise fühlt es sich an, als hätte ich mit genau dieser Antwort gerechnet.

»Kann ich einen Moment reinkommen?«, fragt er etwas sanfter.

Es ist erstaunlich, auf wie viele verschiedene Arten man ersticken kann. Man kann in Wasser ersticken, selbst in einer Regenpfütze. Durch ein Kissen, durch einen Strang. Man kann sogar durch Atmen ersticken, wenn man das Falsche einatmet.

TJ hat ihn gefunden. Er hat ihn besucht, nur wenige Stunden, nachdem wir bei Dr. Chun gewesen waren. Es war Montag, und montags geht TJ immer zu meinem Vater rüber, um die Bäume zu inspizieren und mit meinem Vater ein Glas Ingwerbier zu trinken. Es scheint mir wichtig, Sheriff Kahn das zu erzählen. Es scheint mir wichtig, so zu tun, als wüsste ich zumindest teilweise, wie das tägliche Leben meines Vaters aussah.

Ich weiß nicht, warum ich das Bedürfnis empfinde, den Eindruck zu erwecken, als wüsste ich mehr über das Leben meines Vaters, als ich es in Wirklichkeit tue – genauso wie neulich, als ich das Gefühl hatte, mich Montys Mutter gegenüber dafür rechtfertigen zu müssen, dass ich mir ein

Haus gemietet habe, anstatt bei meinem Vater zu wohnen. Fremde geben einem das Gefühl, dass die Familie das Wichtigste auf der Welt ist. Von wegen Blut ist dicker als Wasser. Wie soll man sich verhalten, wenn man das nicht so empfindet?

TJs Geschichte ist kurz. Er sagt, mein Vater wirkte deprimiert und verwirrt, er hätte die ganze Zeit von meiner Mutter geredet, sich über den Krebs und die Regierung aufgeregt, behauptet, die Krankheit sei in den Fünfzigerjahren in einem amerikanischen Labor erfunden worden, um die Anzahl der Menschen zu dezimieren, die von Sozialhilfe lebten.

Er hat TJ seine Bügelsäge geschenkt, eins seiner Lieblingswerkzeuge.

Dann hat TJ zweimal versucht, mich anzurufen, aber ich bin nicht ans Telefon gegangen. Den Teil erwähnt Sheriff Kahn nicht. Ich habe meinen Zweifel, dass er davon etwas weiß.

Mein Kopf ist voller widerhallender Stimmen, die ich nicht auseinanderhalten kann, irgendjemand schreit nach Luft.

Sheriff Kahn berichtet, dass TJ geweint habe, als er bei ihm auf dem Revier war. *Er hat ein schlechtes Gewissen,* sagt er, *weil er die Säge angenommen hat.*

Als TJ meinen Vater heute Morgen gefunden hat, stand das Auto noch mit laufendem Motor in der Garage, der Tank war fast leer.

Sheriff Kahn versichert mir, dass mein Vater nicht gelitten habe. »Es ist ein friedlicher Tod«, sagt er. Wie einschlafen.

Ich frage mich, ob sein Entschluss schon feststand, als er mir im Auto all die Sachen erzählt hat.

Einen Moment lang versuche ich mich zu erinnern, ob ich ihn umarmt habe, als ich mich gestern von ihm verabschiedet habe.

Aber ich weiß, dass ich es nicht getan habe.

38

Ich schlafe nicht. Ich esse wenig. Aber irgendwie vergeht ein Tag, dann noch einer.

Mein Vater hat sich vor zwei Tagen das Leben genommen. Erstickt an Kohlenmonoxid. Vielleicht war es die Verwirrung, vielleicht war er einfach zu stolz, um zuzulassen, dass die Krankheit ihn zerstörte. Oder vielleicht war der Verlust seines Glaubens einfach zu viel für ihn.

Sheriff Kahn lässt mir freundlicherweise diese zwei Tage Zeit, ehe er kommt, um mich zu verhaften. Wegen Einbruchdiebstahls. Wegen Vandalismus. Vielleicht hat er auch Mitleid mit mir, denn er erspart mir die Handschellen und liest mir nur die beeidigte Aussage des Nachtwächters von U-Pack vor. Wie benommen sehe ich zu, wie die Lippen des Sheriffs sich bewegen, während er mir aufzählt, was ich angestellt habe. Ich habe nicht angehalten und dem Nachtwächter meinen Ausweis nicht gezeigt. Als der Mann versuchte, das Tor zu schließen, bin ich einfach durchgefahren. Von Kaycees Gemälden scheinen sie nichts zu wissen, auch nicht, dass ich sie im Auto mitgenommen habe. Offenbar haben die keine besonders guten Sicherheitskameras.

Die Bilder liegen immer noch unter meinem Sofa und unter meinem Bett – ich kann sie beinahe riechen. Aber ich bringe es nicht über mich, den Diebstahl zu gestehen und die Bilder zurückzugeben. Ich habe sogar Angst davor, sie mir noch einmal anzusehen – Angst, dass sie wie Leichen angefangen haben zu verwesen.

»Ehrlich gesagt, ich vermute, dass die nur Geld wollen. Aber Frank Mitchell ist eine andere Geschichte. Er ist ziemlich unberechenbar. Hat immer noch irgendein Ass im Ärmel. Er könnte Anzeige erstatten.«

Ass im Ärmel. Der Ausdruck erinnert mich daran, wie Kaycee und ich als Kinder Karten gespielt haben, im Schneidersitz auf unserer Veranda. Wer eine Runde gewann, durfte die nächste Trumpfkarte wählen, und Kaycee wählte immer den Herzkönig. »Selbstmordkönig«, nannte sie ihn, wegen des Schwerts, das er sich scheinbar durch den Kopf stieß.

»Was wollten Sie überhaupt da draußen?«, fragt Sheriff Kahn.

Ich bin zu erschöpft, um zu lügen. »Frank Mitchell hat da einen Lagerraum gemietet, gleich nachdem Kaycee angeblich abgehauen ist.«

»Angeblich, soso.« Sheriff Kahn steht auf und dreht seine Mütze in den Händen. »Ich dachte, Sie hätten sie gefunden.«

»Wer hat Ihnen das denn erzählt?«, frage ich. Das macht mich stutzig. Der erste Funke seit Tagen, wie eine Zigarette, die im Dunkeln aufleuchtet.

»Ihr Partner. Der Typ mit diesen – Hemden. Er meinte, Kaycee hätte angerufen, als sie erfahren hat, dass Sie nach ihr suchen.« Er setzt sich die Mütze auf, drückt sie zurück wie ein Cowboy im Western.

»Joe ist nicht mehr mein Partner«, sage ich. »Ich bin beurlaubt.«

»Tut mir leid, das zu hören«, sagt Sheriff Kahn vorsichtig. »Ich hab Ihnen ja gleich gesagt, Sie sollten lieber nicht in dem alten Dreck rumwühlen. Man soll keine schlafenden Hunde wecken. Das hat meine Großmutter immer gesagt. Bleiben Sie sitzen«, sagt er, obwohl ich gar keine Anstalten mache aufzustehen, »ich find allein raus.«

Bevor er draußen ist, rufe ich ihm nach: »Wollen Sie nicht wissen, wo sie ist?«

Er bleibt stehen, dreht sich um, runzelt die Stirn. »Wer?«

»Kaycee Mitchell.« Ich zwinge mich, ihm in die Augen zu sehen. »Sind Sie kein bisschen neugierig?«

»Eigentlich nicht«, sagt er mit einem schmallippigen Lächeln. »Geht mich nichts an.«

»Sie ist in Florida«, sage ich, und ganz kurz erstarrt er. Der zweite Funke im Dunkeln. »In Sarasota. Sie haben doch ein Ferienhaus da unten, oder? Oder gehört das einem Freund, der es Ihnen vermietet?«

»Passen Sie auf sich auf, Abigail.« Sheriff Kahn öffnet die Tür. »Sehen Sie zu, dass Sie 'ne Mütze Schlaf kriegen. Sie sehen nicht gut aus.«

Ich reagiere nicht auf Condors Anrufe – ebenso wenig wie auf die anderer Leute – und verstecke mich, wenn ich ihn kommen sehe, egal, wie lange er vor meiner Tür wartet. Jetzt – drei Tage nach dem Tod meines Vaters – gibt er es endlich auf zu klopfen. Aber ich höre ein Rascheln, und nachdem ich mir sicher bin, dass er weg ist, reiße ich die Tür auf. In der Fliegengittertür steckt ein Briefumschlag mit meinem Namen darauf. In dem Umschlag, eingewickelt in ein Stück Stoff, befindet sich ein handgemachter Angelköder, mit Federn und Perlen und goldenen und blauen Streifen, eine Arbeit, die meinem Vater gefallen hätte.

Eine Karte liegt dabei. *Ich hoffe, du fängst den großen Fisch. – Dave.*

Seinen Namen zu lesen, den er fast nie benutzt, löst etwas in mir aus. Plötzlich ist mir nach Weinen zumute, ich denke an seine Lippen auf meinem Mund, an seine Intensität, seine Wut, seine Sorge.

Vorsichtig stecke ich den Köder zurück in den Umschlag und tue ihn in die Tasche der alten Arbeitsweste meines Vaters. Die Weste riecht immer noch wie früher: nach Motoröl und Old Spice und Holzspänen.

Die Karte stecke ich auch dazu. Ich bringe es nicht fertig, sie wegzuwerfen.

Dave.

Meine Kollegen kehren nach Chicago zurück, und ich begrabe meinen Vater unter einem trüben Himmel, der nach Gewitter aussieht, das jedoch am Ende nicht kommt. TJ ist der einzige Trauergast. Einige andere Leute wären gern gekommen – unter anderem Montys Mutter, Condor und Brent –, aber ich weiß, ich könnte ihr Mitgefühl nicht ertragen, erst recht nicht in dem Wissen, dass ich es nicht verdiene. Außerdem scheint mir das Begräbnis zum Tod meines Vaters zu passen – einsam und unfeierlich.

Hinterher kaufe ich für TJ und mich an einer Tankstelle

zwei Sixpacks und etwas Partyfraß, wie mein Vater es nennen würde: tiefgefrorene Mozzarella-Sticks, eine Tüte Nachos, ein Glas Käsedip und rote Soße. Im Haus ist es heiß und stickig. Ich habe es noch nicht über mich gebracht, hier zu putzen oder das eine Woche alte Geschirr abzuwaschen, das sich in der Spüle stapelt und noch immer Fliegen anlockt.

Wir setzen uns auf die hintere Veranda, von wo aus man einen Blick auf den Wald hat. TJ hat Jim Beam mitgebracht. Wir setzen uns in die quietschenden Liegestühle, die mein Vater mal für meine Mutter gebaut hat, als ich noch klein war. Wir legen die Füße aufs Geländer und lassen die Flasche zwischen uns hin und her gehen. Selbst hier auf der Veranda herrscht Chaos: stapelweise alte Bretter, rostige Rohre, die Verkleidung einer Klimaanlage und alle möglichen Elektrogeräte, die schon vor Jahrzehnten den Geist aufgegeben haben. Die Aussicht hat sich kaum verändert seit meinen Kindertagen, alles sieht nur ein bisschen verwilderter aus. Der See reflektiert die Sonne. Das Wasser selbst kann man nicht sehen, nur kleine Sonnenblitze, so als würde etwas hinter den Bäumen Feuer fangen.

Wenn ich tief einatme, bilde ich mir ein, den Rauch eines Lagerfeuers zu riechen.

Nur die Gegenwart ist real. Die Vergangenheit ist nichts als Rauch.

»Falls du Hilfe beim Ausmisten brauchst, sag Bescheid«, sagt TJ. Er dreht sich so, dass er die Whiskeyflasche mit seiner guten Hand nehmen kann. Eine Weile sitzen wir schweigend da und trinken.

»Was ist eigentlich mit deinem Arm passiert, TJ?«, frage ich, als ich so betrunken bin, dass ich das für eine gute Frage halte. Ich habe durchaus schon von Phantomschmerzen gehört, ich weiß, dass Leuten ein längst abgetrennter Finger wehtut oder ein amputiertes Knie juckt. Aber ich hab noch nie von jemandem gehört, der das umgekehrte Problem hat.

»Sprengfalle«, sagt er. »Irak 2004. Hat unsere halbe Einheit in die Luft gejagt. Ich hatte Glück.« Dann: »Meinem Freund Walt hat's den Kopf abgerissen. Ich hatte ihm versprochen, seiner Frau seinen Ehering zurückzubringen, falls ihm was passierte, aber ich konnte ihn nicht finden. Zu viele Leichen, und wir wurden von allen Seiten beschossen. Irgendwann mussten wir einfach da raus.«

Ich nicke, auch wenn seine Geschichte meine Frage nicht beantwortet. Vielleicht muss die Vergangenheit ja auch nicht alles erklären. Vielleicht kann sie es gar nicht.

Ich brauche nicht lange, um meine Sachen zu packen. Das größte Problem sind Kaycees Gemälde. Ich kann sie nicht offen durch die Gegend tragen. Deswegen hab ich sie in Zeitungspapier eingewickelt und zusammengebunden. Aber sie sind schwer. Ich stelle mir vor, dass ich sie überallhin mitschleppen muss, mein Leben lang, egal, wohin ich gehe.

Hannah ist von ihren Großeltern zurück. Sie hat ein neues Spielzeug mitgebracht: ein Tablet, an dem sie den ganzen Tag mit der Nase klebt. Gerade hockt sie mit dem Ding auf der obersten Verandastufe. Als ich meinen Koffer zum Auto rolle, blickt sie auf.

»Reist du ab?«, fragt sie erstaunt, und als ich nicke, zieht sie die Nase kraus. »Gehst du wieder zurück nach Chicago?« Aus ihrem Mund klingt das, als läge Chicago auf dem Mond.

»Nein.« Ich muss die Sachen meines Vaters entsorgen und das Haus in Ordnung bringen. Aber mein Vertrag für das kleine Haus ist abgelaufen, und morgen zieht ein neuer Mieter ein.

Vielleicht war das von Anfang an meine Bestimmung, der ich so lange zu entkommen versucht habe. Aber seiner Bestimmung entrinnt man nicht.

»Ich geh nach Hause.«

39

TJ leiht sich von einem befreundeten Dachdecker einen Schuttcontainer, und am nächsten Tag fange ich an auszumisten. Das meiste werfe ich weg.

Die Habseligkeiten meines Vaters bedeuten mir nichts, ich verbinde keine Gefühle mit ihnen, nur schlechte Erinnerungen. Tischsets aus Plastik, die nicht zusammenpassen, aus Urlauben mitgebrachte Henkeltassen, glatt gewetzte Wildlederhemden, zerschlissene Handtücher, ein monströser Ohrensessel, ein dreibeiniges Regal – aus diesen Sachen setzt sich meine Erbschaft zusammen. Ich leere den Inhalt des Kühlschranks und sprühe die ganze Küche mit einem Desinfektionsmittel ein – ganze Wolken von Insekten flüchten aus dem Fenster.

Wenn ich ihn heben könnte, würde ich den ganzen Kühlschrank wegwerfen.

So einsam hab ich mich in meinem ganzen Leben noch nicht gefühlt. In den Tagen nach dem Tod meines Vaters kommen jede Menge E-Mails – selbst Portland schickt mir eine, die ich aber nicht mal öffne. Doch dann lässt das Interesse wie erwartet nach. Brent ruft hartnäckig jeden Tag an und hinterlässt mehr oder weniger die gleiche Nachricht: *Hallo, hier ist Brent. Ich mach mir Sorgen, bitte ruf mich an.*

Ein Blumengebinde wird geliefert, weiße Lilien, die für einen großen Trauergottesdienst angemessen wären. Sie wandern schnurstracks auf den Kompost.

Ich möchte niemanden sehen. Es geht einfach nicht.

So viel ist paradoxerweise noch nie los gewesen in Barrens. Zuerst kommen Reporter des Lokalsenders, um über einen ausufernden Korruptionsskandal zu berichten. Vor den Toren von Optimal sammeln sich Demonstranten, die sauberes Wasser fordern, und jeden Tag werden es mehr. Dann kommen Anwälte, die die Leute bei Schadensersatzprozessen vertreten wollen, und Politiker, die die Missstände anprangern.

All das ist weit weg, es kommt mir vor, als würde es in einer anderen Stadt passieren. Wenn ich mir die Lokalnachrichten ansehe, bin ich jedes Mal überrascht, Joes Gesicht zu sehen, das eingeblendet wird, wenn er aus Chicago über den neuesten Stand der Dinge berichtet. Hin und wieder zeigen sie sogar meine Kollegen bei der Arbeit in der Kanzlei in Chicago. Keiner meiner Kollegen erwähnt meinen Namen.

Die große Ausnahme ist Bezirksstaatsanwalt Dev Agerwal, der zum Liebling der Berichterstattung in Indiana geworden ist: Er vergisst nie zu erwähnen, dass eine Frau aus Barrens, Abby Williams, ihn auf die Missstände im Büro seines Vorgängers aufmerksam gemacht habe. Ihr sei es letztlich zu verdanken, dass man der unstatthaften Einflussnahme von Optimal Plastics auf Politik und Verwaltung ein Ende bereiten konnte. Ein unternehmungslustiger Reporter von WABC spürt mich sogar im Haus meines Vaters auf. Als ich mit einer Tüte voller Müll aus dem Bad an die Tür komme, weicht er so erschrocken zurück, dass er beinahe von der Veranda fällt. Ich erkläre ihm, dass ich nicht die Abby Williams bin, die er sucht.

Es ist heiß, und ich leide. Ich trage die Arbeitsweste meines Vaters, schlafe auf dem Sofa in der Kuhle, die sein Körper hinterlassen hat, miste seine Sachen aus, trinke Kaffee aus seiner alten Kaffeemaschine, der verbrannt schmeckt: Ich fühle mich, als würde ich allmählich in die Haut meines Vaters schlüpfen, als würde ich er werden und ihn wieder zum Leben erwecken.

Der einzige Mensch, den ich außer TJ zu Gesicht bekomme, ist der Briefträger, der eines Tages an die Tür klopft, weil er nichts mehr in den Briefkasten bekommt, den ich seit zwei Wochen nicht geleert habe. Eigentlich gibt es nichts dazu zu sagen, aber unwillkürlich verwickle ich ihn in ein Gespräch, damit er noch ein bisschen länger bleibt.

»Was war das Merkwürdigste, das Sie jemals zustellen mussten?«, frage ich ihn.

»Ich öffne keine Post, Ma'am«, erwidert er mit einem schüchternen Lächeln. »Das ist strafbar.«

»Aber manches ist doch bestimmt offensichtlich«, insistiere ich. »Ein in Geschenkpapier gewickeltes blutiges Herz für einen Ex, eine explodierende Glitzerbombe? Nichts dergleichen?«

Er wirft einen Blick auf das Bier in meiner Hand.

»Vergessen Sie's«, sage ich. »Blöde Frage.«

»Nein, nein. Ich überleg nur. Versuche, mich zu erinnern«, sagt er. »An Weihnachten schicken alle möglichen Kinder

Briefe Richtung Nordpol. Manchmal sind auch Briefe an die Zahnfee dabei.«

Ich wünschte, ich hätte nicht gefragt. Plötzlich fühle ich mich einsamer denn je. Ich denke an all die rotwangigen Kinder und die Familien, die am Küchentisch sitzen und Weihnachtswunschlisten aufstellen: Schneekugeln der heilen Welt.

Der Briefträger hebt seine Mütze an und wischt sich den Schweiß von der Stirn. »Ich kannte mal einen Witwer, der seiner toten Frau Briefe geschrieben hat«, sagt er. »Das fing ein paar Monate nach der Beerdigung der Frau an. Jeden Tag musste ich einen Brief mitnehmen. Auf dem Umschlag stand nur der Name und als Adresse Rom, Italien. Er bildete sich ein, sie wär mit einem Liebhaber nach Rom durchgebrannt. Er hat mir erzählt, dass sie immer von einer Reise nach Rom geträumt hat.« Er fummelt unsicher an den Knöpfen seiner Uniform. »Bis zu seinem Tod hat er ihr jeden Tag geschrieben und sie angefleht, zu ihm zurückzukommen. Komisch, oder? Statt zu glauben, dass sie tot war, wollte er lieber glauben, dass sie einen anderen hatte. Er wollte, dass sie am Leben war, selbst wenn es bedeutete, dass sie ihn betrog.« Er schüttelt den Kopf.

»Ja, komisch«, sage ich.

Er nickt und geht zurück zu seinem Lieferwagen.

Ich bleibe noch eine Weile in der Tür stehen, schaue ins Leere, halte die Post für meinen Vater in meinen verschwitzten Fingern und denke an den alten Mann, der Briefe an seine tote Frau schrieb, denke an Misha und an Frank Mitchell und alle, die behaupten, Kaycee Mitchell sei abgehauen.

Vielleicht hat Condor ja recht – vielleicht ist es weniger eine Lüge als Wunschdenken. Vielleicht wollen sie alle glauben, dass sie abgehauen ist.

Vielleicht wollen sie alle glauben, sie hätten sie davonkommen lassen.

Die Post an meinen Vater besteht hauptsächlich aus Werbung. Dazwischen finde ich aber auch ein Flugblatt. Es ist ein Aufruf an die Bewohner der Stadt, zu einer Gemeindeversammlung zu erscheinen, auf der über die Wasserkrise diskutiert werden soll. Als ich den ganzen Stapel Briefe gerade in den Müll stopfen will, rutscht ein brauner Umschlag heraus und segelt zu Boden.

Es steht keine Adresse drauf, nur mein Name, säuberlich mit Filzstift geschrieben: *Abigail Williams.*

Ich bücke mich, um den Umschlag aufzuheben. Meine Finger zittern plötzlich so sehr, dass ich Mühe habe, den Klebestreifen zu lösen, mit dem die Lasche zugeklebt ist.

Der Umschlag enthält keinen Brief, nur ein Dutzend Polaroidfotos von jungen Mädchen. Mädchen oben ohne, die, offensichtlich betrunken, mit verschleiertem Blick einen Kussmund machen. Bewusstlose Mädchen, die mit gespreizten Beinen auf Sofas liegen, sodass ihre Unterwäsche zu sehen ist. Ein Mädchen ist nackt, doch ihr Gesicht ist im grellen Blitzlicht nicht zu erkennen

Eins der Mädchen auf den Fotos ist Sophie Nantes. Ihr Rock ist bis zu den Hüften hochgeschoben, ihre Haare sind schweißverklebt, ihr Lippenstift ist verschmiert, ihre Augen sind halb geschlossen. Ich sehe mir die Fotos mehrmals eins nach dem anderen an.

Neben Sophie Nantes und einem Mädchen, das ich in Tatums Krankenzimmer gesehen habe, erkenne ich noch drei weitere Gesichter.

Ich erkenne sie wieder von den Fotos, die im neuen Gemeindezentrum hängen.

Fünf Mädchen. Alles frisch gekürte Stipendiatinnen des Optimal-Plastics-Fonds. Handverlesen von der stellvertretenden Direktorin der High School von Barrens.

40

Lilian McMann scheint überrascht, mich zu sehen, obwohl ich meinen Besuch telefonisch angekündigt habe. Aber vielleicht wundert sie sich auch nur darüber, wie schlecht ich aussehe. Als ich mich im Spiegel hinter dem Empfangstresen sehe, erkenne ich mich selbst kaum wieder: eine junge Frau mit tiefliegenden Augen und bleicher Haut. Eine Fremde, die nur eine flüchtige Ähnlichkeit hat mit dem Spiegelbild, das ich in Erinnerung habe.

Dass ich eine mit Farbe bekleckerte Hose und die Arbeitsweste meines Vaters trage, macht es wahrscheinlich auch nicht besser.

»Kommen Sie rein«, sagt Lilian. »Kann ich Ihnen was anbieten? Wasser? Tee?«

Ich nehme ein Glas Wasser. Ich bin noch etwas benebelt von dem Bier, das ich am Morgen getrunken habe, und ich muss einen klaren Kopf bekommen, mich konzentrieren. Nachdem wir uns gesetzt haben, komme ich ohne Umschweife zum Thema. »Ich möchte mich mit Ihrer Tochter darüber unterhalten, was mit ihr passiert ist, bevor Sie bei IDEM aufgehört haben«, sage ich. Lilians Wasserglas bleibt auf halbem Weg zum Mund stehen. »Ich möchte mit ihr über die Nachrichten reden, die sie erhalten hat, und sie fragen, ob sie von anderen – also anderen Mädchen – weiß, die ebenfalls zur Zielscheibe geworden sind.«

Sie stellt das Glas ab, ohne zu trinken. Einen Moment lang sitzt sie reglos da, und ich fürchte schon, dass sie mir meine Bitte abschlagen wird. Doch dann sagt sie: »Sie glauben mir also? Sie glauben, dass meine Tochter gezielt ins Visier genommen wurde?«

»Ich glaube, dass irgendwelche Leute bei Optimal die Mädchen benutzen. Ich glaube, sie werden erpresst und womöglich missbraucht. Mit Sicherheit lassen sie die Fotos kursieren. Und ich hab von Partys gehört, zu denen einige der Mädchen im Zusammenhang mit dem Stipendienprogramm eingeladen waren. So hat Optimal es geschafft, dass so viele Leute die Firma schützen. Es geht nicht nur um Geld. Es geht um die Mädchen.«

Eine Weile sitzt Lilian schweigend da, ihre Hand umklammert das Wasserglas. In der Stille höre ich mein Herz pochen. Ich fürchte, dass sie mir nicht glaubt.

»Und wie glauben Sie, dass das abläuft?«, fragt sie schließlich.

»Ich glaube, dass Misha Jennings, die stellvertretende Direktorin der High School, die Idee vor zehn Jahren von ihrer Freundin Kaycee Mitchell übernommen hat«, sage ich. »Es war so etwas wie ein Spiel, das sie und ihre Freunde in der High School gespielt haben, ein perverses Spiel, das sie sich ausgedacht hatten. Ihre Opfer waren jüngere Mädchen, Mädchen aus den unteren Klassen, die zu ihrer Clique dazugehören wollten. Sie haben sie auf Partys eingeladen, sie betrunken gemacht und sie dann überredet, für Fotos zu posieren. Anschließend haben sie den Mädchen gesagt, wenn sie nicht wollten, dass die Fotos veröffentlicht wurden, müssten sie dafür bezahlen.«

Ich ertrage es kaum, Lilian anzusehen. In ihrem kühlen Blick liegen Wut und Verachtung, und irgendwie habe ich das Gefühl, dass sie mir eine Mitschuld daran gibt – vielleicht nur, weil ich ihr die Nachricht überbringe. »Die Mädchen hatten bestimmt gehofft, dass sie die Fotos zurückerhalten, aber die Fotos wurden nie zurückgegeben. Es mag vielleicht verrückt klingen, aber ich glaube, dass sie über Kaycees Vater eine Möglichkeit gefunden haben, die Fotos gewinnbringend zu vermarkten. Einige Manager von Optimal haben angefangen, Jagd auf junge Mädchen zu machen.«

Falls Misha auf die Idee gekommen ist, die Fotos in Mitchells Laden zu verticken, könnte es sein, dass Kaycee versucht hat, das zu verhindern. Nicht aus moralischem Pflichtbewusstsein heraus, sondern weil sie einfach so war: Sie war sprunghaft, sie wollte heute dies und morgen das, und sobald andere dasselbe wollten wie sie, wollte sie es schon nicht mehr. Außerdem hat sie ihren Vater gehasst. Vielleicht war das eine Gelegenheit für sie, ihm endlich die Stirn zu bieten.

Und wenn Condor in Bezug auf Frank Mitchell richtigliegt, bleibt Misha als einzige Person übrig, die ein Motiv hatte, Kaycee umzubringen: Misha, die immer hinter Kaycees Freund hergewesen ist, Misha, die grausamere, hässlichere Version ihrer besten Freundin, Misha, die Brent gegenüber behauptet hat, sie hätte mit Kaycee telefoniert, Misha, die versucht hat, bei unserem Gespräch im Gemeindezentrum meine Aufmerksamkeit auf Frank Mitchell zu lenken, Misha, die die ganze Zeit die Ahnungslose spielt.

Misha, die womöglich die Schlaueste von uns allen ist.

Ich frage mich, ob Annie Baum und Cora Allen einen Verdacht hatten oder ob sie womöglich beteiligt waren. Letzteres könnte erklären, warum sie sich seit zehn Jahren mit Drogen und Alkohol betäuben.

Bleibt die Frage, ob auch Brent im Bilde ist. Aber das kann ich einfach nicht glauben. Egal, was er jetzt behauptet, er muss Kaycee einmal geliebt haben. Er versucht die ganze Zeit, mir zu helfen, obwohl es ihn sicherlich Überwindung kostet. Und auch Misha versucht er zu helfen. Ich kann mir nicht vorstellen, dass er ihr helfen würde, wenn er wüsste, dass sie ein Ungeheuer ist.

»Ich glaube, dass Misha das ›Spiel‹ über all die Jahre hinweg am Laufen gehalten hat«, fahre ich fort. »Allerdings hat sie die Regeln ein bisschen geändert, die Stipendien als Lockmittel eingesetzt. Und als Rückversicherung.« Ich erinnere mich an den Tag, als ich sie in der Schule besucht habe, wie sie von den Handys sprach, die gerade von Schülern eingesammelt worden waren, weil sie sie im Unterricht benutzt hatten. Vermutlich Futter für eine größere Operation.

Lilian steht abrupt auf und tritt ans Fenster. Eine Weile starrt sie auf den halb leeren Parkplatz.

»Nachdem es passiert ist, haben wir Amy auf eine private Schule geschickt«, sagt sie. »Sie weiß nichts.«

»Sie könnte mehr wissen, als Sie glauben.«

»Sie hat das alles hinter sich gelassen.« Ihr versagt die

Stimme. »Es hätte sie fast umgebracht. Und jetzt geht es ihr endlich wieder gut ...«

»Es geht nicht nur um sie«, sage ich, so sanft ich kann.

Lilian kämpft mit den Tränen. Ich sehe es daran, wie ihre Schultern sich verkrampfen. Aber als sie weiterspricht, klingt ihre Stimme ruhig.

»Wollen wir sie gemeinsam anrufen?«, fragt sie. »Oder wollen Sie lieber allein mit ihr reden?«

Am Ende entscheide ich mich dafür, lieber nicht am Telefon mit ihr zu sprechen. Die Culver-Boarding-School, wo Amy über den Sommer an einem Kunstkurs teilnimmt, liegt zwei Autostunden entfernt im Norden von Indianapolis. Es wird schon Abend, als ich ankomme, doch obwohl ich eine Nacht nicht geschlafen habe, fühle ich mich wach wie schon lange nicht mehr.

Ich brauche eine Viertelstunde, um die Cafeteria zu finden, wo wir uns auf einen Kaffee verabredet haben. Ich habe ein bisschen Sorge, dass sie es sich in der Zeit, die ich bis hierher gebraucht habe, anders überlegt haben könnte.

Aber sie ist da. Sie steht auf und schüttelt mir mit einem freundlichen Lächeln die Hand. Wir setzen uns, und ich überlege, wie ich anfangen soll, doch sie kommt mir zuvor.

»Meine Mutter sagt, Sie wollen über das reden, was mir in der elften Klasse passiert ist?«

»Nicht direkt. Es geht um die Fotos«, sage ich. »Nicht nur die von dir. Es gibt jede Menge Fotos von Mädchen in deinem Alter. Sie wurden in Umlauf gebracht, teilweise auch verkauft.«

Sie sieht vor sich auf den Tisch. »Keine von meinen Freundinnen hat so was gemacht.«

»Aber hast du davon gehört?«, frage ich. »Kennst du andere Mädchen, die solche Fotos von sich haben machen lassen?«

»Es wird viel geredet«, sagt Amy langsam. »Aber ich hör da nicht hin. Die Hälfte ist sowieso gelogen, und manchmal wollen die Leute auch nichts anderes hören. Wie kommt es zum Beispiel, dass ein Typ, der viel Sex hat, ein Held ist, aber wenn ein Mädchen das Gleiche tut, ist sie ein Flittchen? Das ist nicht fair.«

»Nein, das ist nicht fair«, sage ich in der Hoffnung, sie zum Reden zu bringen. Aber sie kratzt nur mit einem abgebrochenen Fingernagel an der Tischkante und weicht meinem Blick aus. »Du hast also noch nie von dem sogenannten Spiel gehört?«

Amy blickt auf. »Klar hab ich davon gehört«, sagt sie. Sie wirkt tatsächlich verwirrt. »Aber das hat nichts mit den Fotos zu tun.«

Ich sehe sie verblüfft an.

»Bei dem ›Spiel‹ geht es um die Stipendien«, sagt sie, als wäre es das Selbstverständlichste auf der Welt.

»Wie meinst du das?«

»Normalerweise schlägt Mrs. Jennings die Schülerinnen für die Stipendien vor.« Misha. »Aber jeder weiß, dass es nicht immer so läuft.« Sie wirkt verlegen. »Es gibt – Partys. Nur für die Mädchen, die in die engere Auswahl kommen wollen.«

Ich muss daran denken, was Tatum Klauss im Krankenhaus gesagt hat. *Die Partys waren nur für Mädchen.*

»Es sind immer Leute von Optimal da. Sie wissen schon. Ältere.« Sie schaut mich kurz an.

»Ältere«, sage ich, und sie nickt.

»Das ist das ›Spiel‹«, fährt sie fort. Kratzt mit dem Fingernagel an der Tischkante. »Es geht darum, wer es schafft, ein Stipendium zu ergattern.«

»Und was muss man dafür tun?« Mein Mund ist so trocken, dass ich kaum sprechen kann. »Was müssen die Mädchen tun, um ausgewählt zu werden?«

»Ich bin nie auf so einer Party gewesen«, sagt sie. »Ich war denen nicht hübsch genug.« Ein trauriges Lächeln huscht über ihr Gesicht. »Wahrscheinlich hab ich mich deswegen so geschmeichelt gefühlt, als die ganze Geschichte übers Internet passiert ist.«

»Um ein Stipendium von Optimal zu bekommen, kommt es also nicht auf gute Noten an«, sage ich, um einen neutralen Ton bemüht.

Sie lacht laut auf. »Soll das ein Witz sein? Bei den meisten Mädchen, die ein Stipendium kriegen, ist die Versetzung gefährdet. Wenn die nicht über das Optimal-Programm in den Förderunterricht kämen, würden die glatt den Abschluss nicht schaffen.«

Jetzt fügt sich das Bild zusammen: Misha und all die Mädchen mit Schulproblemen, Mädchen, die in dem Stipendium ihre einzige Chance sehen. Ich schließe die Augen und umklammere die Armlehnen des Stuhls. Jetzt verstehe ich, wie sie die Mädchen kontrolliert, wie sie sie mithilfe ihrer schlechten Noten gefügig macht.

Amy schüttelt verächtlich den Kopf. »Und haben Sie die

Mädchen mal gesehen? Es sind immer die hübschesten in der ganzen Schule. Sie wissen ja wahrscheinlich, dass die Mädchen, die ein Stipendium bekommen, Optimal-Stars genannt werden? Aber manche Jungs in der Schule haben einen anderen Namen für sie.«

»Und der lautet?«, frage ich.

Sie lächelt grimmig. »Optimal-Nutten.«

41

Auf der Heimfahrt wird mir übel, und ich halte am Rand.

Inzwischen bin ich davon überzeugt, dass Misha ganz genau weiß, wo Kaycee ist. Womöglich ist Sheriff Kahn sogar eingeweiht, oder zumindest hat Optimal ihn dafür bezahlt, dass er wegsieht.

Es ergibt alles auf schreckliche Weise einen Sinn: Kaycees Spiel und die Aussicht auf viel Geld. Wahrscheinlich hat es mit einem einzigen Interessenten angefangen, einem der Topmanager von Optimal, der Frank Mitchell gesteckt hat, wonach er suchte. Aus einem wurden zwei, dann drei und immer mehr. Irgendwann wollten sie nicht mehr nur Fotos, sondern die Mädchen selbst, und so hat sich ein eigenes System entwickelt, eine Art Markt. Die Manager von Optimal konnten mithilfe dieser ganz speziellen Sexspiele – geheim und illegal, was sie für bestimmte Leute erst recht interessant macht – die Aufsichtsbehörden und hochrangige Politiker bei Laune halten und derweil machen, was sie wollten.

Aber wie auch immer alles angefangen hat, Misha und ihre Kontaktleute bei Optimal sind zweifellos diejenigen, die jetzt die Fäden ziehen. Das Optimal-Stipendium ist der Köder, mit dem sie ihre Opfer fangen.

Wozu mag eine Frau wie Misha, stellvertretende Leiterin der High School, die darüber entscheidet, welche leistungsschwachen Schülerinnen ein Stipendium bekommen, die Mädchen nicht alles überreden. Wie sollen die Mädchen auseinanderhalten, was sie aus Freundschaft tun oder um Aufmerksamkeit zu erregen, so wie Amy es online gemacht hatte?

Ich kann und will es mir nicht ausmalen.

Die Vorstellung, dass Kaycee tot ist – aller Wahrscheinlichkeit nach tot ist –, weil sie sich geweigert hat mitzumachen, ist ein schwacher Trost.

Joe brauche ich nicht anzurufen. Er wird mir nur sagen, dass ich in meiner Trauer nicht klar denken könne.

Zur Polizei kann ich nicht gehen, weil Sheriff Kahn auf der Gehaltsliste von Optimal steht – davon bin ich jedenfalls überzeugt. Wer weiß, wie lange er Optimal schon deckt und wie viele seiner Mitarbeiter Bescheid wissen?

Ich vertraue Condor, aber ich weiß nicht, ob er mir vertraut. Er hat mir vorgehalten, ich würde einer Verschwörungstheorie hinterherjagen – wie würde er reagieren, wenn ich ihm sage, dass ich tatsächlich eine Verschwörung aufgedeckt habe? Trotzdem kann ich nicht widerstehen, ihn anzurufen. Es klingelt sechsmal, dann schaltet sich die Voicemail ein. Ich lege auf und bereue es sofort. Ich wähle noch mal und lege nach dem ersten Klingeln wieder auf, weil er bestimmt denken wird, dass ich mich mit ihm treffen will.

Stattdessen schicke ich ihm eine SMS. Ich entschließe mich, ihm die Wahrheit zu sagen oder zumindest etwas, das der Wahrheit nahekommt.

Es gibt schon genug Lügen in dieser Stadt.

Du hast gesagt, ich jage einer Verschwörung nach. Ich hab eine gefunden. Ich weiß nicht, mit wem ich sonst reden kann. Ruf mich an. Dann füge ich noch *Bitte* hinzu. Dann lösche ich es wieder. Es wirkt zu verzweifelt.

Ich drücke auf *Senden.*

Kann es sein, dass Kaycee sich krank gestellt hat, um uns irgendwas über Optimal mitzuteilen? War es vielleicht eher eine *Botschaft* als eine Lüge? War es der Versuch, unsere Aufmerksamkeit auf Optimal zu lenken, ohne sich selbst in die Sache zu verstricken?

Kaum ist mir der Gedanke gekommen, bin ich davon überzeugt, dass es genau so gewesen sein muss. Es passt. Das war Kaycees Ding – heimliche Nachrichten, verschlüsselte Botschaften. Als wir in der fünften Klasse waren, hat sie mal versucht, mir eine Geheimsprache beizubringen, und war furchtbar frustriert, als ich sie nicht schnell genug lernte. Für sie bestand das halbe Leben aus Tricks und geheimen Zeichen und Anspielungen.

Egal, wie gestört sie war, egal, wie sehr man ihr vorwerfen kann, dass sie das »Spiel« erfunden hat, am Ende hat sie es bereut. Vielleicht hat sie zum ersten Mal in ihrem Leben versucht, das Richtige zu tun.

Und es mit ihrem Leben bezahlt.

Mein Handy klingelt.

Ich gehe sofort ran, noch bevor ich gesehen habe, wer der Anrufer ist.

»Condor?«, sage ich.

Stille. »Hier ist Brent.« Er gibt sich keine Mühe, nicht verletzt zu klingen. »Tut mir leid, dass ich dich enttäusche.«

»Hallo Brent. Sorry.« Ich habe einen Kloß in der Kehle. Weiß er Bescheid? Ist das möglich? Ich muss daran denken, was er mir im Stadion gesagt hat: *Ich habe allmählich das Gefühl, dass du mit deiner Meinung über Optimal richtigliegst ... Da ist offensichtlich was im Busch.*

»Ich ruf dich jeden Tag an. Ich mach mir Sorgen um dich.«

»Ich weiß. Ich bin – beschäftigt.« Eine offensichtliche Lüge. Inzwischen weiß Brent garantiert, dass ich mit dem Fall Optimal überhaupt nichts mehr zu tun habe. »Aber es geht mir gut.«

»So klingst du aber nicht gerade«, erwidert Brent trocken. »Du hörst dich an, als hättest du geweint.«

Ich zögere. Brent arbeitet bei Optimal. Er ist mit Misha befreundet. Er war jahrelang Kaycees Freund – aber er hat mich auch geküsst.

Andererseits hat er mir nie einen Vorwurf daraus gemacht oder mich dafür bestraft, dass ich gegen Optimal ermittelt habe, oder versucht, mich davon abzuhalten. Er hat zugegeben, dass Misha schon immer auf ihn gestanden hat. Misha ist die geborene Lügnerin. Warum sollte sie nicht auch Brent anlügen?

»Abby?« Es klingt, als hielte er seine Lippen ganz nah ans Telefon, um zu mir durchzudringen. »Bist du noch dran?«

»Ja«, sage ich. Kann ich ihm trauen? Ja oder nein. Kopf oder Zahl.

Ich zähle sieben Krähen auf der Telefonleitung.

»Sprich mit mir«, sagt er. Warmherzig. Besorgt.

»Du hast recht. Es geht mir nicht gut.« Dann platzt es aus

mir heraus: »Was weißt du über die Stipendien, die Optimal vergibt?«

»Über die …?« Er klingt verwirrt. Damit hat er eindeutig nicht gerechnet.

»Die Stipendien«, wiederhole ich. »Was weißt du darüber?«

Brent räuspert sich. »Nicht viel, ehrlich gesagt. Ich weiß, dass Misha sich darum kümmert und dass unser Finanzchef die Finanzierung regelt. Aber warum in aller Welt …?«

Jetzt bin ich mir sicher, dass er die Verwirrung nicht vortäuscht. Es kann nicht sein.

»Ich muss wissen, ob ich dir vertrauen kann.« Ich umklammere das Telefon. »Du musst es mir versprechen.«

»Was soll ich dir versprechen? Wovon redest du, Abby?«

Ich kann nicht mehr an mich halten, ich kann die Last nicht mehr allein tragen. »Sie benutzen die Mädchen, Brent«, krächze ich. »Sie benutzen sie als Pfand. Als Währung. Zur Bestechung. Das geht schon seit Jahren so. Ich glaube … Ich glaube, Kaycee wusste davon. Ich glaube, sie wurde umgebracht. Ich glaube, sie wurde *deswegen* umgebracht.«

Er schweigt eine Weile. »Was du sagst, ergibt keinen Sinn«, antwortet er schließlich. »Das ist …« Er holt tief Luft. »Ich kann das nicht glauben.«

Zum ersten Mal tut er mir leid. Ich muss wieder daran denken, wie ich ihn mit Misha im Wald hinter der Schule erwischt habe. Welche Lügen hat sie ihm damals wohl aufgetischt?

»Tut mir leid«, sage ich. »Aber es ist die Wahrheit.«

Wieder schweigt er.

Dann flüstert er: »Ich wollte immer glauben …« Ihm versagt die Stimme. »Ich wollte immer glauben, dass sie irgendwo ist und es ihr gut geht.« Er räuspert sich. »Mein Gott. Können wir uns treffen? Können wir reden?«

Er glaubt also nicht, dass ich verrückt bin.

»Okay«, sage ich. »Ich bin im Haus meines Vaters.« Na ja, eigentlich ist es jetzt natürlich mein Haus.

»Ich komme, so schnell ich kann. Sprich mit niemand anderem, okay? Wenn du recht hast …« Erneut bricht er ab. »Wenn du recht hast, können wir niemandem trauen.«

Wir. Bei dem Wort wird mir ganz warm. Ich bin nicht mehr allein. Brent ist auf meiner Seite.

»Versprochen«, sage ich und lege auf.

Im Haus meines Vaters ist es kühl und still. Es riecht nach Putzmittel und Möbelpolitur. Ich habe fast die ganze Vergangenheit weggeputzt.

Das Schmuckkästchen meiner Mutter habe ich ins oberste Fach des Wandschranks gestellt, hinter die wenigen Habseligkeiten meines Vaters, die zu behalten ich mich entschlossen habe. Jetzt wird mir klar, dass es keinen Zweck hat. Ich verbinde nichts mit seinem Gürtel, mit seiner Krawatte oder mit dem Zwei-Dollar-Schein, den er immer in seinem Portemonnaie aufbewahrt hat, ebenso wenig wie der Geist meiner Mutter in ihrem Schmuck zu finden ist, ebenso wenig wie Kaycee durch ihre Fingerabdrücke auf Chestnuts Halsband wieder zum Leben erweckt werden kann.

Ich löse das Halsband aus dem Wirrwarr aus billigen Halsketten – alles Krempel. Die Vergangenheit ist ein Betrug des

Verstands. Sie ist eine Geschichte, die wir immer und immer wieder falsch verstehen.

Ich hole einen Spaten aus dem Schuppen und mache mich mit Chestnuts Halsband in der Hand auf den Weg zum Seeufer. Vor Jahren bin ich dorthin gegangen, um das Halsband zu begraben. Stattdessen habe ich es zugelassen, dass Brent mich küsste, und seitdem bin ich, ohne es zu wissen, diesem Ort verhaftet geblieben.

Ich erinnere mich daran, dass wir Chestnut nah am Ufer begraben haben, weil er das Wasser so geliebt hat, und dass mein Vater das Grab mit ein paar Steinen gekennzeichnet hat, die er im Unterholz gesammelt hatte. Aber ich kann das Grab nirgends finden. Wahrscheinlich wurden die Steine weggeschafft – vielleicht für die Umrandung eines Lagerfeuers oder von Kindern, die eine Burg gebaut haben.

Am Ende suche ich mir einfach eine geeignete Stelle aus, die nicht zu schlammig ist, und fange an zu graben. Ein kleines Loch müsste reichen, aber ich grabe, bis mir die Arme schmerzen und ich Blasen an den Händen habe und die Sonne anfängt, hinter den Bäumen zu verschwinden.

Das Loch hat eine absurde Größe. Es ist so groß wie ein Grab. Ich begrabe nicht nur das Halsband. Ich begrabe Kaycee.

Ich werfe das Halsband hinein. Dann schaufle ich das Loch zu und trample die Erde fest, bis alles wieder so aussieht wie vorher.

Als ich zurückkomme, höre ich auf dem Feldweg vor dem Haus das Knirschen von Reifen. Brent. Mir bleibt gerade genug Zeit, den Spaten zurück in den Schuppen zu stellen, dann kommt er auch schon ums Haus herum. In seinem eleganten Anzug und den glänzenden Schuhen, an denen Schlamm und Gras klebt, wirkt er irgendwie fehl am Platz.

»Abby. Gott sei Dank!« Er läuft auf mich zu und umarmt mich. »Ich hab geklopft, aber du warst nicht da. Ich dachte schon …« Er braucht mir nicht zu sagen, was er dachte.

»Alles in Ordnung.« Diesmal meine ich es ernst. »Ich hab gerade was erledigt, was ich schon vor langer Zeit hätte tun sollen.«

»Dein Anruf … Ich kann kaum klar denken.« Er schüttelt den Kopf.

»Lass uns reingehen«, sage ich. Er nickt und folgt mir.

Das Wohnzimmer ist halb leer geräumt, nur die Möbel, die zu schwer waren, um sie zum Container zu schleppen, stehen noch da. Brent wartet, während ich mir im Bad Wasser ins Gesicht spritze. Ich erschrecke über mein Spiegelbild. Ich bin blass und sehe ungepflegt und hohläugig aus von zu viel Alkohol und zu wenig Schlaf.

Als ich ins Wohnzimmer komme, hat Brent zwei Gläser Scotch eingeschenkt.

»Macallan«, sagt er und zeigt auf die Flasche. »Die hatte ich noch im Schreibtisch. Ich hab sie für eine besondere Gelegenheit aufbewahrt …« Er lacht, aber sein Lachen wirkt freudlos. »Tja, wenn das keine besondere Gelegenheit ist.«

Mir ist nicht nach Trinken zumute, aber ich nippe trotzdem an meinem Glas.

»Schieß los«, sagt er. »Erzähl mir alles.«

Und das tue ich. Ich berichte ihm von Tatum Klauss und Sophie Nantes und alles, was ich von Lilian McMann erfahren habe, von den Optimal-Stars und den Partys, auf denen sie ausgewählt werden, und von Misha, die die Mädchen mit den größten Problemen unter ihre Fittiche nimmt. Ich erzähle ihm von Mishas Geschichte von Frank Mitchell und dem hypothetischen Mann, der nach jungen Mädchen gefragt haben könnte. Als ich mit meinem Bericht halb durch bin und mein Glas halb ausgetrunken habe, füllt Brent das seine zum dritten Mal. Seine Augen sind gerötet, und sein Hemd ist verschwitzt.

Als ich zu Kaycee komme und schildere, welche Rolle sie in der ganzen Geschichte gespielt hat, hält er es nicht länger aus und steht auf.

»Bin gleich wieder da«, sagt er und stürzt nach draußen. Ich höre, wie er sich übergibt. Ich weiß genau, wie er sich fühlt.

Ohne dass ich es gemerkt habe, ist es Nacht geworden. Wir haben im Halbdunkel gesessen, und als ich aufstehe, um Licht zu machen, kann ich den Schalter kaum finden. Brent ist immer noch draußen. Er steht reglos neben seinem Auto und starrt ins Leere.

Plötzlich wird mir schwindlig, und ich muss mich setzen. Ich habe einen trockenen Hals. Ich hätte den Scotch nicht trinken sollen. Ich hole die Wasserflasche aus meiner Handtasche. Wann hab ich heute zuletzt was gegessen? Ich kann mich nicht erinnern.

Ich ärgere mich, dass ich den Scotch getrunken habe. Ich muss mich konzentrieren. Wir müssen einen Plan machen.

Ich nehme mein Handy raus. Drei verpasste Anrufe von Condor. Ich muss es aus Versehen auf stumm geschaltet haben. Er hat mir auch eine SMS geschickt. Aus irgendeinem Grund fällt es mir schwer, die Worte zu lesen, sie verschwimmen immer wieder vor meinen Augen: Er will wissen, ob es mir gut geht.

Als ich das Handy gerade weglegen will, kommt eine E-Mail. Von Portland, mit dem Betreff *Wiedervorlage.* Ich öffne sie, ohne nachzudenken, kneife die Augen zusammen, um zu lesen. Es ist seine letzte Mail, die er mir noch einmal schickt, vielleicht weil ich nicht reagiert habe.

Wollte mich vergewissern, dass du das liest. Könnte wichtig sein.

Darunter steht die ursprüngliche Nachricht. Wörter springen mir ins Auge: *Kaycee … Vergiftung … Symptome ….*

Die Wörter flimmern, und ich muss mich konzentrieren, um sie scharf zu stellen.

Ich hab über das nachgedacht, was du über Kaycees Symptome erzählt hast, und noch mal ein bisschen gegraben. Du hast recht. Ihre Symptome passen nicht zu einer Bleivergiftung. Aber sie passen zu einer Quecksilbervergiftung. Überprüf das mal.

Zittern,
Verwirrung,
Aphasie (Verlust des Kurzzeitgedächtnisses),
Gleichgewichtsstörungen,
unkontrollierte Bewegungen,
Übelkeit, Erbrechen.

Ich weiß nicht, wie sie in Kontakt mit Quecksilber gekommen sein soll oder warum nur sie betroffen war. Ich hab nachgeforscht und rausgefunden, dass Quecksilber früher in Farbe verwendet wurde. Hast du nicht gesagt, sie hat gemalt?

Die letzte Zeile muss ich mehrmals lesen, bis sie einen Sinn ergibt.

Das heißt, ich lese sie immer und immer wieder in der Hoffnung, dass sie *keinen* Sinn ergibt.

Ganz plötzlich ist Kaycee wieder lebendig, so als hätte ich die ganze Zeit irgendwie damit gerechnet. Sie ist überall, unersättlich und ängstlich, sie atmet in mein Haar, flüstert mir ins Ohr, krallt sich mit verschwitzten Händen an meine Schultern, fleht mich an zu begreifen, zu hören, zu sehen.

Dein Problem ist nicht, dass du nicht zeichnen kannst, Abby. Dein Problem ist, dass du nicht sehen kannst.

Sieh hin! Sieh hin! Sieh hin!

Was ich sehe, ist Kaycee, die allein arbeitet, mit dem Daumen Farbe auf der Leinwand verteilt, benommen vom Farbgeruch.

Ich sehe Kaycee bei der Schulabschlussfeier, jede freie Körperfläche mit Farbe bemalt.

Ich sehe Misha und Brent, seine Hand auf ihrem Knie, wie er mit ihr redet. Wie er sie beruhigt.

Herr der Lage.

Ich sehe Brent aus dem Wald kommen, mit nassen Haaren und nassem Hemd, als wäre er schwimmen gewesen.

Ich sehe ihn, wie er auf mich zukommt und mich küsst.

Ich sehe Blitze hinter meinen Lidern, wie Glühwürmchen, nur heller.

Blitze. Taschenlampen. Leute auf dem Wasser.

Nein.

Es ist jemand *im* Wasser.

Wir müssen sichergehen …

Die Szene am Lagerfeuer muss eine alte Erinnerung geweckt haben, die leisen Worte, ein Schrei, der sofort erstickt wird, alles kommt wie ein Traum wieder hoch …

Wir müssen sichergehen, dass sie nicht mehr atmet.

Ich sehe mich später vor dem Spiegel stehen, wie ich mit den Fingern über die Stellen fahre, wo er mich berührt hat, wie ich versuche, mich zu erinnern, ob es wirklich passiert ist, wie ich mich frage, ob er eine Spur auf mir hinterlassen hat.

Wie ich mich frage, ob ich immer noch nach seinen Fingern rieche.

Nach Strand.

Nach Farbe.

42

Die Fliegengittertür quietscht. Eine Warnung, aber sie kommt zu spät.

Brents Schritte sind schwer. Langsam. Entschlossen.

»Abby?« Es klingt ganz lässig, wie er meinen Namen ausspricht, von seinem gespielten Schock ist nichts mehr zu spüren. Irgendwie hab ich es in mein altes Zimmer geschafft. Ich halte mich an der Tür fest, versuche, auf den Beinen zu bleiben. Aber der Boden fühlt sich an wie Wasser, in dem ich zu versinken drohe.

Lauf weg. Kaum hab ich die Worte gedacht, renne ich los. Ich stürme die Treppe runter, stürze aus der Tür, breite meine Flügel aus und fliege. Ich renne, ich bin sicher, dass ich renne, aber als er den Flur entlangkommt und mich dort schwankend stehen sieht, wird mir bewusst, dass ich mich an der Wand abstütze und immer noch im Haus gefangen bin.

»Du bist ja noch wach«, sagt er.

Leck mich, versuche ich zu sagen. Aber die Worte werden zu Steinen, und als sie runterfallen, breche ich zusammen.

Ich spüre nichts, als mein Kopf auf dem Boden aufschlägt. Ich sehe nur den Staub, den mein Atem aufwirbelt, und seine Schuhe, die auf mich zukommen.

»Das gibt einen ziemlichen Kater«, sagt er.

Er hat mir was in den Drink getan.

Ich treibe in einem dunklen Meer.

Ich liege auf dem Boden.

Ich frage mich, wo er das Seil herhat und warum ich meine Arme nicht spüre.

Dann entgleitet mir das Seil, und ich verliere meine Arme und meinen ganzen Körper. Ich falle in ein tiefes schwarzes Loch, das mich verschluckt.

Als ich aufwache, höre ich Wasser schwappen und spüre das Vibrieren eines Motors. Ich bin in einem Boot.

Ein voller Mond scheint durch eine aufgelockerte Wolkendecke.

Brent fährt sehr langsam, wahrscheinlich um möglichst wenig Krach zu machen.

Er summt vor sich hin.

Panik erfasst mich. Ich habe höllische Kopfschmerzen, und mein Mund schmeckt nach Erbrochenem. Meine Kleider sind klatschnass, und meine Handgelenke sind wundgescheuert von der Nylonschnur, mit der ich gefesselt bin. Auch die Füße sind gefesselt. Ich liege eingeklemmt zwischen den Sitzen.

Aus der Ferne ist wummernde Musik zu hören. Es riecht nach brennendem Holz. Irgendwo sitzen Leute an einem Lagerfeuer.

Ich muss unbedingt aus dem Boot raus. Aber mit gefesselten Händen kann ich nicht schwimmen. Und selbst wenn es mir gelänge, meine Hände und Füße zu befreien – mein Körper fühlt sich an wie ein Sandsack.

Aber ich muss es versuchen.

Brent wendet sich vom Steuer ab und schaltet den Motor aus. Ich kann mich nicht von der Stelle bewegen. Trotzdem versuche ich, mit beiden Füßen nach Brent zu treten, verfehle ihn jedoch. Vor Anstrengung wird mir schwarz vor Augen.

»Alles wäre viel einfacher gewesen, wenn du dein Glas ausgetrunken hättest«, sagt Brent.

»Bitte.« Meine Stimme klingt fremd. »Bitte, tu mir nichts.«

Gott, bin ich blöd gewesen. Ich hab die Antwort die ganze Zeit gewusst: Kaycee hat sie mir gegeben. Sie hat sie mir ins Spind gelegt.

Chestnuts Halsband. Der arme Chestnut, der Hund, den sie vergiftet hat. Sie wollte gar nicht angeben mit dem Halsband. Sie wollte mir nicht wehtun. Sie wollte mich um Hilfe bitten. Es war ein *Zeichen.*

Jemand war dabei, sie langsam zu vergiften, und sie wusste nicht, warum, und sie konnte niemandem in ihrer Umgebung trauen.

Also hat sie sich mir anvertraut. Weil ich keine Freunde hatte, weil ich unschuldig war, weil sie glaubte, ich könnte ihr helfen, wenn ihr etwas passierte.

Brent schüttelt den Kopf. Er ist genervt. »Du hättest nicht zurückkommen dürfen«, sagt er. »Du hättest die Sache auf sich beruhen lassen sollen. Du hättest Barrens einfach vergessen sollen. Warum hast du das nicht getan?«

»Sie war mal meine Freundin«, stoße ich hervor.

Brent steht da und schaut auf mich herunter. »Wie kann man nur so dumm sein. Sie hätte keinen Finger gerührt, um dich zu retten.« Er schreit mich in seiner Wut fast an, und ich hege einen kurzen Moment lang die unsinnige Hoffnung, dass die Leute am Lagerfeuer ihn hören.

Warum hat er keine Angst, dass die Leute uns hören?

Im selben Moment weiß ich es: Wahrscheinlich hat er das Feuer selbst angezündet und einen Ghettoblaster danebengestellt. Er hat keine Angst, weil keiner an dem Lagerfeuer sitzt.

Er wendet sich wieder von mir ab. Ich habe Mühe, wach zu bleiben. Was immer er mir in den Drink getan hat, es muss was Starkes gewesen sein. Ich brauche Zeit – um mit ihm zu reden, ihn davon zu überzeugen, dass er mich gehen lassen muss, um eine Möglichkeit zur Flucht zu finden, um die Wirkung der Droge abklingen zu lassen.

»Warum hast du es getan?«

»Das weißt du genau«, sagt er. »Du hast es mir doch heute selbst erklärt. Du hast nur ein paar Details verdreht. Mitchell hatte nie was damit zu tun.«

Also hat Condor die ganze Zeit recht gehabt. Ich hätte auf ihn hören sollen. »Du bist auf die Idee gekommen, die Fotos an Optimal zu verkaufen, stimmt's?«

»Schon wieder falsch. Die haben uns angeboten, sie uns abzukaufen.« Er grinst. Aber er ist nicht so cool, wie er tut. Als er den Kopf hebt, kann ich im Mondlicht die Anspannung in seinem Gesicht sehen. »Alle wussten, dass ich mit den heißesten Bräuten der Schule rumhing. Und als ich das Praktikum bei Optimal gemacht hab, haben mich ein paar von den älteren Herren angesprochen. Die wollten auch mal was erleben. Alle stehen auf junge Mädchen, und die sind noch hübscher, desto betrunkener sie sind. Ich bin schon immer sehr freigebig gewesen.«

Ich kann es nicht fassen, dass ich diesen Mann einmal geküsst habe. Ich kann es nicht fassen, dass ich ihn einmal attraktiv gefunden habe. Ich frage mich, wie viel die Typen von Optimal ihm gezahlt haben, was sie ihm für seine Loyalität in Aussicht gestellt haben – wie viele Beförderungen, Provisionen und Prämien ihm sein Handeln eingebracht hat.

Im nächsten Augenblick fällt ein weiteres Puzzlestück an seinen Platz. Das muss der Grund dafür gewesen sein, dass Kaycee gedroht hat, zur Polizei zu gehen. Nicht, weil sie ein schlechtes Gewissen hatte. Nicht, weil sie plötzlich alles bereute. Es gibt noch etwas, was ich die ganze Zeit falsch verstanden hab. »Sie wollte einen größeren Anteil, stimmt's? Sie und Misha trugen das Risiko, aber du hast die ganze Kohle kassiert.«

Brents Lächeln ist wie das Grinsen eines Raubtiers. Seine vor Gier gefletschten Zähne schimmern im Dunkeln. »Das Miststück war unersättlich«, sagt er. »Genau deswegen mochte ich sie so sehr.«

Mir kommt die Galle hoch, und ich schlucke schwer. »Hast du sie umgebracht, oder war es Misha?«, frage ich, obwohl ich glaube, die Antwort bereits zu kennen. Ich wette, Misha lebt seit zehn Jahren in der Angst vor dem, was Brent dazu zu sagen hat.

Jetzt fällt mir wieder ein, dass ich mich gewundert habe, wie blond Mishas Tochter Kayla ist. Fast so blond wie Brent, wenn ich's mir recht überlege.

Glaubt Misha allen Ernstes, dass Brent sie liebt, wenn sie alles tut, was er von ihr verlangt, wenn sie ihm die Mädchen liefert, die missbraucht und rumgereicht werden, wenn sie

Brent deckt? Glaubt sie wirklich, dass er überhaupt fähig ist zu lieben?

»Es war Mishas Idee, Quecksilber in Kaycees Farbe zu mischen«, sagt er ruhig. »Die Vorstellung amüsierte sie, Kaycee glauben zu lassen, sie würde verrückt. Und ich hab dir ja schon mal gesagt, dass sie schon immer was für mich übrig hatte.«

Kein Wunder, dass ich mich in letzter Zeit so schlecht fühle. Kaycees Bilder dünsten Quecksilber aus, und ich habe es die ganze Zeit eingeatmet.

»Aber ursprünglich hatten wir gar nicht vor, sie umzubringen.« Er klingt gelangweilt. »Wir wollten nur dafür sorgen, dass alle glaubten, sie sei durchgeknallt. Damit sie nicht zur Polizei ging, oder damit keiner auf sie hören würde, falls sie es doch tat.«

Jedes Mal, wenn er sich abwendet, versuche ich, die Fessel an meinen Handgelenken ein bisschen mehr zu lockern. Wenn es mir gelingt, meine Hände loszubekommen und aus dem Boot zu springen, kann ich meine Füße befreien, wenn ich im Wasser bin.

Fast habe ich es geschafft.

»Und warum habt ihr sie dann doch umgebracht, obwohl ihr überzeugt wart, dass keiner ihr glauben würde?«

»Das ist deine Schuld«, sagt er, und vor Schreck vergesse ich beinahe, wo wir sind und was er vorhat. »Weißt du noch, was damals am letzten Schultag passiert ist? Kaycee hat dir dieses bescheuerte Halsband in den Spind gelegt.«

Ich erstarre. Ich hatte keine Ahnung, dass er davon gewusst hat.

Er schaut mich an, als befände ich mich am anderen Ende eines Teleskops. »Du hast Misha gesagt, Kaycee hätte dir das Ding in den Spind gelegt, weil sie dir damit was mitteilen wollte.«

»Nein, das hab ich nicht«, flüstere ich.

Aber natürlich hab ich das getan. Jetzt fällt es mir wieder ein: Wie ich auf Misha losgegangen bin, wie ich versucht hab, sie zu schlagen, wie ich meine Wut auf Kaycee an Misha ausgelassen hab. *Was zum Teufel ist los mit dir?* Ein paar Schüler standen um uns rum und haben geglotzt. Misha hat mich gegen eine Wand gedrückt, ich war nicht stark genug, um mich gegen sie zur Wehr zu setzen. *Bist du übergeschnappt?*

Ich hab sie angeschrien, unsere Gesichter waren nur Zentimeter voneinander entfernt. *War es nicht genug, dass sie meinen Hund vergiftet hat? Musste sie mir jetzt auch noch das Halsband geben, damit ich es mein Lebtag nicht vergesse?*

Jetzt erinnere ich mich wieder, wie schockiert Misha mich angesehen hat und wie ich dachte, dass ich endlich zu ihr durchgedrungen war.

Brent hat recht. Ich war wirklich dumm.

Ich schließe die Augen. Das Boot wird von einer Welle geschaukelt. Dann liegt es wieder still. Das Halsband sollte tatsächlich ein Zeichen sein. Oder ein Hilferuf. Jedenfalls hat Kaycee es mir nicht in den Spind gelegt, um zu beweisen, dass sie Chestnut auf dem Gewissen hatte. Jetzt begreife ich, dass es eine Art Lebensversicherung war. Falls ihr etwas zustieß, würde ich mich über das Halsband wundern und mich fragen, warum sie es in meinen Spind gelegt hatte. Sie hatte gehofft, dass ich den Zusammenhang herstellen würde. Das verbindende Element finden würde – zwischen ihr und Chestnut.

Beide wurden vergiftet.

Aber an dem Tag auf dem Flur habe ich Misha unwissentlich Kaycees Verdacht verraten, dass jemand versuchte, sie auf dieselbe Weise zu töten, wie Chestnut getötet worden war – mit Gift. Das hat Misha in Panik versetzt. Wenn Kaycee mir ein Zeichen gegeben hatte, einer blöden Tussi, mit der sie seit Jahren kein Wort gewechselt hatte, mit wem hatte sie dann wohl sonst noch gesprochen? Und was genau wusste sie?

»An dem Abend im Wald«, bringe ich mühsam heraus, »als du mich geküsst hast …«

»Du durftest einfach nicht zu nah ans Wasser kommen«, sagt er trocken. »Sie hat furchtbar geschrien, als wir sie ins Wasser geworfen haben. Ich hätte schwören können, dass sie schon tot war, als wir sie ins Boot geladen haben, aber ich war wohl ein bisschen hektisch.«

Sie bleibt nicht unten.

Wir müssen sichergehen, dass sie nicht mehr atmet.

Jetzt erinnere ich mich. Warum ist mir das nicht früher gelungen? Ich hatte mich selbst davon überzeugt, dass meine Erinnerungen mich trogen. Ich hab die ganze Zeit meinen Verdacht ignoriert, dass an dem Abend damals im Wald irgendetwas Schlimmes vor sich ging.

Er bewegt sich auf mich zu. Als er sich runterbeugt, rieche ich seinen sauren Atem. Einen schrecklichen Moment lang denke ich, dass er mich wieder küssen will. Jetzt ist es zu spät – zu spät, um mich zu befreien, zu spät, um zu fliehen, zu überleben. »Aber irgendwie fand ich dich immer süß. Wenn auch ein bisschen bemitleidenswert.«

Als er mich an den Handgelenken packt, schreie ich – ein nutzloser Instinkt.

Zu spät. Er hat ein Messer.

»Ich hab wohl schon immer auf Mädchen gestanden, die irgendwie kaputt sind«, sagt er. Mit einem schnellen Schnitt durchtrennt er meine Fessel.

43

Ich schlage nach ihm, aber Brent wischt meine Hand mühelos weg. Er begutachtet meine Handgelenke und hält mich dabei so fest, dass mir vor Schmerzen die Tränen in die Augen treten.

»Gut«, sagt er. »Keine Abdrücke.«

Er lässt mich los, steht auf, klappt sein Messer zu und steckt es ein. Ich ziehe mich an einer Bank hoch, schaffe es aber nicht, ins Wasser zu springen. Fast augenblicklich ist er auf mir, legt sich mit seinem ganzen Gewicht auf meine Brust und packt meine Handgelenke mit einer Hand, als ich versuche, ihn wegzustoßen.

»Es ist wichtig, dass du keine Druckstellen bekommst.« Es klingt fast, als würde er einen Text verlesen. Er liegt weiterhin auf mir. Ich bekomme kaum noch Luft. »Es ist wichtig, dass du ertrinkst.«

Ich spucke ihm ins Gesicht. Er zuckt mit dem Kopf zurück, und dann fegt zu meinem Glück eine Brise über den See und bringt Wellen mit sich. Das Boot schaukelt, und Brent wankt. Um nicht umzufallen, lässt er mich los und hält sich an der Reling fest. Ganz kurz muss er sein Gewicht verlagern, was mir die Chance gibt, mich zu bewegen.

Mehr brauche ich nicht. Ich stoße ihm beide Knie in den Schritt. Offensichtlich habe ich einen Treffer gelandet. Während er sich vor Schmerzen krümmt, krieche ich unter ihm hervor und klammere mich an den Bootsrand. Als ich gerade über die Reling klettern will, packt er mich am Fuß und zerrt mich mit einem Ruck zurück, sodass ich mit dem Kinn aufschlage und Blut schmecke.

»Du Miststück.« Er reißt mich auf den Rücken und wirft mich so brutal auf den Boden, dass der Schmerz mir fast die Sinne raubt. Eine Sekunde lang wird alles weiß, und eine seltsame Erinnerung an meine Mutter kommt hoch. Es war im Winter vor ihrem Tod. Mein Vater hatte hinterm Haus im Schnee ein Feuer angezündet, damit sie zu ihrem Geburtstag geröstete Marshmallows essen konnte.

Anfangs schlugen die Flammen so hoch, dass wir nicht nah genug rangehen konnten. Meine Mutter und ich schauten zu, wie mein Vater mit einer Eisenstange die Scheite auseinanderschob.

Ist das nicht unglaublich?, hat meine Mutter gesagt und auf die Mitte des Feuers gezeigt, wo die Flammen blau waren. *All die Flammen, bloß weil das Feuer atmen will.*

In meiner Erinnerung ist ihre Hand ganz kühl, und mir ist klar, was sie eigentlich sagen will: Wenn ich nicht kämpfe, werde ich sterben.

Die Schmerzen lassen allmählich nach. Brent hat einen Lappen in der Hand. Ich rieche irgendwas Chemisches. Chloroform oder Benzin.

Ich drehe den Kopf zur Seite, um Luft zu schnappen, taste nach irgendwas, was ich als Waffe benutzen könnte, schlage mit den Fäusten um mich, strample mit den Beinen, winde mich auf dem nassen Deck.

Er versucht, mir den Lappen in den Mund zu stopfen, aber es gelingt mir, ihn auszuspucken. Ich drehe mich weg von ihm. Aber er ist zu stark, und ich bin zu erschöpft. Ich komme mir vor wie ein Fisch, der am Haken hängt und zappelnd sein Leben aushaucht.

Der Angelhaken.

Ich hatte den Angelhaken mit dem Köder, den Condor mir geschenkt hat, ganz vergessen. Er steckt immer noch eingewickelt in ein Stück Stoff in meiner vorderen Westentasche.

Ich öffne den Reißverschluss genau in dem Moment, als Brent mir den mit irgendeiner Chemikalie getränkten Lappen aufs Gesicht drückt. Ich bin sofort blind. Der scharfe Geruch raubt mir den Atem.

Kurz bevor ich wegtrete, schleudere ich Brent den Angelhaken ins Gesicht.

Brent schreit auf und fährt hoch. Meine Lunge füllt sich mit Sauerstoff, der die Dunkelheit vertreibt und mich wieder klar sehen lässt. Irgendwas Warmes tropft auf mein Gesicht. Blut. Ich habe ihn direkt am Auge erwischt und eine tiefe Wunde gerissen.

Ich krabble rückwärts von ihm weg, und dabei verliere ich den Angelhaken. Bevor ich ihn wiederfinde, packt Brent mich mit beiden Händen am Hals – inzwischen ist es ihm egal, ob ich blaue Flecken davontrage. Er drückt mir die Luftröhre zu.

Ich taste auf dem blutverschmierten Boden, bis ich den Angelhaken spüre.

Diesmal ziele ich genauer.

Sein Auge macht ein Geräusch wie eine platzende Weintraube, als ich den Haken darin versenke.

44

Ich ziehe mich über den Bootsrand und lasse mich ins Wasser fallen. Ich höre Brent noch immer schreien. Meine Füße sind immer noch gefesselt, und meine Kleider sind vom Wasser so schwer, dass ich es nur mit Mühe zum Luftholen an die Oberfläche schaffe. Ich kämpfe mich aus der Weste meines Vaters und lasse sie untergehen. Aber mit meinen halbtauben Fingern bekomme ich meine Füße nicht frei.

Am Ufer brennt das Lagerfeuer. Kein Mensch weit und breit. Genau, wie ich's mir gedacht hatte. Schreien zwecklos. Aus dem Ghettoblaster dröhnt »Sweet Caroline«. Den Song konnte ich noch nie ausstehen.

Brent hat aufgehört zu schreien. Ich kann ihn nicht sehen. Das Boot schaukelt auf dem vom Wind aufgewühlten See, seine Silhouette hebt sich dunkel gegen das Wasser ab, in dem sich der Mond spiegelt.

Ich gehe unter und komme hustend wieder hoch. Ich versuche, meine Schuhe abzustreifen, und gehe dabei wieder unter. Jedes Mal fällt es mir schwerer, wieder aufzutauchen.

Ich gebe den Versuch auf, meine Füße zu befreien. Ich schwimme in Richtung Ufer. Irgendwann meine ich, eine Taschenlampe zwischen den Bäumen aufblitzen zu sehen. Aber dann ist der Lichtschein auch schon wieder verschwunden.

Mein Herz fühlt sich an, als wäre es ebenfalls mit Wasser gefüllt. Ich tauche auf und gehe unter, tauche auf und gehe unter. Meine Hose wiegt eine Tonne. Das Ufer scheint sich immer weiter zu entfernen. Ich schnappe nach Luft, ersticke fast an meiner Angst, wünsche mir Dinge, die ich mir seit Ewigkeiten nicht mehr gewünscht habe – dass meine Mutter mich in den Armen hält, dass mein Vater mich rettet, dass der liebe Gott mir hilft …

Ich komme kaum vorwärts. Wenn ich es nur ans Ufer schaffe – dann kann ich mich im Wald verstecken. Er wird mich nicht finden. Ich kenne diesen Wald besser als er, besser als jeder andere.

Noch während ich das denke, wird der See plötzlich von hellem Licht erleuchtet, sodass man sogar Äste erkennt, die weiter hinten im flachen Wasser treiben. Ich drehe mich um und werde von Scheinwerfern geblendet: Brent hat sie eingeschaltet, ein heller Lichtstrahl ist auf mich gerichtet. Er hat den Bootsmotor wieder angeworfen, der laut aufheult, als er wendet, um in meine Richtung zu kommen.

Das Boot rast direkt auf mich zu.

»Hilfe!« Es hat keinen Zweck zu schreien, aber ich kann nicht anders. »Hilfe!« Das Boot fährt so schnell, dass es eine weiße Bugwelle vor sich herschiebt. Noch zehn Meter. Noch fünf.

Ich werde es nicht schaffen. Ich hab keine Kraft mehr, um weiterzuschwimmen.

Und dann passiert das Verrückteste überhaupt: Bevor ich untergehe, bevor das Wasser mich verschlingt, sehe ich Kaycee Mitchell zwischen den Bäumen heraustreten, fast genau an der Stelle, wo mein Vater und ich damals Chestnut begraben haben. Nicht die Kaycee, die ich zuletzt gesehen habe, sondern Kaycee als Kind, Kaycee, meine beste Freundin, dünn und langbeinig. Ich sehe ihr blondes Haar, ich sehe sie winken und mir etwas zurufen.

Schwimm!

Brents Boot schiebt eine Welle auf mich zu, die mich unter Wasser drückt. Der Rumpf erwischt meine Schulter, verpasst meinen Kopf nur um wenige Zentimeter.

Unter Wasser werden Geräusche zu Vibrationen – ein entfernter Knall, der den ganzen See erzittern lässt. Ich öffne die Augen. Das Licht der Scheinwerfer reicht bis unter Wasser. Ein friedlicher Ort zum Sterben. Alles voller Seetang. Grün und still. Im Schlick sind Buchstaben eingraviert, große weiße Buchstaben, Hieroglyphen, die ich sofort verstehe, eine Botschaft, die mich mit seltsamer Freude erfüllt.

Ich habe sehen gelernt.

»Abby! Abby! Kannst du mich hören? *Abby!*«

Licht und Farben. Ein Feuerwerk. Explosionen.

»Halt durch, okay? Es wird alles gut. Ich bin bei dir.«

Zweige über mir.

Ich bin wieder ein Kind, in ein weißes Laken gehüllt. Ich schaukel hin und her.

»Mehr Sauerstoff.«

»Sag ihnen, sie sollen über die Pike Road fahren, das ist kürzer.«

Mein Mund ist aus Plastik. Mein Atem beschlägt meinen Gaumen.

Eine Fremde berührt mein Gesicht. Sie befreit mein Gesicht von dem Plastik.

»Keine Sorge«, sagt die Fremde. »Das wird schon wieder.« Sie hat ein Lächeln, das mich an meine Mutter erinnert.

Meine Zunge fühlt sich an, als gehörte sie nicht zu mir, und es dauert einen Moment, bis ich sie bewegen kann.

»Ich hab sie gefunden«, flüstere ich.

»Was hat sie gesagt?« Die Stimme kenne ich. Condor. »Abby, was hast du gesagt?«

Die Frau runzelt die Stirn. »Wen haben Sie gefunden?«

»Kaycee.« Ich schließe die Augen. Ich sehe die Buchstaben auf dem Grund des Sees: ihre weißen Knochen, so sauber, so zart, beinahe leuchtend. »Sie hat die ganze Zeit darauf gewartet, dass wir sie finden. Hier im See.«

EPILOG

Erst im September packe ich endlich Koffer und Reisetasche in meinen Wagen, außerdem einen Karton, der das Schmuckkästchen meiner Mutter enthält und ein paar Sachen meines Vaters, die ich doch behalten möchte.

Warum auch nicht? Die Vergangenheit ist nur eine Geschichte, die wir erzählen. Und jede Geschichte braucht ein Ende.

Zum ersten Mal in meinem Leben glaube ich, dass es ein gutes Ende sein wird.

Hannah schenkt mir ein Ringbuch mit Zeichnungen von einer Superheldin namens Astrid, die einen violetten Umhang und Lederstiefel trägt und Kinder rettet, die im Meer zu ertrinken drohen oder sich vor einer Flutwelle auf die Dächer ihrer Häuser geflüchtet haben.

»Sie sollte so aussehen wie du«, sagt sie schüchtern, dann umarmt sie mich und flitzt ins Haus.

»Du hast dich gar nicht verabschiedet«, ruft Condor ihr nach.

»Macht nichts«, sage ich. »Ich mag auch keine Abschiede.«

Es ist ein sonniger Tag, voller typischer Indiana-Farben: Gold und Grün und Blau. Der August hatte sich anscheinend vorgenommen, die Dürre wettzumachen. Der Regen für ein ganzes Jahr hatte sich in den Wolken gesammelt und uns die letzten Sommerwochen gehörig vermiest. Aber jetzt, wo die Gewitter vorüber sind, leuchten die Felder wieder saftig grün. Das Wasser des Stausees hat schon fast wieder normale Werte erreicht, auch wenn die Testergebnisse zeigen, dass immer noch zu viel Blei und andere Giftstoffe darin enthalten sind, und die Leute in Barrens immer noch zum Trinken das Wasser aus Flaschen benutzen, die auf Kosten des Staates Indiana und mehrerer Hilfsorganisationen auf Lastwagen angekarrt werden. Demonstranten campieren auf dem Spielplatz, der Besucher kurioserweise immer noch mit einem Schild mit der Aufschrift *Optimal kümmert sich!* begrüßt. Allerdings hat kürzlich jemand in großen Lettern hinzugefügt: *einen Scheißdreck.*

Ich habe nicht rausgefunden, wer mir die Fotos geschickt hat, die schließlich dazu geführt haben, dass ich der Wahrheit auf die Spur gekommen bin. Ich vermute, dass Misha irgendwas damit zu tun hat, und dass es Misha war, die versucht hat, mich von der Straße abzudrängen, aber wahrscheinlich werde ich nie erfahren, ob sie es satt hatte, Brent immerzu zu decken, oder ob ihr endlich klar geworden ist, dass er sie nie lieben würde, oder ob sie einfach gehofft hat, mich loszuwerden, selbst auf die Gefahr hin, dass sie sich selbst belastet. Ich weiß nur, dass sie mit der Bundespolizei kooperiert, die in Bezug auf die Optimal-Stipendien und die in ihrem Namen missbrauchten Mädchen ermittelt. Vielleicht hofft sie, durch ihre Kooperation Sühne leisten zu können. Oder sie spekuliert auf Strafminderung, allerdings bezweifle ich, dass sie in Anbetracht der vielen Mädchen, die betroffen sind, das Gefängnis jemals wieder verlassen wird.

Außerdem ist da ja noch der Mord an Kaycee, in den sie verwickelt ist. Jetzt, wo Brent tot ist, wird Misha sich allein vor Gericht verantworten müssen.

Sie tut mir – *beinahe* – leid.

Condor sieht mich an. Eine betretene Stille entsteht zwischen uns. Merkwürdig, nachdem wir wochenlang fast jeden Tag zusammen verbracht haben. Die plötzliche heftige Publicity hat uns zusammengeschweißt, Condor, Hannah und mich – wie zu einer kleinen Familie. Wir haben zu einer Vertrautheit gefunden, nach der ich mich immer gesehnt habe und die ich nur hin und wieder bei Joe finde.

Ich möchte mich nicht von Condor trennen, auch nicht von Hannah oder von Barrens.

Aber ich muss. Wir wissen beide, dass ich nicht nach Barrens gehöre.

Auf mich wartet meine sterile Wohnung in Chicago. Wer weiß, vielleicht hänge ich ja ein paar Fotos auf. Vielleicht lasse ich mich von Joe zum Austernessen einladen. Und zwar ein ganzes Jahr lang, schließlich hat er mir gesagt, dass er mir Austern für mein ganzes Leben schuldet.

Vielleicht schaffe ich es ja, meine Post und meine E-Mails zu sortieren – all die neuen Beschwerden, die Umweltberichte und die möglichen neuen Fälle, die auf mich warten. Wenn man eine saubere Welt will, muss man regelmäßig ausmisten.

Zum Glück habe ich mich daran gewöhnt, mir die Hände schmutzig zu machen.

Ich räuspere mich. »Es scheint ihr viel besser zu gehen«, sage ich.

Er lächelt. »Kinder sind unglaublich, oder? Die können ganz schön was wegstecken.«

Ich blättere in den Zeichnungen. Sie ist wirklich gut – sie hat Talent, wie Kaycee damals. »Kein einziger Tropfen Blut«, sage ich.

»Und auch keine abgehackten Körperteile«, bemerkt Condor trocken. Nach dem Abend am See konnte Hannah anfangs nicht aufhören, die schrecklichen Dinge zu zeichnen, die sie gesehen hatte: Flammen und Blut, ein Mensch, der auf dem Deck eines sinkenden Boots tot umfiel.

Es war Hannah, die ich am Ufer gesehen hab, die ich in meinem Überlebenskampf für Kaycee gehalten hab. Der Knall, den ich unter Wasser gehört hab, war ein Schuss – ein einzelner Gewehrschuss, abgefeuert vom Ufer aus auf ein Ziel, das sich schnell in einem Motorboot bewegte.

Condor ist in Barrens geboren und aufgewachsen, und in Barrens lernen die Jungs Football und Schießen. Ein Schuss hat ausgereicht.

Am Tag danach hat er mir die ganze Geschichte im Krankenhaus erzählt: Als er sah, dass ich versucht hatte, ihn anzurufen, und als ich auf seinen Anruf nicht reagierte, hat er sich Sorgen gemacht. Schließlich war er zum Haus meines Vaters gefahren, um nach mir zu sehen. Er wollte Hannah nicht allein lassen. Sie schläft oft unruhig und hat Albträume, und er wollte nicht riskieren, dass sie aufwachte, um festzustellen, dass er weg war. Also hatte er sie geweckt und auf den Rücksitz seines Wagens gesetzt.

»Ich hatte natürlich gehofft, dass ich mir grundlos Sorgen machte«, hat er mir gesagt, »dass ich dich schlafend im Bett vorfinden würde und wieder nach Hause fahren könnte.«

»Und warum hast du dann dein Gewehr mitgenommen?«, wollte ich wissen.

Er hat nur mit den Schultern gezuckt. »Würdest du ohne Taschenlampe ins Zeltlager fahren?«

Ich hab den Kopf geschüttelt.

Er hat mich angelächelt. »Ich auch nicht.«

Später wurde die Geschichte in den Nachrichten erzählt, auf Websites, in Blogs, in Talkshows. Alle waren fasziniert von meiner Rettung in allerletzter Minute – und die Frauen waren begeistert von Condor, dem bärbeißigen alleinerziehenden Vater, der die Rolle des Helden übernommen hatte.

Die Geschichte wurde ausgeschmückt und manches Detail verdreht, doch im Wesentlichen stimmten alle Versionen überein: Vor dem Haus meines Vaters standen Brents und mein Wagen. Die Haustür war sperrangelweit geöffnet. Condor entdeckte die Schleifspuren auf der Veranda, die von dort durch das Gras weiterführten und vermuten ließen, dass etwas in den Wald geschleppt worden war.

Condor befahl Hannah, im Auto sitzen zu bleiben. Es kommt selten vor, dass er ihr etwas befiehlt, und normalerweise gehorcht sie immer. Aber an dem Abend nicht …

Als ich aus dem Krankenhaus kam, habe ich versucht, wieder im Haus meines Vaters zu wohnen, das die Polizei inzwischen freigegeben hatte. Das Absperrband war längst entfernt worden. Trotzdem kamen Neugierige, um das Haus zu sehen. Manchmal bin ich mitten in der Nacht aufgewacht, weil irgendein Schaulustiger mit der Taschenlampe in mein Zimmer leuchtete. Ich bin jedes Mal in Panik geraten, weil die Erinnerungen an jenen Abend sofort wieder hochkamen.

Als Condor mir vorschlug, vorübergehend bei ihm einzuziehen, habe ich das Angebot sofort angenommen. Morgens habe ich Kaffee gekocht, während er Rührei machte. Ich habe in seinem Bett geschlafen, er auf dem Schlafsofa. Hannah und ich haben nachts warme Milch getrunken, wenn ein Albtraum uns aus dem Schlaf gerissen hatte. Condor und ich haben nach endlosen Stunden Zeugenaussagen, Interviews und Gesprächen mit diversen Ermittlern und Staatsanwälten, Anwälten für die Opfer sexuellen Missbrauchs und Industriekontrolleuren abends auf dem Sofa gesessen und uns alte Sitcoms angesehen. Wir wollten vor allem abschalten.

Plötzlich war Barrens in aller Munde. Der Untergang eines millionenschweren Unternehmens, die Umweltschweinereien, die Korruption, der Missbrauch der Mädchen, der zehn Jahre zurückliegende Mord – all das sorgte für wochenlange Sensationsmeldungen und höchste Einschaltquoten.

Aber die Wogen werden sich glätten – man spürt es jetzt schon. Und auch das, was zwischen mir und Condor ist, wird vergehen. Es kann nichts von Dauer sein – jedenfalls nicht auf diese Weise. Condor und ich haben unser Leben bereits an verschiedenen Orten eingerichtet. Das ist das Merkwürdige an einem Zuhause: Man ist angekommen, sobald man aufhört, nach neuen Zielen zu suchen.

»Du wirst mir fehlen«, sagt Condor jetzt. Er presst die Lippen aufeinander.

Ich umarme ihn. Ich drücke ihn, nur einmal kurz. Dann reiße ich mich los, bevor mich doch noch Wehmut befällt.

Er hebt eine Hand. Vor dem blauen Sommerhimmel sieht er wirklich gut aus. An diesen Augenblick werde ich mich immer erinnern, denke ich, aber ich weiß jetzt schon, dass es nicht so sein wird.

An der Haustür dreht er sich noch mal um. »Halt dich von Booten fern«, sagt er, als ich in mein Auto steige.

»Und du versuch, niemanden zu erschießen«, rufe ich zurück und werfe ihm einen Luftkuss zu.

Ich lasse den Motor an.

Auf dem Weg aus der Stadt biege ich in den vertrauten Weg ein, der zum Haus meines Vaters führt. Ich erkenne es kaum wieder. TJ hat nicht nur den verwilderten Garten auf Vordermann gebracht, sondern auch die Fassade blau gestrichen.

Das ist kein Zuhause mehr.

Auf dem frisch gemähten Rasen vor dem Haus verkündet ein Schild: *Zu verkaufen.* Es wirkt auf sonderbare Weise optimistisch.

Irgendwann wird eine neue Familie hier einziehen, ein anderes kleines Mädchen wird in den Fluren herumtollen, aus den Fenstern zum Wald hinausschauen, mit dem Fahrrad zum See fahren, kleine Dinge sammeln, die ihm wichtig sind, sich an den Abendbrottisch setzen und mit seinen Eltern das Tischgebet sprechen.

Oder vielleicht wird auch in diesem Haus nicht mehr gebetet werden.

Ich kurble das Fenster runter und atme zum letzten Mal die Luft ein, die den Geruch des Sees herüberträgt.

Ich entdecke ein paar Krähen am Himmel. Sie bilden einen Pfeil, der nach Norden zeigt.

Ich wende und folge ihnen.

Barrens wird immer kleiner in meinem Rückspiegel, bis es schließlich ganz verschwindet.

DANKSAGUNG

Ich bin vielen Leuten zu Dank verpflichtet für ihre Hilfe und Unterstützung während meiner Arbeit an diesem Buch. Mein Dank gilt Lauren Oliver, die mit mir von den Anfängen bis zur Fertigstellung des Manuskripts zusammengearbeitet hat. Ich möchte mich auch bei Lexa Hillyer und dem gesamten Team von Glasstown Entertainment wie auch bei Stephen Barbara von Inkwell bedanken. Ebenfalls bei Molly Stern, Jen Schuster und allen anderen von Crown, die an mich glauben und mir diese fantastische Gelegenheit geboten haben. Ich danke Dave Feldman und meinem Team, dass sie meine Träume unterstützt haben, und besonders Kyle Luker und Steve Casert. Bedanken möchte ich mich auch bei meiner lieben Freundin Gren Wells für ihre Anmerkungen und ihr ermutigendes Feedback. Und auch bei meiner Schwester Bailey, die das Porträtfoto geschossen hat, und bei meiner besten Freundin, Lauren Bratman, die mich unermüdlich ermuntert hat weiterzumachen. Dank an Rachael Taylor für die unglaublichen Buchempfehlungen. Und zum Schluss tausend Dank an Adam und Mikey für all eure Liebe.

Drei Frauen im Haus des Lügners

Katrine Nørregaard, *Die Mittsommerlüge*
ISBN 978-3-453-35979-6

Zwanzig Jahre war Kristian spurlos verschwunden. Seine Tochter Louise verzeiht ihm nie, dass er die Familie ohne Erklärung verlassen hat. Und auch ihre Mutter versteht Louise nicht. Wieso hat sie ihr Schicksal klaglos ertragen? Doch als Kristian stirbt, können Mutter und Tochter nicht mehr schweigen. Denn er hinterlässt ihnen nicht nur viele Fragen, sondern auch ein idyllisches Sommerhaus am Limfjord – von dem niemand etwas wusste. Zusammen mit Louises Tochter Ida verbringen die Frauen eine Woche in dem Haus. Was hat Kristian dort so viele Jahre geheim gehalten?

Leseprobe unter diana-verlag.de
Besuchen Sie uns auch auf herzenszeilen.de

DIANA

Hall & Hellstern ermitteln

Julia Corbin, *Die Bestimmung des Bösen*
978-3-453-35934-5

Julia Corbin, *Das Gift der Wahrheit*
978-3-453-35977-2

Zwei Fälle für die Mannheimer Kripo: Kommissarin Alexis Hall und Kriminalbiologin Karen Hellstern sind zusammen knallhart und gut

»Extrem spannend und detailgetreu gezeichnet .« *Emotion*

»Julia Corbin gilt als neue Stimme des deutschen Thrillers.«
SWR Fernsehen

Leseprobe unter diana-verlag.de
Besuchen Sie uns auch auf herzenszeilen.de

DIANA